Roman over mijn vrouw

Wilt u op de hoogte worden gehouden van de romans en literaire thrillers van uitgeverij Signatuur? Meldt u zich dan aan voor de literaire nieuwsbrief via onze website www.uitgeverijsignatuur.nl.

Emily Perkins

Roman over mijn vrouw

Vertaald door Miebeth van Horn

SIGNATUUR

2008

© 2008 by Emily Perkins
Oorspronkelijke titel: Novel About My Wife
Vertaald uit het Engels door: Miebeth van Horn
© 2008 uitgeverij Signatuur, Utrecht en Miebeth van Horn
Alle rechten voorbehouden.

Omslagontwerp: Wil Immink Design
Foto auteur: Deborah Smith
Typografie: Pre Press B.V., Zeist
Druk- en bindwerk: Koninklijke Wöhrmann, Zutphen

ISBN 978 90 5672 283 8
NUR 302

Mixed Sources
Productgroep uit goed beheerde
bossen, gecontroleerde bronnen
en gerecycled materiaal.
www.fsc.org Cert no. CU-COC-802528
© 1996 Forest Stewardship Council

Dit boek is gedrukt op papier dat het keurmerk van de Forest Stewardship Council (FSC) mag dragen. Bij dit papier is het zeker dat de productie niet tot bosvernietiging heeft geleid. Een flink deel van de grondstof is afkomstig uit bossen en plantages die worden beheerd volgens de regels van FSC. Van het andere deel van de grondstof is vastgesteld dat hiervoor geen houtkap in de laatste resten waardevol bos heeft plaatsgevonden. Daarom mag dit papier het FSC Mixed Sources label dragen. Voor dit boek is het FSC-gecertificeerde Munkenprint gebruikt. Dit papier is 100% chloor- en zwavelvrij gebleekt en wordt geleverd door Arctic Paper Munkedals AB, Zweden.

Voor Karl

Als ik haar met woorden weer kon opbouwen, zou ik dat doen: te beginnen bij haar lange voeten met de gelakte nagels en dan langzaam omhoog, en ik zou elke cel, opening en ruimte een schaduw meegeven bij wijze van adem, totdat haar polsslag het niet langer kon laten om weer tot leven te komen. Haar heupbotten, haar rode knokkels, de zachte huid van haar dijen, haar mooie knisperende haar. (Dat lange rode haar. Die op de vloer uitgespreide dos.) Ik hield van haar verveeldheid, haar glazige blik, haar duistere lach, haar ogen. De manier waarop ze rond voorwerpen bewoog, er vlak langs gleed. De warmte die van haar huid straalde. Iedereen geeft warmte af, maar bij Ann had die iets speciaals, alsof zij warmte was die warmte zocht, alsof ze dreigde je aan te raken om gevaarlijk te zijn, bij wijze van uitdaging. Ze ging vaak in de goot naast de stoeprand staan wachten om over te steken. Bussen zoefden vlak langs haar. Ze vertrok geen spier.

Ze was niet zo'n vrouw die een hekel heeft aan haar voeten, een hekel heeft aan haar lichaam, het soort dat de aanblik van haar kont in het volle daglicht tot een staatsgeheim verheft. (God, je hebt er alles voor over om er een glimp van op te vangen, je hebt er alles voor over, voor de badkamerdeur rondhangen, je onder een tafel verstoppen, de lakens wegtrekken wanneer ze slaapt.) Ann kon het niet schelen. Haar lichaam mocht bekeken worden. Dat was een van de manieren waarop ze je afleidde van wat er in haar hoofd omging.

En haar voeten waren niet volmaakt: ze waren lang en droog, met knobbelige tenen en een steenpuist op een hiel die nooit wegging omdat ze weigerde iets anders te doen dan erom lachen. Ze hield van pedicures, massage, die licht misselijk makende wereld van vrouwelijke obsessie met zichzelf, en ze liet haar teennagels lakken in donkere blijf-uit-mijn-buurtkleuren. Het bliksemschichtlitteken op haar rechterarm was een ramp met bobbelige randen, een aandenken aan haar jeugd dat ze bedekt hield. Haar benen, daar kon je je ogen niet van afhouden. Ze had een sensuele houding en loop, hol bij haar taille en uitbollend bij de heupen, met naar voren hangende schouders. Nu ik het zo geschreven zie staan klinkt het alsof ze een gorilla was, maar ze deed eerder denken aan die enigszins losgeslagen flappers uit de jaren twintig. Hou het nog even vol, alsjeblieft.

Ze was mouldroomtechnicus; dat was haar baan, afgietsels maken van iemands lichaam, het deel dat ziek was en bestraald moest worden om kankercellen te doden of tumoren te laten slinken. Dat was niet wat ze op het oog had toen ze beeldhouwen studeerde aan Slade, maar het had zo zijn eigen prettige kanten. Een met gips bestoven kamertje in het St.-Bartholomew Hospital dat sterk aan een atelier deed denken, het Hogarth-diorama dat ze elke dag kon bezoeken, de wandeling naar haar werk onder de St.-John's Gate. Ze hield van die historische plek, het gevoel dat ze eraan ontleende dat ze deel van iets uitmaakte, dat ze ergens bij hoorde. Anns versie van het verleden was een allegaartje, flarden die ze had opgepikt van de Tempeliers of de pelgrims, achttiende-eeuwse lusthoven, zoiets, er was geen samenhangend geheel in haar geest, geen met elkaar verbonden stippen. Ze zei dat ze behoefte had aan het gevoel van steen achter haar rug, al was het dan een ruïne.

Ik kan niet in termen van kale feiten naar Ann kijken. Ze was de ene keer dit soort persoon, en dan weer dat. Haar ouders waren zus, het huis waar ze opgroeide was zo – dit wordt niets. Dat komt voor een deel doordat er zo veel is dat ik niet weet. Ik viel voor het mysterie dat Ann was, haar ware mysterie en niet het soort dat zo veel Engelse meisjes cultiveerden. Van die meisjes kan ik je de kale feiten geven: mama en papa nog steeds samen, goede scholen, een vage hoop om bij de televisie te komen, een vervelend akkefietje met de politie vanwege winkeldiefstal, een affaire met een drugsdealer, een verdwaalde, tot een angstige morgen doorwaakte nacht (waar ben ik, wat betekent die vlek op de vloer, ik heb geen geld voor de metro, waar is mijn spijkerbroek, verdomme) die beter maar niet kan worden opgerakeld en dus laat ze haar dagen als slechte meid achter zich. Ze rommelt nog even wat aan, laat de mediadroom vallen en volgt dan met financiële steun van haar ouders een nieuwe opleiding in iets wat nuttig is voor de maatschappij (al weet ik nu even niet precies wat), waarna ze aan mijn invloedssfeer ontsnapt en wij elkaar nooit meer tegenkomen. Of ze jaagt met hernieuwde energie haar droom na, gebruikt haar contacten om een baantje te versieren bij de vrouwenpagina in de bijlage van een kwaliteitskrant, ze gooit het over een andere boeg, laat de hoedenmakers en sieradenontwerpers vallen met wie ze op school heeft gezeten en gaat 's avonds naar optredens van bands. Dan komt ze mij tegen, of iemand die op me lijkt, bij de première van een nieuwe korte film, en *pats*. Een paar films, een Maleisisch etentje of twee, het dinertje om elkaar aan vrienden voor te stellen, drie maanden neuken dat de vonken eraf vliegen, een midweektrip naar een buitenlandse stad, en dan het teken aan de wand. Ze zijn van papier, die meisjes, en Ann was van vlees.

Ik zou binnen in haar willen zijn, haar ribbenkast over de mijne willen vastbinden en de wereld van achter haar huid bekijken als de seriemoordenaar in een lugubere film. Ademhalen met haar adem, horen en ruiken met haar zintuigen, de binnenkant van haar mond proeven, met haar stem spreken. In de hoek van mijn werkkamer staat een doorzichtig masker van perspex, met grote gapende gaten waar haar ogen en mond horen. Ze liet het iemand doen die in opleiding was voor radiotherapeut, haar gezicht bedekken met plasticfolie, haar stukje voor stukje bekleden met de koude stroken samentrekkende gypsoma – om te weten hoe haar hersentumorpatiënten zich voelden. Gips heeft een plastisch geheugen. Ann vond het iets magisch hebben. Dit zijn geen doodsmaskers, zei ze weleens, maar precies het tegenovergestelde. Ik leende haar glazen hoofd voor een van mijn scheppingen, in de tijd dat ik nog probeerde Alan Tranter een plezier te doen door commercieel te worden. Nu wil ik meer dan die doorzichtige mal van Ann; ik wil haar zo echt maken dat ik haar kan vasthouden. Sssst, stil nou. Doe

9

de radio uit. Doe het raam dicht om de buren buiten te sluiten, smoor de rumoerige werklui beneden op straat. Ik probeer haar te horen praten. Het zal niet meevallen voor een man die eerder gewend is om over vampiers te schrijven dan over de geest, vlees en bloed. Maar wat zouden ze dan van me verwachten?

Een hele tijd na het ongeluk zwoer Ann dat ze voordat het werkelijk gebeurde gedroomd had dat ze in de ontspoorde trein zat, alsof ze een déjà vu had gehad. Ik weet niet of dat echt zo was of dat ze achteraf heeft geprobeerd een verontrustende herinnering om te zetten in een soort voorgevoel, iets wat betekenis had. Waarom ze dat zou doen was me onduidelijk, maar tegen die tijd wist ik van een heleboel dingen niet meer waarom ze ze deed of zei. Kate luisterde ook mee; misschien was het de dag van de duivelsuitdrijving.

'Het was donker,' zei ze, alsof ze een waarschuwend filmpje in haar hoofd zag draaien, 'maar er waren fluorescerende lampjes aan het flikkeren die de passagiers in een vreemde blauw-met-gele gloed zetten. Ik rook de geroosterde lucht van rook of brandend haar. De meeste mensen bleven kalm. We volgden de instructies op die via de intercom doorkwamen.' Wanneer ze sprak, klonk ze nog steeds als zichzelf. Ze had haar behoedzame, weggestopte accent behouden.

'Zoals we daar met zijn allen over de rails in de richting van de volgende halte liepen kreeg je een gevoel van een raar soort prestatie, een soort kameraadschap, het genoegen om samen een beproeving doorstaan te hebben, zoals sommige mensen achteraf in het ziekenhuis zeiden. Je wist dat je beter hierbeneden kon zijn, in die warme, duistere chaos, dan dat je een van de duizenden passagiers was die nu vertraging opliepen. Boven je hoofd waren allemaal mannen en vrouwen die met lege handen stonden. Je kon je ze zo voorstellen, de armen slap neerhangend en machteloos bij de met hekken afgesloten toegangen van de metro, te laat voor vergaderingen en lunchafspraken, reizigers op weg naar Stansted die als bezetenen zinloos met hun mobieltje naar de voicemail van incheckbalies belden, zonder geld voor de taxi, op het punt hun vakantie mis te lopen, omdat ze onmogelijk nog hun vlucht konden halen.' Anns ogen waren glazig. Ze had vakantie van zichzelf, zij had geen vliegtuig nodig.

Toen ze van haar plaats naar de andere kant van de wagon werd geworpen en haar hoofd stootte tegen de gele metalen stang, was het eerste waar Ann aan dacht de baby. De lichten gingen uit, er stak een scherp voorwerp in haar slaap (een hoekje van de aktetas van een andere vrouw) en ze besefte dat ze niet werd aangevallen maar dat er iets fout was gegaan. 'Nu zul je het hebben! Nu zul je het hebben!' schreeuwde een vrouwenstem en zij dacht: doe niet zo stom, natuurlijk niet. Toen snoof ze door de duisternis de lucht van rook op en algauw begon die in haar ogen te prikken, waardoor ze heel even beroofd was van het beetje zicht dat ze nog had, en ze vroeg zich af of de hysterische vrouw misschien toch gelijk had. Ann was drie maanden zwanger van ons kind, dat verbazingwekkende kind, en ik nam aan dat ze vroeg van haar werk was vertrokken om de spits te ontlopen: ze was misselijk en doodmoe geweest, met vage hoofdpijn, maar omdat er nog niets aan haar te zien was, was niemand in die overvolle trein op het idee gekomen zijn plaats aan haar af te staan. Londenaren staan heus hun plaats wel af in het openbaar vervoer, wat anderen ook van ons mogen denken. Ik ben ermee begonnen na die ochtend dat Ann me vanaf haar werk belde, met een haperende stem alsof ze de woorden voor het eerst hardop zei, en dat was ook zo. Ze was eerder zwanger geweest, maar niet van mij; niet van iemand tegen wie ze dat zou zeggen.

En daar zat ze dan in haar coupé, op de versleten Schotse ruit van de bank waar een miljard vermoeide, berustende mensen voor haar hadden gezeten, vroeg op weg naar huis, dacht ik, omdat ze getroost moest worden en moest uitrusten. Vlak daarvoor had ze op station Farrington twee mensen van de vreemdelingendienst op een paar mannen zien afstappen die in een soort Arabisch met elkaar stonden te praten. Een van de mannen begon weg te lopen en een agent volgde hem, liep om hem heen en versperde hem de weg. Een paar seconden lang voerden ze samen een lachwekkende dans uit, tot de man een portefeuille uit zijn jasje tevoorschijn haalde en die in het gezicht van de agent duwde. 'Ik vind dit zeer aanstootgevend,' zei hij luid en met een accent, en hij maakte drukke gebaren zodat iedereen bij hem in de buurt op het perron zich omkeerde om te kijken. 'Papieren wil hij zien. Hier zijn ze.' Met een uitdrukkingloos gezicht bekeek de agent zorgvuldig de hele portefeuille. 'Alles in orde?' vroeg de buitenlander terwijl hij de portefeuille weer bij zich stak. 'Mooi zo. Daar ben ik blij om.' Zijn vriend kwam naar hem toe en pakte hem bij de elleboog. Vervolgens liepen ze arm in arm het perron af, de ondervraagde man in stilte zijn hoofd schuddend.

Ondertussen was er een trein gearriveerd, er waren passagiers in- en uitgestapt, en de trein was weer weggereden. Ann was roerloos blijven staan. De andere agent bleef haar strak aankijken en ze wist best dat het onbeleefd was om ze te blijven staan aangapen, maar ze had ook het gevoel dat het haar plicht was. Zoiets zou niet normaal moeten zijn, zei ze later tegen me, terwijl ze net zo met haar hoofd schudde als ze zo-even de ondervraagde man had nagedaan. Dat hoort niet. De agenten hadden het perron verlaten. Er verschenen meer reizigers die bleven staan wachten. Het was te druk om te zien wat er met de andere twee mannen gebeurde. Ann nam de eerstvolgende trein. Dat was de trein die diep onder de grond in een onverlichte tunnel de rails verliet en ontspoorde.

Eerst was er geschreeuw, paniek en totale duisternis, de vrouw van het 'nu zul je het hebben' en anderen van dat slag. Een man deed zijn aansteker aan, dat gaf ineens een vreemde, kerstachtige gloed, zijn vingertoppen waren doorschijnend roze, zijn ovalen gezicht lichtte oranje op. 'Doe uit!' schreeuwde een halve wagonlading stemmen. Het duurde nog twintig minuten voordat de passagiers in beweging mochten komen.

Mensen maakten onbeschrijflijke geluiden, zei Ann, woorden van razernij en angst, ze hamerden op onbeweeglijke ramen, omdat ze bang waren dat de lucht zou opraken of misschien chemicaliën zou bevatten. Maar wat deed jij, vroeg ik haar, toen dit allemaal gebeurde?

'Om te beginnen wilde ik niet te veel ademhalen, vanwege de baby, dus ik praatte liever niet en hield me gedeisd.' Terwijl ze het tafereel beschreef zat ze met haar ellebogen op haar knieën, haar hoofd in haar handen, en wierp blikken tussen haar vingers door naar mij, en ik begreep dat ze zo in de trein had gezeten. 'Tegen de tijd dat ik me er wel mee wilde bemoeien was het te laat, toen waren we al in beweging.'

Van de 269 passagiers die door de duisternis naar het licht van station Liverpool Street klommen waren er 28 die flinke snijwonden en blauwe plekken hadden opgelopen en zeven werden later in het ziekenhuis opgenomen. (Ze was in de late editie van de *Evening Standard* terechtgekomen, samen met een archieffoto van een ontspoorde trein, straatinterviews met verdwaasde overlevenden, en de gebruikelijke verontwaardigde toon: '2.39 UUR 'S MIDDAGS – EEN NACHTMERRIE BIJ DAGLICHT'.) Ann had achter in de trein gezeten en had door alle coupés heen naar voren en ten slotte door de nooduitgang aan de zijkant van de bestuurderscabine naar buiten moeten klauteren. Ze hoorde niets achter zich en toch had ze het gevoel dat er iemand in de duisternis wachtte tot zij doorliep. De duistere ruimte achter haar rug voelde als een aanwezigheid, zei ze tegen me, een in beslag genomen ruimte. De duisternis weerhield haar ervan stil te blijven staan en om te kijken. Toen ze uiteindelijk de trein verliet, haalde ze diep en opgelucht adem, maar er drong al snel stof haar mond en keel binnen alsof er een want van spinnenwebben in werd geduwd. Tientallen jaren stof waren door de botsing opgeworpen, zachte viltachtige lagen mensenhaar en huidcellen zo dik dat overal om haar heen mensen zich erin verslikten. Een man vlak voor haar hijgde astmatisch. Ann zocht in haar handtas naar haar inhaler, die ze voor de afwisseling eens bij zich had, en gaf die aan hem. Dat moest het moment zijn geweest, dacht ze achteraf, dat ze haar mobieltje was kwijtgeraakt. Ze hoorde hem niet vallen: de tunnel was vervuld van de weergalmende stem van de conducteur die via een megafoon instructies gaf, en de kleinere menselijke geluiden als gemompel en geklaag over de slechte staat van de spoorwegen, de toestand in het land, in de wereld. Iemand had het over Al Qaida en een ander snauwde dat hij zijn mond moest houden. Er waren geluiden van geduw en wegslippende voeten – er raakten daarbeneden waarachtig twee mannen slaags, lachte Ann, ze scholden elkaar uit, krijg de klere, nee krijg jij de klere, bakkeleiend over de vraag of ze nu wel of niet het slachtoffer waren van een terroristische aanval. Een derde man bulderde met de autoritaire stem van het schoolplein dat ze moesten ophouden, en de vechtpartij kwam tot bedaren.

Het was warm en benauwd in de tunnel. Sommige mensen riepen dat ze vonken en vlammen zagen; anderen schreeuwden terug dat ze moesten doorlopen. Ann was inmiddels midden in de voortschuifelende menigte terechtgekomen en werd tegen de tragere, behoedzamere mensen voor haar geduwd. Ze wilde er wel uit, zich een weg banen, over mensen heen klimmen naar de buitenlucht, maar ze dacht dat ze ging flauwvallen of overgeven, dus ze stapte naar de zijkant en boog zich even voorover naast de warme, donkere muur, om te proberen wat zuurstof binnen te krijgen. Mensen botsten in het passeren tegen haar aan. Het leek een hele tijd te duren, dat moment – voorovergebogen in de duisternis, bedekt met roet en stof, zich uit alle macht verzettend tegen de aanvechting zich aan passerende armen vast te klampen. Toen kwam een mannenstem haar richting op, een stem die zacht en kalm probeerde te blijven terwijl hij zijn huilende kind troostte.

'Kan ik u helpen?' vroeg Ann, uit zichzelf losgetrokken.

'Hij heeft iets aan zijn pols,' zei de man. 'Kunt u misschien helpen dragen?'

Ann nam zijn tassen over en de man tilde zijn zoon op.

Later, in de chaos van het Royal London Hospital, bleef Ann bij de man terwijl de pols van zijn zoon werd gespalkt. Hij leende haar zijn mobiele telefoon en ze belde mij. Er waren brandweerauto's geweest, vertelde ze toen ik was aangekomen en haar eindelijk had gevonden op de afdeling verloskunde waar ze op een echo zat te wachten. Er zat nog steeds roet op haar gezicht en handen, en bloed van iemand anders in kleine bruine vlekjes op haar blouse. Mensen hadden op het station en later bij de eerste hulp van het ziekenhuis rondgehangen terwijl ze half verdoofd en bloedend werden verbonden. De man met de jongen was naar huis gegaan. Ze had nog steeds zijn mobiele telefoon. Ze wilde wachten tot hij belde, als hij zich al zou herinneren dat hij hem aan haar had uitgeleend. 'Laten we hem nu maar uitzetten,' zei ik met een blik op het bordje naast de deur van de echoscopiste: een mobiele telefoon met een schuine rode streep erdoorheen.

We zagen het hartje van de baby kloppen. Ann en ik moesten tegelijkertijd lachen (ik had steeds sterker het gevoel dat ik iets kreeg wat ik niet had verdiend) en het bloed stuwde met een warme, heerlijke tinteling naar mijn gezicht. De baby was een doorzichtige, kloppende boon in een zee van grijze spiralen. Ik kneep in Anns hand. Er stonden tranen in haar ogen; ze leek ineens een stuk jonger. Toen ik de zijkant van haar gezicht kuste rook ik zweet en stof, en ik moest weerstand bieden aan een hoogstongebruikelijke aanvechting om mijn armen stijf om haar heen te slaan en me uit dankbaarheid en opluchting aan haar vast te klampen.

'Wacht eens even,' zei de echoscopiste. 'Wat is dat daar? Daar zit ook iets.'

'Wat dan?' Ann kneep hard in mijn hand.

De vrouw duwde de monitor nog wat dieper in Anns buik. Nu zagen wij het ook, een dikke massa weefsel, reusachtig naast het embryo, wel tien, vijftien keer zo groot.

'Huil nou maar niet,' zei de echoscopiste tegen Ann, alsof ze een kinderachtig kind was. 'Het is gewoon een vleesboom. De baby is in orde.'

'Maar dat ding is zo groot,' zei Ann met een onzekere stem. 'Moet je nou zien.' Haar smoezelige gezicht stond strak en bezorgd. Het was amper te geloven dat dat troebele beeld op de monitor ons een blik op Anns binnenkant gunde.

'Het stelt niets voor,' zei de vrouw terwijl ze met een papieren handdoek de doorzichtige gel van Anns buik veegde. 'Het kan geen kwaad.'

Een dag of wat later gingen Ann en ik de mobiele telefoon bij de vader uit de trein afgeven. Hij woonde in Hampstead, een deel van Londen waarvan ik beweerde dat het veel te bezadigd was, maar waar ik heimelijk best zou willen wonen. Ik probeerde heel slim een kortere weg te nemen, maar we raakten volkomen de weg kwijt en wisten nog net een ruzie over de te volgen route te vermijden. We sloegen de ene na de andere straat in met steeds grotere huizen, en ons gelach werd allengs schriller van afgunst. Ann streek onzichtbare kreukels uit haar mouwen en bracht in het spiegeltje van het handschoenenvak nieuwe lippenstift aan. Voor het hoge, brede huis met het smeedijzeren hek, de blinkend gepoetste balustrades en de glanzende ramen waarop het licht weerkaatste, bleven we even zwijgend in de auto om ons op de ontmoeting met de onbekenden voor te bereiden. Op de stoep kneep Ann in mijn arm en ze knikte naar de stapel champagneflessen in de flessenbak. Toen Simon, de man die die heftige uren na de ontsporing samen met Ann had doorgebracht, aan de deur kwam, glimlachte ik even en ik drukte hem de hand, die gelukkig niet klam aanvoelde en evenmin aan een bankschroef deed denken. We stapten zijn huis binnen.

Maar weinig situaties zijn zo ongemakkelijk als het huis van een onbekende betreden; na de universiteit mogen ze eigenlijk niet meer van je verwachten dat je nieuwe mensen leert kennen. Ik betrapte me erop dat ik de vrouw die achter hem in de

hal stond opnam en haar met Ann vergeleek. Ze had die waanzinnige Birkenstock-look, met die gebruinde huid, zonder
make-up, en een heleboel witte strepen in haar lange, steile
zwarte haar waardoor ze een griezelig Medusa-achtig uiterlijk
kreeg. Haar ogen waren van een wild soort oranjebruin en
stonden gretig terwijl ze haar handen aan haar schort van jeans-
stof afveegde en naar voren stapte om ons gedag te zeggen. Een
onzichtbare hand duwde tegen mijn borstkas. Ik merkte dat ik
naar een uitweg zocht. Ze heette Kate; haar echtgenoot, Anns
ramptrawant, stelde ze voor als 'mijn partner Simon', en hun
kinderen belachelijk genoeg als Titus en Ruby-Lou. 'Wat denk
jij? Zouden die naar circusartiesten of naar pornosterren vernoemd zijn?' snoof Ann met rollende ogen op de terugweg naar
huis. Het verbrak de ijzige stilte tussen ons. 'Je bent kwaad op
me, hè?' vroeg ze toen ik eenmaal veilig aan het lachen was over
de kinderen van mensen die we niet kenden. Als er nu één gewoonte van Ann was die me niet beviel, dan was het wel haar
niet-aflatende behoefte om kwaadheid op te roepen en vervolgens met dat kleinemeisjesgedoe van haar te verdrijven. Ik was
niet zomaar kwaad op haar; ik was razend en ik wilde me dat
gevoel niet laten ontnemen.

We hadden bij Kate en Simon in de keuken gezeten omdat
Ann ondanks mijn nadrukkelijke 'niet doen, niet doen'-oog-
contact hun aanbod om wat te blijven drinken had aanvaard.
Eenmaal voor het blok gezet had ik voor thee geopteerd omdat
die sneller te maken was, maar Ann wilde koffie en dus moesten we wachten terwijl Simon met een of ander chic espresso-
apparaat in de weer was dat hij uit Italië had meegenomen. Dat
zei hij ook echt tegen ons: 'Ik heb dat ding uit Italië meegenomen.' 'Gefeliciteerd,' slaagde ik erin niet te zeggen. We waren
voorgesteld aan Titus met zijn verbonden pols en aan Ruby-
Lou, die nu inmiddels op internet zaten te surfen of tekenfilms
bekeken terwijl ze net deden of ze op de klarinet aan het oefenen waren of wat achtjarigen dan ook doen.

'Twee cappuccini,' zei Simon, waardoor mijn afkeer van

hem alleen maar toenam: het is volkomen belachelijk om je druk te maken over de finesses van een andere taal als je niet eens in het buitenland bent. En toen vroeg Kate of Ann nog in therapie zou gaan vanwege het ongeluk. Ik moest lachen, maar Ann nam haar blijkbaar serieus.

'Dat weet ik nog niet,' zei ze, 'daar heb ik nog niet over nagedacht. En jij?' vroeg ze aan Simon. 'En Titus?'

Simon stond met zijn rug naar ons toe de melk op te schuimen, maar je kon de trots in zijn stem horen. 'Kate is therapeut. Zij helpt ons er wel doorheen.'

'Goh. Jeetje. Wat geweldig.'

'Mag je eigenlijk je eigen gezin wel behandelen?' vroeg ik.

'Ja hoor, ik behandel ze zo vaak,' zei Kate met iets waarvan ik eerst gedacht had dat het typisch de stem van een blower was maar dat nu een buitengewoon irritante alziende toon van wijsheid bleek te zijn.

'Over wat voor dingen hebben jullie het dan? Als ik zo vrij mag zijn.' Ann vond het duidelijk fascinerend.

Kate keek verbijsterd. 'Hoe bedoel je?'

'Neem me niet kwalijk, dat klinkt nogal brutaal, neem me niet kwalijk.' Ann schudde lachend haar hoofd zoals ze dat zo schattig kon doen alsof ze haar eigen domheid erg vermakelijk vond. We hielden allemaal even onze mond. Ze kon het wel aan.

Onder het praten zat Simon met zijn vinger in zijn cappuccinoschuim te roeren. Even zag ik in een flits hoe hij weer drie was en weifelend en nieuwsgierig op een zandstrand zat. Misschien viel hij ook wel mee. 'We waren op weg naar Bethnal Green, naar het Museum of Childhood.' Natuurlijk. 'Ze hebben daar een fantastische verzameling oude …' Hij pikte vast iets op dat in de lucht hing, mijn opborrelende aanvechting om in lachen uit te barsten misschien, want hij schraapte zijn keel en zei: 'Ik vroeg me wel af of het tegenwoordig eigenlijk nog wel veilig is in de metro. We hebben de kinderen nog maanden na de aanslagen niet meegenomen.'

'Maar dat is te gek om los te lopen,' zei Ann. 'Je hoeft je echt niet schuldig te voelen.'

'Was jij op weg naar huis van je werk?' vroeg Kate.

'Nou ja,' zei Ann, en ze nam een slokje van haar koffie, 'ik ben in verwachting.'

Ik keek haar strak aan. We hadden het mijn ouders nog niet eens verteld. Kate en Simon koerden hun felicitaties en uitingen van blijdschap. Wat hadden we hier eigenlijk te zoeken rond deze onbekende keukentafel? Op mijn zakken kloppend op zoek naar sigaretten ging ik staan en ik wilde me net excuseren om naar de achtertuin te gaan toen Ann zei: 'Maar ik ging vroeg weg op mijn werk ... omdat ...' Ze bestudeerde haar handen. 'Vanwege die kerel die me volgt.'

Ik ging weer zitten.

'Werkelijk?' zei Kate, niet in staat haar nieuwsgierigheid te verbergen. 'Ken je hem?'

Ann keek me schuldbewust aan. Het was voor het eerst dat ik van hem hoorde. 'Nee. Maar ik herken hem wel.'

'Wie is het?' vroeg ik, en het liet me koud dat Kate en Simon uit die vraag konden afleiden dat ik niet van de situatie op de hoogte was. 'Wanneer volgt hij je dan?'

'Zwart of blank?' vroeg Simon.

Ze aarzelde. 'Het is een zwarte.'

Ik schrok van de racistische toon die in het gebruik van het lidwoord doorklonk. Zou ze die zin net zo formuleren als ze het aan Tonia vertelde? Tonia had Simons vraag zeker niet gesteld. En hij had hem ook nooit gesteld als zij in de kamer was geweest. Ik kreeg weer een hekel aan hem omdat hij met dat simpele 'Zwart of blank?' ons vieren in een stelletje bangelijke blanke middenklassers veranderde. (Wat we natuurlijk ook waren, maar daarom hoefde hij er nog niet zo onbehouwen op te wijzen.)

'Ik heb hem in de speeltuin aan de overkant van ons huis gezien. Hij zit daar maar wat in zijn eentje. Ken je dat type? Hij is gestoord, weet je wel, niet helemaal fris. Hij heeft een capu-

chon op, zeg maar, en een heel dikke jas, en hij is mager, maar
op de een of andere manier,' haar vingers deden klauwen na,
'heel woest.'

'Weet je zeker dat het steeds dezelfde kerel is?'

'Nou en of.' Ze wist het zeker. 'Het is steeds dezelfde. Ineen-
gedoken. Maar toch net of hij zit te kijken.'

Die griezelige toon was niets voor Ann. Ik lachte. 'Er zijn
nogal wat capuchondragende griezels in Londen.' Ik zat vaak
naar die zogenaamde speeltuin te staren, een ovalen stuk teer-
achtig rubber met daarop een kapotte wip en een paar schommels. Een stel opgeschoten deugnieten dook 's avonds op en
gooide de schommels een paar keer over de stang waaraan ze
vastzaten zodat ze buiten bereik aan de ingekorte, opgerolde
kettingen kwamen te hangen. Ze lieten gebroken flessen, dozen
van afhaalkip, plastic zakken en lege aanstekers achter, maar ik
had ze het nog nooit echt zien doen en ook die man had ik nog
nooit gezien.

'Ik heb weleens gedacht dat hij me naar de metro volgde,
maar toen kwam ik tot de conclusie dat ik paranoïde was.'

Op Anns wangen zaten helderrode vlekken. Simon en Kate
staarden haar aan. We negeerden het gedempte gebonk en gegil
van Titus en Ruby-Lou die boven aan het vechten waren.

'En toen zag ik hem ineens op de dag van het ongeluk bij
mijn werk.'

Kate vroeg waar ze werkte.

'Op de afdeling radiotherapie van Barts. Ik krijg een heleboel mensen onder handen die er niet goed uitzien, en daklo-
zen krijgen tenslotte ook kanker, ik bedoel, ik ben heel wat
gewend. Maar hij was er niet voor een behandeling, dat weet ik
zeker.'

'Kwam hij echt binnen?'

'Hij stond gewoon buiten bij de rokers, op de plek waar de
ambulances voorrijden. Hij stond naar me te kijken toen ik
aankwam, en toen ik ging lunchen was hij er nog steeds.
's Middags werk ik boven en dus ging ik via de achteringang

weer naar binnen. Maar ik vroeg me wel degelijk af of hij er nog steeds was.'

Ik stelde me Anns kamer boven voor: de pers waarmee ze van haar gipsen afgietsels latex vormen maakte van hoofden, armen, heupen en rompen. De witte planken afgeladen met die rubberen onderdelen, en de sinistere doorzichtige (waren ze sinister omdat ze doorzichtig waren?) maskers van echte gezichten die allemaal sprekend op elkaar leken. 's Middags trok Ann zich terug in een soort eigen wereld, wist ik van de keren dat ik haar probeerde te bellen en een afwezige versie van haar stem aan de lijn kreeg, ontdaan van een lichaam en zwevend. En nu, in dit huis van mensen die we niet kenden, zag ze eruit zoals die stem klonk.

'Hoe keek hij naar je?' Dat was Simon.

'Niet rechtstreeks. Hij houdt zijn hoofd gebogen. Dus ik vroeg een van de verpleegkundigen om even voor me te kijken en ze zei dat hij er nog was, en dat was om een uur of twee. Ik kreeg het er echt van op mijn heupen, dus ik ruimde de boel op en ging vroeg weg, via de achteruitgang. En toen kwam ik in de trein vast te zitten.'

'Hij houdt zijn hoofd gebogen? Heb je hem sindsdien nog gezien?'

Ann knikte zwijgend. Er rolde een traan over haar gezicht.

'Waarom heb je in godsvredesnaam niets gezegd, Ann?' vroeg ik. 'We moeten de politie bellen.'

Ze schudde haar hoofd. 'Hij heeft niets gedaan. Hij is een beetje troosteloos.'

Ik kon haar niet volgen. Een duister ogenblik lang dacht ik dat ze het allemaal verzon. Ik zei: 'Als je hem weer ziet moet je het tegen mij zeggen. Hij mag je niet zomaar volgen, het is vast een psychopaat.' Ik keek Kate strak aan. Zij was toch de gekkendeskundige?

'Ach, voor ik het vergeet.' Ann gaf Simon zijn mobiele telefoon.

'Ik noteer jullie nummer,' zei Kate. 'We zijn jullie heel

dankbaar dat jullie geen stelletje opportunistische mobieltjes stelende tieners waren.'

Ann lachte. 'Er zat van alles in die trein.'

Toen Kate ons nummer in Simons telefoon had ingevoerd, stak hij Ann een rechthoekig stukje papier toe. 'Alsjeblieft. Hier heb je mijn kaartje. Zo vaak ben ik niet in de gelegenheid om ze uit te delen.'

Ze keek ernaar. 'Hé, dat is ook toevallig! Jij bent óók schrijver.'

Ik wist niet hoe vlug ik daar moest wegkomen.

'Je bent kwaad op me,' zei ze in de auto, en ik zette de wagen aan de kant, deed mijn autogordel af en vroeg: 'Waarom heb je me dat niet eerder verteld?'

'Het spijt me.'

'Stel je voor dat je iets was overkomen? Stel je voor dat hij … Ik snap gewoon niet waarom je het niet hebt verteld.'

Ze schudde haar hoofd. 'Ik weet het niet. Misschien omdat jij iets zou willen doen: de politie bellen, verhuizen, hem erop aanspreken of zo. Ik weet het gewoon niet.'

'Ik begrijp je niet.'

'Zeg dat nou niet!' Tot mijn verrassing moest ze lachen, ze was weer mijn eigen Ann. 'Dat is anders wel jouw taak. Jij moet me begrijpen.'

Ik startte en voegde me weer in het verkeer.

'Ken je hem?' Daar bedoelde ze Simon mee, of ik zijn werk kende. Ja, ik kende zijn werk, verdomme. Kom nou, Tom, beheers je, zei ik tegen mezelf, je bent nu wel de leeftijd voorbij waarop afgunst nog iets aantrekkelijks kan hebben. En waar was ik nou eigenlijk jaloers op? Op zijn solide carrière bij *Holby City, Casualty* en *EastEnders*? Hij zat bij de televisie. Het had de gebruikelijke ongemakkelijkheid gegeven toen we allebei onze waardering voor elkaar uitspraken, hij met gespeelde verbazing dat ik van hem had gehoord, ik werkelijk opgelucht dat hij wist waar het over ging toen Ann mijn enige fatsoenlijke prestatie noemde. De dames waren onze spreekbuis. Kate meldde dat Simon de nieuwe story-editor bij *Casualty* was en Ann reageerde met de naam van mijn film. Na het uitwisselen van de cv's kwamen we weer tot onszelf.

'Ik heb inderdaad ergens gelezen dat je daar tegenwoordig de touwtjes in handen hebt en ik hoor dat het programma het heel goed doet, jullie zijn top of the bill, gefeliciteerd.' Ik 'heb ergens gelezen', ik 'hoor'. Deed ik misschien iets te veel mijn best om duidelijk te maken dat ik de serie zelf nooit had gezien?

En hij op zijn beurt: 'Die romance met dat standsverschil, kan ik me herinneren. Met Whirlwind als producent. Doe je nog weleens wat voor ze?' Heel slim. Je kon nergens uit afleiden of hij hem had gezien en, als dat wel zo was, wat hij ervan vond. Ik had mijn portie op-het-verkeerde-been-zetterij wel weer gehad voor één ochtend.

'Deed jij niet ook iets met Hallie?' ging hij verder.

John Halliburton. Australische gladakker en producent van pogingen tot kassuccessen. Simon had zeker iets gehoord over die confrontatie in Fiji, de vernederende manier waarop ik aan de dijk was gezet. 'Ken jij Hallie?' vroeg ik ijzig. Ik wierp een snelle blik in Anns richting. Ze was opgestaan en vroeg Kate naar hun tuin.

'Niet echt, nee … ik kom hem weleens in het uitgaansleven tegen … Afgelopen maand nog in LA, op een feestje, hij is …' Hij was in elk geval zo fatsoenlijk het eind van zijn zin met een slok koffie weg te slikken. Wat een bedrieger. Halliburton bij zijn bijnaam noemen terwijl ze elkaar alleen maar van de hapjes en de drankjes kenden.

Ditmaal reageerde Ann op mijn strakke blik. 'We moeten jullie nu echt met rust laten.'

Toen mijn eerste film op uitkomen stond, genoot ik heel even (ik herhaal: heel even) aardig wat aanzien als 'hippe nieuwe scenarioschrijver'. Tot uit de recensies bleek dat het een op en top Britse film was waar iedereen naartoe moest. Alleen deed niemand dat. (Ik stond eens in de rij bij Steve

Hatt toen ik het volgende gesprek opving: 'Heb jij die nieuwe film al gezien, die met dat "Liefde in de huurkazerne"-gedoe?' Schouderophalen, lucht die tussen de tanden door naar binnen werd gezogen: 'Nee ... Ik weet dat ik eigenlijk zou moeten gaan, maar ...' 'Ik snap wat je bedoelt.' 'Als ik dan toch voor een oppas moet betalen, doe ik eerlijk gezegd liever iets leuks.') In die korte periode van veelbelovendheid tekende ik een contract om een scenario te schrijven voor John Halliburton. Het verhaal speelde zich af in een luxe vakantieoord in Fiji dat bij een van de vele recente militaire coups ter plekke was overgenomen door een stel met machetes gewapende inboorlingen. Het dreigde een van die verhalen te worden waarbij zelfs de bewering 'Maar dit is écht gebeurd!' het exotische van de situatie niet echt geloofwaardiger wist te maken. Toch voelde ik me er om diverse redenen toe aangetrokken, al was het maar vanwege de studiereis naar het vakantieoord waar Hallie voor dokte. Ann was net bij me ingetrokken in mijn flat in Camden, en als ik het businessclassticket inwisselde voor twee economyclass-tickets kon ik haar ook meenemen.

Toen we eenmaal door de met bomen omzoomde straat in Hampstead reden begon ik weer aan mijn jaloezie te peuteren zoals je een nieuw gaatje in je mond controleert, en ik was opgelucht dat er inderdaad niets meer bleek te zitten. Ik beschouwde mezelf als een meester in het ontwijken van dat soort emoties, de koning van de rationalisatie: die en die was ouder dan ik en had dus meer ervaring, of hij was commerciëler, alternatiever, of het was een vrouw en daarom telde ze niet als directe concurrent, of zo iemand had goddomme een ander sterrenbeeld. Ik kon mezelf waarschijnlijk elk knarsend concurrentiegevoel uit het hoofd praten, tenzij het een identieke tweelingbroer betrof, en aangezien die niet bestond zat ik goed. Ann vond dat ontbreken van 'alfamannetjesgezeik' bij mij een pre, zolang het mijn drang om in het algemeen te slagen maar niet doorkruiste. Sinds de zwangerschap waren er een paar verraderlijk luchtige gesprekjes geweest over inkomengenererend vermogen en de hypotheek. We lagen allebei weleens een nacht naar de ademhaling van de ander te luisteren, op zoek naar de slaap te midden van het elektrische spanningsveld dat in de lucht hing. Ik was vrijwel door de slimmigheidjes heen die ik op mijn slapeloosheid kon loslaten.

'Nee,' zei ik. 'Ik heb van hem gehoord. *Casualty.* Verdomme.' Ik had een verkeerde afslag genomen en stond ineens tegenover een van die bespottelijke met verkeerspaaltjes afgezette straten.

'Zij was wel interessant.'

'Kijk nou even in het stratenboek voor me. Ik heb een rothekel aan Hampstead.'

Ze zat met haar hoofd over de kaart gebogen, maar ik zag dat ze nauwelijks haar lachen kon inhouden.

'Echt waar. Het is een stompzinnig doolhof waar idioot geslaagde tv-scenarioschrijvers wonen met hun enge alwetende vrouwen en een stel circusdwergen die ze voor hun eigen kinderen laten doorgaan.' Het was leuk om Ann aan het lachen te maken. Ze gaf zich er helemaal aan over zodat ik zelf ook moest lachen, terwijl ik ook nog eens een haarspeldbocht moest maken tussen braaf schoongepoetste Duitse auto's. 'Als je die man weer ziet die je achtervolgt, dan ga je het me toch wel vertellen, hè, Ann? Beloof je me dat?'

'Dat zal ik doen. Echt. Het was vast toeval.' Ze zag er gelukkig uit.

Sommige feiten zijn bekend. We leerden elkaar kennen. Werden verliefd. Gingen naar Fiji. Trouwden. We woonden samen in het huis aan Daley Street en we kregen onze baby. Ann ging dood. Nu woon ik alleen met Arlo, die vier jaar is, en ik kan me vrijwel niets herinneren van de afgelopen drieënhalf jaar. Een huurflat. De verhuizing naar Muswell Hill. Een reeks kindermeisjes: de Roemeense, de Canadese, de Russische, het Deense meisje met het slap neerhangende haar dat huilde toen ze het huis uit vluchtte. Een van hen die zei: 'Zo kunt u niet tegen me praten.' De vriend van de Roemeense die met zijn naar aftershave ruikende vrienden haar spullen kwam ophalen en me met zijn tranige ogen een blik toewierp van waag het niet, alsof ik dat zou kunnen. Ergens te midden van dat alles leerde Arlo lopen, zelf eten, naar de wc gaan. Arlo die praat. Arlo die met zijn vogelachtige stemmetje zingt, op een kruk in de achtertuin terwijl ik zijn koperrode haar aan het knippen ben.

De laatste tijd, sinds Arlo naar school gaat, heb ik het gevoel dat de nevel aan het optrekken is, alsof Ann naar me terugkeert. Daarom schrijf ik dit.

Tot zover de bekende gegevens, zoals een politicus zou zeggen. Naar andere dingen kan ik alleen maar raden. Wat Ann dacht. Wat Ann voelde. Wat er met haar gebeurde als ik er niet bij was. Daar heb ik fictie voor nodig, het *rrrrt* van het papier dat de oude typemachine in rolt waar ik sinds mijn studententijd geen afscheid van heb kunnen nemen. Het is een regeling die me bevalt: de computer voor wat ik weet, de typemachine voor alles waar ik niet zeker van ben. Fiji.

R.O.M.V. 01.07

Ze arriveren, na anderhalve dag reizen, zo veel zee dat ze er vrijwel beweginloos boven lijken te hangen, en het is midden in de nacht. De passagiers strompelen vanuit het vliegtuig door een overdekte luchtbrug zonder wanden. Ann voelt de hitte als een hand die een warme, vochtige handdoek tegen haar neus en mond drukt. Een dichte, rubberachtige lucht omhult hen. Tegen het wegebbende geruis van de vliegtuigmotor maakt een vogel het geluid van een piepende hordeur. Frangipane, ondanks al dit asfalt, al die grote machines. In een ruimte met linoleum op de vloer zoemen ventilatoren; de

lampen tegen het plafond zijn gedimd, er wordt
hier bespaard.

Een groep mannen in traditionele rokjes speelt
gitaar. Ann en Tom lopen naar de zwarte nacht
aan het eind van de hal. Maskers van donker
bewerkt hout, etalages met raffia tassen en zeep,
vignetten van autoverhuurbedrijven in egale,
primaire kleuren. Een man werpt een ketting
van schelpen over Anns hoofd. Hij leidt ze naar
een auto met donkere ramen.

'Net de auto van een politicus,' zegt Ann.

'U kunt naar buiten kijken,' zegt de chauffeur,
'maar niemand kan naar binnen kijken.'

Ze kunnen niet naar buiten kijken. De wegen
zijn gemarkeerd met kattenogen. 'Aan onze
linkerhand zijn een paar suikerrietvelden.
Suikerriet is de tweede industrie van Fiji.'

Wat staat er dan op de eerste plaats, vraagt
Ann bijna, maar dan schiet het haar te binnen:
toerisme, mensen zoals zij. 'Suikerriet wordt nog
steeds met de hand geoogst. Het is zwaar, ruw
werk. Ik ben een Fijische Indiër. Wij hebben een
geschiedenis van slavernij, we zijn door jullie
mensen hierheen gebracht' (met een licht
ironische nadruk op dat 'jullie') 'als
contractarbeiders, en we kunnen nog steeds geen
land kopen.' Ann gaat er zich beter van voelen,
dat dit allemaal hardop wordt gezegd.

'Nadi,' zegt de chauffeur, 'jullie eerste halte.'
Ann ontwaart koloniale gebouwen langs de weg,
onder de kleine, ijzige gloed van de
straatlantaarns. Hij zegt iets over de droge kant
van het eiland en de gemiddelde neerslag en zij
krijgt een visioen van de vochtige kant van het
eiland dat de onderkant is alsof het een

drijvende schijf is en er onder water een
gespiegelde wereld is met gebouwen en mensen
ondersteboven en suikerriet dat omlaag de zee in
groeit.

De dag na Anns onthulling over de man die haar achtervolgde
verliep het werk traag, zoals je in een nachtmerrie voortbe-
weegt, met gewichten aan je voeten. Mijn nachtrust werd ver-
stoord door beelden van Anns verdrinkende lichaam, haar uitgestrekte armen, als een kruis, met een vlezige rode hand die
haar gezicht onder water hield tot er geen luchtbelletjes meer
kwamen. Ze lag naast me in bed, diep in slaap door de allesver-
zwelgende uitputting van de vroege zwangerschap. Om vijf uur
's ochtends begon ik na te denken over mijn belastingaangifte.
Ik deed geen oog meer dicht.

De heel vroege ochtend is de beste tijd om te schrijven zeggen ze, maar ik zat in wanhoop naar mijn filmscenario te kijken. Het 'wie kan het ook een fuck schelen'-gevoel was op een
ongekend hoogtepunt. Ik werkte, uitsluitend voor het geld, aan
een scenario dat als een romantische komedie was begonnen
maar nu zo nodig een griezelfilm moest worden 'om redenen
van de tijdgeest' zoals de producent, met zijn blonde haar in
pluizige dreadlocks, het omschreef. Wat waren dat voor mensen en waarom deed ik dit? Hoe kon ik zo ver verwijderd zijn
geraakt van wat er in eerste instantie voor gezorgd had dat ik
filmscenario's wilde schrijven? Ik zat in mijn werkkamer op de
middelste verdieping van het huis op de afgrijselijke, ergono-
mische stoel te wippen en bonkte af en toe even licht met mijn
hoofd tegen het bureau. De bedoeling was er zo veel mogelijk
meisjes, verrassende wendingen en plotseling flitsende messen
in te stoppen om een bloeddorstig publiek van jonge vrouwen-
haters tevreden te stellen; natuurlijk wilde ik wel iets beters
doen, maar de laatste tijd leek zelfs dit bescheiden doel onbe-
reikbaar voor me. Ik verdeed minstens twee uur met het toevoegen van religieuze rimram, al wist ik maar al te goed dat

28

zolang het verhaal nog niet af was, dit een compleet vergeefse inspanning was. Nadat ik een tijdje op internet had rondgesnuffeld naar filmroddels hoorde ik Ann beneden rondlopen, en dankbaar ging ik de trap af om ontbijt voor haar te maken.

Ze probeerde te vertrekken, op zoek naar haar portemonnee, met vermoeide schaduwen onder haar ogen, haar rok gekreukeld, haar kapsel in de war, toen de telefoon ging.

'Alan hier. Hallo.' De man die me betaalde om te schrijven.

Ann keek me vragend aan en bracht het kussen van de bank dat ze vasthield naar haar borst. Ik wendde me af terwijl ik Alans uitnodiging om samen koffie te drinken aanvaardde. Hij stelde een coffeeshop in Islington voor waar het altijd vol jonge mensen zat die scenario's aan het schrijven waren en het over technologische snufjes hadden waar ik nog nooit van had gehoord.

'Wat wilde hij?' vroeg Ann licht hijgend, wat ze nu vaak deed vanwege de problemen met zuurstofopname die bij de zwangerschap horen, terwijl ze haar zoektocht naar de portemonnee had hervat.

'Geen idee. Om bij te praten.' Hij wil me ontslaan! schreeuwde ik vanbinnen, maar uit angst dat ik het zou laten blijken als ik het hardop zei, hield ik mijn mond. Ik stak mijn hand in de zak van Anns regenjas die in de gang aan een haakje hing. 'Hier.' Haar portemonnee. Ze nam hem aan, en het allereerste begin van tranen welde in haar ogen op.

'Ik word gek,' zei ze, en ze deed een poging om te lachen.

'Doe niet zo stom. Het zijn gewoon de hormonen.'

We omhelsden elkaar. Ik trok haar lange, slanke rug naar me toe en voelde de kleine, onzichtbare hardheid van de zwangerschap tegen mijn middel. En ineens zat ik op mijn knieën voor Ann, met mijn armen rond wat nog steeds alleen haar middel was en kuste de lagen fijne wol van haar kleren. Ons kind. Anns lange hand met de fijne botten lag zacht op mijn hoofd.

Ik ben het soort man dat aantrekkelijk is voor een bepaald soort vrouw. Ik schep niet op: niet dat ze nu echt beschadigd is, maar wel op het randje van gestoord; ze heeft er behoefte aan gerustgesteld te worden maar ze heeft een hekel aan dat tekort in zichzelf en verzet zich er voortdurend tegen. Ze kleineert zichzelf, maar als ze naar anderen uithaalt zie je de tentakels en de dubbele rij tanden van haar innerlijk. Haar seksuele centrum zit in haar ogen. Ze is makkelijk te neuken. Actief, een beetje pervers, soms lui. Maar mij hoor je niet klagen. Ik mag dan vier jaar met Ann getrouwd zijn geweest, ik zie nog steeds hoe ze me op feestjes spotten, ze denken dat ik niet weet wat er in ze omgaat, koortsig en uitgelaten van de drank, bereid om me uit te dagen. Ann is op die manier mijn leven binnengekomen, alleen zag zij kans de anderen een stap voor te blijven.

De gebruikelijke gang van zaken voor een man als ik is dat je hoofdrelatie niet genoeg is, dat je je gaat vervelen met die mysterieuze, net-niet-helemaal-schoonheid met haar grote ogen die zo afstandelijk en beheerst van start gaat maar uiteindelijk toch voortdurend blijkt te willen weten waar je uithangt. De bedriegster; in mijn vorige relatie had ik het gekrenkte gevoel dat ik verraden was vaak gebruikt om te rechtvaardigen dat ik een andere ambitieuze, jonge brunette voor een drankje uitnodigde. Bij dat soort meisjes kom je een heel eind zonder iets in het vooruitzicht te stellen, al ben ik weleens flink geschrokken toen een wel heel neurotisch type, Rebecca de journaliste, brieven naar mijn huisadres begon te sturen. Je hebt weinig aan mobiele telefoons en e-mail als je te maken hebt met een vrouw die zichzelf beschouwt als een negentiende-eeuwse literaire heldin en dan ook nog eens eentje die onrechtvaardig behandeld is.

Indertijd woonde ik samen met Bridget; ze was ouder dan ik en er was een tijd geweest dat ik haar aanbad. Ze joeg me angst aan, en dat is altijd onweerstaanbaar. In haar almachtigheid had ze lucht gekregen van de obsessie van dat meisje voor mij, net toen ik op het punt stond Rebecca te vragen niet meer te schrijven. Het is waar dat ik het op zijn beloop had gelaten. Wie doet dat niet, als je eenmaal bent beschreven als saturnisch? (Nou goed, in de lichtelijk overdreven zinsnede 'mijn saturnische meester', maar toch. Zoiets overkomt je niet dagelijks.) En ik maar volhouden dat ik nergens van wist en tegelijkertijd om vergiffenis smeken, zij het op beide fronten niet erg overtuigend, en al mocht ik blijven van Bridget, het was wel het begin van het einde. Niet lang daarna leerde ik Ann kennen.

Ann was lang, slungelig, met dik rood haar dat ze in een staart op haar rug droeg. Ze was een Australische en al ben ik nooit in dat land geweest, ik begreep van een wederzijdse vriend dat Ann de zogenaamde 'Sydney-look' had. Die informatie werd niet aan haar doorgegeven; ze had haar best gedaan haar wortels af te schudden. Ze had het nooit over thuis en soms vroeg ik me af wat ze zich in godsnaam nog wel herinnerde: het had er namelijk veel van dat ze een klap met de geheugenverlieshamer had gekregen op het moment dat ze op Heathrow landde. De aanduiding sloeg op Anns voorkeur voor strakke spijkerbroeken en rokken in uiteenlopende nuances zwart, stevige laarzen, en eyeliner die in de stijl van een filmster uit de jaren vijftig aan het eind van haar bovenste ooglid omhoogwipte. Het geheel leverde het effect op van blijf-met-je-poten-van-me-af, en was nog net niet gothic. Ons seksleven was tot stilstand gekomen zodra haar zwangerschapshormonen toesloegen (toen haar garderobe trouwens ook een ingrijpende verandering onderging en ze bijna voortdurend in lagen gaasachtige, wapperende natuurvezels gehuld leek te zijn). Ons 'seksleven': hoe kan zo'n bloedeloos woord iets beschrijven wat zo hemeltergend, blauweplekkerig teder was, die koude druk van staal, het lichte schrapen op het scherp van de snede, het hartverwarmende van veilige verbondenheid, die langdurige blikken tussen ons? Ik moet toegeven dat ik erdoor werd overvallen, maar ik velde geen oordeel over de manier waarop Ann geneukt wilde worden. Ze was een taaie.

Ik arriveerde als eerste bij de coffeeshop, dus ik kreeg de kans een fiks aantal paranoïde minuten te spenderen aan het bekijken van de modieuze kledij van types die jonger waren dan ik, en me af te vragen waarom Alan me wilde spreken. De derde kop koffie op een dag is altijd een vergissing, maar het alternatief was een van die ellendige theevarianten die naar babyvoeding smaken. Ik was niet bang voor Alan maar doodsbenauwd voor ontslag. Ik zou alles pikken om dat maar te voorkomen; hij kon zo vaak van genre wisselen als hij maar wilde, hij kon me vragen het telefoonboek tot drama om te werken, hij kon een rol voor zijn vrouw eisen, het maakte me allemaal niet uit: ik was zijn schrijfhoer en ik zou me aan die prestigieuze positie vastklampen tot mijn nagels gingen bloeden.

Een vrouw zat alleen aan het tafeltje aan de overkant van het gangpad. Ze had wel iets weg van die neurasthenische Rebecca: enorme ogen, een merkwaardig klein, rozerood mondje, haar bleke armen die eruitzagen alsof ze slap aanvoelden, alsof deze vrouw vermoeiende zaken als het beheer van haar geld en het voorsnijden van haar eten maar liever door anderen liet opknappen. Ze zat een oude pocket te lezen, precies wat Rebecca in het openbaar tevoorschijn zou hebben gehaald: misschien wel *Onder de vulkaan* of *De wijde Sargasso Zee*. Ik probeerde een blik op het omslag te werpen zonder dat zij het merkte.

'Hoi.' Alan was van uiterlijk veranderd. De klitterige gebleekte lokjes waren verdwenen en hadden plaatsgemaakt voor het kapsel van de geslaagde zakenman. Had hij eindelijk begrepen dat hij te chic en te blank was om met die dreadlocks weg te komen? Had hij de hoop opgegeven dat hij nog eens cool zou worden? Had zijn vrouw haar zin doorgedreven? Alan was over haar aan het praten, over zijn vrouw, maar ik kon me niet concentreren. Eerst dat haar, en even later kreeg Rebecca's dubbelganger aan het andere tafeltje gezelschap van een dikke vrouw. Dikke vrouwen laten hun vriendinnen altijd wachten, is me opgevallen, dat is een symptoom van hun woede. Het boek van Rebecca's lookalike was *The Yellow Wallpaper*. Ik had medelijden met haar vriend; ongetwijfeld had ze een vriend, een magere vent met een bril die Thais kookte. Ze betrapte me erop dat ik naar haar zat te staren.

Alan zei: 'Dus dat maakt uiteraard een reusachtig verschil.'

'Hè?' kwam ik onbeschoft bij mijn positieven. 'Die muziek ook. Ik kon niet verstaan wat je net zei.'

'Die zwangerschap. Alles is al zo onzeker bij het bedrijf en nu met de baby is het allemaal te onbestendig. Ik moet iets betrouwbaarders hebben. Dat reclamebaantje is geknipt. Ik ga ja zeggen, Tom.'

'Reclamebaantje?'

'Creative director bij Clock, ja. Ik ben bijna dertig. Ik mag mijn handen dichtknijpen dat ze me willen hebben.'

'Dus je stopt met producen?'

'Ja.'

'Omdat Ann een kind krijgt?' Ik was razend, ik voelde me gediscrimineerd. 'Dat maakt anders geen flikker verschil voor mijn schrijfwerk, ik kom echt wel over de brug.' Onder het praten wervelde mijn geest omlaag door de tunnel van het zonder Alan moeten stellen, zonder producer, zonder iemand die het scenario, Ann, de baby financierde, geen geld, geen geld, geen geld.

'Míjn kind. Sally is in verwachting, had je me niet verstaan?' Hij blies stoom weg van zijn koffie. Het had de stoom kunnen zijn die van droog ijs afslaat, zo koud was de lucht die traag over me heen sloeg.

'Wat geweldig, Alan.' Ik kende hun geschiedenis: de ene na de andere miskraam, een rondje ivf dat niets opleverde, de specialisten, de hormooninjecties, het langzaam uit beeld verdwijnen van vrienden die wel kinderen hadden, de troosteloosheid van dat alles. Ann en ik hadden ons schuldig en ongemakkelijk gevoeld over onze soepel en bijna per ongeluk tot stand gekomen zwangerschap. We waren ruim tien jaar ouder en dus de aangewezen personen om opgedroogd en verschrompeld te zijn en niet meer in staat om zwanger te worden. Dit was geweldig nieuws voor hen. Natuurlijk wilde hij een veiligere baan. Maar, jezus. 'Het scenario is bijna af, Alan. Deze versie wordt het, dat voel ik gewoon.' Gelul. Ik probeerde mijn leven te redden.

'Natuurlijk zullen we je nog voor deze versie betalen.'

'Maar daarna?'

Alan haalde zijn schouders op. 'Het spijt me, Tom. Ik wilde het je persoonlijk vertellen.' De verrader die om clementie vraagt, het visitekaartje van een fijnbesnaard persoon.

'Stel nou dat dit … Stel nou dat dit een geweldig scenario is, kun je dat dan zomaar laten liggen?'

'Ik ben geen producent meer. Het is gekkenwerk. Jij zou er niet eens aan beginnen.' Een zielige poging om me te troosten. 'Bijna dertig,' zei hij, 'nog een geluk dat ze me willen hebben. Zelfs zonder de baby zou ik … Nou ja. Dat was het dan.'

Alan had een compagnon, een oudere vrouw van het uitgekookte type, iemand die zich door niets of niemand uit het veld liet slaan, zoals dat voormalige drinkers nu eenmaal eigen is. 'En Rosemary dan? En Cheryl?' De bedrijfsassistente met haar doorrookte stem en haar knokige heupen. 'Hoe staan de zaken, Cheryl?' vroeg je, en dan zei zij kordaat: 'Met de tieten omhoog, de filmindustrie ligt met de tieten omhoog, zoals gewoonlijk,' waardoor je altijd (en dat was ook de bedoeling) aan Cheryls tieten moest denken, die dan wel aan de kleine kant waren en hoog op haar borstkas zaten maar toch opmerkelijk aanwezig waren in haar strakke, dure T-shirts. Op het vorige feestje ter gelegenheid van Kerstmis had ze met het ene springerige been over het andere gezwaaid op haar bureau gezeten, de heerseres over alles wat ze overzag. De blik die ze van onder haar half geloken oogleden uitzond en die half uitnodigend, half minachtend was, doorboorde me als een stuk ijzerdraad. Ik herinner me dat ik zowaar mijn nagels in mijn handpalmen drukte om dat moment te overleven. Het evenbeeld van Rebecca zat net zo hard terug te staren. Ik voelde me misselijk, alsof ik Ann ontrouw was geweest en dit het immer gevreesde tikje op de schouder was van de inspectie huwelijkstrouw.

'Cheryl blijft.'

'Met Rosemary?'

'Ja. En voordat je het vraagt: Rose heeft de projecten bekeken die ik onderhanden had en ze neemt er maar één over.' Ik probeerde zijn mond te dwingen 'dat van jou' te zeggen. Hij zei: 'Dat van Joe Baxter.' Joe Baxter was 26. Hij had ooit een alleraardigst script geschreven dat in de verte wel iets aan mijn eerste filmscenario deed denken, dat sociale-woningbouwgeval waar ik nu met een zekere gêne op terugkeek. Anderen moeten die gelijkenissen ook hebben gezien want Alan kon Joe's script maar niet van de grond krijgen. Hij gaf het op Joe's verzoek aan mij om te zien of ik er nog iets aan kon verbeteren. Dat viel nog niet mee: het was bondig geschreven, de personages waren verrassend en echt, de grappen klopten. Ik moest op de juiste plekken hard lachen of bijna huilen, en toen ik het uit had wist ik dat het nooit verfilmd zou worden. Iets dergelijks was al eerder gedaan. Er ontbrak iets aan: ofwel die blauwe vlam van de originaliteit, of het bevredigende gevoel dat je krijgt bij een volmaakt uitgevoerd genrestuk dat keurig op zijn plaats valt. Een stemmetje binnenin vroeg zich af of de commerciële flop van mijn film Joe's kansen niet in de grond had geboord. Een geslaagde film brengt navolgers voort. Maar Joe's script was geen hommage; het was waarschijnlijk beter dan het mijne, fluisterde de stem. Ik schreef Joe een brief waarin ik tamelijk gedetailleerd zijn werk prees en hem de suggestie aan de hand deed het script te gebruiken als een voorbeeld van zijn kunnen om opdrachten mee los te krijgen. Hij zou het vast en zeker gaan maken in de filmindustrie, zei ik, en dat meende ik nog ook. Ik zei er niet bij wat ik verder nog geloofde, namelijk dat hij me het scenario niet had gestuurd om kritische kanttekeningen van me los te krijgen, maar in de hoop op precies die loftuitingen die hij nu had gekregen, en om me te laten weten dat hij voortaan meetelde. Een deel van me voelde zich gevleid omdat hij me belangrijk genoeg achtte om zijn rooksignalen te ontvangen. Nu was hij de enige overlevende van Tranters desertie naar de duistere zijde.

'Wat dan? Dat huurkazerneproject?'

'Iets nieuws.'

'Dat is snel.'

'Hij is er nog maar net mee begonnen.'

'Kan ik met mijn project naar iemand anders stappen? Zijn de rechten van mij?'

'Ja, natuurlijk.' Een en al ruimhartigheid. 'De rechten vervallen aan jou.'

Ik ademde langzaam tussen mijn opeengeperste lippen uit om de papieren zak van mijn ego leeg te laten lopen. Zonder te weten dat het eraan kwam begon ik hulpeloos te lachen.

'Rustig aan, Tom. Tom.'

'O, god.' En dan te bedenken dat ik deze eerste versie had proberen af te maken en bij te schaven om vervolgens zo'n bastaardmanuscript in te leveren dat direct vanaf het begin al een slecht idee was geweest waar alleen Alan vertrouwen in had en waaraan ik alleen maar was begonnen in de cynische hoop dat ik er uiteindelijk goed voor zou worden betaald. Het huis moeten verkopen waar we nog maar een halfjaar in woonden, ons wéér al die notariskosten en de makelaarscourtage op de hals halen. Ruimte kwijtraken, tijd verliezen. Waar moesten we heen? Niet naar Andy en Tonia, in elk geval. Mijn ouders, nooit van mijn leven. Een kleiner huis, een flat? Waar konden we nu nog aan een hypotheek komen? Ann die meteen na de bevalling weer aan het werk moest? Het Ann moeten vertellen? Alweer. Het was wéér gebeurd. Zo'n kerel was ik. Gelach welde uit mijn keel op. Al schudde ik mijn hoofd terwijl ik mijn vertrokken gezicht met mijn handen bedekte, ik kon eenvoudig niet stoppen. Het Rebeccatype schoof op weg naar de uitgang langs me met haar jas stijf tegen zich aan geklemd, alsof mijn aandoening besmettelijk was. Ten slotte sloeg het gelach om in een licht, angstig gesnik, een vernedering die me in staat stelde de emotie in de houdgreep te nemen en met een paar laatste, bevende ademhalingen eronder te krijgen. Stil zitten. Ik kromp ineen achter de tafel, veegde mijn gezicht af met mijn vlakke hand. 'Oké,' zei ik. 'Goed.'

Ann lag beneden op de bank met haar lange benen over het ene uiteinde, haar ogen gesloten, een beeld uit een sprookje. Ik schonk een biertje in en ging naar haar zitten kijken, de vage donkerrode lijnen op haar oogleden, de vlekkerige eyeliner, het speeksel dat in de hoek van haar licht geopende mond glinsterde. Ze had geen zin meer in seks sinds ze zwanger was. Ik wist niet of dit normaal was en kon niemand bedenken om het aan te vragen. Die ene keer dat we het probeerden, zei ze dat de alcoholgeur van mijn adem haar niet beviel. Ze was droog. We hielden vol maar het leek niet de moeite waard om nog eens te proberen. Ik hoopte op een omslag in het tweede trimester.

Met een diepe inademing schoot ze wakker. Ik zette mijn glas neer. Ze keerde haar hoofd met een ruk naar me toe en drukte tegelijkertijd een kussen tegen zich aan. Om de een of andere reden zeiden we geen van beiden iets. Ze kwam overeind en liet haar blik door de kamer schieten terwijl haar hoofd rukjes maakte als een vogelkop, alsof ze zeker wist dat er nog iemand was.

'Wat?' vroeg ik, en ik kuchte om mijn keel vrij te maken. 'Wat is er?'

'Niets.' Ze stond op en ging weer zitten. 'Ik dacht dat er iemand in de kamer was.'

'Alleen ik.'

Ann vertelde wat ze gedroomd had. Ik maak er geen gewoonte van om naar andermans dromen te luisteren. Ik kan niet tegen die onverdraaglijke neiging van vrouwen om zulke nachtelijke wartaal te analyseren alsof er boodschappen in schuilgaan die ook maar iets betekenen. Horoscoopgelul, leugens van handlezers. Ditmaal lette ik op. Ze was nog in de greep van de droom en sprak bijna monotoon, terwijl ze mijn arm vasthield alsof ze bang was.

Vaak als ze net wakker was klonk haar stem Australischer dan normaal. Ann was met succes ingeburgerd toen ze ruim twintig jaar terug naar dit land kwam. Het was een overlevings-strategie, zei ze tegen me, om te voorkomen dat ze door arrogante, bekrompen zeikerds als ik als een stomme koloniaal zou worden behandeld. Zeikerd, rukker, lul, allemaal schattige benamingen die haar voor in de mond lagen, ze vloekte als een keurig opgevoed meisje. Ik ken wel van die zelfverklaarde aristocratische Australiërs met hun landadellijke air en Arische voorkomen; ze dragen linnen in allerlei tinten beige, met opgeslagen kraag, ze zijn gebruind en hebben streperig blond haar, ze spreken met een pretentieuze neusklank en een gesliste s. Ze hangen net zo aan de juiste scholen en de juiste achternamen als elk slag in de samenleving dat zichzelf boven anderen verheven acht. In hun geval is het helemaal misplaatst omdat de meesten afstammen van rovers, moordenaars en dieven, en dan heb ik het nog niet over de reden waarom ze daarheen werden gestuurd maar alleen over wat ze deden nadat ze daar aangekomen waren. Ann hoorde daar niet bij.

Allereerst de feiten. Ze werd halverwege de jaren zestig in Australië geboren. Op het moment dat ik nu beschrijf was dat het enige wat ik van haar leven wist voordat ze op deze kust landde, zeventien jaar oud, vol vuur en avontuur, in de hoogtijdagen van de Nieuwe Romantiek. Net als iedereen van haar generatie was ze woedend op de wereld zoals die er op dat moment voor stond. Ze genoot van die woede; die dreef haar voort terwijl ze zichzelf een nieuw leven aanmat. Ze vermeed angstvallig andere Australiërs, de gekraakte flats in Earl's Court, dat bij elkaar kruipen en de achteloze seks uit heimwee. Ze was geen 'En Wiels' meer maar Ann Wells, die met haar lijzige klinkers en visnethandschoenen, haar opgeheven kin en zwoele blik iedereen uitdaagde die haar recht om hier te zijn wilde aanvechten.

Ik studeerde indertijd en werd bereden door dikke lesbo's die verliefd waren op Hélène Cixous maar niemand konden vinden om mee te neuken. Als Ann en ik elkaar toen hadden leren kennen, fantaseerden we later, waren we waarschijnlijk met elkaar naar bed gegaan en hadden we ons vervolgens zo snel mogelijk onmenselijk tegenover elkaar gedragen. Het was mijn uitgemergelde fase, waarin jukbeenderen in hoger aanzien stonden dan het hebben van een vriend die de Simple Minds kende (dat vakje kon ik ook al afvinken), en als je maar flink schaafde aan je optreden van een aan levensangst lijdende klootzak kon je gegarandeerd van bil. Dat was de tijd waarin de gestoorde grietjes met de vochtige ogen ten tonele verschenen en ik erachter kwam dat hoe stoerder ze deden hoe meer rottigheid je kon uithalen, want ze mochten toch niet laten merken dat het ze wat kon schelen. Toen ik op Ann verliefd werd, begaf ik me op volslagen onbekend terrein. Te laat kwam ik erachter dat die stoerheid bij haar volkomen echt en tegelijkertijd een grote leugen was.

Voor mij is het jammer genoeg erg moeilijk om niet de hele tijd over mezelf door te zagen, terwijl het mijn (aan mezelf opgelegde, wellicht is dat ook het probleem) taak is om te achterhalen hoe Ann ons zover heeft gekregen. Ik had gedacht dat ik wel mijn bekomst zou hebben van het persoonlijke, na jarenlang voor de somma van iets meer dan honderd dollar per stuk andermans ternauwernood verhulde autobiografische ontboezemingen in de vorm van scenario's te hebben gelezen. Het rondzwerven door verlaten straten, de onbereikbare schone, de moederfixatie, en als klap op de vuurpijl de onvermijdelijke masturbatiescène. Ik heb zo vaak walgend mijn thee moeten neerzetten bij het lezen van andermans drang om de wereld kond te doen van zijn smerige geheimpjes. Maar nu blijk ik net zo in elkaar te zitten als ieder ander, wil ik alle details weten, tussen de vuile was snuffelen, niet tevreden met wat er zich vlak voor mijn neus bevindt, en ik inhaleer diep, met mijn gezicht tegen het verleden geplakt.

Ann werd serveerster in een van die indertijd hippe restaurants waar de champagne rijkelijk vloeide en ze gebakken camembert serveerden. Het duurde niet lang voordat ze de hele tent beheerde en mensen bij de deur begroette met de strakke rigor mortis van de gezichtsuitdrukking waar we destijds allemaal aan leden. Heel even zat ze in het centrum, de plek waar ze de juiste muziek draaiden, drugs gebruikten en de juiste kleren droegen; ze was iemand die je moest kennen. Die stijl van leven, die verkleedpartijen, dat paste wel bij haar. Het was allemaal zo ver van provinciaal Australië als ze zich maar had kunnen voorstellen. Tegen de tijd dat de zomer van de liefde toesloeg had ze er net als iedereen genoeg van om verveeld te kijken en ze stortte zich op de nieuwe drugs, het soort waar ze gelukkig van ging kijken. Ze had altijd vriendjes, vaak ouder, en gebonden, maar nooit serieus, tot ze op een bepaald moment besefte dat ze zin had om naar Parijs te gaan maar dat haar Britse visum verlopen was, en dus trouwde ze toen maar. In het kantoor van de burgerlijke stand in Marylebone op de bovenetage, te midden van de namaakmarmeren zuilen en met eikenhout beschoten muren werd ze om elf uur 's ochtends mevrouw Lincoln. Daar keek ik van op, dat ze bereid was haar naam te veranderen. Dat zijn de feiten.

Ann woonde niet samen met haar echtgenoot. Ze ging nooit met hem naar bed. De afspraak was dat hij en zijn vriend zich over een paar jaar in Australië konden vestigen en dat zij daar als zijn vrouw zou fungeren totdat de autoriteiten de juiste stempel in zijn paspoort hadden gezet. In aanmerking genomen wat ik nu weet van Anns houding tegenover haar geboorteland vraag ik me af of ze ooit van plan is geweest om dat ook echt te doen of dat de vingers die ze tijdens de huwelijksplechtigheid gekruist achter haar rug hield meer op de beloofde emigratie sloegen dan op haar huwelijksgelofte.

Tonia vertelde me dat verhaal over de gekruiste vingers. Zij had Ann leren kennen toen ze beiden als kunstenaarsmodel optraden bij een cursus modeltekenen aan Slade. Ik weet er niet veel van, maar volgens mij wordt alleen een bepaald type vrouw kunstenaarsmodel. Ze heeft uitgebreid ervaring met harddrugs en vindt het onbegrijpelijk dat de studenten haar tatoeages niet liefdevol overnemen. Ann en Tonia waren nog jong; ze moesten een heftig nachtleven financieren; Tonia leverde de drugs en Ann had de littekens. In de loop van de weken begonnen ze in de vijf minuten pauze tussen de lessen dat de een zich aankleedde en de ander stripte (ik weet heus wel dat het niet geacht wordt opwindend te zijn, maar dat is het wel), elkaar stiekeme blikken toe te werpen, daarna knikjes en ten slotte begonnen ze te praten. Wat zullen ze oogverblindend zijn geweest, die graatmagere lachende meisjes, Ann met haar waterval van haar en de vage merktekens van snijwonden op haar lange blauwwitte dijen, Tonia's donkerbruine ledematen die hoekig op het met witte lakens bedekte podium gearrangeerd lagen, de schaduwen in de holte van haar sleutelbeen als ze vooroverboog ... Het is vreselijk verkeerd om op die manier aan de beste vriendin van je vrouw te denken, maar het voelt tegelijkertijd helemaal goed, zoals jongeren tegenwoordig zeggen ... Tonia woonde in de buurt van de campus in een reusachtig, smerig kraakpand met een onduidelijk aantal anderen: het duurde niet lang voordat Ann met een van hen naar bed begon te gaan, Useless Bill, die deed alsof hij filmmaker was maar eerder asbak van beroep was: hij rookte onophoudelijk shag en met de peuken wreef hij over zijn stinkende grijze spijkerbroek. Ik maak me graag wijs dat de volslagen zinloosheid van Useless Bills bestaan de aanzet was tot Anns volgende onderneming, namelijk om zichzelf en iedereen die ze kende te verrassen door zich in te schrijven voor een basiscursus aan de kunstacademie van Camberwell.

Enige jaren daarna ging Ann met grote tegenzin naar de begrafenis van haar echtgenoot. Hij had Australië nooit bereikt: de hepatitis die hij had opgelopen door een naald met iemand te delen hield hem aan huis gekluisterd en uiteindelijk werd een schimmelinfectie hem fataal. Ann en hij hadden geen contact meer met elkaar maar zijn partner belde om haar op de hoogte te stellen. 'Kleed je maar als een echte weduwe,' zei Sam tegen haar. 'Dat had Martin leuk gevonden.' Dus toen ik Ann voor het eerst aanschouwde, ging haar gezicht schuil achter een zwart gazen sluier, haar lange, slanke figuur was gehuld in een pak in de stijl van de jaren '40, en haar zwarte hoge hakken zakten in de koude modder van de begraafplaats. Martin werd in Bournemouth begraven, waar hij zijn leven had doorgebracht en vervolgens half levend had doorgebracht en naderhand kwamen wij – degenen die zijn vrienden en familie waren geweest – bijeen in het tochtige strandhuisje dat Sam en hij hadden gehad, met grijze wintergolven die vlak daarbuiten op het strand sloegen. Daar zette Ann haar hoed af en zag ik haar bos rode haar samengebonden in een zware wrong in haar nek. Ze was toen dertig en op haar best, en haar plechtige, inbleke gezicht stak gepast somber af tegen de veelkleurige lampjes en felrode tulpen die Sam bij wijze van versiering overal had neergezet.

Ik was daar met Bridget: we woonden al niet meer samen maar ik kende Sam vaag via haar, en ik vond dat ik zijn overleden vriend de laatste eer moest bewijzen. Maar in feite was de dodenwake ondraaglijk omdat hij ondanks dat kerstsfeertje doortrokken was van een naargeestig soort tragedie: alweer een goeie kerel die te vroeg is weggenomen, waarom Heer, waarom, dat werk. Martin had bij een close groepje studievrienden gehoord waarvan Bridget er een was. Misschien was ik afgunstig op het gemak waarmee ze met elkaar omgingen, alsof ze met zijn allen tot hetzelfde speciale ras behoorden, maar aangezien ze nogal somber rondliepen omdat dat ras was gekrompen, was het nu niet dat je zegt een gezellig afscheid. Ik baande me een weg naar Sam door de sigarettenrook en de zeemist om te vragen wie die vrouw met het rode haar was, en hij zei: 'Martins vrouw.' We waren niet aan elkaar voorgesteld maar toen ik hoorde dat ze zich verontschuldigde omdat ze de trein moest halen, bood ik haar een lift terug naar Londen aan en ik liet

Bridget achter terwijl ze Sam tegen zich aandrukte en hem beloofde dat ze pas na het weekend zou vertrekken. Bij mijn vertrek, met mijn hand ter hoogte van Anns lendenen, wierp Bridget me de verachtelijkste blik toe die ze maar in haar ruime scala aan verachtelijke blikken ter beschikking had. Ze kende me.

Wie was Ann indertijd? Wat ik me vooral herinner is dat ik me een tijdlang ontzettend onzeker voelde toen ik wat met haar kreeg. Wie zij was? Wie kon dat nou wat schelen? Wie was ik dat ik meende te kunnen denken dat ze misschien wel bij mij wilde zijn? Elke ochtend als we bij elkaar geslapen hadden werd ik verbijsterd wakker omdat ik weer niet in een leeuw was veranderd en er weer geen vloek over me was uitgesproken. Haar in bed krijgen – of op de keukentafel – was trouwens makkelijk genoeg. In haar hoofd komen vroeg om een techniek die ik kennelijk niet meester was. Een hele tijd leek ze geen reet om me te geven terwijl ik elk spiertje waardigheid verloor door haar een paar keer per dag te bellen, kaartjes te kopen voor toneelstukken waarmee ik indruk op haar hoopte te maken, extravagante en nogal homo-achtige visgerechten te bereiden omdat ze deeltijdvegetariër was, en over de hele linie haar te achtervolgen als een zielige oude geest die niet weet wanneer het mooi is geweest.

Anderhalf jaar lang zochten we elkaar 's avonds beurtelings bij de een en dan bij de ander op. Destijds had ze een goedkope huurflat in Clerkenville in de buurt van het ziekenhuis waar ze later ging werken, vlak voordat de buurt hip werd. Ik liep vaak op beroete zomeravonden vanaf Camden daarheen, zocht haar op in haar minieme studio omringd met bergjes geknede was en mensenhaar, schoof haar sandalen aan haar lange, blote voeten en duwde haar zachtjes de deur uit. We dronken overal, in de nieuwe gastronomische pubs, de kroegen rond Fleet Street en de tapasbars achter Tottenham Court Road, we werden onvast en smoezelig en doken weer op in de lauwe lucht alsof we in warm water sprongen, sprongen roekeloos op bus 19 terug naar huis op het moment dat hij optrok. Ann trok zich terug, ze probeerde het in elk geval, ze deed het zo overtuigend dat ik op het punt stond de zaak op te geven, en toen – ze moet gevoeld hebben dat ik me terugtrok, het zwijgen van de telefoon terwijl de avonden verstreken en ik haar eerst een week, toen een maand lang niet belde – stond ze voor de deur van mijn flat, met rode oren en haar handen weggestopt in de zakken van haar trenchcoat, en ze liet me op gehaaste, nijdige toon weten dat ze van me hield. Achter haar, aan de overkant van de straat liet de wind de bloesem in de bomen schudden. Ze fronste haar voorhoofd. Was ik echt zo onbeschoft dat ik haar niet binnen vroeg? Mijn mond vulde zich met een nieuwe smaak. De aanzet van tranen sidderde op haar onderste oogleden. Elk onderdeel van mijn lichaam zat strak van de weken dat ik mezelf ervan had moeten weerhouden contact met Ann op te nemen en toch rekte ik het ogenblik omdat ik niet wilde dat ze het te makkelijk had. Haat, liefde.

'Mooi,' zei ik ten slotte. 'Want ik wil geen dag langer meemaken dat ik je niet zie.'

'Ik ben de laan uitgestuurd.' Ik gooide het eruit, met een pervers genoegen in de formulering. Even was er een gespannen moment dat we er allebei op wachtten dat ik 'alweer' zou zeggen, maar ik was niet van plan Ann de schuld te geven en toen ze dat kennelijk besefte, moest ze lachen. Niet wanhopig, zoals ik tegenover Alan had gedaan in de coffeeshop, maar luchtig. Waar was die paniek van haar, die borrelende angst van drie uur in de nacht?

'Zoals je kijkt!' zei ze, en ze begon weer te lachen. Ze zei dat ik wel weer een contract zou krijgen, we hadden wel vaker zonder werk gezeten, ze zou nog zeker vijf, zes maanden doorwerken en gegarandeerd dat zich voor die tijd wel iets zou aandienen.

Ik greep haar armen vast. 'Je bent geweldig.' En dat was waar, ze kon aan alles een positieve draai geven. Ze wurmde zich uit de omhelzing en ging achterin op het trapje Tonia zitten bellen. De koele herfstavond stroomde de keuken binnen. Ik deed de achterdeur dicht.

Dit waren we dus, na dat eerste symbiotische jaar samenwonen: een stel dat een ander stel om zich heen nodig had. Tonia en Andy, de man met wie ze in haar tijd als tekenmodel iets was begonnen, hadden evenmin kinderen. We gedroegen ons alle vier alsof we stilzwijgend hadden afgesproken daar niet aan te beginnen, dat kinderloosheid onze uitverkoren levensstijl was. Geen banden, geen platvloerse obsessie met scholen, inentingen en lichaamsfuncties, geen lelijke joekel van een gezinsauto. We hadden allemaal een hekel aan mensen die niets liever deden dan over de kids zeuren; we gingen weleens met ze om maar verlaagden ons nooit tot informeren naar hun kroost of het onthouden van hun belachelijke namen (de arme kleine Savannah bij wie alles erop wees dat ze eerder tot een dikke prop dan tot schoonheid zou uitgroeien; de zielige Indigo met haar vooruitstekende tanden en die inwitte Sylvester met zijn brilletje!). Onze gezamenlijke vakanties brachten we door met romans lezen, tochtjes maken in de omgeving, bergwandelingen, tennissen, en het ene stel dat de aftocht blies naar het dichtstbijzijnde stadje terwijl het andere stel een 'niet-storen'-middagje in bed doorbracht. We gaven elkaar nog net geen bijnamen, maar het scheelde niet veel. Dat alles in aanmerking genomen namen Tonia en Andy het nieuws van Anns zwangerschap goed op. Er was maar één wankele periode van twee weken dat we niets van ze hoorden, en ik dacht nog, daar gaan we dan. Ik stond ervan te kijken hoe overstuur ik ervan was. Uiteraard niet zo erg dat ik 's nachts lag te denken dat we een vergissing hadden begaan of wenste dat we die vriendschap terug hadden in plaats van het kind dat ons te wachten stond. Toen belde Andy om te zeggen dat ze met ons bevriend zouden blijven als we beloofden nooit ofte nimmer een suv te kopen of het zinnetje 'we zijn zwanger' in de mond te nemen. Het was een grote verrassing voor me toen we elkaar voor het eerst ontmoetten en ik hem aardig vond: het is lastig op een alledaagse, intieme manier met mannen om te gaan. Andy weigerde vrijwel alle spelletjes mee te spelen, geen sprake van borstklopperij en punten scoren: hij bezondigde zich niet aan Anns zogenaamde alfamannetjesgezeik en het leek hem wel te ontgaan als er weer eens een stelletje zilverruggen vlak voor zijn neus grommend over de grond aan het rollen waren. Tegenwoordig is het een vloek om een man met een ego te zijn, je moet op zo veel fronten strijd leveren, en ik ben al heel vaak in de verleiding geweest om mijn tailleband een tandje wijder te zetten en af te zakken in de vervrouwelijkte middelbare leeftijd. Maar er is een essay van Orwell dat ik maar niet uit mijn hoofd kan zetten, waarin hij zoiets schrijft als dat de meeste mensen zo'n beetje tot hun dertigste het gevoel hebben dat ze de touwtjes van hun eigen leven in handen hebben, en dat ze het daarna opgeven en bezwijken voor dezelfde voorspelbare patronen als al die uitgezakte zielepieten die ze voorheen zo minachtten. Natuurlijk formuleert hij het beter dan ik. Maar ik was erin geslaagd om de veertig te bereiken en nog steeds te doen wat ik wilde of in elk geval de illusie te hebben dat ik dat deed, en Orwells theorie is nog steeds uitdagend genoeg om bij mij de moed erin te houden, ook bij de zoveelste lugubere moord op een maagdelijke studente die ik al zwetend op papier probeer te zetten. Krijg de klere allemaal, ik hou nog steeds vol.

Nu Ann Tonia had toevertrouwd dat ik aan de dijk was gezet kon ik met een gerust hart met Andy afspreken voor een paar troostrijke biertjes zonder dat ik het hem hoefde te vertellen. We spraken de volgende middag in Hackney af. Een stel jongens brulde ons wat mogelijkerwijze als potenrammerij op te vatten scheldwoorden na toen we de straat richting de Lauriston overstaken, maar als docent was Andy gewend aan grofgebekte jongeren. Ik voelde me altijd veiliger in zijn gezelschap. De pub was vrijwel leeg; paranoïde (je wordt bangelijk van werkloosheid) vroeg ik me af of de jongens achter ons aan naar binnen zouden komen. Zonder de gebruikelijke drinkers kon je de hoge wanden en de brede, dreigende ingang zien, maar ze hadden er kledingvoorschriften – geen honkbalpetten en geen trainingspakjacks – op een opbeurend blaadje papier. Het biertje werkte kalmerend. Na een kort gesprekje over de rottige filmwereld (tieten omhoog, vertelde ik hem) kwamen we niet meer op mijn situatie terug. Andy praat graag over films, maar alleen over de films die hij heeft gezien. Hij is een fan van Billy Wilder; hij zou willen dat het leven net zo in elkaar zat als een film van Wilder, zwaar en gecompliceerd, maar dat de zuiveren van hart uiteindelijk zegevieren. Het is een van zijn lievelingswoorden, hart, en dingen hebben het wel of ze hebben het niet. Tottenham is een en al hart; Chelsea niet. *Channel 4 News*: hart. *Newsnight*: geen hart. Tennissen, vissen, wandelen, stuk voor stuk bezigheden met een hart; dit in tegenstelling tot kaarten, dat zo volkomen ontdaan is van een hart dat het alleen geschikt is voor de doden. Dat leidde een enkele keer tot problemen tijdens onze vakanties, omdat ik zo rond de tweede avond meestal met het voorstel kwam om met zijn vieren een spelletje 500 te doen. Ongeacht met wie Ann speelde haalde zij meestal de grote buit binnen, en dat was prima, want Ann had een hart en daar speelde ze mee, net als Tonia. Over mij was – is – de jury het nog niet eens.

Hij zei dat hij moe was, en hij had een whiskeytic in zijn ene oog om het te bewijzen. Een jongen was met een pistool op school gekomen. Het mes van het jaar daarvoor was al erg genoeg geweest, maar dat pistool was helemaal afgrijselijk. De politie kwam voortdurend over de vloer, mensen hielden hun kinderen thuis. Andy had een hekel aan wat hij naar zijn gevoel langzamerhand werd: iemand die op de loop wilde gaan. Zo was hij eerder geweest, de eerste paar jaar dat hij daar werkte en af en toe bevend naar school ging in afwachting van de confrontatie die hij niet zou aankunnen. Maar hij had ze allemaal aangekund, al die verschillende manieren waarop dat soort jongens je over de rooie krijgen, het zwijgen, de botte weigering, het gelach, de leugens, hij had zich erdoorheen geslagen en was overeind gebleven door zichzelf te blijven. Volgens die irritante boeken die zogenaamd je leven moeten redden is consequent zijn het allerbelangrijkste bij opvoeden, maar toon mij een ouder die beweert consequent te zijn en ik laat je een leugenaar zien. Andy is veel meer dan anderen onnoemelijk zichzelf, met zijn sproetige snuit en zijn hart. Hij had in het tertiaire onderwijs moeten gaan maar zonder dat hij dat ooit heeft gezegd voelde hij zich kennelijk aangetrokken tot lesgeven op een rotschool. Misschien was hij een barmhartige Samaritaan, of een masochist. Er was een kerel, vertelde hij, een vet varken dat hem het leven zuur maakte. Geen leerling maar een docent. Prikkelbaar als de neten, ervan overtuigd dat Andy neerbuigend tegen hem sprak, altijd zich er tegenaan bemoeien, altijd de kant van die jongens kiezen. Hij had voor alle keurig sprekende docenten een bijnaam. Die van Andy was Onze Weldoenster, wat zo bezijden de waarheid was dat het een schot in de roos was. Hij is lang, met de woeste rode kuif van een kind op een illustratie van Norman Rockwell, en heeft reusachtige handen en voeten. Als hij een vrouw was zou hij van het vreselijk chique en lelijke slag zijn geweest. Ik ben daarentegen juist erg knokig en meisjesachtig, en het zou niet al te veel moeite kosten om me te veranderen in een spinnend katje uit het werk van Anaïs Nin. Neem me niet kwalijk, ik weet zelf ook even niet hoe ik hier nu op kom.

Ik kreeg de indruk dat Andy meer dwarszat dan alleen die klachten over zijn school, maar ik kreeg het er niet uit. Het ging goed met Tonia, en met zijn ouders, hij was gewoon moe. Het bier deed ons allebei goed. Binnen de kortste keren hadden we het over muziek en vervolgens begon Andy te zeveren over de soundtrack van obscure Amerikaanse studentenbandjes, die met hart, en degene die er bijna waren maar nog wat moesten evolueren (prachtige zinsnede). Hij citeerde songteksten, deed bandleden na, en stak van het ene na het andere liedje naar mijn idee, aangezien ik de muziek niet kende, kernachtige, volmaakte analyses af. Het was me een genoegen om me te kunnen wentelen in Andy's heerlijke obsessie en voor een paar uur verlost te zijn van mijn eigen leven.

Toen ik thuiskwam waren de lichten aan. Ik was aangeschoten en klopte op de deur in plaats van met mijn sleutels te morrelen. Voor mijn gevoel stond ik wel een minuut lang licht heen en weer zwaaiend te kijken naar de bladderende groene verf en de koperen klopper in de vorm van een wolvenkop, die we van plan waren te vervangen; ik klopte nog eens hard. Er klonken voetstappen en Ann deed de deur open met nat haar en een handdoek om zich heen geslagen.

Ze keek naar me, langs me heen, en daarop gebeurde iets vreemds. Ze sloot de deur. Ik stond nog buiten. Het kostte mijn benevelde brein een paar seconden om te registreren dat ze de deur in mijn gezicht had dichtgegooid. De wolf staarde me aan. Ik knipperde even traag met mijn ogen en probeerde op de manier van een tekenfilmfiguur het wollige gevoel van mijn slapen te verjagen. Ik zocht in mijn zakken naar mijn sleutel en stak hem in het slot.

Het huis was warm na de koele herfstavond. Ik riep naar haar. De onafgemaakte, niet geschilderde gang was leeg. Even was er een wazig beeld van beweging toen ze plotseling op me af stormde en tegen mijn schouder duwde.

'Doe de deur op de grendel, doe de deur op de grendel.'

'Waarom?'

Ze porde met haar vingers in mijn schouders, de handdoek gleed weg, haar hele lichaam wit en rillend. 'Dat was hem, heb je hem niet gezien? Vlak achter je op het pad.'

'Hij? Die kerel?' Ik draaide me om met de bedoeling de deur open te doen en het te controleren.

Ze trok me weg en graaide naar de ketting. 'Niet doen!'

'Er was niemand achter me.' Het pad was glibberig geweest van de nevel en de bladeren, de straat geelachtig donker zoals het in dat schemerlicht van Londen kan zijn. Misschien was er wel iemand achter me geweest. Zo zeker was ik nu ook weer niet van mijn zaak.

'Ik heb hem net gezien.' Ze was iets kalmer nu de deur vergrendeld was.

Ik liep achter haar aan de voorkamer in waar ze het rolgordijn een stukje opzij trok om daarachter verborgen naar buiten te gluren.

'Zie je iemand?'

'Nee.' Het rolgordijn zwaaide op zijn plaats terug. 'Hij is weg.'

Overdag drinken is nooit een goed idee. In de bus van de pub terug naar huis was ik in slaap gesukkeld en nu zorgde die verhitte paniek van Ann ervoor dat de grond onder mijn voeten wegzakte. Het was net zo goed mogelijk dat ik vanaf de bushalte of de speeltuin gevolgd was, bedacht ik nu, als dat Ann alleen maar een schaduw had gezien en geflipt was. Geen van beide was een verklaring voor het feit dat ze de deur voor mijn neus had dichtgegooid en me alleen met die man in het donker had laten staan.

Nadat ik de ronde had gemaakt om de sloten op alle ramen te controleren vond ik Ann in haar ochtendjas uien snijdend aan de aanrecht. De keuken zag er anders uit. Wat had ze gedaan?

'Neem me niet kwalijk dat ik de deur dichtdeed,' zei ze voordat ik ernaar kon vragen. 'Dat was stom. Ik schrok me gewoon te pletter.'

Ik drukte haar tegen me aan. 'Geeft niets.'

'Ik voel me zo kwetsbaar,' zei ze, 'dat komt vast door de zwangerschap. Ik heb verdomme zin in een sigaret.'

Ik hoestte. 'Dan moet je er een nemen.'

'Nee.'

Toen we het huis inrichtten hadden we vreselijk gepiekerd over wat voor keuken we zouden nemen. De goedkoopste werd gemaakt door een bedrijf dat al een hele tijd een conflict met zijn werknemers had – mannen die al jaren aan het staken waren, gezinnen die het niet hadden gered en uiteen waren gevallen – en daar zaten we met onze etenswaren in hun op maat gemaakte kasten, allemaal uit naam van een krap verbouwingsbudget en mijn twee linkerhanden. Telkens wanneer ik een duur merk pasta of een extravagante wijn in een van de kasten zette voelde ik een slecht karma van de planken af stralen. Ann zag dat ik rondkeek.

'Ik heb schoongemaakt,' zei ze.

'Dat zie ik.'

De deurtjes waren van de kasten gehaald. Alles binnenin was opnieuw gerangschikt: de glazen naar de plek waar het meel en de bakpoeder hadden gestaan, kruiden op de plank van de glazen, stapels blikjes in het wijnrek, en borden onder de aanrecht.

'Een stuk beter, vind je niet?'

'Nou nee, ik kan het niet echt volgen.'

Ze schoof de uien in een pan en begon ze stevig om te scheppen. 'Het is praktischer.'

Ann dacht dat ze Australië ruimschoots achter zich had gelaten, maar ze had iets rigoureus pragmatisch en slaagde er geregeld in te impliceren dat wij Engelsen nutteloze slappelingen waren die blindelings vastzaten aan zinloze tradities als deurtjes voor keukenkastjes en potten en pannen onder de gootsteen. De verwijderde deuren bevonden zich blijkbaar onder de trap, wat een aangewezen plek leek om mijn schuldgevoelens op te bergen. Ik ging naar ze op zoek, geen idee waarom, misschien om te zien of ze nog steeds onschuldig vierkant waren en zichzelf niet hadden omgevormd tot een vermanende vinger. Ook aan deze kast had Ann de hand geslagen: haar gereedschapskist was opgeruimd, de jassen hingen op kleur, dozen met rotzooi die we nooit hadden uitgepakt waren in volgorde van grootte opgestapeld. Al die opgeruimdheid bezorgde me een benauwd gevoel. Ik had altijd gedacht dat we het slag mensen waren dat niets gaf om nette randjes, dat troep begreep en er niet bang voor was.

'Weet je zeker dat je hem hebt gezien?' moest ik wel onder het eten vragen, met een toegestaan glas wijn in mijn hand. 'Weet je heel zeker dat hij er was?' Ann nam een slokje water. 'Ja.' Haar gezichtsuitdrukking was gedecideerd. 'Waarom twijfel je nou aan me? Ik snap niet waarom je aan me twijfelt.' 'Neem me niet kwalijk. Je hebt gelijk.' Ik voelde me ellendig. Tot zover de feiten.

R.O.M.V. 01.07
Ze vallen neer op het brede bed van donker hout, hun gezicht bleek van de reis tegen het karmozijnen hibiscuspatroon van de sprei. Ann voelt zich gewichtloos.
'Wat ben ik moe,' zegt ze.
'Ik wil met je neuken,' zegt Tom. 'Doe hem uit,' zegt hij en hij trekt aan haar warme spijkerbroek, schuift haar plakkerige shirt van haar buik, en strijkt met zijn hand langs haar borsten. Ze stroopt haar spijkerbroek en haar ondergoed af, knoopt haar shirt los, met de crèmekleurige lei die over haar naakte lichaam hangt, en gaat weer naast hem liggen met haar blik op hem gericht. Hij maakt zijn riem los.
Haar geest sluit zich af als een zwerm bijen, warm, alleen nog in staat om de zoemende wrijving waar te nemen, de hitte, de ruwe structuur van het linnen onder haar naakte benen, de geur van Tom. Hij trekt haar naar zich omhoog, kust haar gezicht voordat hij haar van achteren neukt. 'Geil klein kreng,' zegt hij. Ze toont verbazing aan het kussen, alsof het een camera is: de pornografische anonimiteit van de hotelkamer.

Zijn ogen zijn gesloten; hij duwt tegen haar
aan, verloren, luisterend naar het geluid van de
tafelventilator, reikt omhoog om het dikke
kastanjebruine haar vast te grijpen dat vochtig
in haar hals ligt. Er wordt op de deur van de
bure geklopt. Hij blijft stoten in deze vreemde
slaapkamer, met zijn ogen dicht, er ontsnapt een
hoorbaar gegrom aan zijn keel voordat hij van
haar af- en wegrolt en naar de deur loopt. 'Ja?'

Zij ligt naar hem te kijken, haar naakte rug
naar de kamer gewend, en ze strekt haar armen
voldaan boven haar hoofd uit. Tom slaat een
handdoek rond zijn middel, doet de deur open en
daar staat een kruier met hun koffer op een
karretje naast zich. Dat ze naakt blijft liggen,
voelt als een luxe. De deur zit niet goed dicht;
een smalle straal licht. Ze houdt van Tom omdat
hij haar heeft meegenomen.

Of niet. Of dit misschien.

Ze ligt naar hem te kijken, haar naakte rug naar
de kamer gewend. Ze vraagt zich af of hij echt
niet heeft gemerkt dat ze niet is klaargekomen,
vraagt zich af of het er iets toe doet. Tom slaat
een handdoek om zijn middel, doet de deur open
en daar staat een kruier met hun koffer op een
karretje naast zich. In de schaduw van de deur
is het moeilijk te zien of de man haar heeft
gezien. Tom schuurt de koffer over de grond.
Natuurlijk wil hij haar weer neuken, ze is hier
nog, en ze ruikt naar geplette frangipane en
zweet. De deur zit niet goed dicht; een smalle
straal licht.

'Het is het verkeerde soort stopcontact,' zegt

hij op zijn hurken naar een plint kijkend met gespannen stem. 'Ik moet online kunnen. Klote!' ontploft hij, en hij trekt de badkamerdeur achter zich dicht. 'Het is ook altijd wat.'

Een paar ogenblikken later ademt ze uit, staat op van het bed en loopt langzaam naar de niet goed gesloten deur, duwt ertegenaan tot de klink verschuift en met een ratelende klik in het gat in de deurpost valt.

We kwamen tot de slotsom dat we ons geen zorgen hoefden te maken, we beloofden elkaar zelfs dat we ons geen zorgen zouden maken tenzij de man een van ons beiden zou lijken te volgen. Ann zegde toe dat ze me van haar werk zou bellen als ze bang was, dan zou ik haar komen ophalen. Waarschijnlijk was hij ongevaarlijk, dachten we, gewoon zo'n product van de nieuwe psychiatrie dat te lang had rondgezworven.

Dankzij de hormonen van het tweede trimester werd Anns stemming aanzienlijk beter. We kwamen in een wittebroodsweekendroom terecht, doordrongen van ons geluk, en met volle teugen genietend van de tijd samen die ons nog restte voordat het onderkruipertje zich zou melden. De gesprekken die mijn agent voor me had geregeld hadden tot dusver weliswaar niets opgeleverd, maar Ann was ervan overtuigd dat er vlak om de hoek een lucratieve opdracht op me lag te wachten om een scenario op te knappen, en ze had er met alle liefde haar salaris voor over om mij vrij te houden. 's Avonds haalde ik haar op bij het ziekenhuis en namen we de bus naar de stad, om naar de film of uit eten te gaan, naar een avondopenstelling van de Tate, om daarna soms naar huis terug te lopen of zomaar een taxiritje langs de rivier te maken. Londen was die herfst een en al roodgele neonreclames in Chinatown, kantachtige regen, wervelende luchten boven de Theems, met parelkettingen van lichtjes langs de Embankment die in het duister gloeiden.

En seks, heel veel seks. Niet de smerige, geschifte halve

porno waaraan we gewend waren, volgens mij hadden we dat geen van beiden voor elkaar gekregen nu Ann zwanger was. Aanvankelijk waren we ons nog akelig van onszelf bewust. Het was ruim drie maanden geleden, de langste tussenpoos die we ooit hadden gehad, en ik weet dat ze het er met Tonia over had gehad. Dagenlang was dat in elk geval de laatste keer dat een van ons aan de man of aan wie dan ook dacht. Of in elk geval ik; ik kan uiteraard niet voor Ann spreken, alleen over haar.

Ze was die weken mooier dan ooit – ze droeg haar kapsel lang en los, in plaats van de hangende knot op haar achterhoofd. Haar lichaam raakte zijn knokige, uitgemergelde aanzien kwijt: zelfs haar lippen kregen een prerafaëlitische volheid, haar ogen glansden helder omdat ze minder alcohol dronk, haar huid was appelglad en zoet. Maar dat wil niet zeggen dat ze in een soort aan een lichaam gebonden graangodin met kaf in haar haren aan het veranderen was – haar geest was scherp en snel – ze kon me de hele nacht wakker houden met haar verhalen over beeldhouwen, Jeff Koons of het Hepworth Museum of een ander onderwerp waar ik me eerlijk gezegd absoluut niet voor interesseerde. Er was geen ontkomen aan haar woeste, haast dierlijke energie. Soms werd ik 's ochtends wakker en was er weer een kamer anders ingericht, het meubilair verplaatst, en zat Ann op haar knieën voor de wasmachine of was ze bezig de oven uit te schrapen. De ramen glommen, de tegels in de open haard glansden. Ze was manisch. Ze was verdomme manisch. Ik begrijp niet waarom dat woord toentertijd nooit in me is opgekomen.

Maar terwijl ze allengs levendiger en meer haar werkelijke zelf werd (dacht ik tenminste), trok ze zich ook van mij terug, en het mysterie van haar kern trok alles mee zijn duistere, ondoorgrondelijke ruimte in. Hoe moet ik het beschrijven? Aan de buitenkant was ze meer dan levensgroot – maar vanbinnen verschrompelde ze.

Denk nu niet dat ik dat in elkaar schuiven van Anns innerlijk op de snijtafel legde toen het gaande was. Waarom zou ik ook? We hadden ons eigen huis, we hielden van elkaar, we verwachtten een kind en deze dronken makende uitbarsting van energie gaf ons het gevoel dat we jong waren. Het was een gouden tijd. En net als bij al dat soort tijden mocht het niet duren. Ik was een stommeling, oké? Ik heb het niet zien aankomen.

We waren naar een toneelstuk geweest in Islington, iets waar we normaal gesproken met een grote boog omheen waren gelopen, een collectief bewegingstheaterstuk waar een hoop droog ijs aan te pas kwam. Ik zat aan mijn stoel gekluisterd, ideeën voor mijn vastgelopen scenario kwamen met uitgestrekte armen op me toegerend. De volgende ochtend zouden die allemaal even belachelijk lijken als de in zwarte maillots gestoken performers van wie we de avond tevoren nog zo verrukt waren, maar we zaten nog in die avond tevoren. Daarna vonden we een Turkse tent waar we aan een lage tafel onder lamplicht mezze aten, met een fles rode wijn tussen ons in. Ann was levendig, het ene moment lachend om de serieuze theaterliefhebbers die we tijdens de pauze hadden horen praten, het volgende moment in tranen om een bepaald fragment uit het stuk dat haar te binnen schoot.

En al even plotseling waren we aan het kibbelen. Ik had een grapje gemaakt of een opmerking of zoiets dat alleen maar als een luchtig plagerijtje over haar landgenoten was bedoeld – we zaten in een café dat Gallipoli heette, en aan het tafeltje naast ons zaten een stel rugzaktoeristen, dus wat wil je. Het stelde niets voor. En plotseling ging ze compleet door het lint. Ze siste me in mijn gezicht, noemde me een stomme Engelse kuttenkop, en stormde naar buiten. Bij de eerste drie pogingen van de ober om me te laten pinnen kwam de verbinding niet tot stand. Ik wist zeker dat mijn kaart zou worden geweigerd en vloog heen en weer tussen de kassa en de straat om te zien waar Ann was, waarmee ik nijdige opmerkingen over de koude lucht over me afriep van mensen die vlak bij de deur zaten die ik voortdurend opendeed. Tegen de tijd dat ik de rekening had betaald, mijn wijn achterover had geslagen en de straat op liep, was er geen spoor meer van haar te bekennen. Een dikke beschonken kerel buikte tegen me op en ik kon me er nog net van weerhouden hem een lel tegen zijn kop te geven. In plaats daarvan stond ik een beetje in de wind te draaien (precies als een stomme Engelse kuttenkop, nu ik erover nadenk), te bescheten om Anns naam te roepen. Ik liep een stukje in de richting van de hoek van Highbury, toen terug richting Angel, en raakte steeds geïrriteerder. Ik belde haar mobiele telefoon totdat me te binnen schoot dat ze sinds de ontsporing nog steeds geen nieuwe had gekocht. En toen – ik begin nog steeds te rillen als ik eraan terugdenk – net toen ik voor het eerst weer aan de ontsporing moest denken, staken de man van het ongeluk – Simon de televisiescenarist – en zijn vrouw de voodoodame met haar staarogen, de straat over in mijn richting. Misschien kwam het door de lichtval van de straatlantaarns in de avond, maar ze leken onnatuurlijk lang, mager en hoekig, als een stel buitenaardse wezens dat net uit hun ruimtevaartuig was gestapt. Het eerste wat ik voelde toen ik ze zag, was afgrijzen.

Ze keken me aan alsof ik hen bekend voorkwam zonder dat ze me herkenden. Ik stapte op ze af, bracht ze in herinnering wie ik was, en deed of ik meer moeite met hun namen had dan in werkelijkheid het geval was. Daarop hervond hij zich en zei: 'Natuurlijk, Tom *Stone*, natuurlijk. Hallo. Hoe gaat het met schrijven?' Er zat niet anders op dan maar uit te leggen dat ik Ann kwijt was, al zei ik er niet bij dat we ruzie hadden gehad. In plaats daarvan kwam ik stamelend met een ongetwijfeld uitermate doorzichtig verhaal over pinautomaten en verschillende richtingen en dat we geen van beiden naar elkaar hadden geluisterd. Een ogenblik lang stonden ze met zijn tweeën in stilte naar me te staren, en ik was blij dat het donker was want ik voelde dat ik bloosde. En ik bloos nooit.

'Zullen we anders samen met je blijven wachten?' vroeg Kate.

'God, nee. Moet je niet doen. Waar zijn jullie naar op weg?'

Ze knikte naar het metrostation. Simons telefoon trilde de herkenningsmelodie van *EastEnders*.

'Neem me niet kwalijk,' zei hij met een blik op de naam op het scherm en daarna omhoog naar ons beiden, zonder een blijk van zelfvoldaanheid, zijn verrukking volledig meester, 'LA.' Hij keerde ons de rug toe en liep met een Brits lachje en een samenzweerderige, innemende toon de beschutting in van een portiek waarvan ik hoopte dat het er naar pis stonk.

'Hoe gaat het eigenlijk met jullie zoon?' vroeg ik, 'durft hij wel met de metro?'

Ze keek verrast. 'Ja hoor. Hij heeft helemaal geen problemen gehad.'

Ik voelde me in de steek gelaten. 'O.'

'En Ann? Hoe gaat het met haar?'

'Met haar gaat het ook prima. Het stelde eigenlijk allemaal niet zo veel voor.'

In de stilte die viel toen ik opnieuw de straat beide kanten op afspeurde naar Ann, begon Simon net met de rituele geluiden die bij het afronden van een gesprek horen ... hoorde ik hem nu echt 'ouwe jongen' zeggen? Ik wierp een scherpe blik naar Kate maar haar ogen waren strak op de grond gevestigd. Haar echtgenoot kwam weer op ons af geparadeerd. 'Neem me niet kwalijk.'

'Ik moet verder,' zei ik, want ik weigerde hem het plezier te gunnen dat ik hem zou vragen wie hij aan de lijn had gehad ... Harvey? Ron? Steve?

'De mensen van Jerry willen me maandag daar hebben,' zei hij met een zachte, ernstige stem tegen Kate om maar aan te geven hoe verschrikkelijk top secret en levensreddend zijn missie wel niet was. 'Ik ga pakken. Misschien moeten we maar een taxi aanhouden.' Daar had je hem, de klootzak – op en top de Engelse kerel voor de Yanks, en Mister America voor ons.

'Maar we hebben al kaartjes voor de metro,' zei Kate. Ze

raakte mijn arm aan, wat het totaal onverwachte effect op mij had dat ik de hare wilde aanraken. Ik hield me in.

'Succes,' zei ze. 'Ik hoop dat je haar vindt.'

'Het was me een genoegen.'

Ongetwijfeld al ruziënd over haar irrationele behoefte om geld te besparen, liepen ze mijn blikveld uit. Ik keek achterom de weg af naar de zwarte taxi die als bij toverslag verscheen; Simons zwarte taxi, dacht ik triomfantelijk terwijl ik me in de hoek van de achterbank nestelde, met mijn hartenklop luid en gejaagd in mijn keel. Een geslaagde ontsnapping.

De lucht werd na zeven uur lichter. Ik werd koud en pijnlijk wakker op de bank. Om me heen voelde het huis droog en leeg. In dit huis, dat veel groter was dan onze oude flat, kon je in een kamer verschijnen zonder gehoord te worden. Voor het eerst hadden we ruimte, en stevige wanden. Buiten de deur voor de bijkeuken was een met onkruid overwoekerde tuin, niet bijzonder diep maar wel breed naar Londense maatstaven, net als het huis. Geen van beiden hadden we iets met planten maar we wilden wel graag dat de tuin er goed uitzag. Elke avond nam Ann zich vast voor dat ze eraan zou beginnen, maar tot nu toe was dat nog niet gebeurd. We zaten hier nog maar een paar maanden. Ik hield met een angstaanjagende overgave van het huis aan Daley Street, een heftig gevoel waarvan ik niet had gedacht dat je die voor materiële zaken kon koesteren. Het stond er breed en vierkant, dankzij ons van het verval gered, aan een straat in Hackney waaraan meer huizen stonden die op dezelfde manier gered waren of op het punt stonden gered te worden. We behoorden tot een generatie die besloten had zich niets aan te trekken van de crackdealers en gewapende misdaad in onze buurten; het leek altijd een ander te overkomen. Je moest gewoon wat overhebben voor een stukje Londen, een postzegeltje aarde, dat uiteraard van de bank was.

'Ann?' In de kamer was niets veranderd. Ik wist zeker dat ze thuis was. Ik liep in T-shirt en onderbroek de trap op en bleef even op de overloop staan om het prikkeldraad uit mijn been te wrijven. Ik had geen idee wat ik tegen haar ging zeggen. Voorbij de badkamer, mijn werkkamer, de gesloten deur als een verwijt (*onproductief*) aan mijn adres, de volgende trap op naar onze slaapkamer op de bovenste verdieping. Een kille tocht streek over mijn huid – net genoeg tijd om te registreren hoe koud het hierboven was – toen ik de kamer betrad en zag dat de vier schuiframen wagenwijd openstonden.

Ann lag op bed naar het plafond te staren. Op datzelfde moment schoot me een stripboek te binnen waar ik als jongen een obsessie voor had gehad. Een kwade geest zoog de ziel uit mensen en liet ze achter in Mexicaanse kamers van pen en inkt, schaars gekleed en met hun opengesperde ogen net zo recht vooruitstarend. Het verhaal ging op sinistere wijze verder, met een uitgediende priester en heel veel lang haar en kruisbeelden. Ik liep op Ann af. Een glanzend spoor traanvocht liep omlaag naar haar haren. Waar hadden we in hemelsnaam ruzie over gehad? Waar had ze gezeten?

Ik schrok op van een snelle flits aan de rand van mijn gezichtsveld: mijn eigen weerspiegeling in de slaapkamerspiegel. Ik kroop het bed op en hield haar vast als een baby.

'Het spijt me,' fluisterde ze.

'Mij ook,' zei ik.

We vielen allebei in slaap.

Later beneden zetten we koffie en roosterden we brood en we praatten te hard en te lacherig van opluchting. Ik vertelde dat ik Kate was tegengekomen en Ann bekende dat ze ons vanaf de overkant van de straat had gezien maar zich te erg had geschaamd om over te steken. Ze wist zeker dat ik hun alles had verteld en zag er te erg tegen op om het in hun aanwezigheid met me bij te leggen. 'Die vrouw heeft iets over zich,' zei ze, 'waar ik kippenvel van krijg.' Ik gaf haar gelijk. Die merkwaardige amberkleur van haar ogen was onder de straatlantaarns minder zichtbaar, maar de strakke huid van haar gezicht die met al dat steile haar eromheen aan een masker deed denken, maakte een onprettige indruk. Ze leek eerder een uitgesneden icoon dan een echt mens. Misschien had ik Ann aanvankelijk zo gezien, voordat ik haar in vlees en bloed veranderde. Nee, tot Ann had ik me altijd aangetrokken gevoeld, haar had ik altijd willen aanraken – die andere vrouw, Kate, joeg me angst aan, alsof ze een primitief beeld was van gepolijst hout, dat tegen een deur in een verduisterde kamer hangt.

Ann had aan de overkant van de straat naar ons staan kijken en was me toen uit het oog verloren – ik neem aan op het moment dat ik in een taxi verdween. Ze bedacht dat ze naar Tonia in Borough zou gaan en daar zou overnachten, en dat ik de tering kon krijgen. Dus ze liep naar de schelle, fluorescerende lichten van het station Angel en nam een gebruikt metrokaartje aan van een kerel met een smerige trenchcoat en geklit haar.

'Jezus, Ann.'

En op weg naar beneden over de lange roltrap raakte iemand haar schouder aan en het was Simon.

'Hoezo?' vroeg ik. 'Heb je dan ook met ze gepraat?'

Ze knikte. 'Ik nam aan dat ze wisten dat we ruzie hadden gemaakt dus ik zei dat ik me doodschaamde. Ze snapten het niet. Toen besefte ik dat je niets had gezegd, dus het was allemaal een beetje bizar.'

'Geweldig.' Ontmaskerd als leugenaar.

'Ze waren op weg naar King's Cross.'

Toen waren ze dus halverwege tussen Anns perron en het hunne blijven staan terwijl van die vrijdagavondtypes langs ze heen slingerden om op hun trein te wachten. Ze praatten over kinderen zoals mensen dat inmiddels tegen ons deden. Simon was blijkbaar nogal een rare wat betreft bevallen en baby's en Kate was, zoals je ook in één oogopslag kon zien, een enthousiast pleitbezorgster voor een natuurlijke bevalling. 'En ik was nog steeds vreselijk wákker, ik had het gevoel dat er geen spiertje slaap meer in me over was. Dus toen hun trein als eerste aankwam waren we nog steeds aan het praten over baby's en bevallen en zo, en we gingen gewoon door.'

De melk had zich in het midden van het koffiekopje verzameld, met een verschrompelde cirkel bovenop. Ik spoelde hem weg in de gootsteen.

'Het was zo raar om samen met hen onder de grond te zijn, als je bedenkt dat ik Simon zo heb leren kennen. En ineens besefte ik dat hun trein weg was, ik snap niet hoe ik dat heb laten gebeuren, en ik voelde me zo ellendig, zo gegeneerd, want de volgende kwam pas over een kwartier of zo, en toen kwam de mijne en hij was net midden in een zin en ik kon toch moeilijk zomaar vertrekken, zo van, sorry dat ik je onderbreek, maar tot ziens.'

'Dus je miste hem?'

Ann giechelde. 'Jezus, sta ik daar en hij houdt even in zo van: ga je nou nog? En ik van: Nee, nee, het is heel interessant wat je me daar vertelt ... Ach, het schiet me ineens te binnen.'

'Wat?'

Waar ze het over gehad hadden. Ze had Simon verteld wat er met Tranter was gebeurd. Dat ik werk zocht.

'Ann, alsjeblieft.'

'Hij was echt schattig. Hij zei dat je hem moest bellen en gaf me weer zijn visitekaartje ...' Onder het praten liep ze de keuken uit en in de gang bij de deur stond ze in haar schoudertas te graaien ... Ik liet mijn hoofd op de koude, harde keukentafel vallen, de klap verzachtte slechts een klein beetje mijn vreselijke vernedering ... Wapperend met zijn kaartjes kwam ze de keuken weer in. 'Moet je zien, twee. Heus, schat, niets aan de hand. Vind je het erg?'

'Nee, ik ben gewoon een zielenpoot.'

'Doe niet zo belachelijk.'

Een van de kaarten gleed over de tafel tot binnen mijn gezichtsveld. 'Simon Wright'. Een telefoonnummer, meer niet. Alsof hij echt zijn prestaties niet hoefde op te sommen omdat je die natuurlijk al kende. Hij liet elke vorm van beschrijving achter zich en binnenkort zou hij wellicht toetreden tot de rangen van diegenen die slechts met hun voornaam bekend waren. *Simon. Simon.* Zijn gezicht op de *GQ.* 'Simon zegt.' Ann onderbrak mijn – mijn obsessieve gedachten zeg maar.

'Er verscheen ineens een trein en ik besloot met ze mee te rijden naar King's Cross en daar bij de taxistandplaats een taxi te nemen.'

'Oké …' Waar waren die mensen op uit? Waar was Ann mee bezig?

Ze hadden moeten staan, het was de laatste trein geweest, afgeladen en vergeven van een misselijkmakende stank van whiskey, tonic en gebakken gerechten. Hij reed station King's Cross binnen en Ann stond klaar om uit te stappen maar de deuren gingen niet open. Er werd alom gekreund. Door het bekraste, vettige raam zag Ann bewegingen op het perron, figuren die achter- en vooruit werden geduwd. 'Ze zijn aan het vechten,' zei ze.

Iedereen binnen gehoorsafstand reikhalsde om het te kunnen zien. Een harde klap toen een man met zijn gezicht naar de passagiers in de wagon tegen de deuren werd geduwd. Zijn aanvaller hield hem ertegenaan gedrukt met zijn hoofd tegen de deur terwijl hij hem van achteren in zijn nieren stompte. Misselijkmakende doffe klappen klonken via zijn lichaam door de deur. Kate en Simon keken de andere kant op en weigerden zich te vergapen. Maar Ann dook met haar hoofd onder de samengeperste schouders om haar heen en keek toe.

Ze liet haar hoofd op de keukentafel zakken en zei iets gesmoords wat ik niet verstond. Toen ze weer bovenkwam om naar lucht te happen was ze aan het lachen, zoals je dat wel doet bij slecht nieuws.

'Hij was het,' zei ze.

'Hij?'

'Die man, het was die man.'

'Die kerel uit de speeltuin?'

Ze knikte.

'Maar hoe zag die kerel er dan uit?'

'Dat kon ik niet goed zien, de ruit was zo smerig en bekrast.'

'Hoe weet je het dan? Toe nou, Ann. Een magere kerel met een capuchon op? Denk je dat je die er bij een confrontatie uitpikt?'

'Ik weet het,' zei ze. 'Ik weet het.'

'Ik bedoel, ik snap dat het geen prettig gezicht was. Maar dat kan gewoon niet.'

Ze was opgehouden met lachen. Ze knikte en liep naar de gootsteen om haar kopje om te spoelen. 'Ik weet het.'

De vechtende mannen werden uit het zicht gesleurd en eindelijk gingen de deuren open, Ann nam haastig afscheid van Simon en Kate en baande zich een weg door de toestromende passagiers. Voor het station was de rij bij de taxi's zeker een uur lang. Ze begon aan de duistere, smerige wandeling over Pentonville Road, ze vermande zich van lantaarnpaal naar lantaarnpaal en deed uit alle macht haar best niet voortdurend achterom te kijken. Het kantoortje van de minitaxi's rook naar verschaalde sigarettenrook en schimmelig tapijt; ze ging onder het schelle gele licht zitten zonder iets te lezen te hebben, en vroeg zich af of het de man was geweest die haar in de gaten had gehouden of iemand anders.

'Waarom heb je mij niet gebeld?'

Ann schudde haar hoofd. Ze bedekte haar ogen met haar lange, bleke vingers. In de luidruchtige zaterdagochtendstilte die daarop volgde rook ik iets overrijps en zoets als van oud fruit. In Anns speciale blauwwitte aardewerken kom op tafel lagen een paar zachte appels. Ik kiepte ze in de afvalbak aan het eind van de aanrecht, maar zelfs met gesloten deksel bleef de stank in de keuken hangen.

Ann hield vol dat ze het niet erg vond om alleen de bloedonderzoeken te ondergaan, maar bij wijze van afleiding van mijn werkloze bestaan ging ik mee naar het ziekenhuis. De nekplooimeting van een paar weken daarvoor was negatief geweest, of positief, of hoe je dat ook noemt als je kind een verlaagde kans op het syndroom van Down heeft. Dat gaf ons tijdelijk een gerustgesteld gevoel al was ze nog steeds zenuwachtig omdat ze al vrij oud was, negenendertig om precies te zijn tegen de tijd dat de baby was uitgerekend, ook al was ze nog geen circusattractie omdat ze in dit tijdsgewricht op die leeftijd zwanger was. Ze zei dat het raar was om naar een ander ziekenhuis, het Homerton, te gaan, een en al donkerrode baksteen en crèmekleurige wanden die iets zuurs uitstraalden, en dat volkomen anders was dan de konijnenholachtige doodlopende gangen en voorname natuursteen van Barts. De eerste maanden van haar bestralingsbaan had ze het heel vreemd gevonden om dagelijks uit vrije wil naar een ziekenhuis te gaan om te werken. Het moet net zoiets zijn geweest als wat mensen voelen die in de gevangenis werken. Tonia had een baan aangenomen als kunsttherapeute bij Holloway, waarvan ze zei dat het bevredigend was, al waren sommige vrouwen zo erg beschadigd dat je het gevoel kreeg dat je naar slecht gelijmd kapot speelgoed zat te kijken dat zich daar voortsleepte. De gevangenis was moordend, maar je kon je al even moeilijk voorstellen hoe ze het buiten de gevangenismuren zouden moeten redden. Vrijwel allemaal, zelfs degenen die uitgesproken vijandig waren, kwamen uiteindelijk zover dat ze haar om hulp vroegen. Hulp bij de aanvraag van proeftijd, hulp als ze eenmaal vrij waren. Een van de meisjes kwam bijna vrij en ze was doodsbang, ze kon nergens heen, geen slaapplek, en ze probeerden haar in een tussenhuis geplaatst te krijgen maar ze wist dat ze het dan verder wel kon vergeten. Tonia had zich er met moeite van weerhouden haar bij haar thuis uit te nodigen. We vroegen ons af hoe ze het voor elkaar had gekregen om die streep te trekken en vervolgens aan haar kant te blijven. Misschien was het wel makkelijker om te leven met de dingen die je niet zo goed deed, als er iets was wat je wel goed deed. Ze liep die bedoening tenslotte tweemaal per week uit eigen vrije wil binnen.

'Dit is het helemaal,' benadrukte Tonia. 'Ze hebben allemaal een verhaal te vertellen. En de meeste daarvan zijn onverdraaglijk. Je ziet waar het toe geleid heeft. Persoonlijkheidsstoornissen, zelfverminking, brandstichten. Daarbinnen. En de meesten horen daar niet eens thuis.'

'Geloof jij in de gevangenis?' vroeg Ann.

'Weet ik eigenlijk niet,' zei Tonia. 'Misschien niet.'

Het ziekenhuis bracht ons weer even in herinnering wat vrouwen allemaal geacht worden te verduren als ze eenmaal in verwachting zijn – net als die zwangerschapsboeken waar we in bed de spot mee dreven: elk informatiebord, elke brochure was afgestemd op imbecielen, verlucht met foto's van jonge vrouwen die met een stompzinnige grijns op hun stomme gezicht een kind de borst gaven. We waren achtste in de rij voor de receptie. De receptioniste met haar strakke blonde krulletjes als houtschaafsel tegen haar hoofd geplakt leek opzettelijk langzaam te werken. Ze verdween achter een juten scherm. Op de wandklok tikte een zware minuut voorbij. En nog een. De vrouw vooraan in de rij zei hardop: 'Ik wacht nu al een uur en drie kwartier. Ik ben niet gewend om zo behandeld te worden.' 'Dan moet je naar het Portland,' mompelde iemand achter ons. Inmiddels stonden er al drie, nee vier mensen achter ons, we konden niet meer weg, even naar de cafetaria, om op een minder druk moment terug te komen. Er zou nooit een rustiger moment komen. Ann hield de manilla map met de gegevens van haar zwangerschapscontroles vast. Ze had ze in de auto zitten doorlezen, in de hoop op een openbaring, het inzicht van een buitenstaander in haar binnenste, maar het enige wat erin zat was een halve pagina met aangevinkte hokjes, betekenisloze groepjes beginletters als 'FHH', 'geen FMF' en de zin: 'Moeder goed gezond. Wellicht lage bloeddruk. Opnieuw controleren.' Moeder? Was ze dan al moeder? Dat was een opwindende, legitimerende gedachte. Maar ze was al eens eerder zwanger geweest … en toen was ze geen moeder geweest. Vijf mensen voor ons in de rij. Sommigen kolossaal. Kinderen die op en neer renden. Ziekenhuizen voelen altijd smerig aan, al die onzichtbare bacteriën verspreid over leuningen en deurklinken, de bespatte toiletten waar ze flessen voor urinemonsters bewaren, bleekblauw papier dat op de smerige vloer ligt te verteren. In deze ruimte, de wachtkamer voor de zwangerschapscontroles, was het tapijt doorstreept met de getijdesporen van ingelopen straatvuil. Waar Ann was opgegroeid heette dat *scungy*, en niet gewoon 'smerig'. En daar was verschil tussen.

Wat betekende dat krabbeltje? Ann bekeek haar dossier nog eens. Jawel. Een aantekening van eerdere zwangerschappen. In het steno kon onmogelijk dat ongelukje op haar vijftiende vervat zijn, toen ze net een week een seksleven had, met een deeltijdvriendje en een gescheurd condoom. Die psychologische vragenlijst invullen waarmee ze het recht op een abortus zou verwerven was erger dan de misselijkheid van de hormonen en de angst dat haar vader en stiefmoeder erachter zouden komen. Het luide gebonk van haar broers die aan het basketballen waren tegen de muur van de kamer ernaast. Haar deeltijdvriendje dat 'm smeerde, en ten slotte, na vijf weken angstig en doodongelukkig afwachten nadat ze had bedacht hoe het zat, de ingreep. Beëindiging, ingreep, operatie – dat waren de woorden die Ann koos, en wie zal het haar kwalijk nemen.

Ze onderging er drie tijdens haar vrije val. En die derde en laatste keer zat ze heel alleen met haar ellende in die kamer in de buitenwijken van Sydney en ik zat op precies diezelfde dag van datzelfde jaar en diezelfde maand in de trein op weg naar het sterfbed van mijn grootvader te bedenken dat ik het nu allemaal overzag en eindelijk een man was geworden. Wat had ik gedaan als ik via een toverspiegel Ann op haar chenille beddensprei als de bezeten vrouw uit het stripverhaal naar het plafond had zien liggen staren, met grote tranen die uit haar ooghoeken omlaagrolden in het haar aan haar slapen? Dan had ik de deur naar haar vaders huis opengerukt, en ik zou niet hebben geklopt: daar gaat hij, daar gaat Tom, hij baant zich een weg door de open woonkamer, op de televisie een soap, langs de stiefmoeder met een kop oploskoffie in haar hand en haar

67

mond in een belachelijke O, en de kamer in met de affiches van Amerikaanse tieneridolen die met plakgum tegen de muur zitten. En dan? Tom?

De vrouw die bloed afnam keek niet één keer naar Ann, niet naar haar gezicht, alleen naar de etiketten op de flesjes met monsters en naar haar uitgestoken arm. Misschien keek ze naar de dikke zigzag van Anns bliksemschichtlitteken, dat voor de helft zichtbaar was onder haar omhooggeschoven mouw, het uiteinde dik en vervaagd, alsof het mes of wat het ook was waardoor het litteken was ontstaan was uitgeschoten. De tourniquet ging om Anns biceps; ze maakte ongevraagd een vuist. De arts streek met een voorzichtige vinger over een ander, fijner litteken dat naar Anns elleboog omhoogliep.

'Hmm?' zei ze, wat niet echt om een antwoord vroeg.

'Tja, ik heb geen idee waar dat van is,' zei Ann. Een, twee, drie buisjes van zo'n verrassend volle kleur dat het bijna zwart was, en terug in de rij om de volgende afspraak te maken, met een keurige witte pleister in de holte van haar elleboog.

Vervolgens installeerde Ann zich op de onderzoekstafel, de leerling-verloskundige drukte doorzichtige gelei op de babybult en duwde er vervolgens een soort microfoon overheen. Het getik en gekraak van een geluidssysteem dat in werking wordt gesteld, en toen een polsslag, een dik, zwaar onderwatergeluid, alsof je naar van die geluidsopnamen van walvissen zat te luisteren, maar dan prettig.

'Wauw.' Ik greep Anns hand: ze draaide haar hals naar voren om te zien wat de leerling-verloskundige aan het doen was, en wierp me over haar onderkin een stralende blik toe.

'Nee,' zei de verloskundige die de leiding had, 'dat is úw bloed.' De leerling keek haar onzeker aan. 'Ga maar door.'

Mijn bovenlip was ijskoud geworden bij het woord 'nee'. De sensor vloog heen en weer over Anns buik, hij werd aan de zijkanten en onder de bobbel naar binnen gedrukt tot ze kreunde van de pijn, en nog werden er geen andere geluiden waargenomen en uitgezonden dan het ruisende, regelmatige breken van de golven van Anns eigen bloed. Meer niet.

'Hoever bent u?' vroeg de vroedvrouw.

'Zeventien weken,' fluisterde Ann. De vroedvrouw neuriede. De kaak van de leerling stond gespannen van angst en haar ogen waren wijd opengesperd van de concentratie. Zo'n vrouw met een lichte huid die bij spanning vlekkerig wordt. Een grote rode plek welde op van onder de kraag van haar blouse. Ik verafschuwde deze bedompte plek waar slecht nieuws in de lucht hing. De oudere verloskundige vroeg Ann wanneer ze de baby voor het laatst had voelen bewegen.

'Ik weet het niet.' Ann kon nog steeds haar stem niet boven gefluister verheffen. Ik wist dat ze haar best deed haar stem niet te laten overslaan, om zelf niet in te storten.

'Maak u maar geen zorgen, de baby speelt gewoon verstoppertje. Neem me niet kwalijk, maar wanneer hebt u hem voor het laatst voelen bewegen?'

Luisterde ze dan niet? Anns hoofd rolde heen en weer. 'Ik weet het niet. Ik kan het me niet herinneren.'

Ik keek strak naar de microfoon, om hem te dwingen de hartenklop van de baby op te pikken. In plaats daarvan kwam hij tot stilstand. De leerling keek naar haar leidinggevende en schudde haar hoofd. 'Het spijt me,' zei ze.

Zodra de ervaren verloskundige de touwtjes in handen nam, hoorde we het: een snel tiktakgeluidje dat veel lichter en sneller ging dan dat andere geluid. Ann lachte. 'Daar heb je hem!' De verloskundige glimlachte hartelijk, alsof ze hoogstpersoonlijk onze baby tot leven had gewekt. Naderhand, toen Ann in de rij stond om haar volgende afspraak te maken, deed ik net of ik wat papieren in de onderzoeksruimte had laten liggen en ik trof dezelfde verloskundige in het gangetje in gesprek met een Aziatische man van wie ik aannam dat hij arts was. Terwijl ik stond te wachten tot ze hun gesprek hadden beëindigd, deed ik net of ik de volslagen onbegrijpelijke codes op een bord stond te lezen en liet ik mijn ogen langs de affiches gaan waarin volwassen vrouwen werden aangemoedigd om de borst te geven, te stoppen met roken, netjes hun portie groenten te eten, en noem maar op. Een week eerder liep ik net thuis de trap op toen er een pocket de deuropening van onze slaapkamer door gezeild kwam en tegen de zijkant van mijn hoofd sloeg. Het was een bestseller over zwangerschap en moederschap, en Ann was net aangekomen bij de aanmaning om toch vooral je handen te wassen toen ze er wel zo'n beetje strontgenoeg van had, zoals ze het zelf formuleerde. De verloskundige was uitgepraat en ik hield haar staande toen ze begon weg te lopen. Haar gezicht stond zo drukbezet dat het de nieuwsgierigheid ver achter zich had gelaten; misschien dat het nieuws dat er een vliegtuig vol terroristen op weg naar het ziekenhuis was nog min of meer haar interesse had gewekt; maar alles van minder belang, waaronder mijn nietige aanwezigheid, moest simpelweg worden verduurd. In zekere zin viel ik wel op dat soort gedrag – het deed me aan Bridget denken. Of aan mijn moeder. Help.

'Neem me niet kwalijk,' zei ik, bij wijze van verontschuldiging voor het feit dat ik op het punt stond haar ervan langs te geven, 'maar was dat nu echt nodig, zo-even?'

'Wat was nodig?'

'Om zo lang door te gaan met dat gedoe met die leerlingverloskundige. Ik weet wel dat zij het moeten leren, maar zag u dan niet dat we helemaal van de kaart waren? Dat het net leek alsof er geen hartenklop was?'

Ze stelde haar focus scherp, keek me niet onvriendelijk aan en zei: 'Maar we hebben helemaal niet lang gewacht.'

Ik was verbijsterd. 'O nee?'

'Het heeft maar een paar seconden geduurd. Ik vind het heel naar dat het te lang leek. Zelfs als de verloskundige veel ervaring heeft kan het even duren, als de baby verkeerd ligt.'

'Verkeerd?'

'Niet verkeerd, maar … nogal ver naar achteren, moeilijk bereikbaar.'

'Dan begrijp ik het.'

'Was er verder nog iets?' Nu wekte ze de indruk dat ze me

echt aan het bestuderen was, alsof er nog iets anders was, iets wat ik niet besefte.

'Nee.'

Uiteindelijk werd mijn creditcard geweigerd bij de Tesco. We hadden al een weekend in Whitstable geboekt en betaald. Zo stonden de zaken ervoor.

De kust van Kent was ruw en donkergrijs, en de haven van Whitstable knerpte van het zout en de roest. De auto had de rit van een uur overleefd zonder af te slaan, waar we erg dankbaar voor waren; het zou niet lang meer duren voordat hij op een ochtend vol deuken op straat zou staan met glinsterende scherven voorruit als East End-hagelstenen rond de banden. Als hij kans zag de openbare parkeerplaats van Whitstable te overleven zou hij een medaille van me krijgen.

We liepen die dag onafgebroken het kustpad op en neer langs de zeewering, voorbij vissersboten, graafmachines en strandhuisjes. De wind was te koud en te luidruchtig om te praten. Dat luchtte op. Ann werd moe en we keerden terug naar de stad voor bekers thee; ik at bruin brood en een heel stel oesters terwijl zij met lange tanden van haar kabeljauw en patat zat te eten. Haar energieniveau, dat de laatste tijd zo veerkrachtig en vitaal was geweest, was inmiddels weer naar normaal gezakt, om niet te zeggen naar beneden normaal. Ze leek wel gekrompen.

Die avond in de B&B gingen we met van het zout dik en vettig geworden haar en ruwe lippen op het zachte bed met de patchwork sprei liggen. Ik strekte mijn armen naar Ann uit maar ze rolde op haar zij en zei dat ze uitgeput was. 'Sorry,' zei ze, en ik weet nog dat ik daar de pest over in had. 'Krijg de tering met je sorry,' zou mijn vroegere ik hebben teruggezegd, maar ik was al begonnen haar met omzichtigheid te behandelen. Ik lag te luisteren naar het aanhoudende gerinkel van een scheepslier en de geluiden van de zaterdagse eters die beneden

hun avondje uit zaten te vieren, lachsalvo's, af en toe een stem-
verheffing. De zeewind wervelde en kreunde om het gebouw
als de slechterik in een griezelfilm. Ann zou nooit bij me weggaan, dacht ik. Zomaar een onafgemaakte zin.

De eerste vakantie samen gingen we naar Italië. Londen had
een wel heel strenge winter uit de kast getrokken, en tegen eind
maart hadden de ijzel en het gebrek aan geld Ann volkomen
afgemat. Meestal lag de vloer van haar flat in Clerkenwell be-
zaaid met beeldhouwwerk, stoffen konijnen en bewerkte stok-
jes, schepseltjes met blinde ogen waarvan er steeds meer kwamen tot er een paar van werden weggegeven of tentoongesteld
in een van de geïmproviseerde groepstentoonstellingen waar
Ann en haar vrienden van de kunstacademie van bestonden.
Ondertussen was ze met de productie ervan gestopt. Het aantal
talismannen slonk tot er nog maar een paar favorieten over
waren. Dat kwam doordat ze verliefd was, zei ze half bij wijze
van grapje, half kwaad, daardoor had ze geen tijd meer, en geen
seksuele frustraties die ze in mousseline, kapok en irritant
kleine zwarte knoopjes moest uitleven. We lagen het hele weekend in bed tot de stemming van lekker lui omsloeg naar depri-
merend. Ann viel stil. Ik nam het geld dat mijn ouders me met
Kerstmis hadden gegeven en kocht twee tickets naar Rome,
waar we geen van beiden eerder waren geweest.

Het was bijna niet te geloven dat die zoele, opgewekte wereld op maar een paar uur vliegen van huis lag. Verdoofd
dwaalden we rond onder cartooneske parasoldennen, de zon
die onze schouders masseerde, het goudkleurige stof op de on-
geplaveide paden die door het park naar de volgende *gelato*
kronkelden. Alles wat je at en dronk smaakte alsof er een scheut
van het een of ander bij zat. Misschien was het wel heroïne (dat
zou Ann wel weten, maar ik vond het te gênant om ernaar te
vragen), kleuren leken wel opgepoetst en van een zinderende
felheid, golven geparfumeerde lucht, elke geur overweldigend
rijk, of het nu koffie, knoflook of uitlaatgas was. De omvang
van de Romeinse gebouwen, de agressiviteit van de scooters die

langs scheurden, het abracadabra van de taal die ik niet had proberen te leren: al die dingen vloerden me. Onze kamer aan het Campo dei Fiori keek overdag uit over de bloemenkooplui en 's avonds bood hij een eersterangs uitzicht op de bacchanalen van de plaatselijke jeugd.

De eerste avond dronken we drie flessen rode wijn bij het eten, de huischianti, omdat het te lastig was om iets anders te bestellen. Ik bestelde iets waarvan ik dacht dat het lamsvlees was maar ik kreeg vis, of misschien visachtig lamsvlees; mijn hoofd tolde, dus het was moeilijk uit te maken. Het hotel hadden we in een gids gevonden die naar verluidt voorzag in de behoeften van de krap bij kas zittende *haute-volée*, maar het was een zwijnenstal met een oranje chenille sprei, ruwe lakens en enge groeisels in de schimmelige voegen tussen de badkamertegels. Er was geen haak om de douchekop aan op te hangen; je moest hem met één hand vasthouden terwijl je je waste, waarschijnlijk om het hotel water te besparen. Indachtig Bridgets afkeer van ondoordachte ontwerpen ('allemaal hebzucht, pure hebzucht') en hoe het een hele week in het buitenland kon verpesten zette ik me schrap, ('Ja inderdaad, ik wil dat je nú naar de receptie gaat en om een andere kamer vraagt'), maar Ann was helemaal weg van de klimop buiten het raam dat op het Campo uitkeek en zelfs al voor de rode wijn raakte ze maar niet uitgepraat over alles wat ze zag. Wat was ze makkelijk en ontspannen. Ik genoot ervan om die twee te vergelijken ('Stel het dan niet voor als je er geen zin in hebt. Jezus, dan ga ik zelf wel.'). En na het vissige lamsdiner vielen we als een blok in slaap op de goedkope matras, ik kan me zelfs niet herinneren dat ik de trap op ben gelopen. Daarop volgde zo'n ergerlijke nacht met te veel tannine en suiker in mijn bloedsomloop, en een niet-aflatend commentaar op de nieuwe beelden van die dag dat achter mijn oogleden flikkerde. Mijn hart kromp samen alsof ik door paniek werd bevangen. De volgende ochtend wilde Ann vrijen maar ik voelde me te ziek. De volgende avond wilde ze vrijen maar ik was te moe. En de avond daarop en de avond daarop. Overdag dwaalden we als kinderen door de geschiedenis en 's avonds lagen we op bed zonder elkaar aan te raken, maar daarom nog niet onschuldig; ik vond het vreselijk en gelukkig hield Ann er na een paar dagen mee op om zo begripvol te zijn. Misschien was ik niet de eerste Engelsman die zich door die stad gecastreerd voelde, maar het viel niet mee om Rome niet te verafschuwen. Ann zag er schitterend uit, haar haren glansden kastanjebruin in het zonlicht, haar borsten onder een nauwsluitende witte blouse die openlijke blikken van bewondering ontlokten aan de plaatselijke *garçons* of hoe ze daar ook mochten heten. Wat zeg ik nou, natuurlijk verafschuwde ik Rome, die stad neukte mijn vrouw zodra we de deur maar uit stapten, en ik kon er niets aan veranderen behalve haar het zoveelste kerkhof op te loodsen, een vest kuis om haar schouders te schikken en ervoor te zorgen dat de zoom van haar rok voldoende zedig was. Mijn jaloezie maakte me impotent. Ann probeerde me met alcohol in te pakken, liep slechts gekleed in haar slipje in de kleine hotelkamer rond, en liet onderuitgezakt op de bruin gespikkelde leunstoel de wijn in verveeld verleidelijke kringen in haar glas ronddraaien. Ik keek het raam uit. IJsbeerde op en neer. Sneed me bij het scheren. In het tanige licht van de zoveelste volmaakte Romeinse dag werd ik overvallen door de wanhopige gedachte dat ik in al mijn stompzinnige Britse benepenheid Ann zou kwijtraken. Ik stelde me waarachtig voor dat ze in de toekomst nog eens zou zeggen: die Tom Stone ... niets mis mee, tot je met hem in het buitenland zit ... Maar ten slotte, op de laatste dag van onze vakantie vonden we een kleine bistro in Trastevere, waar onder de tl-buizen en op het menu geen enkele concessie was gedaan aan de romantiek. De bejaarde dwergin die de tent runde had direct in de gaten dat we geliefden in nood waren. Er stonden slechts twee gerechten op het menu. Zodra we onze keus hadden gemaakt, gaf de rimpelige señora Ann de karaf wijn aan en beduidde dat ze een glas voor mij moest inschenken. Ze werd de twee treden naar het keukentje op gedirigeerd waar ze een schotel kreeg aangereikt waarvan haar te verstaan werd gegeven dat die voor mij bedoeld was. De vrouw schepte hem vol uit de hoge steelpan die op het fornuis stond. Ze knikte opnieuw in mijn richting en Ann droeg de schotel voorzichtig het trapje af. Aan tafel zette ze hem omzichtig voor me neer en ze glimlachte. Ik lachte terug en voelde me onverwacht vanbinnen zacht worden, alsof ik mijn ingehouden adem losliet en me overgaf. De vrouw stelde zich aan Anns zijde op. Ze trok haar aan haar mouw: en nu moet je jezelf opscheppen. Maar ondanks schorre Italiaanse protesten, die we toch niet verstonden, stond ik op. Ik trok Anns stoel naar achteren zodat ze kon gaan zitten, nam haar bord mee naar de keuken en schepte voor haar op, en wat zou ik willen dat ik haar nu nog steeds kon bedienen, eten en drinken kon aandragen, haar lange haar uitborstelen zoals ik dat die avond in Rome eindelijk deed, die zachte golven op ons hotelbed. Het lawaai van de jongens en meisjes daarbuiten op het donkere plein met hun sigaretten, hun zonnebrillen in het donker, hun idiote tradities en hun jeugd, vormde de achtergrond van onze hete, trage kussen, het gezoem tussen mijn vingers en Anns huid.

Anns huid, Ann in Rome, in Londen, in Whitstable die laatste winter … Ann naast me in de Bed & Breakfast in slaap. De lavendelgeur van haar handcrème, haar rode haar dat donker leek in het donker, de volle ronding van haar heupen, die gierende wind die het geluid van haar ademhaling overstemde. En ik wist nergens vanaf daar, ik wist geen fuck, ik dacht er niet eens aan om gewoon even bij dat alles stil te staan. Ik begon te malen over de problemen die ik had met het script waarvan ik de laatste versie waarmee het contract zou worden beëindigd aan het eind van de week geacht werd in te leveren bij Rosemary de aborteuse, zoals ik haar inmiddels voor mezelf noemde. 'We zullen je voor deze versie betalen,' had Tranter gezegd voordat hij me de zak gaf, en uit treurige hoop dat Rose misschien toch nog viel over te halen en zou besluiten dit prille project over te nemen had ik me vast voorgenomen om haar een ijzersterk product te presenteren. Van daaruit zwol de financiële nachtmerrie aan waarin we bij onze terugkeer naar Londen weer terecht zouden komen, en het langzame wegvallen van mogelijke bronnen van inkomsten. Twee mensen waren er over bij wie ik om een baan kon gaan smeken. Simon Wright was er een van, en ik beet nog liever mijn hand af dan dat ik de telefoon zou grijpen om hem te bellen. De ander was Hallie. De Theems moest wel in brand staan voordat ik dat ooit zou overwegen.

Ann en ik reden stilzwijgend terug van Whitstable. We luisterden naar muziek maar zeiden geen woord. Ik begon in mijn hoofd een hele reeks gesprekken die ik stuk voor stuk weer liet vallen omdat ze te confronterend waren, en ik had zo'n vermoeden dat Ann hetzelfde aan het doen was. Zonder precies te weten hoe, waren we op een plek terechtgekomen waar we niet over konden praten. En de bontgekleurde rendieren en kerstlichtjes die in de winkelstraten van Oost-Londen waren opgehangen hielpen me eraan herinneren dat Kerstmis naderde. De combinatie van mijn lege bankrekening, Kerstmis, en die lange stiltes brachten me stilaan in paniek.

Mijn ouders hadden ons uitgenodigd in Wiltshire waar ze zich tijden geleden hadden teruggetrokken om hun laatste levensjaren te slijten. Mijn vader heeft sinds jaar en dag ervaring in het vullen van vakantiestiltes met zijn privégedachtestroom. 'Ik ga thee zetten, wie heeft er zin in een kop thee, nee, blijf zitten, moet je zien daar is een roodborstje in de tuin, niet te geloven wat een vogels we dit jaar allemaal hebben, het broeikaseffect, binnenkort hebben we apen en bananenbomen, ik zet even de ketel op en – waar zijn mijn … aha, daar zijn ze – heb je zin in een koekje, Ann, weet je zeker dat je niets wilt?' Het gemak waarmee ik hem kan nadoen vind ik alarmerend. Met mijn moeder heb ik dat minder: bij haar komt het woord heerszuchtig in je op. Als ze een knijpbrilletje had, zou ze eroverheen gluren. Naarmate ze ouder werd, werden haar lichaam, haar haren, en zelfs haar gelaatstrekken dik en gesetteld, nadrukkelijk. Nooit is er een zweem van twijfel aan zichzelf. Ze gaat erger dan mijn vader gebukt onder het feit dat ze zich op het platteland hebben ingegraven. Ooit was hij misschien niet zozeer een Londenaar maar dan toch in elk geval een buitenwijkbewoner geweest (ik ben in Barnes opgegroeid), maar inmiddels is hij een Engelsman geworden. Hij heeft zijn vogels en een tot dan toe onvermoede aanleg voor het rustieke die bij zijn pensioen kwam opgeweld: een oprecht plezier in weersveranderingen, de modder en de luchten die bij mij slechts pleinvrees oproepen. (Al heb ik sinds die kerst alle reden om dankbaar te zijn voor het feit dat ze zo afgelegen wonen, en voor de weidsheid van die luchten en de eenzame plekken in die weldadig geruisloze bossen.)

Een paar weken eerder hadden we even diep ademgehaald en hun het nieuws over de baby verteld. Ze waren dolblij dat hun schamele investering van slechts één kind dan toch nog iets opleverde. Mijn vader klonk helemaal beverig over de speakerphone. Vervolgens was hij zo dom om Ann te vragen of ze haar baan zou opzeggen. 'Dat dacht ik niet,' lachte ze, en we hoorden mijn moeder op de achtergrond zeggen: 'Doe toch niet zo belachelijk, John' en dat op dezelfde toon als wanneer ze buiten gehoorsafstand commentaar levert, zoals toen ze bijvoorbeeld stond toe te kijken toen hij die Kerstmis kreunend hun koffers uit de achterbak tilde: 'Moet je die o-benen van hem nou toch zien. Hij loopt extra snel om ze langer te laten lijken, maar dat maakt geen enkel verschil.' Ze nam de telefoon van hem over. 'Luister, Ann. En jij ook, Tom. Ga nu niet zo belachelijk thuis bevallen. Dat is vreselijk gevaarlijk.'

Ik begon me uit de kamer terug te trekken. Ik wilde dat de bevalling zo'n steriele en met witte lakens omgeven aangelegenheid was als maar mogelijk was.

'Nee, mam, ik ga naar het ziekenhuis.'

Voor mij was mijn moeder Stella, dat was al zo sinds mijn schooltijd, maar in de overmatige gemeenzaamheid die kolonialen eigen is noemde Ann haar mam. We zagen ze op z'n hoogst driemaal per jaar.

Die winter keek ik er nu niet bepaald naar uit om overal ver vandaan in de sneeuw vast te zitten met Ann en haar hormonale stemmingswisselingen, mijn ouders en mijn werkloosheid. Als we naar Wiltshire gingen, zou ze hun meubilair dan ook midden in de nacht gaan verplaatsen? Ik had even een visioen van de woonkamer van mijn ouders die als een soort anagram was gearrangeerd, met duistere rechthoeken op de muren waar ooit de aquarellen hadden gehangen, de tapijten weggehaald, de banken tegen de muur alsof er ruimte was vrijgemaakt om te kunnen dansen. En Ann in haar eentje, midden in de kamer, aandachtig, ritmisch bewegend op geluidloze muziek, op muziek die alleen zij kon horen.

We stonden op de roltrap omlaag, voor de lange afdaling op het station Angel. Kerstinkopen verzwaarden onze plastic boodschappentassen alsof het staven platina waren en ik had het gevoel dat mijn geplunderde creditcard vlak achter mijn ogen zat. We hadden onze vrije handen verstrengeld om woordloos aan te geven dat die laatste, onnozele ruzie die we hier vlakbij in die Turkse tent hadden gehad weer was bijgelegd. Aan de voet van de roltrap zat een klitharige straatmuzikant op een van die lange pijpgevallen te spelen, zo'n didgeridoo, of beter gezegd: een *didgeridon't*. De ruimte raakte vervuld van dat abjecte, laag brommende geluid dat zonder enige reden op de bodem van een grote kom leek rond te tollen. Een aanhoudend gebrom uit de aardbodem dat in de woestijn misschien nog door de beugel kon, maar hier niet, gespeeld door een stinkende blanke knaap; het had hetzelfde effect op mijn oren als het gekreun van doedelzakken. Ik vertelde Ann mijn theorie: wraakzuchtige koloniën die hun klagerige muziek op de oren van onschuldige Engelse forenzen loslieten. Haar vingers krampten in mijn hand en ze begon heel hard te praten. Ik weet niet meer wat ze zei, alleen dat het nergens op sloeg, niet ter zake doende gedachten die helder als de tonen van een koperblazer werden ingezet tegen de heftige opdringerigheid van het aboriginal blaasinstrument. Ze probeerde dat andere geluid buiten te sluiten, wist ik ineens, nog liever dan ik wilde ze dat dreigende geluid niet horen.

Het probleem met kerst was opgelost, als je het zo kon noemen, door mijn ouders bij ons uit te nodigen. Ze kwamen de 24e naar ons toe en hadden de strikte opdracht om na Tweede Kerstdag weer te vertrekken. Misschien kwam het doordat ze zwanger was dat kerst ineens meer voor Ann betekende dan normaal. Anders sloegen wij ons allebei min of meer door de kersttijd heen; maar nu omarmde ze die koortsachtig. De matheid van een paar dagen geleden was verdwenen, haar stemming was volkomen omgeslagen, ze bevond zich overal in huis tegelijk, haar stem klonk hoger dan gewoonlijk, ze prutste aan dingen, was druk bezig. Er werden vruchten gemarineerd, taarten gebakken, pasteien gevuld. Overal lagen versieringen, het huis rook naar kruidnagel en sinaasappel, we woonden in de etalage van een dickensiaans warenhuis. Pas toen mijn moeder op kerstavond arriveerde met dozen vol cadeautjes voor het ongeboren kind besefte ik dat Anns bezetenheid zelfs een thema had: 'Een victoriaanse kerst!' riep Stella uit met van goedkeuring stralende ogen. 'Wat ontzettend leuk, Ann.'

Die avond bleven Ann en ik nog heel lang op nadat mijn ouders naar bed waren gegaan. Ze had het vuur aangestoken en zat er nu voor geknield, met haar lange witte handen onder de roetvegen, en het fluweel van haar rok dik en karmozijnrood uitgespreid op de donkere planken onder haar. Het was het rustigste moment dat we in dagen samen hadden doorgebracht. Vanaf mijn zitplaats op de bank was haar zwangerschap niet zichtbaar. Ze had de geest van Janey Morris kunnen zijn in een tijdloze Londense kamer. Ik zag Ann zoals ze ooit moest zijn geweest: zonverbrand, sproetig, haar haren gebleekt van het zeezout, haar blote knieën ruw en geschaafd.

'O ja?' zei ze grinnikend. 'Wat weet jij daar nou van?'

'Zei ik dat soms hardop?' Ik was geschrokken.

'Of je wat hardop zei?'

'Wat ik net zat te denken. Je zit me in de maling te nemen.'

'Wat zat je net te denken?'

'Ach, niets.' Ze wierp me een blik toe, ik wist wat dat beduidde, maar de wijn, het late uur, de aanwezigheid van mijn ouders een verdieping hoger in de logeerkamer die eerlijk gezegd nogal een castrerend effect had, ik weet het niet. Ik wilde wel naar bed, maar niet op die manier.

We waren al halverwege kerstochtend toen het helemaal misging. Op Stella's aanwijzingen hadden we met z'n allen eerbiedig zitten luisteren naar de nieuwste piepjonge operasensatie die een stel ordinaire Anglicaanse hymnen had gezongen: 'Abide with Me' ('Ik heb het gevoel dat ik bij de finale van de FA-cup zit,' had ik mijn vader toegefluisterd, die vervolgens schreeuwde: 'Wat?') met als afmaker 'Amazing Grace'. *'Once blind, but now I see ...'* Ann deed haar ogen dicht ... sukkelde ze soms in slaap? Nee, ze huilde, tranen gleden onder haar gesloten oogleden vandaan. Wat een sentimenteel gedoe, dacht ik. Maar dat kwam van de hormonen – ze kon tegenwoordig al om een reclamespotje voor wc-papier huilen. 'Oké, dat was mooi,' zei ik toen de cd was afgelopen, 'en nu moet ik aan het eten beginnen.' Stella lag op de bank in de voorkamer uitgestrekt het boek te lezen dat ik haar had gegeven; haar blaffende lachjes van goedkeuring klonken van tijd tot tijd door de lucht. Mijn vader en ik hadden keukendienst en moesten de spruitjes van hun onderkantjes ontdoen en aardappels schillen. Ann zei dat ze moe was en behoefte had aan een dutje, omdat ze zo slecht sliep. Klonk er soms een beschuldiging in door, vroeg ik me af, dat ze niet door seks maar door frustratie uit haar slaap werd gehouden? Ze verdween een tijd naar boven en uiteindelijk riep ik naar haar: 'Wanneer moet ik de kalkoen checken?' wat in gewone taal betekende: 'En nou kom je verdomme naar beneden, ik verveel me hier kapot met die verhalen van pa over zijn pronkbonen.' Geen antwoord. Terwijl ik daarop zat te wachten controleerde ik de kalkoen toch maar even. Er liep vocht uit zijn dij, nog steeds roze van het bloed.

'Wat zal ik nou gaan doen?' vroeg pa.

'Ga lekker met je benen op tafel zitten lezen.' Uit de woonkamer klonk een 'hah!' van Stella. 'Als je je kunt concentreren.'

Die opmerking over o-benen had me zeer voor mijn vader ingenomen. We hebben dezelfde bouw. Mijn benen zullen ongetwijfeld dezelfde kant opgaan.

Hij vertrok, ik sleep het voorsnijmes, en plotseling stond ze in de deuropening. Het was net of zich een sprong in de tijd had voltrokken. Ik rilde.

Ze zei met die opgewekte, hoge stem die ze die kerst had: 'We hoeven geen plaats extra te dekken. Hij komt niet beneden.'

'Wie?'

'Hij. Ik heb het hem gevraagd, maar hij komt niet beneden.' Ze sprak gehaast, ongeduldig, alsof ik een stommeling was.

Een afgrijselijke stoot adrenaline schoot door me heen. 'Er is boven niemand.'

'Hij is bezig.' Ze keek me aan. 'Hij is alles aan het opschrijven wat we doen en zeggen.'

'Je jaagt me de stuipen op het lijf, Ann.' Ik reikte achter haar langs en deed de keukendeur dicht. Het is vreselijk om toe te geven maar op dat duizelingwekkende moment maakte ik me meer zorgen over wat mijn ouders zouden denken dan over wat er gebeurde. Stella zou ons vast naar het ziekenhuis sturen. Spoedeisende hulp op Kerstmis. Was hier spoedeisende hulp geboden? Die gedachten schoten als slecht gerichte pijlen door me heen, terwijl Ann en ik daar bewegingloos stonden. 'Er is boven niemand,' zei ik nogmaals. 'Heb je liggen slapen?' Was ze aan het slaapwandelen?

Ze knipperde met haar ogen. 'Er is boven niemand.'

Ik schudde mijn hoofd. Maar was het wel zo? Zelfs in de

winter sliepen we met het slaapkamerraam geopend – was die man soms …? Schei nou toch uit, we waren de waanzin als een hete aardappel naar elkaar aan het overgooien. Ann zag er niet overtuigd uit. 'Laten we gaan kijken,' zei ik vastberaden. Het was van groot belang om de betovering te verbreken, om Ann te confronteren met de lege werkelijkheid boven; ik loodste haar aan haar elleboog de keuken uit.

Ik duwde haar de trap op. Er was hier geen plaats voor sluipende griezelfilmangst. Ze stommelde voort terwijl ik puffend achter haar aan stampte en haar op de trap naar de bovenste verdieping voorbijliep om de deur naar onze slaapkamer open te gooien. 'Zie je nou wel? Niets te zien.' Maar ze stond niet achter me. Ik trof haar op de middelste verdieping aan, waar ze met haar armen slap langs haar lichaam naar de dichte deur van mijn werkkamer stond te staren.

'Hij was daarbinnen,' zei ze.

'Hier?' De deur vloog open tot halverwege, waar hij tegen iets aan sloeg en trillend vast kwam te zitten. Ik gluurde erachter. 'Daar is gewoon geen ruimte voor.' Papieren, computer, wankele, bestofte stapels boeken, het perspex model van Anns hoofd, de dossierkast met zijn uitpuilende laden, dozen filmtijdschriften – er was nauwelijks ruimte om te zitten.

'Hij zat in de hoek,' zei Ann. 'Met zijn rug naar de kamer. Aantekeningen te maken.'

'In het echt, of in je droom?'

Daar dacht ze even hulpeloos over na. 'In mijn droom?' Die opwaartse stembuiging die de Australische tongval heeft; alles is een onzekerheid, een vraag. We zouden het hier niet meer over hebben. Het was belachelijk. Ik trok haar mee naar de overloop en sloot de deur van mijn werkkamer.

'En? Denk je dat dit een goede smoes is om mijn ouders naar huis te sturen?'

Er klonk opluchting in haar lach door. 'Zeg alsjeblieft niets tegen hen.' En meteen daarop: 'Ik wou dat we met z'n tweeën waren.' Ze bonkte met haar hoofd tegen mijn borst en gaf een soort voor zichzelf bedoelde grom ten beste. 'Dat had ik niet willen zeggen.'

'Jij hebt gewoon pech met je schoonouders.'

We kusten elkaar. De bobbel duwde me dagelijks verder weg. 'Moeten we een afspraak met de dokter maken? Voor een elektroshockje of zo?'

Ze moest lachen en trok een 'waanzinnig' gezicht door haar onderlip met haar tong naar buiten te duwen. 'Ik moet meer slaap krijgen.'

Daarna ging het beter tussen ons, mijn ouders waren de tastbare gemeenschappelijke vijand. Bij de aanblik van Ann tegenover me aan het kerstdiner, met de roze papieren kroon scheef op haar rode haar, werd ik overspoeld door een gevoel van bewondering. Dan hád ze maar een LSD-flashback of een lage bloeddruk of wat die dagdroom dan ook mocht hebben veroorzaakt. Ze had mij uitgekozen, terwijl ik ondanks al mijn pogingen om zo stads mogelijk te zijn – nu begon ik zelf de tijd ineen te vouwen – nu eenmaal het kind was van dit onverstoorbare, keurige Engelse echtpaar dat aan tafel ingelegde walnoten zat door te geven en geen moment twijfelde aan de grenzen van hun heelal, aan waar de normaliteit begon en eindigde. Iedereen die buiten dat gebied verkeerde was een zonderling, niet dat ze dat woord ooit zouden bezigen. 'Anders' volstond om wantrouwen, onzekere factoren en twijfel te impliceren. Ik was anders. Anns liefde voor mij bewees dat.

Het voorval werd niet meer genoemd. Op Tweede Kerstdag zwaaiden we 's middags opgelucht de Citroën na, zodra de auto uit zicht was leunden we tegen elkaar aan voor een kus en we bleven dicht bij elkaar, genoten van elkaars troostende geur, de verlatenheid van de straat om ons heen.

R.O.M.V. 04.07

Ze loopt over de stoffige straat achter het geluid van een koor aan dat 'Amazing Grace' zingt. Voorbij een donkerblauw betegelde moskee komt ze bij een wit houten kerkje, met een puntdak dat hier niet gebruikelijk is. Ann staat voor de deur in de zon, met haar hoed in de hand, turend om iets in het duistere binnenste van de kerk te kunnen ontwaren. Vrouwen staan in rijen onder de gewelven te zingen. Voor hen staat een man met zijn armen te zwaaien. Er is misschien een tiental vrouwen maar het klinkt als een kathedraal vol.

Tom heeft de twee dagen in Nadi interviews gehouden in het kader van zijn onderzoek. Iedereen met wie hij spreekt – winkeliers, hoteliers, politiemensen – heeft andere opvattingen over de staatsgreep, maar ze zijn er allemaal armer op geworden. Ann heeft haar jetlag uitgeslapen in de kamer met hagedissen tegen het plafond. Ze zwemt in het hotelzwembad en wandelt door de gammele winkelstraten, waar ze souvenirs oppakt en weer teruglegt. Langgerekte honden, soms met slechts drie poten of een gebroken staart, lopen midden op straat. Aan de rand van de stad lopen kippen los rond.

'Hallie denkt dat het geen zin heeft om je in de reacties van mensen te verdiepen,' zegt Tom tegen haar. 'Hij wil gewoon goeieriken en slechteriken. Paf paf.' Het vakantieoord waar ze morgen heen gaan is de plek waar tijdens de staatsgreep van 2000 een paar inlanders met machetes gewapend op het strand landden en de gasten en de eigenaar 24 uur lang gijzelden. Iedereen werd gered door een passerend cruiseschip; er werd geen bloed vergoten op het zand.

Maar Hallie wil bloed zien. Hij wil een bezoekende Amerikaanse held die probeert zijn huwelijk te redden met een laatste vakantie en die geholpen door een betrouwbare Fijische gids die DBTA zal zijn, de boosaardige Fijisch-Indiase zakenlieden uitschakelt die achter de hele onderneming zitten en onder een hoedje spelen met boosaardige Britse zakenlieden om vanuit het boosaardige hoofdkantoor van hun zakelijke imperium onwetende inlanders voor hun karretje te spannen. Ann is inmiddels lang genoeg met Tom samen om te weten dat DBTA 'dead by the third act' betekent, dus dat hij het tweede bedrijf niet zal overleven. Het leek in Londen allemaal helemaal te gek, dit idee. Maar nu ze hier zijn, is dat anders. Ze sluit haar ogen, haar jurk plakt in de vochtige lucht onder haar armen, ze luistert naar de zingende vrouwen en zou willen dat Tom en zij hier alleen waren gekomen en niet met die man Hallie op het eiland hadden afgesproken, dat ze dit uit eigen zak hadden betaald.

Dat mistige gevoel dat je in een sprookje zit was vrijwel tastbaar, die avond dat ik Simon Wright belde. In die schemertoestand tussen kerst en Nieuwjaar lijkt alles mogelijk. In elk geval slaagden de nutsbedrijven erin ons rekeningen te blijven sturen. Er zaten aanmaningen van de telefoonmaatschappij, het waterleidingbedrijf en het energiebedrijf met een magneet op de koelkastdeur geplakt. Er was een constante geldstroom naar buiten vereist, maar de stroom naar binnen was een opgedroogde bron. Ik had zoals beloofd mijn werk bij Rosemary afgeleverd en dankzij de laatste betaling van Whirlwind was mijn creditcardrekening vereffend. Ann hield in april op met werken, daarna zou ze een halfjaar de helft van haar salaris ontvangen. Ze zouden haar baan nog eens een halfjaar vrijhouden. We waren verbijsterd hoe onwetend we waren toen we ons op ons ouderschap begonnen voor te bereiden. Hoe konden we weten hoe Ann ertegenover zou staan om weer aan het werk te gaan? Waar wilden we de baby laten slapen? Hoe lang zou ze hem de borst blijven geven? Zouden we te gekke, ontspannen, uiterst positief ingestelde bevestigende ouders worden of een stel zenuwpezen dat hun hele huis met watten ging bekleden? Wie zal het zeggen? Zo'n eerste zwangerschap is een lange zeereis naar een land waar je de taal niet van kent, waar zo lang land in zicht is dat het gewoon de horizon wordt, en dan op een dag fladderen er vogels over die donkere vorm en ineens is het bijna zover en kun je alleen nog maar hopen dat je de juiste inentingen hebt gehad. Niets was zeker. Het bestaan was al krap genoeg met alleen Anns inkomen. De rente was een kwart procent verhoogd, een kerstcadeautje van de Bank of England, en de hypotheek schoot omhoog. In december was ik naar zes afspraken geweest, ik had zes keer elk van mijn drie ideeën aangeprezen, sloeg me door zo veel kerstborrels heen als ik maar kon (die hebben geen hart, kantoorfeestjes, zei Andy altijd, maar prima als je van bil wil), en probeerde de plot uit te werken van de meest commerciële van mijn voorstellen. Er zou toch zeker wel íémand toehappen.

De treden kraakten toen Ann de trap af kwam. Ze waren nog steeds niet geschilderd. De gang was vlekkerig op de plaatsen waar we het behang van de muur hadden getrokken en er niets voor in de plaats hadden aangebracht. Hier in de keuken vertoonden de kasten sporen van Anns jongste inspanningen, de deuren zaten weer op hun plaats omdat ze de aanblik van de inhoud ervan niet langer kon verdragen. Buiten verhulde de duisternis vriendelijk de gebarsten, overwoekerde chaos van ons minieme achtertuintje.

'De stortbak lekt weer.'

'Die kerel heeft niet teruggebeld.' Een goedkope loodgieter, klungelwerk afgeleverd, een mobiele telefoon die niet werd opgenomen. Londen ten voeten uit. In het raam weerspiegelde Ann tegen het donker, met een witte handdoek om haar lichaam en nog eentje in een tulband optorenend op haar hoofd.

Sinds de echo die in de twintigste week was gemaakt begon ze er ineens pas echt zwanger uit te zien, alsof de magische beelden die het toverstokje van de echoscoop had opgeroepen, haar buik naar buiten hadden getrokken en vervormd.

'Wat heb je tegen hem gezegd?'

'Ik heb ingesproken of hij me terug wilde bellen.'

'Heb je gezegd dat die lekkende stortbak de hele vloer onder water zet?'

'Ik heb gevraagd of hij me terugbelt.'

'Aha.'

'Wat is er, Ann?' Ik draaide mijn hoofd om zodat ik haar in levenden lijve in plaats van in spiegelbeeld zag. 'Wat wil je dat ik doe?'

Ze ademde uit en keek de andere kant op. 'Ik ga naar bed.'

Simons visitekaartje lag ook op de koelkast, half onder de laatste aanmaning van de telefoonmaatschappij. Ik vermande me.

Kate nam op. Haar warme, houtachtige stem riep onmiddellijk die buitenaardsheid van haar op, die diep was ingesleten in haar prozaïsche, klompen dragende rechtschapenheid. Als ze al verbaasd was dat ze mij aan de telefoon kreeg, liet ze dat niet merken; ze wist meteen wie ik was. Zelfs onder het uitwisselen van de onvermijdelijke clichés over Kerstmis was ik nog in de verleiding om weer op te hangen. Wat zou ze van me denken, die kerel die in het donker belde in de eenzaamste tijd van het jaar?

'Hebben jullie nog plannen voor oudjaar?' De woorden kwamen er totaal verkeerd uit – het was louter bedoeld als een luchtige vraag om de tijd te passeren, de machine te smeren en hem draaiende te houden tot de natuurlijke stilte zou vallen waarin ik kon vragen of ik Simon aan de lijn kon krijgen. Het klonk wanhopig.

'We geven een feest.' Het vreselijkste antwoord dat je maar kunt hebben. In stilte smeekte ik haar om ons niet uit te nodigen, om mij de waardigheid te gunnen dat ik zelf ook plannen had.

'Ik vroeg me af of Simon er was,' zei ik.

'Hij heeft een paar mensen op bezoek.'

'Jullie hebben bezoek, neem me niet kwalijk.' In mijn behoefte om op te hangen bleef mijn lichaam maar voorover kantelen als zo'n knikkende vogel van hout. 'Ik bel een andere keer wel.'

'En oudjaar? Hebben jullie zin om te komen?' Niet: 'Kunnen jullie?' of 'We zouden het heel leuk vinden als Ann en jij konden komen.' We zijn bezet, zou ik dan gezegd hebben, we krijgen mensen over de vloer, we hebben plannen. In plaats daarvan haperde ik onbehouwen door een hoop ge-uh en ge-ah, dat weet ik nog niet en dat moet ik nakijken. Ze onderbrak me. 'Dan zou je met Simon kunnen praten.'

'Nee, dat lijkt me geen goed idee, het gaat over werk. Moet je horen, we komen graag op jullie feest, als je het echt wilt.'

Haar lach klonk licht en opgelucht. Dit neurotische gesprekje was bijna ten einde. 'Natuurlijk. Dan vraag ik Simon wel om je voor die tijd te bellen.'

Wat waren we zielenpieten dat we het nieuwe jaar gingen inluiden met een stel mensen die we niet kenden. Andy en Tonia begrepen het absoluut niet en boden aan met hun gewoonte te breken om oudjaar met zijn tweeën door te brengen. Maar Ann vond het een leuk idee om weer eens bij Kate en Simon op bezoek te gaan. Of misschien wilde ze onderstrepen hoe tevreden ze met me was dat ik Simon had gebeld.

Hun huis was groter dan ik me herinnerde, zelfs met honderd mensen erin. Kate en Simon waren erg in trek. Sommige gasten kwamen me bekend voor – een paar regisseurs, een handjevol televisieacteurs – een geslaagde greep naar de sociale macht om zo'n gezelschap bij elkaar te krijgen op een van de belangrijkste avonden van het jaar. De rest had het koortsige uiterlijk van ouders die maandenlang geen stap buiten de deur hebben gezet. Alleen de keuken vertegenwoordigde al zo'n duizend pond aan oppaskosten. Simon had ons bij de deur begroet. Hij had me niet teruggebeld en als een ware *mein Gastheer* was hij een en al uitbundigheid en verontschuldigingen. Hij zou me echt morgen bellen. Er is geen haast bij, zei ik en ik keek hem strak aan, als je weer aan het werk gaat. Hij nam de fles belletjeswijn aan die ik hem voorhield en ging ons voor door de volle gang naar de kamer waar we bijna drie maanden daarvoor met zijn drieën hadden gezeten toen hij koffie voor ons maakte. Tegen zijn rug aan gedrukt besefte ik dat de geur die in zijn haar en kleren zat en bij de vorige gelegenheden dat we elkaar waren tegengekomen maar vaag aanwezig was geweest, afkomstig was van sigaretten, chemische stoffen en as. Nu had het iets scherps en recents, alsof de heimelijke roker voor de jaarwisseling nog even snel een paar laatste verslaafde trekjes had genomen. Ik werd overvallen door de behoefte aan een sigaret. Hij zadelde ons even snel op met een ziekelijk ogend stel dat zich duidelijk geen houding wist te geven, greep met elke hand een fles wijn en begon op weg naar de woonkamer glazen bij te vullen.

Ruim een kwartier zaten we opgezadeld met het saaie stel, en ik begon me zorgen te maken dat hun onhandigheid op ons zou overslaan als maar genoeg mensen ons met hen samen zagen. Ann verliet als eerste het schip – daar was ze heel handig in – door te beweren dat ze, zwanger als ze immers was, op zoek moest naar de wc. We worstelden ons nog eens door zo'n negentig seconden over de buurt (de vermelde duur klopt, want ik hield de klok aan de keukenmuur in de gaten). Natuurlijk waren dit Kates buren, geen mens heeft dit soort types als vrienden. Blonde, spichtige, gluten- en lactosegevoelige, kwaaie niet-stemmers. Ik vroeg naar scholen in de buurt en had mezelf wel met een kaasmes de keel willen afsnijden. 'We geven onze kinderen thuis les.' De saaie man leegde zijn glas en zei op een toon alsof hij een zeldzaam, boeiend insect op zijn overhemd had opgemerkt dat hij nog een wijn ging halen en zijn saaie vrouw zei haastig dat ze meeging, en daar stond ik dan in m'n eentje, alsof ik de sociale doodskus was. Ik had net mijn glas leeggedronken en snakte naar het volgende, maar ik kon onmogelijk het risico lopen dat ik de indruk wekte achter hen aan naar de bar te lopen om daar vervolgens opnieuw te worden afgeschud.

En zodoende kwam ik in Simons werkkamer terecht. Ik ging op zoek naar Ann. Voor de wc onder de trap stond een kleine rij en ik bleef wachten tot er een man tevoorschijn kwam. Ze was nergens te bekennen. Een tiener die vast voor dat doel was ingehuurd, met pukkelige wangen en trillende handen, stond in de deuropening naar de woonkamer drankjes in te schenken. Ik wurmde me voor iemands uitgestoken glas en kreeg de wijn bijgeschonken waar ik zo'n behoefte aan had, zonder nieuwe vrienden te maken. Weer een andere tiener met een schort voor kwam op me af met een volle fles die ik hem ontfutselde met de opmerking: 'Laat mij dat maar even doen.' Ik goot een bescheiden beetje in de glazen van twee mensen die op de trap zaten en klauterde over hen heen richting veiligheid en Ann.

Alleen was Ann nergens te bekennen. Aan de overloop lag een kamer die onderdak bood aan een naaimachine en een paspop. Natuurlijk maakte Kate haar eigen kleren, hoeveel rijkdommen haar echtgenoot ook vergaarde, en vast ook voor haar kinderen. Ik voelde even een hevig medelijden voor Titus en Ruby-Lou, met dat bruine brood in hun lunchpakket en hun bloempotkapsel. De paspop oogde sinister (al had hij dan geen armen, dacht ik flauw), net zoals Anns perspex bestralingsmasker dat kon zijn: de lege huls van een persoon die in een kamer wachtte, altijd in huis was, en tot leven kwam als jij weg was, om zich aan de toast te vergrijpen en interlokale telefoongesprekken te voeren. Ik ging verder. Een reusachtige, wit betegelde badkamer aan de kop van deze trap, met niemand erin. Bijna opzettelijk stevig doordrinkend omdat Ann zou rijden, vloog ik met drie treden tegelijk de trap naar de volgende verdieping op, gluurde een duistere extra slaapkamer in, liep voorbij nog een dichte deur (ongetwijfeld van de gekken), en kwam ten slotte aan de voorkant van de bovenste verdieping, in de deuropening van Kate en Simons slaapkamer. Dus dit kun je in Hampstead kopen van je televisiecenten, dacht ik, en ik keerde me om om beneden iets aan die afgrijselijke muzieksmaak van Simon te doen. Ik kon onmogelijk het nieuwe jaar inluiden met *The Best of the Rolling Stones.*

Achter me was een smalle trap omhoog. Nog een verdieping? Een vliering dan. Met een hand tegen de muur om mezelf overeind te houden liep ik voorzichtig naar boven. De werkkamer bleek net zo groot als de slaapkamer eronder. Er viel licht binnen vanaf de trap die ik net had beklommen en vanaf de straat, rond twee duistere banken en een fors bureau. De wanden waren met boeken bekleed, met zeker nog eens tien lagen als een scheve schoorsteen op het bureau opgestapeld. Het eerste wat ik oppakte was een medisch handboek, het volgende een gids over de beginselen van de spreekvaardigheid. Het waren stevige gevallen die aardig op weg waren één deel *Shorter Oxford* qua lijvigheid naar de kroon te steken. Die stopte hij niet in zijn bagage voor zijn reisjes naar Amerika. Misschien had hij daar nog een werkkamer. Hij was een trans-Atlantische klootzak. En wat hadden we daar? *De kant van Swann* achteloos op een kussen alsof het net was weggelegd toen de bel ging. En boven de bank – aha – foto's. Ik knipte de wandlamp aan en de vage zwart-witfoto's van Simons leven werden scherp. Daar stond hij op de trappen van een anoniem voornaam neoclassicistisch gebouw, met gecanneleerde zuilen achter zijn rug en zijn arm rond – zou dat heus Bono zijn? Of zomaar een lulletje rozenwater met een zonnebril op? Schattige foto's van de kinderen, een niet heel flatteuze van Kate net na de bevalling met iets onduidelijks in haar armen, en eentje van Simon en Kate op chique, Simon met een beeldje ter grootte van een wijnfles in zijn hand. Als saluut hief ik mijn wijnfles. Op de vensterbank stond een beeldje, omringd door nog meer kiekjes van de kinderen, de gezinsman die niets van dat alles moest hebben. Het was natuurlijk een of andere trofee, een prijs voor Beste allround uitspreker van buitenlandse woorden of Dichtst bij elkaar staande ogen, een stukje verwrongen brons dat eruitzag alsof C-3PO het had uitgekakt. Ik tuurde naar de houten plaquette waar de vermelding tegenaan zat geplakt: Beste toneelscenario van een of ander achterlijk Midden-Europees festival uit een land waar de kijkers waarschijnlijk nog volledig in de greep waren van *Poldark*. Met een inmiddels groen en monsterlijk hoofd keerde ik mijn blik weer naar de wand ... Er was nog een foto, in de bruine kleuren van een jaar of twintig geleden, van een meisje in een deuropening. Wit zonlicht viel op haar schouders en over haar borstkas. Ze droeg een blauw katoenen jurk met aan de hals een kleine split. Haar gezicht was mooi en nog niet helemaal gevormd, haar neus iets te groot, de wangen zacht en botloos – ze kon niet ouder zijn dan een jaar of vijftien. Haar gezichtsuitdrukking was al net zo ongedefinieerd als haar trekken, zacht, onleesbaar, op zo'n leeftijd dat je alleen maar ervaringen kunt opdoen, door het leven kunt lopen alsof het een regenbui is, omdat je niet in staat bent te interpreteren wat je allemaal overkomt. Even had ik het gevoel of de tijd snel was doorgespoeld, dat dit Ruby-Lou was over zes jaar, dat ik al staand in deze kamer ouder was geworden terwijl de wereld om me heen wervelde. Natuurlijk was het meisje op de foto niet Ruby-Lou. Het was Kate.

Goeie god, wat veranderen onze vrouwen als we met ze trouwen. Ze zwellen op, als het niet aan de buitenkant is, dan wel vanbinnen. Ze worden pragmatische, breedvoetige schepsels met competente heupen. Het meisje voor wie je viel heeft nu een stralenkrans van kroes om haar haren, ze kreunt even gelaten als ze het vuilnis naar buiten sjouwt. In bed behandelt ze je in crèmekleurig zijden hemdje met te veel wijsheid. Ze kent sommige geheimen van het leven, maar jij zult haar nooit echt jouw geheimen laten weten. Het komt door haar gevoel voor humor dat je verschrompelt, die wrangheid van de overlever waarmee ze zich staande houdt. *Ik plaag je maar.* Je had nooit gedacht dat je dat gesmijt met borden en dat gejammer van vrouwen van in de twintig ooit zou missen, maar dat doe je wel. Nu beschikt ze over de afschrikwekkende macht van hen die leven schenken: ze heeft een onuitputtelijke voorraad lucht, haar liefde en soms haar razernij vullen keer op keer de blaasbalgen.

Het licht nam af. Ik draaide me om. Kate stond afgetekend in de deuropening. Datzelfde moment bezorgde die eigenaardige ontoegankelijkheid van haar me een lichamelijke schok. Onder haar scheen het licht op de trap omhoog en het deed het grijs in haar woeste haardos oplichten alsof het elektrisch was. Ze was naar me op zoek geweest.

'Hallo,' zei ik te hard. 'Heb je Ann gezien?' Het klonk als een voorwendsel. Het was ook een voorwendsel. Eigenlijk was ik op zoek geweest naar Kates vieze ondergoed. 'Het lijkt wel of ik aan het rondneuzen ben,' zei ik, en ik hikte. Hete wijn schoot terug in mijn keel; ik slikte.

'Doe je dat dan niet?'

'Ja.' Ik stak een van de boeken omhoog terwijl ik rrddraaide om haar aan te blijven kijken terwijl ze langs me heen de kamer in liep. 'Heeft hij weleens een personage beschreven dat je aan jou doet denken? Een psychiater die een halvegare patiënt ontrafelt?'

'En ben ik dan de psychiater of de halvegare?'

'Goede vraag.'

'Ik ben geen psychiater.' Ze keek fronsend naar me. 'Je weet dat ik geen psychiater ben.'

'Ik dacht ...' Dit was hoogst gênant. 'Ben je geen therapeut?'

'Ja, ik ben een naturopaat.'

'O.' Ann had therapeut gezegd. Waar of niet? *Jij luistert nooit, Tom.* Het beeld dat ik van haar had gehad in een dure stoel, omgeven door medische handboeken, dure kelims en planken vol symbolische geheimzinnigheden die ze van haar reizen had meegebracht, vervloog. Daarvoor in de plaats verscheen de schamele spreekkamer van een kwakzalver, met goedkope plafondverlichting, en iedereen in de kamer eivormig en terneergeslagen.

Ze schoof een la open. 'Aha.' Aan haar vingers bungelde een klein fluwelen zakje aan een koord met kwasten. 'De wensen.'

'Wat zijn dat?' Ik boog te dicht naar haar toe. Ik voelde hoe ze haar adem inhield, dus stapte ik achteruit naar de deur.

'Voor het nieuwe jaar. Een klein ritueel van ons.'

'Een heks.'

'Wat zei je?'

'Iets geks, voor het nieuwe jaar.'

Begrijp me goed, in de verte was ik me wel bewust van mijn idiote gedrag. Mijn spiegelbeeld stond scheef in de hoekige spiegel die Simon op een bijzettafel had staan (een spiegel in een werkkamer? Die ogen!). Het was net of ik een glimp van mezelf opving op de monitor van een filmset; ik was me er afgrijselijk van bewust dat ik een beschonken, idioot onderdeurtje was.

Ze haalde uit het zakje een papieren rechthoekje tevoorschijn, van dezelfde afmetingen als vloei. Ik snoof diep, alsof ik rook kon ruiken, en daar was dat verlangen weer.

'Dit zijn wensen. Iedereen schrijft op wat voor wens hij voor het nieuwe jaar heeft. Daarna steken we ze in brand. Dan gaan ze net als *amaretti*-papiertjes zweven, snap je wat ik bedoel?'

Het was makkelijker om naar de grond te kijken dan naar haar. Een angstaanjagend moment werd ik door angst overvallen. Was het angst? Iets stekeligs. Ik wilde haar kussen. Nee, erger nog, ik wilde haar in haar hals bijten, op haar zuigen, een merkteken nalaten. Toen ik opkeek raakte ik uit mijn evenwicht en ik stond op mijn voeten te zwaaien.

'Gaat het wel? Laten we maar naar beneden gaan.'

Ik wilde het niet uitleggen. Ik wilde dat ze het wist. (Wat wist? Ik zat op een soort Möbiusband van afkeer en begeerte.) Ze beroerde licht mijn elleboog om aan te geven dat ik haar de trap af moest volgen. Ik gebaarde dat ze maar door moest lopen en hikte zo ongegeneerd dat het wel een snik leek. Op de overloop een verdieping lager was het licht uitgedaan. De gang lag in schaduwen en ik was dankbaar voor het hele eind in het koele donker om van mijn schaamte te bekomen. Net toen ik langs de slaapkamer van de kinderen liep klonk er een primitieve kreet uit vandaan. Kate keerde zich snel om en vervolgens voerden we een vreselijk wederzijds dansje uit omdat ze probeerde langs me heen naar de slaapkamerdeur te komen. 'Met je handjes wapperen,' zei ik, en ik deed het voor. Ze kuchte geïrriteerd en verdween naar binnen. Ik vluchtte weg alsof ik, Nosferatu, degene was die de nachtmerrie had veroorzaakt.

Ann stond helemaal achteraan in de woonkamer met een man te praten die met haar flirtte. Sinds haar zwangerschap zichtbaar was geworden vond een bepaald type man haar nog aantrekkelijker. Getver, vond mijn innerlijke kind van acht daarvan, maar mijn innerlijke dertigjarige voelde zich gevleid en ingenomen met het feit dat hij een kind had verwekt en als veertigjarige voelde ik me bezitterig op een manier waar Ann de grootste bezwaren tegen zou hebben gehad als ik het ooit had verteld. De feestvierders vormden een dichte menigte waar het lastig zijdelings doorheen schuifelen was, maar ik was inmiddels wel een stuk nuchterder. Tussen de dansende lijven en lachende hoofden door zag ik haar af en toe lachen, knikken en haar blik door de kamer laten zwerven. Toen ik vlak bij haar was, werd ze zich bewust van mijn nadering. Terwijl ik me een weg naar haar toe baande bleven we elkaar aankijken. Als Ann niet mijn vrouw was geweest was ik opnieuw helemaal kapot geweest van de manier waarop ze die avond keek – slaperig, half en half verveeld, geamuseerd om een binnenpretje.

We zouden voor middernacht vertrekken. Ik wilde Kate niet nog eens tegenkomen, en het huis was wel groot, maar ook weer niet zo groot. Dronken gesprekken, kan ik me herinneren, niet de inhoud maar de suikershot uit de wijn, het gevoel dat je waanzinnig grappig bent, samen met een ander stel stiekem lachen om de sinaasappelhuid van de televisieacteurs onder ons. Ann trok me mee. Achter elkaar liepen we door de volle kamers. Ann klaagde dat haar schoenen krap zaten. Ik hield mijn hand tegen haar onderrug om haar een steuntje te geven. Twee diep in gesprek zijnde mannen blokkeerden onze doorgang. We hielden halt en Ann verschoof haar achterste met een vrijwel onmerkbare druk terug tegen mijn hand. Ik bracht mijn mond naar de welving waar haar hals in haar schouder overging en fluisterde dat ik haar mee naar huis wilde nemen. Haar ruggengraat verlengde zich toen ze haar hals verboog om me een blik toe te werpen die 'ja' betekende. We hadden net onze jas aangetrokken toen Simon onder aan de trap verscheen met een blad in zijn hand met daarop de wensen, Kates speciale reepjes papier, aan de ene kant, en een piramide van geslepen rood-zwart gestreepte potloden aan de andere kant. De twee ingehuurde tieners volgden met een identiek blad. Eén verkeerde beweging en die potloden lagen over de hele vloer.

'Jullie gaan toch zeker nog niet weg?'

We beriepen ons op de zwangerschap (ik kwam er allengs achter wat een handig sociaal instrument zo'n zwangerschap kon zijn) en betuigden Simon onze dank en hartelijke groeten. Ann ondersteunde me nu op onze weg over het zwart-wit geblokte pad naar de straat. We zaten net in de auto onze veiligheidsgordels vast te maken toen Ann zei: 'Moet je zien.' Ik boog vanaf de passagiersstoel over haar heen en kwam in de verleiding mijn hoofd op haar heerlijke, kussenachtige borsten te vleien en in slaap te vallen. Naar welk huis moest ik eigenlijk kijken? De lichten in de brede ramen van de dubbele erker waren uit en de benedenverdieping van Kates huis was in duisternis gehuld. Ann ademde hoorbaar in met rijzende en dalende borstkas toen eerst één en toen meer, daarna tientallen, wel honderd oranje vlammetjes langzaam opstegen.

'We hadden moeten blijven,' zei ze. Dat ogenblik bleef even in de lucht hangen, net als de zwevende, gloeiende wensen. Toen startte ze de auto, reed achteruit en naar voren, achteruit en naar voren om zich uit de rij geparkeerde auto's te wurmen en reed snel weg. We wilden er geen van beiden getuige van zijn als het elektrische licht weer werd aangedaan.

In heel Londen luidden claxons en voetzoekers het nieuwe jaar in. Toen we na middernacht in onze buurt terugkeerden, gooiden onzichtbare jongens vuurwerk uit duistere portieken en uit lage auto's stampten bassen terwijl ze stapvoets door de straten reden. Het huis was warm; we hadden de verwarming aangelaten, maar op het twee-treeïge trapje omlaag vlak bij de keuken bleef Ann staan om de lucht op te snuiven.

'Wat doe je?'

'Er stinkt hier iets.' Ze liep terug naar boven, deed de voordeur weer open om de buitenlucht op te snuiven en keerde terug naar de gang.

'Ik ga naar bed,' zei ik.

'Wacht nou even.' Ze deed de keukendeur open. Haar hand vloog omhoog om haar mond en neus te bedekken en haar lichaam kromp samen in een droge kokhalsbeweging. 'Goeie god, er ligt hier vast iets te rotten.' Ik wilde alleen maar naar bed, maar ze wierp me zo'n echtelijke blik toe dat ik achter haar aan liep toen ze door de ruimte stapte om de ramen boven de gootsteen en het ergerlijk stroeve nachtslot op de achterdeur open te doen. Het nachtslot kwam niet van zijn plaats, zelfs niet toen ze bijna de huid van haar vingers scheurde. Ze zoog op haar hand en hupte op en neer.

'Ik doe het wel,' bood ik weinig overtuigend aan, ingezakt op de bovenste trede van het trapje naar de keuken. Ik rook helemaal niets. Ze maakte een soort luchtverkeersleidersgebaar naar me met haar handen, hield haar adem in en rukte het kastje onder de gootsteen open, trok de gele rubberhandschoenen aan en probeerde het slot nogmaals. Ditmaal ging het open.

Opgelucht ademde ze uit. 'Ruik je het echt niet?'

Het buitenlicht leverde weinig zicht op; het deed denken aan het licht in de toiletten op een afdeling Spoedeisende hulp,

97

met een blauwzweem om te voorkomen dat junkies hun aderen kunnen vinden. Daar stond het smeedijzeren gevaarte van de tuintafel die we bij wijze van housewarmingcadeau van mijn ouders hadden gekregen en die altijd iets uitstraalde van heimwee naar Wiltshire, waar hij ook thuishoorde. Hij stond vol potten met kruiden, tegelmonsters voor de badkamer die we ooit nog eens zouden bekleden, en oud zilver dat Ann graag op Portobello Road kocht en dan buiten dof liet worden. (Zij was ervan overtuigd dat zilverpoets schadelijk was voor de baby en ik piekerde er niet over verscheidene couverts aan bestek te gaan poetsen die we niet nodig hadden.) Naast de tafel stonden twee oranje plastic stoelen die ik tussen het oud vuil op de stoep voor Tranters kantoor vandaan had gehaald, in de hoop dat hij me door het raam zou zien en dan zou beseffen dat hij me meer moest betalen. Afgezien daarvan was de achtertuin leeg.

Het was ijskoud buiten. Ik snuffelde hier en daar, maar rook alleen mijn eigen dranklucht die in bevredigende wolkjes uit mijn mond kwam. Onze christelijke buren waren nog op, en geel licht uit hun keuken viel in strepen door de omheining op de troep in het gangetje langs ons huis. Ann pakte een lange deuvel en porde ermee tussen het canvas, de verfpotten, het geraamte van haar fiets. De enige geur die er hing waren de kille naweeën van regen op asfalt. Ik weet niet hoe dat hormonale trucje precies in zijn werk gaat dat ervoor zorgt dat zwangere vrouwen zo veel beter kunnen ruiken, maar vanaf het moment dat Ann bevrucht was had ze geen stap meer in de viswinkel gezet, geen vuilnis meer buitengezet en de auto niet meer vol kunnen gooien zonder de aanvechting te krijgen om te kokhalzen.

'Ik ruik niets.'

'Ik denk dat het van binnen komt.'

De deur kraakte in een rukwind en we renden er allebei heen om hem op te vangen voordat hij dichtsloeg. Ann struikelde over het betonnen afstapje en viel met haar handpalmen vooruit zo hard op de grond dat ze het uitschreeuwde. Ik sloeg mijn armen om haar heen.

'Gaat het wel? We moeten naar bed.'

Ze bevrijdde zich uit mijn omhelzing. 'Dan is het morgenochtend nog erger.'

Ik kon de belofte die ons vertrek van het feest had gewekt wel op mijn buik schrijven.

Met haar linkerpols omklemd snuffelde Ann in de keuken rond terwijl ze voortdurend hardop commentaar gaf: eerst was de lucht het sterkst in de buurt van de oven, daarna juist in de bijkeuken, en nu weer onder de gootsteen. Ze raakte geagiteerd en haar stem klonk steeds hoger. Het beviel me helemaal niet.

'Dat komt doordat jij rookt, je hebt je neusgaten geruïneerd.'

'Stel dat er inderdaad een dode rat is die alleen jij ruikt, wat kunnen we er dan aan doen?'

'Het gaat nooit om één rat.'

'Ook goed. Maar voor hetzelfde geld zitten er tientallen ondode ratten tussen de muren,' ik deed even een nogal geslaagde imitatie van een zombierat, 'met uitgestrekte armen en besnorde snuiten, maar de gemeente neemt nog zeker vijf dagen de telefoon niet op. Ik ga naar bed.'

Drie uur later lag ik nog steeds in coma van de wijn en de vermoeidheid in ons bed en had Ann elk pak gedroogde spaghetti, potje kappertjes, blik flageolets, tonijn en gezeefde Italiaanse tomaten tevoorschijn gehaald en op de aanrecht en de keukentafel neergezet. Onderwijl nam ze alle oppervlakken af, maar er was geen knaagdierkeutel te vinden, geen opengeknaagd hoekje van een papieren zak met pompoenpitten, lijnzaad, paranoten, of een van de vele soorten studentenhaver die ze tot zich nam voor de baby. De stank varieerde, werd nu eens sterker, trok dan weer weg; ze plette de toppen van een paar lavendelstengels uit de tuin en legde ze hier en daar in de keuken, waar ik ze, samen met de bewijzen van Anns schoonmaakaanval de volgende ochtend aantrof.

Ik vond ook het gat dat ze in de plint had geslagen.

De rattenvanger van het enige privébedrijf dat in die periode geopend was had erg veel weg van zijn prooi. Hij klakte met zijn tong toen hij de puinhoop die Ann van de plint had gemaakt aanschouwde en zei: 'Daar moet je een timmerman bij halen, lieverd, en niet mij.' Wat het zoeken aangaat deed hij niet veel meer dan wat Ann al had gedaan, behalve dat hij een zaklantaarntje had waarmee hij onder de trap en in de badkamerkastjes scheen. Ik voelde me nogal ongemakkelijk terwijl ik hem overal volgde, dus ging ik terug naar Ann die beneden thee aan het zetten was. Zodra het geruis van de ketel ophield, stonden we zwijgend te luisteren naar zijn zware voetstappen en naar het gekraak van de balken dat door het hele huis galmde. Het was een geruststellend idee om te bedenken dat deze man zijn licht in al die schemerige hoeken liet schijnen. Ann schonk net kokend water in de pot toen de man een gesmoorde kreet slaakte. Water plensde in de gootsteen en ze brandde haar vingers. Ik greep haar hand vast. 'Hou ze gauw onder de koude kraan.' Ze schudde me van zich af en rende de trap op. Ik volgde op korte afstand.

De rattenman stond op de overloop te hijgen. 'Jezus, wat schrok ik daarvan.' Hij wees in de richting van mijn werkkamer: 'Die kop daar. Ik dacht dat het een mens was.'

Ann lachte. 'Maar dan wel een heel dun mens.'

'Griezelig,' zei hij.

'Niet zo griezelig als ratten,' zei ze.

'Nou ja, ik kan niets vinden. Die stank waar je het over had, hing die ook boven?'

'Nee,' zei ze, 'alleen beneden.'

'Eerlijk gezegd ruik ik helemaal niets, lieverd.'

Ik nam Ann nauwkeurig op. Ze vertrok geen spier. 'Het hangt er vandaag ook niet. Het komt en gaat.'

'Als het ratten waren denk ik niet dat die stank zou komen en gaan. Zeker in deze tijd van het jaar. Dan gaan ze het liefst slapen. En ik kan niets vinden, maar ik zal voor alle zekerheid hier en daar wat lokaas neerleggen. Onder de gootsteen in de keuken, in dat gat onder het bad, en ik leg ook wat in de achtertuin. Dus opgepast met de vingers.'

De volgende dag gingen we naar Travis Perkins aan Kingsland Road om een nieuwe plank voor de plint te kopen. Met onze vingers ineengevlochten liepen we tussen het timmerhout door, een toonbeeld van laatkapitalistisch renovatiegelukzaligheid. De uitgestrekte stapels planken waren overdekt met groen zeildoek tegen het weer, en ze torenden boven ons uit als in treurige capes gehulde, uitgerekte bedelaars. Ik gaf de man de maten op en hij keerde terug met een lat die tweemaal de lengte van onze keuken had. Het schoot me te binnen dat ik misschien inches en centimeters door elkaar had gehaald, maar dat hield ik voor me. We gisten hoe lang de lat moest zijn die we nodig hadden en keerden naar huis terug. Hij bedekte niet helemaal de versplinterde chaos rond het gat. We timmerden hem toch op zijn plaats en na een paar dagen viel ons al helemaal niet meer op hoe hij ongeschilderd in het oog sprong als een lelijk bijgewerkte carrosserie, en hetzelfde gold voor het donkere gaatje aan de ene kant.

Ik vertelde Kate en Simon het enigszins opgesmukte rattenverhaal toen ze aan het eind van die week met Tonia en Andy kwamen lunchen. Als een echte schooljongen mikte ik erop dat ik ze zou choqueren en om dezelfde reden liep ik voortdurend naar het raam om te controleren of hun auto nog wel veilig was. Ze hadden een uit de kluiten gewassen bleekzilveren wagen. Ondanks haar hippie-uiterlijk was zij degene die reed. Simon leek me wel het type van wie het rijbewijs was ingetrokken. De kinderen stampten de trap op en af. We hadden ze niet verwacht, maar Kate had hun lunch meegenomen, bruinpapieren zakken met misosandwiches of zoiets. Ik installeerde ze boven, liet ze volslagen gebiologeerd achter met een Japanse tekenfilm en rende weer naar beneden naar onze gasten omdat ik me zorgen maakte hoe ze de vergankelijke inrichting van onze woonkamer zouden interpreteren als ik er niet bij was om toezicht te houden op het tafereel.

Een hele familie ratten had hier liggen ontbinden, vertelde ik hun, nadat we ze eerst dagenlang in hun doodsnood hadden horen krabbelen. Ann lachte en zei dat ik mijn mond moest houden en bij het raam vandaan moest komen.

'Ja, waarom kijk je nou toch steeds uit het raam?' vroeg Simon. 'Ik krijg het gevoel of ik in een klucht van Feydeau zit. Ach, maak deze even open,' en hij sprong overeind en drukte me de fles in handen die ze hadden meegebracht, 'niet opbergen, het is een verdomd goede wijn.'

'Deze ook,' zei ik gladjes, en ik ging door met het ontkurken van mijn eigen fles.

'Waar waren we ook alweer, Kat?' vroeg Simon zijn vrouw met een koosnaampje waarmee hun slaapkamer hoogst verontrustend onze woonkamer werd binnengehaald, 'toen we dat dinges *je m'en fous* zagen? Zat geweldig goed in elkaar. Dat stuk dan, het theater was een tikkeltje vervallen.'

'De Comédie Française,' zei ze, 'en nu ben jíj onuitstaanbaar,' waarmee ze maar wilde zeggen dat ik degene was die zich zo-even had misdragen.

'Ik check of de plaatselijke jeugd je auto niet in de brand steekt. Hij is wat flitsender dan de auto's die hier normaal geparkeerd staan.'

'Ze steken geen auto's in brand,' zei Ann.

'Die twee zien er onbetrouwbaar uit,' zei Simon, die inmiddels de wacht bij het raam had betrokken.

'Dat zijn Tonia en Andy.'

Daarop lieten we Kate en Simon alleen in de woonkamer achter en begroetten onze vrienden. 'Hoe gaat het?' Tonia zag er goed uit. In Londen zijn vrouwen dunner dan vrouwen elders en zij was soms te dun, wat haar niet goed stond nu ze veertig was, al had ze dan die benijdenswaardige West-Indische huid ('Zwart barst niet,' zei ze soms plagerig tegen Ann als ze weer eens samen zaten te kreunen en steunen over het oud worden). Die dag had haar gezicht een warme gloed en er hing

een sfeer van welbevinden om haar heen. Ze had haar gebruikelijke poging tot een armoedige plunje aan. Meestal liep ze
rond in een spijkerbroek en een soort jongensshirt. Ze schudde
haar Franse zeemansjasje uit en hing het ineengepropt over de
trapleuning.

Simon stond naast me terwijl ik aan het koken was, en we
slaagden erin om een gênante uitwisseling over werk of een al
te stugge stilte te vermijden door het gesprek zo'n beetje rond
de huizenmarkt te laten zweven, waarbij mijn zelfverachting
pas echt naar ongekende hoogten steeg. Dat ik daar zo opgewekt een risotto in elkaar stond te draaien voor een man voor
wie ik eerder zo'n beetje op mijn knieën had gelegen, maakte
dat het mes dat ik voor de uien gebruikte in mijn hand trilde.
Ons telefoongesprek hing zwaar en onuitgesproken in de
ruimte. Voordat Ann ze had uitgenodigd om te komen lunchen
had ik laten weten dat ik op zoek was naar wat voor soort
schrijfwerk dan ook, en dat ik het in feite artistiek gezien uitermate bevredigend zou vinden om voor een langlopende medische soap te werken. En als er geen vacatures waren begreep ik
dat natuurlijk volkomen maar aangezien hij het er die keer bij
hem thuis over gehad had ... O, natuurlijk, vanzelfsprekend, er
zou zich binnenkort weleens iets kunnen voordoen ... Hij zou
wel contact opnemen. Na dat gesprek wilde ik meteen onder
de douche. De vernedering. Niet echt een schijn van kans op
een betaalde baan. Er zou hooguit druppelsgewijs af en toe
wat geld binnenkomen. De hypotheek moest eind van de
maand worden betaald, en dan hadden we geen cent meer tot
Anns salaris de maand daarop. Het laatste stel rekeningen had
ik met mijn creditcard betaald. En nog steeds nodigden we
mensen uit om te komen lunchen! Ik was veertig. Was dit nu
wat je mislukt zijn noemde? Voelde dat zo, dat je de behoefte
had om onder een warme douche te gaan staan tot de boiler
leeg was?

Andy bleef in de deuropening staan en bood aan in te
schenken. Ik zweette. Op de aanrecht naast het verwarmings-

element rinkelde de keukenwekker, maar het was al te laat, de risotto was papperig en volslagen mislukt, en ik was vergeten de salade te maken. Toen Simon aanbood om 'me even de ruimte te geven' bedankte ik hem en ik schonk onmiddellijk mijn wijn bij. In de verlaten keuken trapte ik zo hard op de pedaal van de vuilnisemmer dat de metalen veer tevoorschijn schoot. De deksel van de vuilnisemmer viel midden tussen het snijwerk op mijn broodplank en de stukjes groenten vlogen over de hele vloer. Een paar stevige slokken Noilly Prat zijn uitermate geschikt voor risotto maar nog beter voor koks.

Aan tafel zweefden mijn gedachten omhoog naar mijn werkkamer en de parkeerboete die inmiddels al de tweede herinneringsdatum was gepasseerd, de rekening van de auto-verzekering, de rekening voor de gemeentebelastingen, en die van het waterleidingbedrijf, de eerste versie van het vampierenscenario waar elke richting aan ontbrak, het uitblijven van een reactie van Rosemary, mijn besluit om er toch aan te blijven knutselen en te proberen het elders te slijten. Het was rotzooi maar er zat ruim een jaar werk in en ik kon het niet wegleggen. Nu was ik zo iemand die op de gok een lullige genrefilm zit te schrijven, het soort zielenpoot waar ze low-budgetdocumentaires over maken die tijdens drukbezochte vertoningen op filmfestivals worden bekeken door types als ik in hun vorige, geslaagde leven. Ann serveerde koffie. De anderen begonnen langzamer te drinken maar ik schonk mezelf met de regelmaat van de klok bij. Het was tijd om in het diepe te duiken.

'En hoe gaat het met het werk, Simon?' Onder tafel drukte Anns voet langzaam maar behoorlijk stevig op de mijne.

'Geweldig, ja. Niet hier, trouwens. Het is hier nogal opgedroogd, hè?'

'Hm.'

'Speelde die Amerikaanse toestand al toen ik je aan de telefoon had?'

'Nee, volgens mij niet.' Mijn stem begon bijna te haperen

van de inspanning om het luchtig te houden, alsof je probeert om er op een skateboard cool uit te blijven zien. Was hij niet met Amerika aan het bellen geweest toen we elkaar die keer in Islington tegenkwamen?

'Ik ga daar een tijdje heen, ja.'

Ik keek even naar Kate. Ze was met Tonia in gesprek, onzichtbare oogkleppen hielden haar ogen uitsluitend op haar gezicht gericht, maar aan de stijfheid van haar nek kon je zien dat ze naar elk woord luisterde dat Simon zei.

'Waar ben je mee bezig?' vroeg Ann.

'Een nieuwe misdaadserie. Er wordt achteraan op een Disneyterrein gefilmd. Ze noemen het daar Mauschwitz.'

Iedereen moest lachen. Kate en Tonia ontsnapten uit hun onechte gespreksballon en keerden zich weer naar ons om.

'En je werk hier dan?' Dat was Ann weer.

'Dat draag ik voorlopig aan mijn tweede schrijver over. Ik ga een paar maanden op en neer reizen, dus dat wordt een drukke tijd, maar als het werkt ...'

'Straks krijgen je kinderen nog een Amerikaans accent,' zei Tonia tegen Kate, die doodongelukkig keek bij het vooruitzicht.

'Zitten er nog beroemdheden bij?' vroeg Andy, de schat.

Simon knikte. 'Een meisje uit een vampierserie.' Ik haatte die kerel. 'Weet je nog die tijd dat vampiers het helemaal waren?' lachte hij. Haat en razernij.

'Wat zo geweldig is aan die ondoden,' zei ik voordat Ann kon zeggen: 'O, Tom is anders net een vampierfilm aan het schrijven,' zodat iedereen zou denken: die loopt achter, 'Wat ik zo leuk vind aan vampiers, zombies en zo, is dat ze weten wat ze willen.'

Mijn vrouw maakte een spottend geluid en knikte tussen Simon en de amandelkoekjes om aan te geven dat hij zichzelf moest bedienen. Hij was net zijn cappuccino aan een deskundige inspectie aan het onderwerpen, en toevallig wist ik dat die met een aerolatte van Argos was opgeklopt en niet met het peperdure stoomapparaat waaraan hij gewend was. Toen hij goedkeurend had gebromd probeerde ik Anns blik op te vangen, maar die was duidelijk niet in dat spelletje geïnteresseerd, dus ik ging door op mijn lievelingstheorie: 'Het enige wat de ondoden willen is nog meer ondoden maken – ze willen de groep uitbreiden, het zijn net kankercellen of Jehova's getuigen.'

'Of haviken die voor de democratie zijn,' zei Andy.

'Ook ondood.' Aldus Tonia.

'Precies. De meeste levende wezens die bij hun verstand zijn willen niet echt dat iedereen precies op hen lijkt. Behalve mijn moeder dan. De meeste mensen weten niet eens of ze wel willen zijn wie ze zijn of dat ze beter af zouden zijn als ze anders waren. Dus wij zijn veel ambiguer dan de ondoden, die tenminste eenvoudige, makkelijk te bevredigen behoeften hebben en dus in onze termen gelukkig zijn.'

Kate lachte. 'Jij stelt eenvoud en geluk op één lijn.'

'Natuurlijk. We willen allemaal een blokhut.'

'Dan moet ik wel erg ongelukkig zijn,' lachte Simon. Ann mimede 'groot huis' naar Tonia, die verward haar voorhoofd fronste.

'Zo'n leven is heus niet eenvoudiger dan het onze, het is alleen in andere opzichten ingewikkeld,' zei Kate.

'Denk je dat nou echt?'

'Jawel. Denk je trouwens ook niet dat er iets ambigues is, om jouw woord maar eens te gebruiken, aan ondood zijn? Je bent het ene noch het andere. Net als een vleermuis.'

Ann rilde. 'Ik gruw van vleermuizen. Ze stinken.'

'Ben je weleens in Sydney geweest?' vroeg Simon. 'Die vliegende honden in de botanische tuin daar zijn fantastisch. Als de schemering valt vliegen ze in enorme zwermen rond. En ze stinken inderdaad vreselijk.'

'Ann komt uit Sydney,' zei ik, omdat zij het niet deed.

'Echt waar? Dat is niet te horen.'

'Het leuke van vampiers is dat je technisch gesproken niet

leeft, al kun je wel rondlopen en mensen doden.'

'Je bent ondood,' zei Tonia, 'anders werd je niet ondood genoemd.' Ze had me aardig bijgehouden op het wijnfront.

'Is het niet eigenlijk het voorgeborchte, een soort moorddadig vagevuur waar je dan in zit?'

'Wat voor mij nou echt het vagevuur is,' zei Andy, die de kans waarnam om van genre te veranderen, 'is het laatste lesuur aardrijkskunde in de laatste klas van de onderbouw. Daar komt geen eind aan.'

'Wat mij betreft is dat als de kinderen ziek zijn,' zei Simon enigszins verrassend. 'Vreselijk vind ik dat. Ze gaan altijd jammeren.'

'Revisies voor Alan Tranter,' zei ik, 'goddank dat die me bespaard zijn gebleven.'

'Als het me niet lukt om een cliënt te helpen,' zei Kate met een irritant lachje naar mij. Waarop ze tegen Ann zei alsof het een volkomen natuurlijke overgang was: 'Hoe staat het eigenlijk met die man die je volgde? Is hij verdwenen?'

Mijn stoel trompetterde over de houten vloer toen ik opstond om de borden weg te halen. Die waren al weggehaald. Ik ging met een klap weer zitten. Iedereen keek naar me.

'Neem me niet kwalijk,' zei ik. 'Neem me niet kwalijk. Ann?'

Ze keek alleen maar naar me.

'Neem me niet kwalijk. Ga door. Zeg het maar.'

Iemand anders begon te praten, ik kan me niet meer herinneren wie, alleen dat de situatie gered was en Ann een paar zinnetjes mompelde over dat het niet echt meer speelde. Simon onderzocht iets in zijn koffiekopje, depte het op met zijn vinger en veegde de vinger discreet af aan zijn servet. Later vouwde ik het open om het te bekijken. Het was een zwart veegje zacht spul en geen korrel gemalen koffie. Misschien een mier. Ik vroeg me af hoe hij hem had opgemerkt, zo glanzend, klein en donker in de donkere koffie. Misschien had hij hem op zijn lip gevoeld.

Regen gleed in zilveren strepen langs de ramen, Ann zette een van die klassieke cd's op die alleen opdraafden als we gasten hadden: donkere, sobere pianosolo's, doortrokken van geheimzinnigheid. Ik kon het gesprek van zo-even niet met rust laten. Waarom? Omdat ik nu eenmaal een sukkel ben.

'Misschien is het fysiek vermoeiender, maar het ontgaat me hoe het plattelandsleven, waar sommige mensen zo hun pionierswaanideeën over hebben, ingewikkeld kan zijn. Je hebt nergens iets mee te maken, behalve met insekten en ondervoeding. Terwijl in een overbevolkte stad, met tientallen verschillende culturele en economische gradaties ...' Jezus, wat ergerde ik me aan Kate, dat ze niets zei toen ik was stilgevallen.

'Kom jij uit Londen?' vroeg Tonia haar.

'En al die hippies die het zo'n geweldig idee vinden om brood van erwtenstro te eten en op schapenmest te slapen. Volslagen belachelijk. Waarom zou je de industriële revolutie negeren, wat kan er in vredesnaam voor reden zijn om in zulke omstandigheden te gaan wonen als dat niet nodig is? Het is doodgewoon vrouwenhaat.' Ann deed haar mond open maar ik wist al wat ze ging zeggen. 'En kom nou niet aanzetten met dat ecologische gelul, want je kunt net zo goed koolstofneutraal leven zonder de technologie te hoeven opgeven.' Ze deed hem weer dicht.

'Ik ben in een commune opgegroeid,' zei Kate. Deze mededeling was een prachtaanleiding om in lachen uit te barsten, maar ik hield me in. Een commune, natuurlijk.

'Zo'n klamme *Scotch* bedoening?' (Orwell merkt terecht op dat de Schotten het gruwelijk vinden als je ze *Scotch* noemt. Kate gaf geen krimp. Petje af.)

'Ben bang van wel.' Had ze eigenlijk een accent? Over het geheel genomen dacht ik van niet. Dat was er zeker uit geslagen door Londen of door Simon. Nu kon zelfs ik de ongemakkelijkheid voelen die rond de tafel hing. Wat ging er door de anderen heen? Kindermishandeling? Diepe armoede? Regen die neerdruppelde op de verwaarloosde, rachitische baby Kate met haar zwarte krullen krioelend van de luis?

'Eenvoudig of ingewikkeld?'

'Dat soort onderscheid is niet echt relevant.'

'Dat bedoel ik nou, onnodig ingewikkeld. Neem me niet kwalijk hoor, maar dat vind ik nou echt typerend voor hippies om het ene te zeggen en het andere te doen, zoals ze ook altijd jeremiëren over hun armoede maar intussen heimelijk enorme lappen grond vergaren om hun schapen op te laten verhongeren.'

Dat waren natuurlijk niet precies mijn woorden maar dat was wel het gevoel erachter, en wat ik ook zei, het was geen haar minder charmant. Aan de overzijde van de tafel vroeg Simon Andy naar zijn deskundige mening over rugby. Vanaf het moment dat hij had vernomen dat Andy een 'echte baan' had, had hij hem met de gênantste egards behandeld. Wacht maar tot hij erachter kwam dat Tonia in Holloway werkte; hij was toch al extra hard om haar grapjes aan het lachen.

'Hoe was dat?' vroeg Ann aan Kate.

'Ik wist niet beter.' Ze keek naar mij. 'En inderdaad, het was voor een groot deel nogal ondoordacht. Er werd wel erg veel op de mandoline gespeeld en vergaderd. En goeie hemel, wat was het hard werken. Maar geen cynisme.'

Ik was op mijn nummer gezet. 'En nu zie je er niets meer in.'

'De commune is uiteengevallen.'

'Maar zou je er nog wat in zien?'

Even schudde ze met haar hoofd. 'Nee.'

'Dat is niet helemaal waar, Kate.' Simon kneep even in haar hand.

'Simon heeft me gered. Toen ik vijftien was. Ik ging er weleens met een vriendinnetje vandoor naar de pub verderop aan de weg om vanuit de deuropening televisie te kijken. Toen ik klein was dacht ik dat soaps als *Coronation Street* en zo documentaires waren. En op een keer was er een nieuwe manager die niets van de commune afwist en hij wees naar het bordje 'Geen honden, geen zwervers' en probeerde ons eruit te trappen. Mijn vriendinnetje begon tegen hem te schreeuwen en hij belde de politie ...'

'Het was allemaal een stuk opwindender dan *Coronation Street*,' zei Simon. Ik wist niet zo zeker of deze komische ontmoeting tussen de aanstaande geliefden en Simon in zijn rol van de prins op het witte paard me wel bevielen.

'Mijn vriendinnetje ging door het lint en sloeg een paar glazen kapot, en toen nam Simon haar mee naar buiten om te kalmeren.'

'Wat deed jij daar?'

'Ik moest even uit Londen weg waar mijn hart net gebroken was. Op zoek naar de waarheid in de schone lucht van de Hooglanden. Dat deed ik overdag, en intussen schreef ik de gewichtigste film aller tijden.' Hij lachte. 'Zo'n vergissing zullen we niet meer maken, nietwaar, Tom? Ouder en wijzer geworden.'

Ik hield me met mijn bevestigende zucht op de vlakte. Ouder! Had verder niemand dan commentaar op het feit dat ze vijftien was toen ze elkaar leerden kennen? Vond niemand anders dat dan weerzinwekkend? Die foto aan de muur in zijn werkkamer ... Ze was nog een kind.

Kate lachte. 'Hij zag mijn vette haar en mijn trui waar allemaal viezigheid aan plakte en hij dacht: ik ben verliefd.'

'Maar dat was voordat ik haar had teruggebracht naar de wigwam. Toen heb ik er nog eens goed over nagedacht, maar het was al te laat.'

'We zijn naar Londen verhuisd en hebben geen moment meer achteromgekeken.'

Hoe oud was Kate nu, vroeg ik me af, maar ik kon geen manier bedenken om het te vragen zonder al te duidelijk nieuwsgierig te lijken. Ik was al genoeg aan het wroeten geweest. Die rare grijze haren, haar squaw-achtige houding, die vreemde compleetheid van haar, zorgden er misschien voor dat ze ouder leek dan ze was. Wellicht had ze die onverstoorbaarheid ontwikkeld om nervositeit te overwinnen en was ze vanbinnen een zich voortdurend afwikkelende bol met wolvet overdekte, zelf gesponnen wol. Na de koffie trokken we ons terug op de banken waar Ann Kate ondervroeg over babyinentingen of dat soort gezeur, en Tonia stilletjes buiten schot zat. Titus en Ruby-Lou hadden er inmiddels genoeg van gekregen om in mijn werkkamer televisie te kijken en kwamen beneden om hun ouders lastig te vallen. 'Wanneer gaan we nou eens naar huis?' 'Ik verveel me.' 'Ik heb honger.' 'Is er sap?' Tonia's ogen werden zo groot als schoteltjes; was dit soms de toekomst?

Ann keek haar vriendin strak aan terwijl Kate en Simon het 'we moesten maar eens gaan'-ritueel uitvoerden: die blik betekende: 'Niet weggaan'. Ik kon het niet laten om de drie vrouwen te vergelijken. Ik weet zeker dat Simon en Andy dat ook deden: de magere Tonia met haar zachte wolk zwart haar, Anns lange, gewelfde profiel terwijl Kate en zij in de deuropening aan het fluisteren waren, het bleekoranje licht dat in Kates geelbruine ogen gevangen werd. Een enkel afscheid volstond – ik vind dat langdurige gedoe bij de voordeur onverdraaglijk – en ik verbande mezelf naar de keuken en de vaat. Andy zat aan tafel gezellig wat door de zondagse bijlagen te bladeren. Toen de voordeur dichtging, voelde ik een grote opluchting.

'Goeie hemel, je hebt helemaal gelijk!' zei Ann vanuit de gang. Ze kwamen binnen. 'Tonia vindt dat Kate op Bridget lijkt.'

'Welke Bridget?'

'Je ex.' Ann vond het een amusant idee. Net als alle vrouwen was ze gek op een populair-psychologisch samenzwerinkje.

'Kate? Toe nou, daar lijkt ze absoluut niet op.'

'Het zit hem in haar manier van doen.'

'Ze heeft een soort waakzame energie over zich.' Tonia pakte in het wilde weg een rodewijnglas op dat klaarstond om te worden afgewassen en maakte er een gebaar mee. Haar ogen zwalkten. 'En de manier waarop ze bepaalde woorden zegt.'

'Echt?' Dit was een subtiele en waarschijnlijk onbewuste zet van Tonia om Kate neer te zetten als de vijand en zichzelf als Anns allerbeste vriendin.

Plotseling zette Ann de snijplank met een harde klap op de aanrecht. We sprongen allemaal op. 'Waarom kletste je nou in godsnaam zulke onzin over hippies, Tom? Zeker om elke kans dat hij je aan een baan helpt te saboteren.'

'Leuk dat je die vraag stelt als je het antwoord al weet.'

Blijkbaar was ik mijn gooi naar een geregeld schrijfbaantje aan het torpederen omdat ik vond dat ik er te goed voor was (niet waar), en nog erger was dat ik die klap niet aan mezelf had uitgedeeld maar aan de (misschien) onschuldige echtgenote van de duivel (jawel).

'Schei eens even uit, jongens.'

'Sorry hoor, maar wat zijn dat voor namen van die kinderen?'

'En de sleutel tot een goede risotto is natuurlijk de *par*migi*ano* reggi*an*o.'

Tonia zette haar r's net zo overdreven Italiaans aan als Simon deed. Dit was een rechtstreeks citaat van hem en ik lachte hardvochtig mee, al had ik zo mijn eigen ideeën over de sleutel tot een goede risotto, en die zouden ongetwijfeld net zo stom klinken.

'Hoe oud denk je dat zij is?' vroeg ik, wetend dat dat geen kwaad kon.

'Moeilijk te zeggen. Duidelijk een stuk jonger dan hij, de ouwe snoeper.'

'Ja, raar is dat. Ik bedoel, wat is er zo aantrekkelijk aan meisjes van vijftien? Ik was een verschrikking toen ik vijftien was. Andy zegt altijd dat ze doodeng zijn, ik bedoel, jij kunt je toch niet voorstellen dat je een van je leerlingen aantrekkelijk zou vinden?'

'Absoluut niet.'

'Hij was vast zo'n man die geen vriendin van zijn eigen leeftijd kon krijgen.'

'Hoe schrijft hij gewoonlijk?'

'Voortreffelijk geconstrueerd.'

'Hou je bek toch, Tom.'

Die hele, stomme lunch was een slecht idee geweest. Ze had nooit die mensen bij elkaar moeten zetten. Ann ging naar de badkamer en kwam even later met rode ogen weer tevoorschijn.

Ik voelde me eenzaam bij de gedachte dat Tonia en Andy zouden vertrekken en werd opnieuw overspoeld door dankbaarheid jegens Ann dat ze zwanger was en ons huis met nieuw leven zou vullen. We vonden het heerlijk om in bed te liggen en met onze handen op Anns warme huid de baby te voelen bewegen. Dat hele cliché van 'Ik kan me mijn leven niet zonder jou voorstellen' is gelul. Natuurlijk kun je je dat wel voorstellen. Een zielig, grauw vodje. Stilte aan de ontbijttafel en niemand om samen mee om een grap te lachen. Leegte bij het ontwaken. Op de verkeerde momenten slapen. Losgekoppeld van het regelmatige draaien en tikken van de tijd. Ineengekrompen in de supermarkt, naar adem snakkend bij de diepvriesafdeling, aangeboden hulp wegwuivend, zonder in staat te zijn mensen aan te kijken. Een boodschappenlijstje in je hand, niet omdat je zo veel moet kopen maar omdat je niets kunt onthouden. Haar lievelingskoekjes kopen terwijl er thuis al zes ongeopende pakken in de kast liggen. En zo kan ik nog een hele tijd doorgaan. Doe jij dat maar.

We dronken nog eens koffie, wij vieren, en zaten in vertrouwde stilte bijeen met de kranten. De schemering viel, en Ann deed de lampen aan. Ik zat net weg te doezelen toen er drie scherpe tikken op de voordeur klonken – de klopper in de vorm van een wolvenkop die iets uit een andere wereld aankondigde, een rechercheur die langskwam, of de dood in de lijkwade van een komedie. Mijn nek voelde stijf aan; ik deed de deur open en liet een heerlijk vochtige vlaag avondlucht toe. Er was niets anders op het pad dan de gestaag neerdalende regen.

'Heb ik het gedroomd,' vroeg ik de anderen toen ik weer terug was in de woonkamer, 'of klopte er inderdaad iemand?'

'Ja,' zei Andy, 'ik hoorde het ook.'

'Kinderen die aan het belletje trekken zijn,' mompelde Tonia.

'Maak dat de kat wijs,' zei Andy, 'dat soort is er eerder op uit om je te beroven.'

Ann rilde. 'Heb je de voordeur dichtgedaan?'

In plaats daarvan liep ik een stukje de van de regen glimmende straat door totdat mijn schoenen nat waren en het water kriebelend uit mijn haarlijn langs mijn gezicht biggelde. Aan de overkant van de straat, naast de slecht verlichte speeltuin, flitsten de gele lichten van de centrale deurvergrendeling van een auto en een jonge, blanke kerel rende erheen, met zijn gewatteerde jack glad en glimmend in de regen. De auto spoot met veel kabaal weg, als een opgestoken middelvinger naar de straat. Ik was wakker. Terug in huis was het eerste wat me in de gang opviel de lucht. Die bittere, verschaalde stank van alcohol – waar waren de wijnflessen, waar was de glasbak? – en de lucht van sigaretten en van muf zweet in kleren, een geur die door de regen was losgekomen. Was dit dan wat Ann had geroken, waarvan ze had gedacht dat het een ontbindend dierenlijkje achter de muren was? Ik stelde me de man weer voor zoals hij voor me had gestaan – zijn sweatshirt met capuchon, de gespleten nagels, die suf gebeukte gezichtsuitdrukking van hem. Het was allemaal even vluchtig. Toen ik de woonkamer binnen liep en de deur naar de straat achter me gesloten was, was iedereen van wie ik hield er nog steeds en de geur en de man waren verdwenen.

R.O.M.V. 04.07

Het eiland biedt onderdak aan slechts een tiental gasten, en er zijn al drie stellen aan het eten wanneer Tom en Ann het restaurant betreden dat in traditionele stijl is opgetrokken: een rieten dak, ramen zonder glas en aan de zeezijde geen muur. De tafels zijn versierd met één enkele hibiscus. 'Heel ingehouden,' zegt Tom, en aan zijn toon kan Ann horen dat de overdaad aan goede smaak op zijn zenuwen begint te werken.

Ze loopt achter de jonge Indische vrouw met de lange zwarte vlecht naar hun tafel. De serveerster heeft net zo'n eenvoudige witte hemdjurk aan als Ann. Hij licht op tegen haar donkere huid. Ann is bleek, sproetig, roodharig. Ze voelt zich net een ziekenhuispatiënt in deze kussensloopachtige jurk. Iemand zit naar haar te kijken. Tom. De serveerster. Er wordt een daad verwacht. Ze gaat zitten. 'Een wodka, graag,' zegt ze, in de hoop dat het het juiste antwoord is. 'Met limoen.'

De zon is allang onder. Buiten boven zee onderstrepen sliertachtige paarlemoeren wolken de onbekende sterren. Een bries trekt door het restaurant.

De eigenaar van het vakantieoord, Vincent Desjardin, verschijnt enige tijd na de komst van de gemarineerde vis met garnalensambal, aanvankelijk blijft hij onopgemerkt in de deuropening staan, daarna wordt hij begroet met uitroepen en een licht applaus van zijn betalende gasten. Tom kijkt geschrokken om zich heen.

'Het is niet voor jou bedoeld.' Ann barst in geluidloos lachen uit. 'Geen paniek.'

Desjardins hand ligt plotseling op Anns schouder. 'Ann. Tom. Dit is Jimmy, onze eersteklas visser.' Een Fijiër schudt haar de hand en buigt zich vervolgens over de tafel om die van Tom te schudden. Ann voelt hoe Desjardins papierdroge, koele vingers traag haar schouder loslaten.

'De vis is heerlijk,' besluit ze dan maar te zeggen.

'Jimmy kent deze wateren op zijn duimpje,'
zegt Desjardin. 'Rêverie was natuurlijk
onbewoond toen ik het kocht,' lacht hij, 'we
hebben het hier niet over een Diego Garcia
– maar Jimmy's stam zit al heel lang op deze
eilandengroep.'

Jimmy knikt, alsof het nu eenmaal bij zijn
baan hoort om die kletspraat te verduren. 'Ik ga
morgen op maki vissen,' zegt hij, 'als ik het weer
zo zie.'

Als hij wegloopt ziet Ann een tatoeage op zijn
arm die er als schrift uitziet. Hij wordt
grotendeels verhuld door zijn bleekblauwe mouw:
ze kan hem niet helemaal onderscheiden. Een
rechthoekje van woorden dat wel iets van een
bladzijde uit een miniatuurboekje heeft.

De andere restaurantbezoekers zijn weg. Ze
zitten alleen onder het rieten dak, de warme
wind die vanaf de zee komt aangewaaid, het
witte tafellaken dat glad tussen hen in ligt, rum
in hun glas, hun hoofd zwaar van de drank, de
frangipane en de zee, afstanden die groeien en
krimpen. Ann heeft een gevoel of ze gedrogeerd
is, ze moet terug naar de bure, gaan slapen,
maar ze is te zwaar en te zinderend om in
beweging te komen. Dit is hun laatste avond met
zijn tweeën voordat de producer, Halliburton,
arriveert. Ze heeft hem nog nooit ontmoet en
verheugt zich er niet op. Maar voorlopig zijn ze
nog volmaakt alleen. Ze lacht naar Tom, hij lacht
terug en over de oceanen van wit linnen reikt hij
naar haar handen.

Ze weet wat het is voordat ze haar vingers
openvouwt om ernaar te kijken. Tom heeft zijn
armen weer naar zich toe gehaald en omhelst

zichzelf ermee, met de blik op het duister waar
de onzichtbare zee is en niet naar haar. De ring
is klein en steekt scherp af tegen haar
handpalm. Ze houdt hem tegen het licht van de
glazen lamp op tafel. De afgeschermde
kaarsvlam weerspiegelt en glanst in het goud
van de ring.

'Is dit ...' zegt ze, 'is dit ...'

Hij kijkt haar aan. 'Als jij dat wilt,' zegt hij, en
ze denkt dat hij nog nooit zo kwetsbaar is
geweest, en het feit dat hij dat weet en er half
en half om moet lachen maakt hem er niet
minder kwetsbaar om. 'Dan is het zo.'

Ze lacht naar hem. Ze is al een tijd naar hem
aan het lachen. 'Ja.'

Wanneer Stella belt klinkt zelfs de telefoon bevelend. Ze kwam
naar de stad om te winkelen en was van plan mij mee uit lunchen te nemen. Dat betekende een etablissement met echt ta-
fellinnen in South Kensington waar ze Sean Connery eens had
gezien. Ze wenst geen enkel ander etablissement meer te overwegen. 'Hij keek naar míj,' zegt ze telkens weer tegen me,
'duidelijk naar míj. Een héél rechtstreekse blik.' Dat betekende
een bus naar Liverpool Street en vandaar met de pijnlijk langzame Circle Line: ik was anderhalf uur voor het afgesproken
tijdstip van huis gegaan en kwam precies op tijd aan, dat wil
zeggen: één minuut nadat Stella was gearriveerd en al een andere tafel had geëist dan die ze toegewezen had gekregen (een
gewoonte die Bridget er ook op nahield, vandaar mijn trucje
om laat te verschijnen om dat gênante gedoe te vermijden dat
je door het restaurant moet laveren met je wijnglas in de hand,
je jas over je arm en dat 'Ik pak hem wel, nee, ik pak hem wel'-
gebakkelei met de kelner om de menukaart). Ze schudde de
nieuwe sjaal die ze had gekocht uit het vloeipapier en gaf hem
aan mij om hem te bewonderen.

'Hoe gaat het met Ann? Wanneer stopt ze met werken? Ze maakte met Kerstmis nogal een gespannen indruk, maar dat kwam misschien doordat ze gasten had, zoals je weet heb ik er een hekel aan om logés te hebben en ik vermijd het dan ook zo veel mogelijk. Natuurlijk zal ik een uitzondering maken voor mijn kleinkind. Of kleinkinderen. Als het moederschap Ann bevalt, neemt ze er misschien gauw nog een, tenslotte krijgen heel veel vrouwen tegenwoordig op latere leeftijd kinderen, al zal het niet meevallen om de energie op te brengen, maar vandaar misschien al die jonge Roemeense kindermeisjes. Altijd beter dan de prostitutie. We hebben het zo getroffen Tom, we moeten ons geluk echt waarderen, en dan te bedenken dat we dat alleen maar aan het toeval te danken hebben. O ja, dat moet ik je nog vertellen, bij ons in de streek is een hoop gedoe geweest vanwege een woonwagenkamp.'

Dit alles gleed ononderbroken uit haar mond terwijl ik op een grissini zat te kauwen. Grissino, grissina? Simon zou het wel weten.

'Daar kwamen de naarste kanten in mensen van boven. We zijn nog bij een borrel weggegaan vanwege de manier waarop Willy Handforth – die ken je wel – aan het praten was. Heel aanstootgevend. En dat terwijl zijn eigen dochter, een lesbienne, niet dat dat er ook maar in de verste verte mee te vergelijken valt, zwanger is van een zaaddonor.' De stem haperde of daalde geen moment bij deze opmerking: aan een naburig tafeltje wierp een man in een duur pak een blik naar mijn moeder. 'En dan begint uitgerekend Willy over het verval van morele waarden te praten! Die arme zigeuners kunnen er toch zeker niets aan doen dat ze geen geld hebben, en ze worden in heel Europa vreselijk onderdrukt, en het draait allemaal om onderwijs. Als ze zich in de gemeenschap vestigen, waar ze naar alle waarschijnlijkheid veel meer mee opschieten dan met zo'n ... zo'n rondzwervend – of hoe heet dat ...?'

De ouderdom zat haar nog niet helemaal als gegoten, maar dit was wel de Stella die ze zou worden, hoe langer hoe nadrukkelijker en geïrriteerder omdat haar geheugen het liet afweten.

'Nomadisch,' droeg ik aan.

'Dan met zo'n nomadisch bestaan. Dat werkt niet meer vandaag de dag. Maar daarom hoeven ze hun cultuur, hun tradities toch nog niet op te geven? Ze moeten worden geholpen, met onderdak en scholen. En zeker de vrouwen, die toch al onderdrukt worden door de mannen.'

'Hmm.'

'Soms denk ik weleens dat de geheelonthoudersbeweging weer in het leven zou moeten worden geroepen.'

Ik schommelde met mijn glas naar het hare.

Ze lachte. 'Dat weet ik wel, maar volgens Stanley Marriott – je weet wel, rechter Marriott – heeft negentig procent van de ernstige gevallen met alcohol te maken. Ze hebben het wel over een cocaïne-epidemie,' opnieuw duidelijk gearticuleerd ten gerieve van de nette pakken aan de tafel naast ons, ik durf er mijn kop onder te verwedden dat ze er seksueel op kickte, al is dat echt de laatste keer dat ik op die manier aan mijn moeder wens te denken, 'maar drank is veel en veel erger.'

Tegen het dessert had mijn moeder me zeker een half dozijn kennissen van haar in herinnering gebracht – de meesten ontzettend invloedrijk, 'die bij allerlei mensen gehoor vinden' – en had ik even snel een rondleiding langs haar politieke opvattingen gekregen. Onder de lunch is mijn moeder behoorlijk liberaal, en ze denkt dat ze de minister van Binnenlandse Zaken nog weleens een lesje zou kunnen leren, maar intussen is ze wel de onwankelbare basisovertuiging toegedaan dat haar soort Engelse tolerantie 'tot op zekere hoogte' de enig juiste manier van leven ter wereld is. En ze zit absoluut niet met de tegenstrijdige kanten van deze kernovertuiging.

'Hoe gaat het met je werk?' vroeg ze. Een van haar geweldige en goede bekenden had een zoon die het heel aardig deed in het schrijven voor de film, zoals zij het formuleerde. Goddank ontschoot de naam haar even. Maar hij zat op het moment in Los Angeles om te vergaderen. Een of ander belangrijk persoon had zijn laatste film gekocht toen die op een festival was vertoond. Had ik weleens van *Mie*ramax – zoals zij het uitsprak – gehoord?

Ik knikte. 'Dat is geweldig voor hem, echt fantastisch,' en ik glimlachte om te laten zien dat ik in elk geval mijn best deed.

'Hoe gaat het met het nieuwe concept?'

Ik had het nog niet over mijn hart kunnen verkrijgen om het haar te vertellen. 'Prima.'

'Zo.' Ze had met haar vingers in de lucht gewiebeld om de rekening. Plotseling lag haar lange, rechthoekige enveloppetas van Smythson op tafel. Ze legde haar creditcard in de zwarte klapper die de kelner uitgestoken hield. Er kwam een cheque-boek tevoorschijn. Ik nam een slok water. In de loop van de jaren had ze me af en toe eens honderd pond toegestoken, maar ik werd misselijk bij de gedachte om haar geld te blijven aan-nemen ook al hadden we het nog zo hard nodig. We waren er allang mee opgehouden deze schenkingen eufemistisch een le-ning te noemen. Het in mijn zak steken van zo'n cheque be-zorgde me een kil gevoel, alsof ik een worm was; het op de bank zetten van het geld bezorgde me een gevoel van opgeto-genheid. Op weg hierheen had ik mezelf bezworen dat het af-gelopen moest zijn.

'Ben je met de auto?' vroeg ik.

Ten slotte liet ze haar stem dalen: 'En? Hoe staan Ann en jij er op het moment financieel voor?'

Het effect deed denken aan een stoot cafeïne op een lege maag en even had ik het gevoel dat ik ging overgeven. Ze was al begonnen mijn naam uit te schrijven. Met tweehonderd pond zouden we het, als we oppasten, net redden tot Ann be-taald kreeg. Daarmee konden we de koelkast met etenswaren vullen, de rente op de creditcard betalen en een eind maken aan de oplopende bekeuringen.

'Het gaat heel goed, mam. Lief van je om ernaar te vragen maar stop je portemonnee maar weer weg. Bedankt voor de lunch.'

Ze wierp me een blik toe over haar onzichtbare knijpbrilletje. 'Weet je het zeker?'

'Heel zeker. Het gaat geweldig.'

'Fijn.' Ze gaf een half knikje, en een snelle zucht van trots in de richting van de nette pakken. Zie je nou wel? Zij waren dan misschien hotemetoten met een expense account, maar daar zat toch maar mooi die prachtzoon van haar die tegen haar loog en de omvang van de ramp zelfs voor zijn vrouw verzweeg.

Ann begon weer te beeldhouwen. Dat had ze lang niet gedaan – als ik er goed over nadacht waarschijnlijk al niet meer sinds we getrouwd waren. Ze begonnen weer te verschijnen, die merkwaardige kleifiguurtjes die me altijd min of meer de rillingen hadden bezorgd. Een ervan stond me op te wachten toen ik op een maandagmorgen beneden kwam. Ik had tot diep in de nacht dvd's zitten kijken en toen ik wakker werd was Ann al naar haar werk. Het huis was lichtelijk vervuld van die bedwelmende stilte vlak na iemands vertrek. In ochtendjas en op pantoffels slofte ik de trap af en ik richtte mijn blik op de vloer van de gang op zoek naar enveloppen. In de winter bereikte het zonlicht uit de woonkamer niet de gang, en de duistere ruimte had iets kerkachtigs. Nadat ik de rekeningen en folders van minitaxi's had opgeraapt bleef ik even in de deuropening naar de woonkamer staan en ik overwoog muziek op te zetten, maar de buurt was stil op dat tijdstip van de dag en dat vond ik heerlijk. Als ik de deur niet opendeed en niet uit het raam keek, kon ik overal zijn: mijn kooi was niet Hackney in Oost-Londen, maar dit koele, schemerige, frisse bouwsel van grijswitte wanden, ruwe houten trappen en met verf bespatte vloerplanken. Als ik mijn ogen sloot voor de wereld buiten kon dit net zo goed Notting Hill zijn, en onder het doornemen van de vensterenveloppen waarvan de felgekleurde bedrijfsinitialen de dreigende armoede aankondigden bedacht ik dat dit huis in Notting Hill een smak geld waard zou zijn. En het zou zelfs

Islington kunnen zijn, daarbuiten, ook niet echt vrij van straat-criminaliteit, maar de cafés! De viswinkels! De 'Screen on the Green'! Of, nog beter, hoog en verlaten ergens in de bergen, een victoriaanse folly opgetrokken door een gek. Nergens opge-luxte winkels, geen bioscopen, alleen met zwart afgetekende purperen heuvels die naar de einder golfden. Dat waren de gedachten die door me heen gingen terwijl ik in de gang stond. Mijn hersenen waren nog troebel van de slaap toen ik de keu-ken binnen stapte en een geblakerd mensje aanschouwde dat me vanaf zijn plekje op de aanrecht stond aan te staren. De brieven vielen uit mijn hand en kwamen met een ritselend ge-luid op de vloer terecht. De man was van klei gemaakt en met roet besmeerd – hij gaf zwart af op mijn vingertop. Zijn lijf was zo groot als een koffiebeker en hij had een soort van tot een geheel versmolten been in een zittende houding zodat hij op de rand van de aanrecht kon balanceren. Waar zijn gezicht had gezeten was er een duim in gedrukt, wat een lepelachtig effect had, maar er waren wel weer twee oogkassen in gekrast zodat hij nog steeds in staat leek om een steelse blik uit zijn omge-keerde gezicht te werpen. Mijn eerste aanvechting was om er een theedoek overheen te gooien maar ik deed dat niet omdat ik uit ervaring wist hoe breekbaar Anns objecten waren. Was het een grap? Een boodschap? Of was ze gewoon wat aan het improviseren geweest en had ze er niet aan gedacht dat het net zou lijken dat de man voor mij was bedoeld? Dat was het pro-bleem met Ann, je wist nooit of je iets persoonlijk moest opvat-ten. Wat er ook achter mocht zitten, ik had er geen zin in dat ding hier de hele dag beneden te hebben zitten, met zijn blik half op oneindig als een parodie op mij die een verdieping ho-ger in mijn werkkamer naar het computerscherm zat te staren. Eigenlijk leek hij ook wel op mij, ondanks dat lepelgezicht en die vergroeide benen – door dat licht gebogene in de schou-ders. Misschien zou hij als ik zat te werken overeind springen, al heupwiebelend aan het theezetten gaan en even *The Indepen-dent* doorbladeren. Ik vloekte hardop van frustratie.

Toen ik Ann eindelijk via de centrale van het ziekenhuis aan de lijn had, zorgde ik ervoor dat elk spoor van walging uit mijn stem was verdwenen. 'Is hij voor mij?' vroeg ik op de hoopvolle, 'ik durf het haast niet te dromen'-toon waarop een kind zoiets over een puppy zou kunnen vragen.

'Niet echt,' zei Ann. 'Hij is voor het huis. Een soort hoeder. Ach, ik weet niet, mijn vingers begonnen gewoon te jeuken.'

'Ik dacht dat ik de hoeder van het huis was.'

Ze lachte. 'Nog een, dan.'

'Denk je dat hij erg breekbaar is?'

'Nee.'

'Mooi. Ik zou hem niet graag omstoten als ik de aanrecht afneem.'

'Je mag hem wel verplaatsen.' Ik vond het heel lief dat ze dat zei. De zweem van tegenzin in haar stem kon je onmogelijk ontgaan.

'Nee hoor. Hij zit daar goed.'

En dus bleef hij daar zitten, onder een door een gedetineerde versierde theedoek die Tonia ons cadeau had gedaan toen we ons nieuwe huis betrokken. Toen ik de keuken verliet met een blik over mijn schouder om te zien of hij niet bewogen had, bedacht ik dat het net zoiets was als een grasparkiet hebben die in zijn kooi slaapt. Ik was blij dat Ann weer aan het werk was. En toch gleed er een rilling over mijn rug toen ik mijn ochtendjas uitdeed om onder de douche te stappen. Ik deed de deur van de badkamer op slot. En nog zoemde er een onwelkome gedachte door me heen die me maar niet met rust wilde laten. Geen gedachte maar een zekerheid, iets wat vlak onder de zonnevlecht zat. Een bekend feit. De laatste keer dat Ann deze figuurtjes had gemaakt was nadat we eerder dan gepland van Fiji waren teruggekeerd.

R.O.M.V. 05.07
De mensen van het vakantieoord hebben een
klein paviljoen versierd dat tussen twee
palmbomen aan de zuidkant van hun eilandje
staat. Tom staat onder de zwaaiende buiken van
vastgespelde zijde. Vangarmen van frangipane en
bougainville slieren om hem heen. De gloeiend
rode hibiscusbloemen die in elke hoek van de
baldakijn zijn vast gestoken sluiten zich in de
benauwde lucht al in rimpelige plooien. Hij wordt
lusteloos in de hitte, in zijn witte overhemd met
lange mouwen en de donkergrijze broek die hij in
het vliegtuig hierheen aanhad. Hij doet aan een
kelner denken. Zijn voeten zijn bloot op het
beschaduwde zand. Het is laat in de middag en
de hitte is nog heviger geworden, ze is
verdubbeld en van elke zandkorrel, elk blad
straalt zo'n opeengepakte, kloppende hitte af dat
Tom, die elk speldenprikje waarneemt en toch
duizelig is, het gevoel krijgt dat hij droomt.
    Om de hoek van de baai, uit het zicht van
Tom en het paviljoen, ligt een kano behangen
met witte bloemen, en bemand met drie van de
vissers met over hun rug een band met in
blauwe inkt getatoeëerde teksten. Anns eigen
merkteken, haar litteken, is zichtbaar; ze draagt
een rechte japon van wit linnen uit de
hotelboetiek. De paniek komt opzetten in een
peristaltische golf. Alle geluid is onscherp, het
ruisen van de branding is de enige golflengte die
haar oor oppikt, met dat geringe, grijze geluid
dat zo hardnekkig en zacht is. De mannen duwen
de boot van de oever af en peddelen efficiënt
door de lichte deining.
    Een groep vrouwen van het naburige eiland

zit in kleermakerszit op speciale lappen stof die op het zand zijn uitgespreid, met hun felgekleurde, klokvormige smokjurken. Ann ziet het paviljoen, Desjardin in zijn koloniale crèmekleurige pak. De avond tevoren probeerde hij Toms vragen over de coup met een schouderophalen af te doen. 'Wat mij betreft hebben jullie Britten dat op je geweten. Jullie hebben ze God, penicilline en het toerisme gegeven, geen wonder dat ze kwaad op jullie zijn.' Na zijn vertrek maakte Tom een zacht plofgeluidje. 'Wat een gore klootzak,' zei hij. 'Weer typisch zo'n Franse lul.'

En dat is dan Tom, de man met wie ze deze keer echt gaat trouwen, geen sprake van vingers die ze gekruist achter haar rug houdt, Tom die moet sterven van de hitte in zijn kraaizwarte broek en dat klamme overhemd. Is het te laat? Ann denkt aan de koraaltuin die ze gezien heeft vanuit de boot met de glazen bodem waarmee ze een uitstapje heeft gemaakt terwijl Tom aan het werk was. Een voor een waren ze over de rand gedoken om in het lauwe water boven het rif te snorkelen. Ze had met haar armen uitgestrekt als een zeester in het water gehangen, met alleen het geluid van haar in- en uitademing dat haar luid raspend omringde. Zou ze dieper het water in duiken en in het koraalrijk verdwijnen om nooit meer terug te keren? Het vrouwenkoor raffelt 'Amazing Grace' af en overstemt het geluid van de zee.

Ann barst midden onder het uitspreken van haar trouwbeloften in tranen uit, en huilend, lachend wendt ze haar gezicht naar Tom, die niet weet wat hij met dit ogenblik aanmoet, draaierig

van de hitte en het geluk. Desjardin raakt
meelevend zacht Anns arm aan om haar een
ogenblik te gunnen om tot zichzelf te komen. De
ceremonie duurt maar kort, of de tijd gaat erg
snel. Het officiële woordgebruik brengt haar weer
bij haar positieven. Dit is een contract, een
wettelijke overeenkomst, en dat scherpe gekras
van Desjardins Montblanc-pen over het papier
van het register voelt als een reddingslijn te
midden van alle fruitgeuren en het gebladerte.
Die wasachtig volmaakte frangipanestengel kan
toch niet echt zijn?

Maar dat overweldigende gevoel van de
trouwplechtigheid – de hele wereld glanzend
nieuw – verlaat Ann de hele van gitaargetokkel
doortrokken avond niet, het bitter verdovende
branden van de kava, haar tong die te gevoelloos
is om fatsoenlijk te kunnen praten, het bonken
van de trommels in haar borstkas terwijl onder
de diep fluwelen hemel een groep eilandbewoners
door het vuur loopt.

Tom komt haastig overeind. Rood aangelopen
mompelend. Zijn stem is Engelser dan ooit: 'Hallo
John, hallo.' Hij schaamt zich, raadt ze
onmiddellijk, omdat hij die middag aan trouwen
heeft besteed in plaats van aan werken.

John Halliburton is een monster, een kolos
met een short en een wild overhemd, hij buldert
en stompt en grijpt haar polsen zo stevig vast
dat ze zo zouden kunnen breken, en draait haar
hand om om de ring te kunnen bekijken. 'Zozo,
dus dat trouwt maar op mijn kosten,' schreeuwt
hij boven het getrommel uit. De nachtlucht kleeft
aan haar, de palmbladeren, het vuur, het
olieachtige oppervlak van het zwembad. Ze moet
hier weg.

Het is de verkeerde bure. Ze verontschuldigt zich bij de gast die ze wakker heeft gemaakt. Desjardin is daar ergens. Ze kan hem niet om hulp vragen. Ze kent zijn type. Het water ruikt zoals al het water hier, licht zwavelachtig. Zacht in haar mond. De lakens zijn zacht en ze drukt haar gezicht ertegenaan. Staat weer op om te controleren of ze de deur van de hut heeft afgesloten. Deze trouwdag eindigt onduidelijk en niet zoals iemand het bedoeld heeft, Ann opgekruld in slaap onder de kraakwitte lakens in hun hut, Tom die met een plakkerige, lege rumfles tussen zijn knieën door het zand rolt, Halliburton die, ergens achter hen, aan de andere kant van de duinen buldert van het lachen.

Ik weet het niet. We trouwden in Fiji. Hallie kwam die avond aan. We dronken te veel kava. Ann deed de deur van de bure op slot. En de rest blijft giswerk.

Het is nogal een experiment voor een stadsbewoner uit de middenklasse om, zonder nieuwe voedingsmiddelen aan te schaffen, rond te zien komen totdat alles in de voorraadkast op is. Ik had mezelf al de toegang ontzegd tot alle boekhandels totdat ik alles op de boekenplanken had gelezen; en nu had Ann eenzelfde restrictie voor voedsel ingesteld. De eerste week was het geen opgave. We hadden genoeg pakken pasta, blikken borlottibonen en tomaten, en potjes pesto om een kleine Toscaanse eindtijd te overleven. Zoals je je uit je studententijd zult herinneren kun je met tonijn allerlei interessante dingen bereiden zolang je maar niet aan kattenvoer denkt. Bruine rijst levert je minstens een uur een gevoel van morele superioriteit op. Al die maffe potjes met Indonesisch zoetzuur van een uitstapje naar Amsterdam, ontpitte kersen, jalapeñopepers, salsa, olijven, *mincemeat*, die in de loop van de jaren met bestofte deksels van het ene naar het andere huis waren overgebracht kwamen eindelijk aan hun trekken. In de tweede week voorzagen wakame en arame uit Anns gedroogde-zeewierfase, kattenstaart en sorghum uit de zeldzame-granenperiode, en een verdwaald blik zuurkool ons van de broodnodige voedingsstoffen. In week drie begon mijn tandvlees te bloeden. Toen Ann op haar werk was zocht ik achter de bank naar genoeg penny's om bij de winkel op de hoek een zachte appel of tien Silk Cut-sigaretten te kopen.

Naarmate de zwangerschap vorderde werd Ann steeds gezonder, nu ze uitsluitend thee voor natuurfreaks dronk en aan de yoga was terwijl ze haar tenen al niet meer kon aanraken. De koelkast was vrijwel leeg afgezien van haar geheimzinnige tincturen en kruidensupplementen. Waar kwamen die vandaan? Hoe smerig ze ook mochten ruiken, er zat iets in wat werkte: de maanbleke crèmekleur van haar wangen en de warme gloed van haar haren werden bijna een lichtbron. Haar ogen glansden als gepoetst glas. Bij wijze van grapje zei ik dat we op elektriciteit hadden kunnen besparen door Ann als lamp in de hoek van elke kamer op te stellen. Er sloeg hitte van haar af, al waren haar handen en voeten altijd ijskoud. Deze nieuw verworven slechte bloedsomloop, de handschoenen en sokken 's nachts in bed, de tintelende vingers die elke ochtend de temperatuur van het badwater controleerden, deden haar deugd omdat het betekende dat het bloed in plaats daarvan rond de baby klopte. Het martelaarschap was ingetreden.

Andy en ik waren aan een nieuw hardloopcircuit begonnen, met als ontmoetingspunt de rozentuin in Victoria Park. Ze hadden nog steeds niet degene gevonden die ongeveer een jaar daarvoor een jonge hardloopster had vermoord. Sindsdien hadden zich vergelijkbare aanvallen voorgedaan in twee parken in Noord-Londen, en men nam aan dat de moordenaar een tiener was. Ik weet niet waarom we nog steeds in Victoria Park liepen.

Ik neem aan dat we nergens anders heen konden behalve misschien langs de kanalen, waar pas geleden een koffer met een in
stukken gesneden jonge vrouw door een stel jongens was geopend. Geen wonder dat we op hardlopen oefenden. Soms
vroeg ik me af wat ik zou doen als zo'n koffer over het water
langs mijn voeten zou dobberen – of wat voor koffer dan ook.
Zou ik hem eruit vissen of doorlopen? Snakte ik er heimelijk
naar een vrouw te redden van een messentrekkende tiener met
een capuchon op? Dacht ik werkelijk dat ik dat kon?

Het park rook naar natte aarde; onze sportschoenen glipten
af en toe uit op de paden. Andy nam kleine stapjes en liep met
een bijna stapvoets geschuifel, met fladderende ellebogen alsof
hij de vogeltjesdans aan het doen was. De kortste dag was voorbij maar de avond leek sneller toe te slaan dan ooit. Toen we
doortrokken van het zweet en zwaar hijgend de hekken bereik-
ten, waren die gesloten. Mijn handen sloten zich rond de
koude ijzeren spijlen; ik liet mijn glibberige hoofd tegen de
koelte rusten met wolken adem voor mijn gezicht. De punten
bovenop ontnamen ons elke aanvechting om te proberen eroverheen te klimmen, zelfs als we daar niet als een stelletje bejaarde kerels hadden staan hijgen. Ik probeerde met mijn mobieltje de gemeente te bereiken terwijl Andy met zijn hand
tegen een steek in zijn zij gedrukt wegrende op zoek naar een
parkwachter. Terwijl de telefoon overging in een leeg kantoor
vroeg ik me af of dit het moment was waarop ik de man zou
aanschouwen, of hij nu op me af zou komen gestampt, misschien zelfs wel aan de andere kant van de spijlen, en me, strak
naar de grond kijkend met zijn rattengezicht onder de capuchon, een boodschap zou toevoegen.

Het metertje aan de zijkant van mijn telefoon lichtte op en
doofde: de batterij was leeg. Ik kreeg het nu pas echt goed koud
en begon stilstaand te joggen. Ik riep naar Andy, maar niet erg
hard en nogal ongemakkelijk omdat een groepje jongens me
vanaf de overkant van de straat in de gaten stond te houden en
ik niet de indruk wilde wekken dat ik bang was of ze aan het

lachen wilde maken. Een stel zat op de motorkap van een auto te roken, terwijl eentje op een onttakelde scooter die ongetwijfeld gejat was rondjes om ze heen reed en een ander tegen het portier aan de passagierskant geleund de wereld in stond te kijken alsof hij die uitdaagde ook maar een stap dichterbij te komen.

'Zitten jullie opgesloten, man?' riep een van de jongens op de auto, en ze begonnen te lachen.

'Ja.' De straatlantaarns waren aan maar het was nog niet echt donker. In een pauze tijdens het hardlopen had Andy me een korte anekdote uit de lerarenkamer verteld over een van de andere docenten, een man die ik weleens bij ze thuis had ontmoet, een blanke Zuid-Afrikaan die dag in, dag uit strijd moest voeren met de kinderen die zijn accent belachelijk maakten. De tijd raakte op voor die knaap, zei Andy, Londen kreeg hem langzaamaan in zijn greep, het was nog maar een kwestie van tijd.

De jongens waren de weg over geslenterd en stonden recht tegenover me aan de andere kant van het hek. Ik dwong mezelf geen stap achteruit te doen. Degene die naar me had geroepen stak me door de spijlen een pakje B&H Gold toe; ik glimlachte en schudde mijn hoofd.

'Nee bedankt. Ik probeer weer een beetje fit te worden, weet je.' Ik verachtte mezelf om dat zenuwachtige, beter-gesitueerde-opatoontje, zo echt jongens onder elkaar, maar ik besefte ook dat ik geen keus had. Dit was ik; dit was het enige wat ik kon doen. Al minstens tien jaar lang maakte ik me wijs dat ik onzichtbaar was voor mannelijke agressievelingen, of die nu van mijn eigen leeftijd of jonger waren. Dat was dan het enige voordeel van ouder worden: kerels die zich moesten bewijzen gaven geen reet meer om je. Tenzij je zoals nu in de val zat aan de andere kant van de spijlen, als een aap in de dierentuin, een beetje vermaak voor op de vroege avond.

Zo achteloos mogelijk, en absoluut niet op een paniekerige 'waar hangt die verdomme nou toch uit'-manier, keek ik om me heen op zoek naar een levensteken van Andy. Hij zou die parkwachter nu toch weleens gevonden hebben? Ik overwoog naar hem op zoek te gaan, maar zonder mijn mobieltje voelde ik me zo verloren als een kind, en – zoals ik me plotseling met het schaamrood op de kaken realiseerde – in mijn achterhoofd was ik ervan overtuigd dat de man die Ann volgde in het park woonde. Ten voeten uit doemde hij hier voor mijn geestesoog op, een boeman die in de bosjes woonde, klaar om met stinkende adem uit het struikgewas tevoorschijn te struikelen om me met zijn besmette poot te merken. Intussen beklommen die spinnen met hun capuchons op, die waarschijnlijk gemiddeld zo'n twaalf jaar waren maar een aanzienlijk tastbaarder bedreiging vormden dan die hele man die zich nog niet had laten zien, de hekken.

Toen Andy eindelijk weer verscheen in antwoord op mijn inmiddels niet meer zo ingehouden hulpkreten, waren de jongens verdwenen en was ik volledig uitgeschud. Ik had de jongens niet verteld dat de telefoon leeg was maar had ze hem zonder protest laten meenemen. Natuurlijk had ik mijn creditcard zelfs in de broekzak van dat treurige oude trainingspak van me gestopt met de bedoeling op weg naar huis bij een drankzaak langs te gaan, dus die hadden ze ook. Het was zo merkwaardig om daar met een kokend binnenste te staan wachten terwijl de jongens zich over de punten boven op het hek hesen: de leider van het stel wekte de indruk dat hij dit al honderd keer had gedaan en precies wist hoe hij zijn handen moest plaatsen zoals hij als een Russische turner op zijn polsen steunde om zich over de bovenkant te hijsen. Uit de efficiëntie waarmee hij bewoog sprak duidelijk dat het geen zin had om te proberen op de loop te gaan. Die jongens en ik hadden tot twee verschillende mensensoorten kunnen horen.

Het trillen hield maar niet op, zelfs toen ik eenmaal thuis was, zelfs in bed in die intens koude nacht. Ik kan me niet meer herinneren dat ik thuiskwam, alleen dat ik op de bank lag terwijl Andy boven mijn hoofd tegen Ann opmerkte dat die creditcard waarschijnlijk door de dieven minder vaak gebruikt zou worden dan door mij. Wanneer ik haar zag was ze aan de telefoon, om de bank aan de lijn te krijgen, of de politie, of Orange, om de diefstal van het mobieltje door te geven. Zij dacht dat ik een shock had, maar de schurftige dokter die de volgende ochtend langskwam, stelde bronchitis en een longontsteking vast. Ann nam die dag vrij om voor me te zorgen, en de dag daarna ook. Het enige effect van tweemaal een recept tetracycline was dat ik last van buikkrampen kreeg en vreselijk zweette, wat ik in bed deed waar ik voortdurend in en uit de slaap zweefde, met Anns blauwe Ventolin-inhaler in mijn knuist. Mijn magere productie liep terug tot een dun straaltje, wat niets meer behelsde dan mezelf met bladzijden vol bewerkingen te omringen en middagenlang hallucinerend voor de televisie aan het voeteneind van het bed door te brengen.

Ann keerde terug naar haar dagen bij Barts, als een Inuitvrouw gehuld in enorme, dekenachtige kledingstukken. Voor vertrek bracht ze me altijd citroendrankjes en honingdrankjes en toast op een dienblad, en het jongste voorbeeld van haar beeldhouwbezigheden. De mensjes namen snel in aantal toe. Het was net of ik Gulliver was, maar dan in mijn eigen huis. Al gauw begon ik gezichten te herkennen. Mijn moeder in klei ter grootte van een zoutvaatje, de vergenoegde, trotse hoek van haar kaak, een snelle, flinke streep mond die Ann er met een duimnagel in had gedrukt zodat ze er tegelijkertijd nadrukkelijk uitzag als zichzelf en als de zelf aangestelde burgemeester van Speelgoedstad. De dame op sloffen uit de Costcutter kwam op de proppen, zelfs in miniatuuruitvoering was ze verdoemd, zowel haar normen als haar kromheid duidelijk erger dan die van haar kleigenoten. Andy en Tonia zaten erbij, in een innige zij het blinde omarming met hun gezicht begraven in de schouder van de ander. Het waren stuk voor stuk driedimensionale schetsen, werk dat Ann snel en intuïtief maakte, 's avonds laat of vroeg in de ochtend – soms kneedde ze de hele nacht door mensen met een kneepje hier, een lik van duim en vingers, een trage weloverwogen draai. De timer van de oven stond voortdurend aan voor deze zielloze wezentjes, die op lage temperatuur werden gebakken. Misschien was het wel leuk geweest om een vrouw te hebben die koekjes bakte, maar tijdens mijn ziekte was ik trots op Anns productiviteit. Van de ene op de andere dag ontsproten er een paar collega's, de gezette receptioniste en een beer van een ziekenbroeder aan haar handen. Kinderen uit de gemeenteflats met foetaal alcoholsyndroom. De man met het vollemaansgezicht die altijd voor de drankwinkel stond. Een voor een kwam de buurt binnengeslopen. Ze weigerde mij te maken: 'Je vindt het vast helemaal niks,' lachte ze, 'dat vinden mensen altijd.' Ik wist dat ze gelijk had, al verlangde ik ernaar mijzelf via haar handen weerspiegeld te zien. Ze was indertijd geweldig, met het over haar buik gespannen schort dat onder de vegen kleistof zat, beneveld van het gebrek aan slaap en de omvang van haar productie, alle oppervlakken – schoorsteenmantel, speakers, de ruimte tussen de spijlen langs de trap – die volstroomden met haar werk. En het enige figuurtje waar ze voortdurend weer naar terugkeerde was de dame met de sloffen. Al veranderde het lijfje en werd het graatmager of peervormig, die sfeer van gekte, van scheef in de wereld staan, bleef om haar heen hangen. Ann kon niet uitleggen waarom ze zo fascinerend was, ze zei alleen: 'Ze weet iets wat wij niet weten.'

'Ja,' zei ik terwijl ik mijn hand uitstak om het bedlampje uit te doen waarbij ik een gedrochtje op de grond stootte. 'Hoe eten uit de vuilnisbak smaakt.'

'Doe niet zo gemeen. Ze eet niet uit vuilnisbakken. Daar heeft ze te veel eergevoel voor.'

'O god,' lachte ik, 'dat is nou precies wat ze niet heeft. Ze loopt op straat in haar nachtpon.'

'Op haar sloffen. Volgens mij is dat ding dat ze aanheeft een jurk. Ik vind het goed van haar dat het haar niet kan schelen of ze al of niet onder de mensen is. Daar gaat het om.'

'Vind je het niet een beetje banaal om zo'n zielige ouwe tang te romantiseren?'

'Rot toch op.'

Ik kreeg een hoestbui. Ann gaf me een glas water dat ik helemaal leegdronk voordat ik zei: 'Je zegt de laatste tijd wel erg vaak tegen me dat ik moet oprotten.'

'Hoe zou dat nou toch komen?'

'Geef me nou even een knuffel.'

'Ik wil werken. Ons hele huis bevolken met nog meer zielige dametjes.'

'Toe nou. Ik ben ziek.'

'Arme schat.'

Ze gleed naast me in bed en we omhelsden elkaar. Ik dommelde weg als een koning. Midden in de nacht werd ik wakker en ik merkte dat haar kant van het bed leeg was. Mijn bijdehante vrouw was aan het werk. De lucht boven me voelde kil aan, maar onder de dekens voelde ik me gekoesterd en behaaglijk. Binnenkort was Ann jarig. We zouden een groot feest geven en zij kon haar figuurtjes die avond tentoonstellen – bij wijze van grap over onze gezinsuitbreiding. Anns vrienden zouden onder de indruk zijn, en als de juiste mensen kwamen – geen idee wie dat moesten zijn, ik heb absoluut geen verstand van de kunstwereld – kreeg ze misschien een tentoonstelling aangeboden. Dan kon ze werken terwijl de baby in een draagmand lag te schommelen, ik zou het schuurtje in de achtertuin uitruimen en er een echt atelier voor haar van maken. Afgelopen met de kankerpatiënten. Ongelooflijk dat ik niet eerder op dat eenvoudige en briljante plan was gekomen. Ondanks het tijdstip, ondanks de kou, zwaaide ik mijn benen het bed uit om naar beneden te gaan en het haar te vertellen. Zodra ik overeind stond knakte mijn holle kop van papier-maché naar voren en als ik me niet aan de leunstoel had vastgegrepen was ik gevallen. De duizeligheid voelde niet onprettig aan. Mijn kniegewrichten waren zwak en gevuld met suikerstroop. Daar lag mijn trui. Ik zag hem over de leunstoel hangen. Het kostte me drie pogingen voordat ik hem te pakken had. Met pijnlijke schouders trok ik hem aan, en ik moest even wennen aan het feit dat hij zo overdags aanvoelde. Morgen zou ik onder de douche gaan en me aankleden, hoe slecht mijn borst er ook aan toe was. Mijn voetzolen tintelden van de kou en deinsden terug voor de harde, kille vloerplanken. De deur van de slaapkamer ging open als de deur van een diepvrieskast, naar een muur van koude damp. De overloop was mistig, grijs, alsof we in een poppenhuis woonden waarvan de muren waren weggehaald en ons miniatuurleven openlag voor de nacht, en ik liep snel de trap af, in gedachten al bij de sloffen die bij de voordeur stonden. Ann heeft zeker een raam opengezet, dacht ik, wil ze me soms dood hebben? En toen hield ik op met denken, zoals je dat doet wanneer het ijskoud is. Snel, snel, over de stille, middelste verdieping naar de gang beneden – aha, de sloffen, hun rood-groene Schotse ruit in het schemerlicht vervaagd tot grijs. Ik was er net in gestapt toen mijn lichaam tot stilstand kwam. Langzaamaan bedachten mijn hersenen dat ze verstijfd waren bij het geluid van praten. Vanuit de keuken scheen over de hele lengte van de gang een streep fel licht van onder de deur. De stem van Ann. Niet het gekwebbel van iemand die tegen zichzelf praat. Het rechttoe, rechtaan geluid van iemand die een ander iets vertelt. Even stilte. Toen onmiskenbaar het diepe, dringende timbre van een man. 'Argid bleddin logel mud.' De stem brak plotseling af. Mijn eigen ademhaling klonk hard, met open mond.

Toen Ann weer, luider: 'Ben jij dat, Tom?'

Ze deed de keukendeur open, een langwerpige rechthoek stralend licht rond haar silhouet.

'Wie is daar?' riep ik.

'Ik.'

'Wie is er bij je?'

'Niemand.' Ze begon op me af te lopen. 'Je staat te beven.' Van grote afstand raakten haar smalle vingers mijn gezicht aan. 'Jezus Christus, Tom, je gloeit helemaal.'

'Ik hoorde iemand praten.'

Ze schudde haar hoofd. Ann, die lieve Ann, ze zag er ineens zo vertrouwd uit, zo bemoedigend en bezorgd. 'De radio. Ik luister naar de radio.'

Ik begon naar de keuken te lopen. Ze ging voor me staan. 'Ga nou toch weer naar bed.'

'Ik wil water drinken.'

'Dat haal ik wel voor je.'

Opeens werd het te moeilijk om overeind te blijven. Zwarte vlekken zweefden langs de randen, mijn neus en handen waren koud. Ik sleepte me voort tot onder aan de trap en ging met een klap zitten, waarna ik voorzichtiger mijn oververhitte, opgezette hoofd tussen mijn knieën liet zakken en mijn ogen sloot. Tegen mijn gesloten oogleden stond een herinnering geprojecteerd, die akelig groene rechthoek licht die in het midden werd verduisterd door Anns zwarte vorm.

Ze hielp me langzaam de trap op terug naar bed, met een pauze op de overloop zodat ik kon hoesten. 'Ik ga morgen weer naar de dokter,' zei ik zodra ik weer lag en Ann de dekens over me heen had getrokken. Volgens haar had ik koorts, maar ik was tot op het bot bevroren en de stapel winterdekbedden leek eenvoudig niet zwaar genoeg. Even werd er gesteggeld omdat ik mijn trui niet wilde uittrekken.

'Ga alsjeblieft niet terug naar die afschuwelijk bedoening,' zei ze. 'Volgens mij heeft die wachtkamer je alleen maar kwaad gedaan.'

Daar was weinig tegen in te brengen. Het vlekkerige tapijt, de tientallen mensen die op kapotte plastic stoelen zaten te wachten, de afleveringen van *The People's Friend* met hun goedkope, zachte papier, de kinderen met een snotpegel die in een glaciaal tempo richting hun mond afdaalde, het schreeuwde allemaal 'infectie, infectie'. Wat moesten we doen als de baby eenmaal geboren was? Konden we ons bloedeigen kind wel aan zo'n petrischaalachtige omgeving blootstellen? In mijn krant zaten wekelijks complete bijlagen voor het hele gezin vol koppen over inentingen en schoolvakanties, die ik tot op dat moment had weten te vermijden. Binnenkort zouden ook wij als bezetenen op zoek gaan naar het allerbeste, zelfs hier in donker Hackney, geen hap die niet organisch was, geen vezel die door mensenhand gemaakt was, geen magnetrongolven, slechts de zuivere tonale verschuivingen van Bach mochten op wiskundige wijze van alle oppervlakken terugkaatsen. We zouden ons aansluiten in de rijen der hoopvol gestemde middenklassers die in hun eigen Ikea-keuken een genie probeerden te bekokstoven. Zouden wij zo'n stel idioten worden waarover ik in *The Guardian* las, die hun kinderen mee naar Harley Street namen voor een sessie schedelosteopathie? Ik deed mijn ogen dicht. Ik achtte ons tot alles in staat.

Twee, drie dagen voltrokken zich in een droom. Ann nam meer vrij om een oogje in het zeil te houden. Ik maakte me zorgen dat ik het virus aan haar zou doorgeven, maar ze hield vol dat ze zich nog nooit zo sterk had gevoeld. Ze bracht me soep op een dienblad, deed de radio uit als ik in slaap viel, las me de krant voor, verschoonde de lakens. Mijn temperatuur steeg en daalde en steeg weer.

'Ann, Ann.'

De rolgordijnen waren omlaag, de kamer was bijna donker. Het was waarschijnlijk laat in de middag. De schemering is wanneer je je verloren voelt, wanneer de dag is weggespoeld en alles wat je kent heeft meegenomen.

'Ann.' Ik dacht dat ze hier was, maar misschien was dat niet zo. De kan naast het bed was leeg.

'Ann.' Ik werd overvallen door de angst dat ze misschien op stap was. Ik was bang zonder haar. En alsof ik haar met de kracht van mijn behoefte had opgeroepen ging de deur van de slaapkamer open, en daar stond ze.

'Lieveling. Ik haal water voor je.'

'Ann. Ik denk steeds dat er iemand in huis is.' In mijn slaap was er voortdurend een schimmige figuur aan het hoofdeinde van mijn bed, of een man beneden die zijn naam niet wilde noemen.

'Kate is er.'

'O.'

'Wil je dat ik haar haal om gedag te zeggen? Ik had het idee dat je er vast geen zin in had om iemand te zien.'

'Nee. Ik hoop dat ze me niet onbeschoft vindt.'

'Natuurlijk niet.'

Ik dronk van het water en spande me in om de conversatie ver beneden me op te vangen. Nog geen gemompel kon ik onderscheiden. In mijn koortsige toestand stelde ik me Kate en Ann voor als zojuist bevroren standbeelden voor de deur van de slaapkamer, die zo geluidloos mogelijk ademhaalden en naar mij luisterden zoals ik naar hen probeerde te luisteren. Dit was gekkenwerk. Ik stapte duizelig uit bed en liep krakend naar de slaapkamerspiegel. O, jezus. Geen sprake van de bleke, afgetobde invalide uit mijn fantasie, maar een ongeschoren, opgezette, roodneuzige versie van mezelf. Van het gebrek aan testosteron groeide mijn baard in schaarse plukken. Als Kate me zo zou zien, zou ze walgen. Walgen waarvan? Wilde ik soms dat ze me aardig vond? Ik krabde met een lange vingernagel aan de witte korst die zich in mijn mondhoeken had gevormd. Van die paar dagen dat ik het hardlopen erbij had laten zitten was de huid over mijn ribben nu al slap geworden. De deur ging zo snel open dat ik geen tijd had om uit zicht te springen.

'Jezus, Ann.' Ik maakte tegelijkertijd een duik naar mijn ochtendjas en naar het bed. De deur sloeg dicht.

'Pardon!' riep Ann vanaf de gang. 'Ik dacht dat je sliep.'

Stilte. Na een paar seconden kraakte de vloer van de gang en ik wist dat ze weg waren. Onder het dekbed hield ik mijn ochtendjas strak om me heen getrokken. De dromen daarna waren kort, prozaïsch, onderbroken door plotselinge schokken. Tot het tot me doordrong dat er mensen in de kamer waren. Kate en Ann stonden bij het raam fluisterend een gesprek te voeren. De slaap sloeg zijn zachte grijze handen voor mijn ogen en ik gaf me over.

'Het is 's nachts weleens in me opgekomen om met een steen naar buiten te gaan en die lamp stuk te gooien.' Dat was Ann. Kate lachte. Er volgde een ander, lichter geluid van ratelend metaal, dat ik niet kon thuisbrengen. Misschien zei ik iets in mijn slaap. Een hand werd stevig op mijn voorhoofd gedrukt. Kate. Ik wist het voordat ik heel even mijn ogen opsloeg en zag hoe haar geelbruine blik rechtstreeks op mij neerzag. Haar vingers waren warm en droog. Ze zouden vettig worden. Die gedachte verdween weer terwijl ik me weer door de slaap liet meevoeren, onder haar hand die met zijn druk merkwaardig genoeg verlichtend werkte en me hielp weg te drijven.

Later die avond gaf Ann me een lepel met kruiden, een mengsel dat net zo moeilijk binnen te houden was als een hap modder, het deed er qua substantie ook sterk aan denken en het brandde hevig. Het had zich nog nauwelijks een weg door mijn keel gebaand, of ik werd overvallen door een diepe hoest alsof er een ijskoude hand in mijn borstkas werd gestoken om mijn longen uit te wringen. De lucht die ik naar binnen snakte was wee van de eucalyptus. In alle rust gaf ze me een kom aan, alsof ze het kokhalzen dat erop volgde had voorzien. Alles in me viel weg. Vanuit de periferie kwam witheid aangerold en ik verloor mijn bewustzijn.

Ik was twee dagen buiten westen.

Ik ontwaakte met Anns profiel naast me in bed. Ze was bleek, als in was uitgesneden, diep in slaap. Ik schoot overeind. Kate zat op een stoel in de hoek, haar gezicht was net zichtbaar tussen de dikke, zwarte gordijnen van haar haren.

'Tom.'

'Wat doe jij hier?'

'Ann was aan rust toe. Jij bent dankzij dat middel in slaap gevallen.'

Het middel. Ik ademde in en probeerde te hoesten. Niets. Ze stond op en rekte zich uit.

'Ik ga theezetten.'

Terwijl zij beneden was trok ik wat kleren uit de la, ik rende naar de badkamer, schrobde me onder de douche schoon en kleedde me aan. We kwamen elkaar tegen op de trap.

'Ik kom wel beneden,' zei ik.

In de keuken gaf ze me een beker thee met drop- en pepermuntsmaak aan. 'Hoe voel je je?'

'Heel goed,' zei ik, 'alsof ik eens stevig ben gestofzuigd door een uitzonderlijk sterke, Servische werkster. Volgens mij hangt er een Toverboom op de plek waar eerst mijn voorhoofdsholten zaten.'

'Mooi zo.'

'Heb ik dat aan jou te danken? Is hier de toverkracht van dat kruidenmiddeltje van je aan het werk?'

Ze glimlachte. 'Het is al goed.'

We namen elkaar even op. Ik voelde me opmerkelijk helder en een beetje licht in het hoofd. 'Ik maak me zorgen om Ann,' zei ik.

'Dat weet ik.'

'Ze is nogal aan het hyperen.'

'Dat kan door de hormonen komen.'

'Weet ik.'

'Maar jij denkt aan iets anders?'

'... Nee.' Kate bleef zwijgen. 'Nou ja, ze is heel druk bezig, alsof ze haar best doet iets niet te horen.' Ik kon het niet over mijn hart verkrijgen om het over de abortussen te hebben, maar ik vroeg me af of die haar een soort aanval van schuldgevoel hadden bezorgd nu ze het kind wel liet komen. Dat zou zoiets zijn als proberen om ineens Tagalog te spreken en er dan achter te komen dat Kate die taal vloeiend sprak. 'Anns moeder stierf toen zij nog heel jong was. Ze praat nooit over haar jeugd, alsof het leven pas begon toen ze hier kwam.' Wauw, was me dat even een forse indiscretie. Ik velde geen oordeel, jarenlang had ik nooit met iemand over Ann gepraat en nu ik mezelf over de rand van de helling had gehesen wist ik niet meer van ophouden. Kate vroeg of Ann en ik weleens 'bij iemand' waren geweest.

'Nee. Daar begin ik niet aan. Ik kan niet tegen therapeuten. En Ann ook niet. Ik wil je niet beledigen.'

'Zo vat ik het ook niet op. Ik kan je wel kruiden geven.'

'Daar gebruikt ze al massa's van.' Plotseling drong het tot me door – wat ben je toch een sukkel, Tom – dat ze die van Kate kreeg. Natuurlijk. 'Misschien. Ik weet het niet.'

'En verder staat ze erg onder druk, Tom. Iedere vrouw heeft heftige gevoelens over het krijgen van een kind, of ze nu wel of niet eerder zwanger is geweest. En ze werkt' – haar manier om te zeggen: ze maakt zich zorgen over het geld – 'en ze is doodsbang vanwege die man ...'

'Heeft ze hem dan weer gezien? Heeft ze je dat verteld?' Waarmee ik duidelijk mijn wantrouwen liet blijken. Ik was hier heel slecht in. Het werd tijd om de deur dicht te doen.

'Ze heeft het nog steeds over die dag van de ontsporing. Dat ze hem bij haar werk zag.'

'Kate.' Ik raapte de moed bijeen om te zeggen: 'Denk je dat er een kansje is dat Simon werk voor me heeft?' toen de trap boven mijn hoofd kraakte en Ann 'Hallo?' riep.

We kwamen tot stilstand op de drempel. Licht weerkaatste vrolijk op de sneeuw die als achtergelaten avondhandschoenen over de straat lag gedrapeerd; de vernederende bergen afval lagen verborgen onder slierten hartverheffend, zuiverend wit. De plataan voor ons huis – de geluksboom, zoals Ann hem noemde, de boom die gemaakt had dat we dit huis kochten – wierp heksenvingers van schaduw over ons pad en we wandelden in de richting die zij aangaven, weg van de bushalte en de Costcutter, in de richting van de aanzwellende lucht in het oosten. Het felle licht was oogverblindend; het plaveisel golfde zonder waarschuwing op en neer.

'Kijk jou nu toch,' lachte Ann, 'je bent net een pasgeboren veulen. Kun je dit wel aan?'

'Dit is een postgenezingsroes.' Zelfs de lucht leek helder – een illusie die het gevolg was van de koude ijlheid, alsof we in de Alpen waren.

'Andy slaat zich om de oren.'

'Dat had hij die jongens moeten laten doen, dan had hij zich de moeite kunnen besparen.'

'Was het zijn schuld?'

'Helemaal niet. Hij is getikt als hij dat denkt.'

'Hij had ze gezien voordat hij wegrende, zei hij.'

'Ik ook. Ik had met hem mee kunnen gaan. Zij hebben het gedaan, zij zijn verantwoordelijk.'

'Waarom ben je niet meegegaan?'

Aan de overkant van de weg kwam een sportveld in zicht, met hier en daar een plekje sneeuw. We waren in de buurt van een van de opritten naar de snelweg; je kon het verkeer horen. Een eenzame hardloper pufte langs de rand van het veld, zijn adem was zichtbaar.

'Geen idee.' Er was geen reden waarom ik niet samen met Andy op zoek naar de parkwachter was gegaan. Was het dan mijn fout dat ik beroofd was? Had ik dan niets geleerd in al die jaren dat ik in Londen woonde?

Ann keek zijdelings naar mij en toen weer voor zich. 'Niet dat ik vind dat je het jezelf op de hals hebt gehaald.'

De zin barstte uit haar mond met de kracht van vrijgekomen druk, een gedachte als een pingpongbal waar ze zielsgraag vanaf had gewild. Natuurlijk dacht ze dat. Vanbinnen gilde ze tegen me: 'Je hebt het over jezelf afgeroepen!'

Ik wilde een sigaret en ik wist dat er in de volgende straat een Londis was. Ik had even een snel trekje nodig om mijn longen tot bedaren te brengen, om mijn zenuwen tot bedaren te brengen. Ik kuchte bij het vooruitzicht. We sloegen de hoek om en een shot zuur schoot door mijn ingewanden. Drie jongens met capuchons op blokkeerden voor de Londis onze route, een stond tegen de reling geleund, de anderen vulden het trottoir voluit op treiterstand. Ik greep Anns elleboog en draaide haar om, terug de hoek om en snel in de richting waar we vandaan waren gekomen. En het hele eind over die weg tintelde mijn ruggengraat van het gevoel dat ze achter ons aankwamen, hun voetstappen gedempt in hun gymschoenen, het zachte geritsel van hun trainingspakken, hun lachend gefluisterde dreigementen. 'Moet je die nou zien, hij schijt in zijn broek van angst,' had een van de straatrovers die avond een week daarvoor gezegd. 'Waarom smeer je 'm niet?' Ze hadden allemaal gelachen. 'Ga je nou nog rennen of niet, ouwe?' Degene die als eerste over het hek was geklauterd maakte een *swoesj*-geluid en kwam als een actieheld in slow-motion op me af gerend tot hij op een paar centimeter van mijn gezicht tot stilstand kwam.

'Rustig maar, Tom, ze komen niet achter ons aan.'

Ann stond stil. Ze riep tegen mijn rug. Ik nam even de tijd voordat ik me omdraaide en naar haar terugliep. De lege straat was een onverwachte luxe voor me.

'Neem me niet kwalijk,' zei ik. 'Dat was stom.'

'Nee.'

'Het waren niet eens dezelfde jongens.' We liepen samen verder, arm in arm. Inmiddels stak de babybult ook zijwaarts uit; zo met Ann oplopen was net zo geruststellend als wanneer je een koe aait en je hart langzamer gaat kloppen. Bij wijze van spreken.

'Het hoefden helemaal niet dezelfde jongens te zijn. Het was hetzelfde slag.'

'Geen idee hoe mensen ze uit elkaar houden. Ze lijken allemaal op elkaar.' Ze lachte.

'Denk je nog weleens …?' Ik stond op het punt te informeren naar de man die haar had gevolgd, of ze misschien meer dan één dakloze tot een enkeling had samengevoegd om zo een achtervolgingspatroon te produceren. Maar ik was er nog niet helemaal aan toe om het bestaan van de man aan de kaak te stellen. Nog niet toe aan de vraag die ik daarmee in werkelijkheid aan Ann zou stellen. 'Kate is behoorlijk indrukwekkend.'

Ann glimlachte in zichzelf. 'Ja.'

Ik had hoofdpijn en de spieren rond mijn ribben speelden nog steeds op van het hoesten. Een lage auto met ondoorzichtige ramen sloop door de straat. We waren bijna thuis.

'Geloof jij in geesten?' vroeg Ann.

O god. 'Nee. Absoluut niet. Jij?'

Ze haalde haar schouders op. 'Ik weet het niet.'

Zo liggen de verschillen tussen mannen en vrouwen. Ann las vrijwel dagelijks haar horoscoop. Tonia en zij hadden het over mensen in termen van hun 'energie' en 'ziel', het soort taal dat rechtstreeks toegang verschaft tot een horizontaal, onversneden geloof in buitenzintuiglijke waarnemingen, visioenen en hun eigen griezelige vermogens. Ze hadden vaak tegelijkertijd dezelfde droom die ze graag navertelden. Ze betaalden voor massages van praktizijnen die hen niet eens aanraakten, en beweerden dat ze er baat bij hadden. In hun taal was het heelal niet zozeer een ruimte-tijdcontinuüm alswel een kosmische godheid die, al naar gelang jij al of niet een brave meid was geweest, gunsten verleende of genoegens onthield. Dat had ik ze waarachtig allebei horen zeggen: 'Het heelal probeert me iets bij te brengen.' 'Geloof jij in geesten?' komt uit hetzelfde *Wat en hoe in new age-taal*. Daarom ging ik er ook niet op in. Het spijt me. Het spijt me.

R.O.M.V. 05.07

Die afgrijselijke omvang van hem, dat rood aangelopene. Hij had niet overtuigender de onbehouwen Australiër kunnen uithangen. Het bevalt hem duidelijk zo, het zal de geldschieters wel op het verkeerde been zetten. Hij slaat zich op zijn dikke buik.

'Dat trouwt maar op mijn kosten!'

Tom buigt zich naar haar toe, valt lachend boven op haar en kust haar – zij duwt hem weg, niet nu – en komt weer overeind om te zeggen:

'Ann is eerder getrouwd geweest. Ik ben haar tweede echtgenoot.' Hij is er nog trots op ook, de sukkel. Waarom voelt ze zich toch zo vijandig? De kava, de lange, snikhete dag, ze is ergens ziek van.

Hallie werpt een zijdelingse blik op haar. 'Kom je uit Australië?'

Tom kijkt geïmponeerd. 'Dat heb je snel in de gaten. Kwestie van een dief die een dief vangt, zeker.'

'Je hebt het me zelf verteld, kerel.'

Een paar seconden tikken voorbij terwijl Hallie naar Anns bovenarm kijkt. Ze tilt haar andere hand op om hem te bedekken, vangt zijn blik. Laat haar hand vallen en kijkt weg. Ze weigert hem aan te kijken. De tijd opent zich. Ze moet weg. In de ruimte tussen hen in zwelt zijn gevaarte aan en slaat om in stilte.

Tom gooit zijn hoofd achterover en de randen van zijn blikveld gloeien op en lopen over in het licht van de toortsen. Kegels van vuur tegen de zwarte lucht. Je kunt dit nooit meer terugkrijgen. Dit is je huwelijksnacht, je hebt te veel gedronken je bent gevallen je bent in de ban van die pad en deze nacht krijg je nooit meer terug.

Ann staat in de deuropening van de verkeerde bure haar excuses aan te bieden aan een andere gast, iemand die ze per ongeluk wakker heeft gemaakt. Ze staat in haar badkamer water in haar mond te scheppen. Ze ligt alleen in bed. Iemand is op de deur aan het kloppen.

De bure staat op de noordpunt van het eiland, in de buurt van een heuvel met een withouten kruis. Tom haalt de woorden 'bruiloft' en 'begrafenis' door elkaar. De dag daarvoor had Ann op het balkon gezeten met haar benen zwaaiend over de rand en haar voeten goudkleurig onder water, hun omtrekken in en uit het afgebogen licht kabbelend. Een oranje duif klapwiekte langs haar heen en weer naar de bomen achter haar. En in ruil daarvoor scheerden een paar zeevogels weg over zee, omhoog en omlaag, vreugdevol voorwaarts schietend.

Ik werd wakker van het geluid van iemand die meubels verschoof. Het brede stuk bed naast me strekte zich leeg uit. Anns energie verbijsterde me zelfs in mijn van slaap verdoofde toestand; ik duwde mijn hoofd dieper in de matras, als contrast met Anns bedrijvigheid, me slechts bewust van het heerlijke gevoel van het dekbed tegen mijn huid, en ik verdreef geluidloos het verhaal uit mijn droom. Uren of minuten later – of wellicht een paar seconden, wie kent het tijdcomprimerend vermogen van de remslaap? – werd ik me bewust van Ann die boven me stond, naast me stond, bij het bed. De lucht was doortrokken van de bijtende geur van ammonia die brandde in mijn neusgaten en keel.

'Mieren.'

'Wat?'

'We hebben last van mieren. Overal. Alle plafonds beneden zitten vol. Hele stromen mieren.'

'Je maakt een grapje.'

Ik had geen zin om naar beneden te gaan om slakkensporen mieren vanuit fittingen over de muren te zien kronkelen. Ik had geen zin om de ladder te moeten halen en ze op te vegen en de hele tijd mierenlijkjes uit een doekje te moeten spoelen, ze plakkerig en donker als chocoladehagel eraf te moeten plukken. Ik kreunde waarschijnlijk, want Ann zei: 'Maak je geen zorgen, ik heb het al gedaan.'

'Echt waar?'

'Ik was toch wakker.'

Ik duwde me overeind in bed. De ammonia maakte me wakker en benam me tegelijkertijd bijna de adem. 'Kun je misschien een raam opendoen?'

Dat deed ze. Een ijle stroom koude lucht trok door de kamer. Ik vroeg Ann of ze niet moe was. Dat was ze, zei ze, maar ze kwam niet terug in bed en ze ging zelfs niet zitten. Krakerig omdat mijn knieën pijn deden van mijn rondje hardlopen met Andy die avond, zwaaide ik mijn benen het bed uit en strompelend stak ik de overloop over om een bad voor haar vol te laten lopen.

'Je bent het liefste vriendje dat ik ooit heb gehad,' zei ze terwijl de badkamer zich met stoom vulde.

Ik vond het fijn om vriendje genoemd te worden in plaats van echtgenoot, het was een prettig tegenwicht tegen die middelbare knie. 'Jij kunt er anders zelf ook heel best mee door,' zei ik, terwijl ik haar de gele rubberhandschoenen uittrok. 'Je moet niet op ladders klimmen. En dat schoonmaakmiddel kun je vast ook beter niet gebruiken.'

Ze liet zich omzichtig in het warme water zakken. Ik staarde naar haar ronde buik, de dikke blauwe aderen die over haar borsten liepen, de groter, donkerder geworden tepels. Hoe zou het voelen als je lichaam onderdak bood aan een onbekend wezen? Natuurlijk had ze de baby gewild, ze was echt niet overvallen. Maar toch – hoe vreemd moest het niet zijn om zo'n schepsel dat zich met jouw lichaam voedt en op het punt staat elk facet van je leven te gaan beheersen maar op dit moment eigenlijk nog niet echt bestaat, in je te voelen groeien en bewegen.

Ik wilde net naar bed teruggaan toen Ann over de mieren begon te vertellen. Ze was opgestaan om water te drinken toen haar te binnen schoot dat ze een van haar kruidenmiddeltjes moest innemen, dat hippiespul dat ze vanwege haar zwangerschap gebruikte, dus ze ging naar beneden. Zodra ze het licht in de keuken aandeed wist ze dat er iets aan de hand was. Het deed denken aan het gevoel dat je hebt als je aan boord van een schip bent dat op het punt staat te vertrekken, en het schip ernaast vaart weg waardoor je het griezelige gevoel krijgt dat je zelf achteruit beweegt terwijl je naar voren zou moeten gaan, en intussen beweeg je in werkelijkheid helemaal niet. Een soort gekrioel dat zich aan de rand van je gezichtsveld voltrekt. Langzaam keek ze omhoog. Er zaten barsten in het plafond, nieuwe zwarte barsten die diagonaal door de pleister liepen. Dat werd repareren: ze voelde meteen de vertrouwde geldzorgen opwellen en boog haar hoofd voorover omdat ze zo duizelig werd van het achterover gekanteld houden van haar nek dat het net leek of de barsten kronkelden. Even diep inademen en opnieuw een blik omhoog bevestigden het. De barsten bewogen.

Ze had fantastisch werk verricht. Het plafond glom van de vegen waarmee ze haar vaatdoek erlangs had gehaald en het rook beneden naar bleekmiddel en kunstmatige hars, waar ik van kokhalsde, maar er was niet één uitgesmeerd spoor van een mier meer te bekennen. Ik sjouwde de ladder weer naar buiten. De lucht schrijnde tegen mijn dunne T-shirt, de achtertuin was vol vertrouwde schaduwen. Ik ademde diep in. Mieren in huis in de winter, een rat die tussen de muren lag te ontbinden, het verkeerde soort dieren dat zijn toevlucht tot ons huis zocht. Morgen zou ik aas neerleggen, vallen plaatsen, zinken pijpen schoonschrobben. Op de terugweg naar binnen streken mijn handen langs de ruwe bladeren van de citroengeranium, en die zoete, schone geur van verbenathee nam ik mee naar boven. Ann was in bad in slaap gevallen.

We vonden een paar slimme apparaatjes om in het stopcontact te steken waarmee je knaagdieren weghoudt. Ze geven een ultrasoon geluid af dat te hoog is voor het menselijk oor maar precies goed om ratten en muizen gek te maken. Ann moest lachen bij het idee dat ze hun onderkomen zouden verlaten en verongelijkt, met hun pootjes tegen hun oren, de straat uit zouden lopen op weg naar een rustigere buurt. We maakten ons wel zorgen of zo'n onafgebroken geluid dat wij niet konden horen ons niet ongemerkt gek zou maken. En hoe zat het met de baby, vroeg Ann zich af, maar ik hielp haar herinneren aan wat de vroedvrouw had gezegd over het bloed dat in de baarmoeder rondstroomde en ongeveer het lawaai van een stofzuiger maakte. Dat weerhield haar er trouwens niet van om te proberen de baby te hersenspoelen met Mozart en er al voor zijn geboorte een giebelende gek met een pruik en bretellen van te maken. Ze dwaalde steeds verder af door het met taxushagen omzoomde doolhof van de hippiehekserij en maakte smerig ruikende brouwsels van iets wat op mos leek, waarvan ze tussen elk bitter slokje door het gezicht van een walgende driejarige trok.

'Waarom doe je dat dan?' vroeg ik. 'Je kunt toch gewoon vitamine slikken?'

Met haar kin in rimpels getrokken schudde ze haar hoofd. 'Dit is beter,' zei ze.

Kate had druppeltjes van het een of ander voorgeschreven om onder haar tong te doen, oliën om haar huid mee in te smeren en naar uiteenlopende vruchten geurende wierookkegeltjes om op diverse tijdstippen van de dag te ontsteken. De dromenvanger was de laatste druppel. Ann hing hem voor het slaapkamerraam, een groezelig geval van veren waar schelpen en kralen aan hingen. Ik trof haar beneden aan, in kleermakerszit op de vloer van de woonkamer, met de stereokoptelefoon aan weerszijden van haar buik geklemd, en ik hield het ding als een dode kanarie voor haar gezicht omhoog. Het was bedoeld om kwade geesten te verjagen, vertelde ze.

'Jezus Christus, het lijkt wel of ik godverdomme met Stevie Nicks samenwoon,' zei ik, 'maar dan minus de cocaïne, wat een stuk leuker zou zijn.'

'Ook goed,' zei ze, 'dan hang ik hem wel in de badkamer. Jij maakt je alleen maar zorgen over wat de buren zullen denken.'

'Dat slaat helemaal nergens op,' lachte ik, 'ik veracht onze buren, ik maak me zorgen over wat Andy en Tonia zullen denken.'

Ineens, alsof ze een plaatje was dat scherp en herkenbaar werd, zag ik haar pas echt met de koptelefoon van Mickey Mouse-formaat rond de babybult, en ik vroeg wat ze in vredesnaam aan het doen was.

'Ik wist wel dat je over de rooie zou zijn,' zei ze, 'ik speel wat Debussy voor de baby.'

Ik wist niet eens dat we Debussy hadden. Blijkbaar was Debussy het tegenwoordig helemaal. Ze was ervoor de deur uit gegaan om dat speciaal te kopen. Voor de baby. Die waarschijnlijk nog niet eens oren had. Ikzelf was in elk geval nog wel zo bijdehand om te snappen dat ons gekibbel over babyzaken een manier was om met onze angst om te gaan. Dat ging in mijn geval om de volkomen redelijke angst dat Ann en ik zoals we elkaar kenden zouden ophouden te bestaan zodra de baby er was. We wisten toen nog niet dat het een jongen was, maar Ann had het, wellicht met enige precognitie (om haar new agetaal te bezigen), altijd over een hij. Hij zou tussen ons in komen staan, de belangrijkste man in Anns leven worden, een weerloze, kleinere versie van mij op wie Ann al haar liefde en heerszucht kon loslaten. Het zou voortaan de baby zijn naast wie ze lag, het zou de baby zijn die aan haar borst zou liggen, de baby in wiens oor ze zou fluisteren.

Bridget zat al aan een tafeltje voor twee tegen de wand toen ik de bar aan Exmouth Market betrad. Ik kuste haar op beide wangen en bestelde bij de serveerster een glas rode wijn. In de bus op weg erheen had ik geen idee waarom ze me wilde spreken, maar nu was het duidelijk dat het niet ging om een potje gezellig lachen over die goede oude tijd.

'Je ziet er goed uit.'

'Dank je. Jij ook.' Tranen lekkend keek ze omlaag naar de tafel. 'Sorry.'

'Geeft niets.'

We wachtten tot ze zichzelf weer onder controle had. Ze schudde even haar hoofd en glimlachte me opgewekt toe. 'Ik hoor dat jullie een baby krijgen.' Het laatste deel van de zin ebde weg, ze sprak het woord geluidloos uit, alsof het om kanker of herpes ging; het zou grappig zijn geweest als ze niet zo haar best had gedaan om haar tranen binnen te houden.

Ik knikte, maar ze keek alweer weg. 'Ja.' Ik stond op om de serveerster voor te zijn en onze wijnglazen over te nemen voordat ze te dicht bij de tafel kwam. Bridget zat in haar tas naar een papieren zakdoekje te zoeken. 'Gaat het wel?'

Ze lachte. '"Je ziet er goed uit" betekent dik, hè, dat ik ben aangekomen.'

'Jezus, Bridge, ik dacht dat we het hadden uitgemaakt. Ik hoef niet meer in dat soort voetangels te trappen.' Het was een onwillekeurige reflex dat ik met haar flirtte.

'Maak je geen zorgen. Ik ben ook aangekomen, en het maakt me niet uit.'

'Je bent mooi.'

'En een vreselijke masochist. Ik had je niet moeten bellen, verdomme. Ik heb alleen …' ze begon weer te haperen, alles beefde, 'zo'n spijt, zo'n vreselijke spijt.'

'Bridget.' Ik reikte over tafel naar haar handen maar ze trok ze terug en legde ze op haar schoot. 'Je was gelukkig.'

'Dat ben ik ook, was ik ook. Waarom heb je me niet gebeld? Nou heb ik het van Sam gehoord.' De partner van de overleden Martin. Ann was hem zeker tegen het lijf gelopen; en toen was hij vast en zeker meteen naar de telefoon gerend om het Bridget te vertellen, zo wreed was hij wel.

'We hebben elkaar zo'n tijd niet gezien.'

Haar woorden liepen over de mijne heen. 'Ik heb die abortus gehad.' Jezus. Daar zou je het hebben. 'Jij was het ermee eens.'

Eentje om het af te leren toen we net uit elkaar waren, vlak voordat ik Ann leerde kennen. Bridget was op Martins begrafenis zwanger geweest en ze had het me de dag erna in een kil telefoongesprek verteld toen ik net wakker was geworden met mijn hoofd vervuld van Ann. Had ik te snel klaargestaan met mijn aanmoediging om de zwangerschap te beëindigen? Nu vertelde ze me dat haar baarmoeder verwijderd moest worden, dat ze endometriose had, waarvoor maar een paar behandelingen bestonden, waaronder het voldragen van een zwangerschap. Ik moest aan Ann denken en aan die vasthoudende vleesboom die op de eerste echo te zien was geweest maar inmiddels zoals beloofd in omvang volledig overvleugeld was door de baby. Dit was allemaal niet mijn terrein, dat vlezige binnenwerk. De wijn had zelfs een bloederige nasmaak. Hoe moest ik tegen haar zeggen dat het me speet? Wat voor verschil zou dat maken? Aan de tafel naast ons barstte een stel jonge vrouwen in lachen uit.

'Hoe zit het dan met John?' Ik wist dat ze samenwoonden; we hadden e-mailadresveranderingen uitgewisseld.

Maar hij was inmiddels verhuisd. 'Die druk elke maand.'

Ik wreef in mijn ogen. Had ze heus gedacht dat ze met John zwanger zou raken? Ze was altijd oud geweest, leek het wel, en nu liep ze toch wel tegen de vijftig. Ze was nog steeds sexy, maar wel oud, en als zij een baby kreeg, kwam ze in aanmerking voor een kop in *The Sun*, net als die gerimpelde Italiaanse besjes met hun lange haar die aan de lopende band door artsen werden bezwangerd.

'Ik vind het heel erg.' Dat was makkelijker. Niet zeggen dat het me speet maar dat ik het erg vond. Ze stond toe dat ik haar hand pakte. Die taaie, stoere Bridget. Zoals ik haar daar zag, ouder geworden, met een chic kapsel dat eerder grijs dan blond was, en met rimpels die van haar neus naar haar mond liepen, vroeg ik me af of we er misschien iets van hadden kunnen maken als ik niet zo stom was geweest om bang voor haar te zijn. De tekortkomingen waarvan ik me door haar bewust was geweest, was ik vergeten. Natuurlijk waren er andere voor in de plaats gekomen.

Ik belde Ann. Ze antwoordde vanuit mijn werkkamer, bij

mijn computer, om te proberen ergens goedkope was en klei te scoren, vertelde ze; ze was door haar materiaal heen en had plannen voor nog meer figuurtjes.

'Ik dacht dat je naar huis zou komen om naar dat nieuwe stuk van Simon te kijken.'

Een stuk dat hij even tussendoor had geschreven voordat hij weer bij *Casualty* begon. Wat een kerel. 'Wil je het opnemen?'

'Het is al een uur afgelopen. Waar zit je?'

'Ik moet Bridget nog even in een taxi zetten.'

'Ik slaap straks waarschijnlijk al.'

We stonden een hele tijd op Rosebery Avenue vrijwel zonder iets te zeggen. In de stiltes schoof ik steeds een stukje dichter naar haar toe. In de bar waren onze benen onder tafel tegen elkaar aangedrukt, zonder dat een van ons beiden die aanraking erkende, een stel dat in een kookpot zit en net doet of het vuur onder hen niet is ontstoken en intussen zit te fluiten terwijl achter hun rug in de bosjes de kannibalen hun messen slijpen. Ze was geschokt over de beroving, al had ze er haar eigen berovingsverhaal tegenover te stellen. Het afgelopen jaar was er tweemaal ingebroken bij haar architectenbureau, vooral om de computers. Ze maakte er inmiddels een gewoonte van haar werk voortdurend mee te nemen. Het ging heel goed, zei ze terwijl we op straat stonden te wachten, op de toon van iemand die geslaagd is en er nu achter is gekomen dat dat niet is waar ze op uit was. Ze had een prijs gewonnen.

'Maar dat is geweldig.'

'Dank je.'

Ze hield mijn blik vast. Alles wat ongezegd bleef werd tussen ons uitgewisseld, een stroom waaraan ik maar al te graag wilde toegeven. Mijn jas hing om haar schouders. Ik voelde me diep met haar verbonden; we hadden samen iets heel pijnlijks doorgemaakt, al moet ik bekennen dat de pijn uitsluitend bij haar terecht was gekomen. De avond was stil en rustig, en in de paar taxi's die voorbijkwamen zaten al passagiers. We besloten in de richting van Angel te lopen. Toen we op het punt stonden St. John Street over te steken liet Bridget haar arm door de mijne glijden. Mijn rechtervoet stond op het wegdek – in mijn hoofd was ik de straat al overgestoken. Ik stapte terug op de stoeprand en drukte me tegen haar aan. Ineens lagen haar armen om mijn middel. Haar gezicht was tegen mijn borstkas verborgen. Ik tilde haar kin op om haar te bekijken in het bruine Londense licht dat hier voor duisternis doorging. Ze staarde me aan en knipperde traag met haar ogen. We waren dronken. Ik gaf een half lachje ten beste en blies een ademstoot uit. 'Goeie god,' weet ik nog dat ik zei voordat ik haar kuste. 'Niet te geloven dat ik dit echt ga doen.' Haar mond wachtte op mij, maar eerst duwde ik haar kraag opzij, legde mijn mond tegen haar hals, voelde die prachtige warme hartenklop onder de huid. 'Ah,' zei ze ademloos, zoals ze altijd had gedaan.

Zodra ik Bridget kuste werd ik overspoeld door een gevoel van opluchting. Jazeker, dat gluiperige zinnetje dat je dit eigenlijk niet als ontrouw mocht beschouwen omdat ze mijn ex was kwam inderdaad in me op maar werd ook snel weer weg gemept. Daar was geen excuus, geen rechtvaardiging voor. Het was jaren geleden dat ik serieus over Bridget had nagedacht; sinds ik Ann had leren kennen had ik nooit meer naar haar verlangd. Een reusachtig gewicht, de last waarmee trouw je opzadelt, werd weggenomen.

'Je was ook zo'n hopeloze jongen,' zei ze. 'Zo'n jongen, altijd platzak, altijd op zoek naar een andere baan, en nu heb je een huis en je wordt vader.' Haar handen zaten in mijn haar.

'Ik ben niet veranderd, Bridge. Er is niet echt iets veranderd.'

Wankel struikelden we samen achteruit, van de weg vandaan, naar de etalage van een chique slager. Gek genoeg was de bevrijding om Bridget te kussen volkomen verstrengeld met de euforie dat ik niet in dat klote-Hackney was, niet in die ellendige straten met die stinkende winkels en dat rottige troep makende volkje. Ik wist wel dat er meer van dat overal in Londen te vinden was, maar ik was helemaal vergeten hoe noodzakelijk het was om geregeld schonere plekken op te zoeken waar geen hondenstront lag en mensen niet zo vaak spuugden. De tegels tegen de muur van de slagerij voelden glad en schoon aan onder mijn handen toen ik mijn lichaam tegen het hare aan drukte. Jezus, wat voelde dat vertrouwd, het was acht jaar geleden sinds ik haar voor het laatst had gekust, ze was vast al zevenenveertig, die arme Bridge, ze zou nooit een kind krijgen en toch stond ze daar zo vrouwelijk als maar kon, met haar zachte taille die inwaarts welfde, haar heupen die ze naar mij optilde. Haar hals rees onbelemmerd op naar die holte onder aan haar schedel, geen bos haar om doorheen te ploegen, alleen Bridgets prachtige, koninklijke hoofd. Ik had haar omgedraaid en hield mijn handen tegen haar ribben, ik kuste haar hals en mijn vingers voelden de ronde beugel van haar beha. Ik stond met één been tussen de hare geklemd. Als er een hotelkamer was geweest – de achterbank van een auto ... Mijn hand duwde haar rok langs haar benen omhoog, schoof de stof opzij, voelde de hitte tussen haar benen. In de nabije weerspiegeling van de winkelruit keek ik naar de zijkant van haar hoofd, haar gesloten ogen boven de hoekige schouder van mijn winterjas. Ze draaide zich weer om zodat ze mij kon aankijken, haar adem kwam in snelle schokjes, onze wazige ogen hielden elkaars blik gevangen.

'Hier moeten we mee ophouden,' zei ik.

Het laatste wat ze tegen me zei toen ze in de taxi stapte, was: 'Zie je nu wie ik hierdoor geworden ben? Zoiets zou ik vroeger nooit hebben gedaan.'

'Niets aan de hand,' zei ik. 'Hou hier nu geen naar gevoel aan over.'

Ze zakte terug op de zitting en ik verloor haar uit het oog.

Zodra ik de voordeur van mijn huis van het slot deed, verwaaide de opgetogenheid die ontrouw teweegbrengt als stoom. Ik stond een hele tijd onder de douche voordat ik in bed stapte bij Ann, die al sliep. De wijn en de vermoeidheid dekten mijn schaamte af maar de volgende ochtend stond die me in volle omvang op te wachten. Toen ik ontwaakte, was Ann al aangekleed en klaar voor vertrek naar haar werk. Ze had vast de drank geroken en keek me licht geamuseerd aan.

'Hoe ging het met je ex?'

'Ach, ze is er niet al te best aan toe.' Ann haalde de rolgordijnen op. Licht stroomde de kamer in alsof het zuurstof was.

'Ze moet worden geopereerd.'

'Wat vervelend voor haar.'

Neutraal. Ze wist dat ik er niet op zat te wachten om Bridgets zaak te bepleiten, maar het was echt heel pijnlijk en ik wilde dat Ann dat begreep, ik wilde het duidelijk maken. 'Haar baarmoeder moet worden weggehaald.'

'En ze heeft geen kinderen?'

'Nee.'

'Wat afschuwelijk.'

Dat was het. Maar toen Ann me ten afscheid had gekust en ze een pakje Nurofen op bed had gegooid vroeg ik me af of het niet toch min of meer Bridgets eigen schuld was. Ze had jaren de gelegenheid gehad om kinderen te krijgen, zeker met die kerel met wie ze had samengewoond voordat wij elkaar leerden kennen. Ze had ze gewoon niet gewild. En al was het nu waarschijnlijk al enige tijd te laat, ineens bekeek ze haar leven door de lens van mijn leven en kon ze me zelfs op een subtiele manier een schuldgevoel bezorgen voor haar problemen, alsof ik haar die ziekte in haar baarmoeder had aangedaan. Ik kon het eenvoudig niet geloven dat ik me uren daarvoor nog de scherprechter had gevoeld van die onbedoelde zwangerschap, van die zwangerschap waar ze me pas van op de hoogte stelde toen ze al had besloten haar te beëindigen, iets waar ze mij niet eens bij wilde hebben. Ze had mijn aanbod om haar hand te komen vasthouden en voor een ingreep in een privékliniek afgewezen (ze wist dat ik er het geld niet voor had maar ik zou het heus, heus ergens vandaan hebben gehaald). Ik had het nieuws verzwegen voor Ann, die op datzelfde moment mijn leven was binnengewandeld. En nu was het dus weer helemaal mijn schuld. Nou, daar bedankte ik dan mooi voor.

Ann had de computer de hele nacht aan laten staan, en het misselijkmakende gezoem van de startmotor verergerde het suizen in mijn hoofd. Op het scherm stond een webpagina, een groene tekst tegen een zwarte achtergrond, met een kop in de stijl van druipend bloed. Al terugklikkend door Google kwam ik erachter dat ze de zoekwoorden 'spookhuis Hackney' had ingetikt. Christus. Zonder iets op te slaan ramde ik op de uitknop. Een kriebelige, erotische rilling trok door me heen. Als Bridget nu hier was ... Stomme, lichtgewicht kuttenkop dat je bent, Tom. Zonder opzet was ik een grens gepasseerd zonder dat er nog een weg terug was. Ik had de belofte dat ik absoluut trouw zou zijn geschonden die ik Ann op onze trouwdag had gedaan, en dan nog zo volkomen luchthartig. Dat gedrag paste beter bij een onbezorgde vierentwintigjarige dan bij een man die op het punt stond vader te worden, een man die van zijn vrouw hield.

'Spookhuis Hackney': die twee woorden omschreven inmiddels al aardig de plek waar wij woonden. Als me aan de telefoon met het telefoon- of het gasbedrijf ter bevestiging naar mijn adres werd gevraagd, kwam ik in de verleiding om dat te zeggen: Spookhuis Hackney, voorbij de Beulssteeg, tegenover Blauwbaards Grot, E9. Het zal je opvallen dat spoken meestal in Oost-Londen opduiken, waar de bewoners nu eenmaal lichtgeloviger zijn. Grote griezels, ik had de dame zonder hoofd gezien – of de enge dode late drinkers, de jankende slachtoffers van de Blitz, talloze dode peuters. East Enders smoren om de haverklap hun baby's om ze vervolgens uit het raam te kiepen. En beroemdheden wordt na hun dood geen rust gegund. Churchill, Pope, Anne Boleyn en allerlei te goeder naam en faam bekendstaande geestelijken moeten voortdurend over de hobbelige voetpaden van Londen rond glibberen, samen met dr. Crippen en een stelletje door Jack the Ripper vermoorde hoeren. Jack zelf trouwens niet, maar dat komt waarschijnlijk doordat hij eigenlijk de markies van Salisbury was, vermomd als koningin Victoria, of wat op dit moment de heersende opvatting daarover ook is. Spoken krioelen in dit landschap rond als mieren over een rots.

Londen als rusteloos kerkhof: dat soort sentimentaliteit verlaagt elke magnifieke stad tot een themapark, politiek tot chauvinisme, en elk meisje in nachtpon tot een slachtoffer in een trapportaal. Ik kon nauwelijks geloven dat Ann, die een heel fijnzinnig gevoel voor het belachelijke had, zelfs maar geïnteresseerd was in die troep, de ene na de andere webpagina over bijgeloof en geroddel. Ik sprak haar die avond erop aan, die avond na de avond dat ik Bridget had gekust. Toen mijn kater eenmaal was weggetrokken was mijn stemming die dag verder jubelend. Alsof de feromonen in de lucht hingen belde Cheryl op om me te laten weten dat Rosemary het vampierscenario nog eens wilde zien, als ik klaar was met de versie die ik nu onder handen had. Als het heelal, zoals Tonia zou zeggen, me ook maar iets bijbracht, dan was het wel dat stiekem rotzooien je magische krachten blijkbaar goeddeed. Ann kwam naar huis gesneld, liet haar tas op de vloer in de gang neerploffen, en stak een fles champagne in de lucht.

'Je gaat er een succes van maken, Tom, je zult zien dat ze helemaal wild is van dit scenario.' Wat straalde ze, in al haar onwetendheid.

'Ze heeft alleen maar gezegd dat ze er nog eens naar wil kijken. Dat kun je ook over een hondendrol op straat zeggen.'

'En van de Taj Mahal, zeikerd.'

Ik liep achter haar perzikzachte lichaam de trap op, we haalden nog maar net het bed. Naderhand maakten we de fles open, we dronken uit de beker uit de badkamer, naakt in de donkere kamer. Als je met een zwangere vrouw drinkt, moet je hem extra opzetten – het leven is vol van dat soort ongemakken. Ik voelde me almachtig, alsof ik deel uitmaakte van een grap van kosmische omvang.

'Wat is dat nou met dat spookhuis in Hackney, Ann? Dat meen je toch niet serieus?'

'Waarom niet?'

Ik lachte en stak mijn handen weer naar haar kont uit.

'Ik meen het echt,' zei ze, terwijl ze de lakens optrok en uit mijn buurt schoof. 'Waarom zouden er geen krachten zijn die wij niet kunnen zien? Waarom zou je jezelf beperken?'

'Maar het is allemaal één groot cliché – slijm dat langs de muren druipt, gloeiende vuurballen. Toe nou, de meeste mensen die op die websites beweren dat het in hun huis spookt, willen alleen maar een ander huis van de gemeente aangeboden krijgen.'

'Je bent ook zo'n verdomde snob, jij.'

'Oké, dat is waar. Maar daar heb ik goede redenen voor.'

'Omdat je weet wat je na het eten met je servet moet doen? Dat stomme servet?'

'Hoe komen we daar nou op? Daar geef ik absoluut niet om. Mijn moeder maakt zich druk om dat soort flauwekul. Dan noem je de woonkamer maar de lounge, dat zal me worst zijn.'

'Maar het valt je op. Je vindt het dus wel erg. Vanbinnen krijg je kippenvel.'

'Niet waar! Waarom hebben we het hierover?'

'Omdat jij zo benepen bent. Je leeft in een piepklein wereldje, een piepklein tuinkabouterwereldje.'

'Schei nou uit, Ann …' Ik probeerde te lachen.

'Jij bent de enige die gelijk kan hebben, jij en al die andere …' Ze stootte een gefrustreerd gegrom uit.

'Al die andere?'

'Magere kerels.'

Er klonk haat in haar stem door. De kamer, het nagloeien van de seks, alles was binnenstebuiten gekeerd. Dit moest eigenlijk wel over de avond tevoren gaan. Ik probeerde er vat op te krijgen. Bridget had Ann zeker gebeld. Ze wist waar ze werkte. Maar waarom vroeg Ann me er dan niet rechtstreeks naar? 'Moet je horen. Misschien ben ik wel een snob. Maar een mens kan ergere dingen zijn. Wil je nu echt beweren dat je in spoken gelooft?'

'Jij dan niet? Jij bent degene die bloederige vampierfilms schrijft.'

'Voor. Idioten.' Mijn stem klonk luid. Ik deed het licht aan. Ze zag er lelijk uit.

'Dat is nu precies jouw probleem, Tom, je denkt dat iedereen verder stom is.'

'Alleen als ze dat echt zijn! Heb je die zogenaamde waarnemingen ook echt gelezen? De geest van een beer? De glimlachende man met het rode haar? Er zit zelfs een spook bij van die monnik Rahere waar die chemoafdeling van je naar is vernoemd. Of,' er schoot me ineens een hele goeie te binnen, en ik boog naar haar toe en streek met een vinger over mijn hals, 'een klein mannetje met een doorgesneden keel?' Ik lachte. 'Mensen die denken dat ze pootafdrukken van kangoeroes in Hyde Park hebben gezien! De spookkangoeroe van Londen, ben je die de laatste tijd nog tegengekomen? Hoor je die nog weleens 's nachts rondspringen?'

'Weet je wat, krijg toch de tering.'

Binnen de kortste keren had ik mijn excuses aangeboden. Wanneer er kwetsende dingen werden gezegd wilden we altijd allebei zo snel mogelijk de lucht klaren, het speet ons altijd oprecht dat we de ander pijn hadden gedaan en geen van beiden hadden we ooit zin om te zitten mokken. Excuses en vergeving gingen ons makkelijk af, en daarna was de stemming altijd licht, zuiver, alsof er een raam was opengezet. Misschien dat we onze conflicten sneller opzijzetten dan we hadden moeten doen, omdat we ons maar al te bewust waren van de kloof tussen ons die te adembenemend diep was om erin te kijken. Dat is natuurlijk achteraf gezien, wat niet altijd de grootmoedigste lens is om een liefde door te bekijken. Het is aardiger om te zeggen dat we niet wrokkig waren, en niet kinderachtig; natuurlijk waren we feilbaar, maar over het geheel genomen waren we zachtmoedig.

De champagnefles was leeg. Zwijgend kleedden we ons aan en we gingen naar beneden. Joost mag weten waar ik het over had, alsof er niets aan de hand was, ik maakte eten klaar en gedroeg me over het geheel genomen engelachtig ('overheersend' roept mijn schuldbewuste huidige ik uit, 'met opzet blind en overheersend'); we keken even naar *Newsnight* en daarna ging ik naar bed.

Ik was bijna in slaap toen ik Ann naast me in bed voelde schuiven. In dit stadium van de zwangerschap had ze er een gewoonte van gemaakt om in een burcht van kussens te slapen: onder de bult, tussen haar knieën, onder haar enkels – het was alsof ik in bed lag met het michelinmannetje, en het was ongeveer even opwindend. Ik hoorde de kussens een voor een zachtjes op de grond ploffen. Anns lichaam voelde zijdezacht en rijk gewelfd aan zonder de angstaanjagende aanblik van haar opgezwollen buik. Haar dijen waren sappiger dan eerst. Ik krabbelde met mijn nagels over de achterkant van haar kuiten. Ze had een bh aan, zo'n beugelgeval dat haar borsten omhoogduwde tot een stevige portie porno. Ik trok eraan zodat ze over de rand van de cups heen vielen, wreef met mijn duimen langs de tepels die zo zijdezacht als water waren, eerst licht maar steeds steviger tot ze een geluidje maakte. In het pikkedonker van onze kamer neukten we traag. Ik beet in haar oorlel. Zij stopte mijn vingers in haar mond.

Toen ik de volgende ochtend onder de douche vandaan kwam stond ze in een bleekgouden slip in de stoom de vlekkerige vingerafdrukken op haar borst en dijen en de rode vlekken op haar knokige knieën te controleren. Ik kuste de zijkant van haar keel. Als ik daar voor eeuwig had kunnen blijven staan had ik dat gedaan, met mijn mond tegen de vochtige huid, de zuivere lijn van haar sleutelbeen, haar haren die over me heen vielen en me beschermden. Allerlei geheimen had ik kunnen fluisteren tegen die dappere, fijngevormde zuil van haar hals. Anns hartslag bonsde.

'Ik hou van je,' zei ik.

We keken elkaar aan door een patrijspoort die ik in de spiegel had gewreven; ze begon haar haren te borstelen, als een zeemeermin, een sirene uit een andere wereld.

'Bruut,' zei ze met enige voldoening.

'Talentloze bruut,' bracht ik haar in herinnering.

Ze lachte. 'Inderdaad. Al ben je niet slecht in bed.'

'Pas maar op, zolang je die borstel nog in je hand hebt.'

'Smeer 'm.' Ze duwde me weg. Ik liet de deur op een kier staan en installeerde me op de trap omdat ik niet te ver bij haar vandaan wilde zijn. 'O god, ik ben te oud om een kind te krijgen,' kreunde Ann vanuit de badkamer met zo'n stem die half in zichzelf en half tegen mij praatte, zoals getrouwde stellen dat doen. Zonder door de kier te gluren kon ik aan die stem horen dat ze haar grijze haren met een pincet aan het uittrekken was. Die waren er nauwelijks – het was doodgewoon een ijdele onderneming die alleen voor Ann van belang was. Ik hield van die stem, ik vond het heerlijk om Anns diepst weggestopte gedachten naar de oppervlakte te horen borrelen, een lint van intieme woorden dat op de stoom in de badkamer haar mond uit zweefde en door de deur naar mij, naar de plek waar ik zo opportunistisch zat, zogenaamd om op mijn beurt te wachten om mijn tanden te poetsen maar in werkelijkheid om van dit moment te genieten.

We moesten er allemaal hoognodig eens uit. Ik had de kladversie van het vampierscenario afgemaakt en aan Rosemary doorgestuurd. Na de laatste loodjes van het herschrijven snakte ik naar een verzetje, wat zeelucht. Het ging erg slecht tussen Tonia en Andy. Dat wist ik niet uit gesprekken met Andy maar van Ann. Om maar eens een afschuwelijke uitdrukking te gebruiken: het emotionele huishoudelijke werk werd in ons vriendenclubje vrijwel uitsluitend door de vrouwen verricht. Andy – van wie ik wist dat hij op zijn werk onder grote druk stond – en ik hadden met een stel van zijn oude studievrienden afgesproken om een potje te voetballen. Het was een manier om wat van de spanning kwijt te raken; Ann en ik konden tenslotte niet elke avond zulke hete seks hebben. Vroeger natuurlijk wel, zegt hij tussen nat gehoest door, maar de zwangerschap was een handig excuus. Terwijl Andy en ik met brandende keel over de harde wintergrond van een sportterrein in Zuid-Londen denderden, waren onze vrouwen bezig om de Augiasstallen achter ons uit te mesten. Wij mannen hadden onze handen vrij – om onze verslaving aan wijn te verbergen achter de pretentie dat we kenners waren, om te proberen op de hoogte te blijven van nieuwe muziek, om te kibbelen over buitenlands en niet over huishoudelijk beleid, en om een balletje te trappen. Alleen hadden alle oude studievrienden inmiddels ook een gezin, en Andy voelde er niets voor om achteraf te blijven hangen terwijl zij trots nog even wat balletjes heen en weer schopten met hun kinderen. Wij waren degenen die als eersten afdropen, langs hun echtgenotes, die gemengde boodschappen afgaven in de vorm van gestreken blouses ('bid met mij') en hun spijkerbroek in laarzen gepropt ('bid voor mij') die net met de afstandsbediening hun asobak op slot bliepten. Zelfs van voetbal werd Andy's stemming niet beter.

Dit tripje was vanaf het begin anders dan anders. Vroeger scoorden we een paar goedkope vluchten naar Pisa, Barcelona of Malmö, we huurden een auto en stoven over verlaten continentale snelwegen naar onze gehuurde villa met zwembad als het zomer was of naar ons designhotel als het geen zomer was. Maar in deze lange, zwangere winter huurden we een cottage in Cornwall. De meisjes hadden de touwtjes in handen en Ann was tot de slotsom gekomen dat ze met al haar dikte er niet tegen was opgewassen om tussen de herkauwers in de toeristenklasse te reizen. We kwamen laat op een vrijdagavond aan, ieder in zijn eigen auto. Arme Andy had nog een gesprek met het hoofd van de school waar hij niet onderuit kon, dus zij vertrokken laat uit Londen. Aan Ann en mij de eer om het oude stenen huis te verwarmen, kaarsen aan te steken, de open haard aan te doen, flessen wijn open te trekken, allemaal dingen die ze heerlijk vond om te doen en waar ze goed in was. Toen ze het licht in de keuken aandeed, flitste het even fel op en doofde toen voorgoed. Bij de standvastige cirkel licht van haar zaklantaarn vond Ann een reservelamp, en de hoofdschakelaar, ze schakelde de elektriciteit uit, maakte de wankele keukenstoel stabiel met een stukje krantenpapier, klom erop, verving de rammelende, zwartgeblakerde gloeilamp door de nieuwe en verschafte ons licht. Natuurlijk was ik niet zo'n knuppel dat ik naar dat hele gebeuren had staan kijken – ik was pissebedden van het brandhout aan het afschudden geweest voordat ik het mee naar binnen nam – maar ik zag de stoel onder de gloeilamp staan en bedacht dit alles helemaal op eigen houtje dankzij mijn briljante vermogen tot combineren en deduceren. Of anders was ze van plan om zich te verhangen aan de fitting en die zag er niet uit alsof hij opgewassen zou zijn tegen haar recentelijk toegenomen gewicht. Ach, dat is een nieuwe: galgenhumor. Ik kan grapjes maken over de dood van Ann. Geen leuke grapjes – maar dat zou ook te veel gevraagd zijn. Misschien is dat een van de stadia van verdriet die Kübler-Ross is ontgaan. Misschien gaat het wel als volgt in zijn werk: woede, ontkenning, marchanderen, wansmaak.

Aan de binnenkant waren de muren van de cottage crème-kleurig geschilderd over de bakstenen, en in de woonkamer zette het weerkaatsende kaarslicht Ann in poelen warm geel. Ik knutselde wat met de oeroude stereo en keek om de paar seconden op om haar op die nieuwe, galjoenachtige manier van haar door de kamer te zien bewegen, en zoals ze op een onhandig statige manier op zoek naar beddengoed over een sofa gebogen stond. Dat toekijken bezorgde me een genoegen dat door mijn hele lichaam resoneerde, als de vibraties van een koperen klok. Mijn vrouw.

Het was bij ons traditie dat degene die het laatst arriveerde uit de slaapkamers mocht kiezen. Samen maakten Ann en ik de bedden op, en intussen praatte zij me bij over de problemen tussen Tonia en Andy – wat hoofdzakelijk neerkwam op Tonia's vermoeden dat Andy iemand anders had, een lerares van school, en zijn steeds verontwaardigder ontkenningen.

'Kun jij het hem niet eens vragen?' vroeg ze. Licht hijgend wreef ze over haar onderrug, terwijl ik de kussens op het bed in de zolderkamer gooide.

'Het is hier stoffig,' zei ik. 'Krijg je geen last van astma?'

'Misschien stof uit de schoorsteen. Maar wil je dat doen, Tom? Tonia zou je heel dankbaar zijn.'

'Eigenlijk niet, nee.' Ik legde uit dat het hoogstonwaarschijnlijk was dat Andy mij iets zou toevertrouwen dat hij tegenover zijn vrouw ontkende. Hij zou waarschijnlijk des duivels zijn. Ik begreep absoluut niet waarom Tonia nu juist op deze vakantie op een confrontatie wilde aansturen.

'Hoe meer zielen, hoe meer vreugd?'

De lichten van Andy's overjarige Saab zwaaiden langs de ramen over de knerpende helling op de oprit. Eerst het ene, toen het andere portier sloeg dicht. Ik volgde Ann, die voorzichtig de gladde, houten treden afliep.

'Hallo?' klonk Tonia's stem.

Zelfs op de overloop voelden we de koude avondlucht, en ik kreeg geen kans meer om antwoord te geven toen Ann fluisterde: 'Niet iedereen zit net zo in elkaar als jij, Tom. Soms willen mensen het gewoon weten.'

Naderhand leek het niet echt meer de moeite waard om haar nog verder op te jutten. De ruzies die we in ons huwelijk wensen te vermijden zijn doorslaggevend voor wat ons bijeenhoudt, maar nu zijn die overwinningen die we met zwijgen hebben bereikt kille, holle ijsgrotten geworden. Dus je hebt de vrede bewaard, geweldig, hoor. Gelukgewenst met al die clichés die je niet hebt opengelegd, de potten vol wormen, de sluisdeuren, de dozen waar Pandora nog aan heeft gemorreld. Je moet over een speciale vaardigheid beschikken om fluitend tegen de kastdeur te leunen terwijl daarbinnen het skelet met zijn onhandige, klepperende hand naar de deurknop uitsteekt en alles op alles zet om eruit te komen. Bij Ann in de buurt was het makkelijk om in het heden te leven, want zij wist het bestaan iets lichts te geven. In dat opzicht was ze uitgesproken Engels, vol aandacht voor de oppervlakte en tegenzin om de diepte in te gaan. Dat hele weekend lang stak haar charme duidelijk af tegen de gespannen beleefdheid tussen onze vrienden. Tonia en Andy waren het nergens over eens, om te beginnen over welke slaapkamer ze wilden hebben. De zolderkamer was de mooiste, maar daar waren twee eenpersoonsbedden in plaats van een tweepersoonsbed. Ann en ik waren van harte bereid ze tegen elkaar te schuiven, al maakte ik me wel zorgen over haar astma daarboven, maar we lieten de keuze aan hen. Als we het protocol omtrent de keuze van een kamer nu overtraden zou dat op de een of andere manier van gebrek aan respect getuigen tegenover het familiegevoel dat tussen ons vieren bestond, en Ann was echt niet van plan op haar strepen te gaan staan vanwege haar zwangerschap. Het ging maar heen en weer tussen Andy en Tonia, en elke idioot kon zien dat Andy op de twee eenpersoonsbedden aanstuurde terwijl Tonia vastbesloten was dat ze samen in het tweepersoonsbed gingen. Ann en ik deden net of we in de keuken op zoek naar wijnglazen waren. Elk stel was in zijn eigen ruimte tegen elkaar aan het sissen.

Wij maakten de volgende ochtend een ritje voordat de anderen wakker werden. Tonia had de slag met Andy gewonnen zodat wij in de eenpersoonsbedden op zolder hadden geslapen en Ann een beetje benauwd was. Het was bespottelijk dat ze het seksleven van haar vrienden boven haar eigen gezondheid stelde maar ze had erop gestaan hun kamerkeuze te steunen en nu waren we op weg naar St. Ives op zoek naar een apotheek die op zaterdagochtend open was. Geen van beiden hadden we moeite met de alledaagsheid van de onderneming. De avond tevoren hadden we de bedden tegen elkaar geduwd en hadden we ingestopt onder eenpersoonslakens in de volmaakte plattelandsduisternis als kuise kinderen elkaars hand vastgehouden. Merkwaardige kinderen, neem ik aan, zwanger en neurotisch, maar wel gelukkig. We lagen nog een poosje over onze vrienden te fluisteren. Door hun moeilijkheden voelden wij ons erg verbonden. Ann viel als eerste in slaap en ik lag te luisteren naar de oppervlakkige behoeftigheid van haar ademhaling, die nooit helemaal genoeg binnen haalde of naar buiten dreef. En nu zat ze naast me, met licht opgetrokken schouders van de astma en een bleek gezicht, terwijl we stapvoets door een zeemist reden die de wereld in het wit verpakt had. Die dag reden we het hele stuk over de Lizard en we zagen alleen het kleine stukje weg voor ons. St. Ives leverde een lange zoektocht naar een parkeerplaats op en daarna naar een apotheek die bereid was Anns verlopen recept voor Ventolin te accepteren, een zacht geworden vodje papier dat ze die ochtend op de bodem van haar handtas had gevonden.

Het was echt wat voor Ann om wel het recept bij zich te hebben maar niet het medicijn dat ze nodig had. De eigenaars van de 24-uurs apotheek waren niet zo achterdochtig als hun Londense collega's en hadden niet het idee dat een inhaler een geheimzinnig maar onontbeerlijk ingrediënt was om zelf thuis crystal meth te maken; ze overhandigden het toverapparaatje en Ann ging onmiddellijk open, ze kwam tot bloei als een papieren bloem die in water wordt gelegd. Er was een reusachtige menigte bij de Tate, dus we wandelden een tijdje rond in de Barbara Hepworth-tuin voordat we terugkeerden om de cottage te trotseren. Ik weet niet waar we het over hadden. Eigenlijk zijn maar weinig gesprekken makkelijk te herinneren, laat staan letterlijke uitspraken. Wanneer ik Ann op deze bladzijden woorden in de mond leg, zijn die natuurlijk bedacht en eenvoudig nog een manier om haar weer te laten spreken. Haar manier van praten, die kan ik trouw zijn, en af en toe een zin. Maar net als iedereen vroegen Ann en ik elkaar hoofdzakelijk om het zout aan te geven en wat we dan eigenlijk bedoelden was 'geef me even het zout aan'. Misschien hielden we in het Hepworth Museum tussen die donkere planten en gewelfde lijnen wel onze mond, alsof we nog steeds in die onzichtbare mist waren gehuld die ons verbond en al het andere verborg. Op de terugweg naar de cottage hing de echte mist nog steeds over de wegen. Hoog opgeschoten wilde bloemen prikten gaten in de slierten, optorenend uit de lage pollen lang gras die in duisternis gehuld bleven. We kwamen de avond door met een spelletje openingszinnen raden aan de hand van de voorraad oude pockets in de cottage. De volgende dag gingen we er na het ontbijt opnieuw op uit samen met Tonia en Andy, en we reden over dezelfde wegen die nu tot een andere planeet leken te behoren. Elk spoortje mist was verdwenen. Fel zonlicht bracht de groene en gele wereld tot vlak voor ons gezicht. Meteen rechts van ons was de verdwenen rotswand en daar voorbij strekte zich het strakke, opmerkelijk blauwgroene vlak van de zee uit tot aan de horizon.

Ann en ik gedroegen ons inmiddels als ouders of verzorgers, we maakten het eten klaar, bestierden de wijn, kwamen met voorstellen voor de laatste dag van onze trip. Het stilzwijgende begrip tussen ons vieren zoemde als de gouden streek van een viool, het was rustgevend en versterkend. En geheel in overeenstemming met de quantumtheorie over gelukkige relaties waren zij en ik nauw, haast telepathisch met elkaar verbonden, terwijl Andy en Tonia op de achterbank duizelingwekkend ver van elkaar verwijderd waren, elk in hun duistere privégedachtewereld. Misschien was het ook beter dat ze het niet probeerden te verbergen, geen toneel voor ons speelden – dat zou tamelijk ondraaglijk zijn geweest, met een strakke glimlach op hun uitgeholde schedels gepleisterd – maar toch betrapte ik mezelf er na uren meeleven op dat ik dacht: ga toch alsjeblieft ergens anders ongelukkig zitten zijn. Het was die dag betrokken en het leek net of Tonia dat had bewerkstelligd met haar blaffende gelach en haar afkeer van alles: de krab bij de lunch in Mousehole kwam uit blik, en natuurlijk zou ze mee naar Michael's Mount lopen als wij dat allemaal zo graag wilden, maar het zou absoluut gaan regenen, en wisten we dat Sally, een wederzijdse vriendin van ons, iets met een drugsdealer had en dat dat helemaal verkeerd voor haar zou aflopen, maar dat was nou weer typisch Sally, met haar neiging tot zelfvernietiging, blablabla. Op zijn minst had ze gelijk wat de regen aangaat, die plotseling en met donderend geweld vanuit de zee losbarstte alsof we besproeid werden door een hele reeks reusachtige golven. Ja, zei Ann tegen de soppende ruitenwissers terwijl ik omzichtig op zoek was naar de zoveelste parkeerplaats in de buurt van – ik heb geen idee welke plaats het was – en Andy zwijgend op de achterbank zat. Ja, Ann had het met Sally over die kerel gehad en ze had de indruk gekregen dat Sally erg verliefd was. Hoe kan dat nou, wilde Tonia weten, ze kent hem niet eens. Het is een drugsdealer. Uitschot. Ann had toch zeker wel tegen haar gezegd dat ze ermee moest stoppen?

'Nee,' zei Ann, 'het is niet aan mij om dat tegen haar te zeggen.'

'Wel waar, je bent haar vriendin.'

'Maar ze heeft me niet om advies gevraagd. Ze is gelukkig.'

'Het is geschift. Dat kan alleen maar slecht aflopen.'

In het wazige beeld van de straat tekende zich zwakjes een rood uithangbord met CAFÉ af. Als je je ogen toekneep kon je denken dat het er uitnodigend uitzag. Zodra ik op de rem trapte gooide Tonia het portier open naar de regen en ze stak huppelend de boulevard over. Ze huppelde echt, als een onbeschermd kind in de richting van de zeewering. Wij stelden ons op onder de door de regen gebeukte luifel van het café, weggedoken in onze lelijke oranje regenjassen terwijl zij met rondspringende zwarte pijpenkrullen over het natte zand heen en weer vloog.

'Sorry,' moest Andy boven de roffelende regen uit schreeuwen, al stonden we vlak naast hem.

'Ik ga wel even,' zei Ann.

We lieten het aan haar over om het nerveuze paard tot rust te praten (de vriendenfluisteraar: misschien kan ik dit wel omwerken tot een idee voor een komedie, ik moet Simon Wright eens bellen in LA) en spraken in de coffeeshop af. Toen ik ernaar vroeg zei Andy dat het wel goed ging maar dat hij er liever niet over praatte. Daar klaarde mijn stemming behoorlijk van op. We lazen de *Cornishman* van de dag ervoor: SCHANDAAL ROND BULGAARSE BOUWVAKKERS. Goed twintig minuten later kwam Ann doorweekt het café binnen om te zeggen dat Tonia en zij nog even langs de winkels wilden, met andere woorden: 'de zaak is nog niet voor elkaar', waar ik behoorlijk pissig van werd. En nog irritanter was Tonia's stemming toen ze een uur later terugkwamen met anonieme plastic tassen vol prullaria uit rotzooiwinkeltjes: haar tred was licht, haar wangen glansden, haar stem klonk zo zorgeloos dat je er hels van werd. Ze had mijn vrouw gejat en ze droeg Anns loyaliteit als een trofee. Tering. Mij best. Ik kwam overeind.

'Zijn we zover? Kom mee.'

'O, wij wilden net even iets te eten en te drinken nemen.'

'Kun je niet even een sandwich kopen? Ik wil hier weg.'

Maar Tonia stond al bij de bar een cappuccino te bestellen. Ann deed haar best, Andy deed zijn best, er werden pogingen tot grapjes van stal gehaald en onbedoeld neerbuigende vragen aan me gesteld ('En, hoe staat het met het werk?' Dat was Andy. 'Weet je zeker dat ik niet even op de kaart moet kijken?' Ann) maar de middag was al bedorven.

Andy bood aan om terug te rijden. Er was er maar een van ons die praatte – Tonia, over een nieuwe cd waarmee ze beloofde ons later die avond lastig te vallen. Er kwam helemaal geen 'later die avond', besloot ik. Niet dat ik van plan was over de rooie te gaan, ons allemaal de verdoemenis in te jagen en de rekening voor het schoonmaken van de cottage onbetaald te laten. Ik was alleen maar van plan om er met Ann vandoor te gaan. Er met Ann vandoor gaan was de leukste kant van mijn leven. Ik weet maar al te goed wat het is om op een rotspunt te staan en in die draaikolk van zelfmedelijden omlaag te kijken. Mijn tenen hebben zich vastgegrepen aan de verkruimelende aarde, de eenzaamheid die me kromtrok, mijn armen wiekend om overeind te blijven, op de rand te blijven staan en alleen maar toe te kijken hoe die ene losse steen het zuigende water in tuimelt, en te zien hoe snel die uit het zicht verdwijnt. Een mens moet zich verzetten tegen zelfmedelijden, niet uit zelfbeheersing maar uit zelfbehoud. Vlug, zei ik in die eerste opengereten maanden na Anns dood, vlug aan iemand denken die er slechter aan toe is dan jij – denk maar aan Alan Tranter die zenuwachtig lacht zodat je hem aardig vindt terwijl hij intussen achter je rug elke cent die hij maar kan wegsluist, zelfs als hij op het punt staat om het schip te verlaten. Dat wanhopige 'vind me alsjeblieft aardig'-haar van hem. Die penisauto. En denk eens aan Bridget, zonder kind om haar gek te maken, al die lege weekenden om in te vullen. En denk in godsvredesnaam niet aan je ouders die het allemaal zo meezit dat ze in hun vijfenveertigjarige huwelijk nooit iets ergers hebben meegemaakt dan af en toe een galsteen en een opspelende prostaat (die van pa, voor alle duidelijkheid). Of aan al die vrienden die nog steeds elkaar hebben en niet dat zwarte merkteken dragen van de bodemloze put, dat angstaanjagend onkenbare stigma van het verlies. Straks word je nog zo'n treurige held uit een tranentrekker die rond Kerstmis in zijn eentje over straat loopt, met overal om hem heen mistletoe-stellen en kind-op-deschoudergezinnetjes die blozend voorbij huppelen totdat je op een bank in het park een diepgaand gesprek hebt met een wijze, kromgetrokken oude dakloze waarna je je leven betert en de ware liefde vindt bij het winkelmeisje dat je twintig minuten filmtijd daarvoor nog als oud vuil hebt behandeld. Alsjeblieft Tom, zou ik zeggen terwijl ik in mijn voor het huis geparkeerde auto zit te janken met Arlo verbijsterd in zijn babyzitje op de achterbank, waar je al helemaal niet aan moet denken is dat soort slechte kassuccessen, want het enige wat je daarmee opschiet is dat ze je eraan helpen herinneren dat je die penisautobezitter zelfs niet eens ooit een slecht, niet-geslaagd scenario hebt geleverd en bovendien weet je zelf ook wel dat alles slecht lijkt als je zelf aan iets bezig bent. Je oordeelt alleen maar zo hard omdat je je vrouw kwijt bent. Je oordeelt alleen maar zo hard omdat je net als Tonia die keer in het zand en de storm bestólen bent en het enige wat je rest is die blaffende lach van je en je haat.

Andy zat achter het stuur. Ongetwijfeld dankzij het feit dat hij zich vast had voorgenomen om een fles pinot noir weg te klokken zodra we de cottage hadden bereikt herinnerde hij zich dat we de avond daarvoor alle wijn hadden opgedronken, dus hij maakte een omweg langs het rijtje winkels aan de boulevard, waar we een drankwinkel hadden gezien. Op het moment dat hij aangaf dat hij een schuine parkeerplaats in wilde rijden zag ik in mijn ooghoek even een geel knipperlicht flitsen en een claxon slaakte een klacht.

'Volgens mij heb je de plek van die kerel ingepikt.'

'Weet je wat?' zei hij. 'Verdomd jammer dan.'

Andy lepelde dat achteraf allemaal weer voor ons op, al kon hij zich toen alleen nog de ogenblikken tot aan de aanval duidelijk herinneren, voordat de gaten zich in zijn hoofd openden als bladzijden vol zwarte inkt. Het was een poging om de paraplu open te krijgen; het handvat sidderde onder de plenzende regen. De wereld tussen de auto en de drankwinkel was doordrenkt van grijs. Hij sloeg het portier achter zich dicht en wij waren opnieuw omgeven met stilte. Andy zag niets in de regen. Plotseling werd zijn linkerhand uit zijn achterzak gerukt – het geld voor de wijn vloog uit zijn vingers – en met een misselijkmakende draaiing werd zijn arm omhooggewrongen naar zijn schouderbladen. De arm met de paraplu sloeg naar de niet-aflatende vochtige lucht achter hem terwijl hij in een diep portaal naast de winkel werd geduwd, vervolgens werd het handvat met gemak uit zijn hand getrokken en de paraplu werd weggeschopt. Hij voelde de lichte aanraking van nylon, toen de druk tegen zijn achterhoofd, en hij bonkte met zijn gezicht tegen de ruwe betonnen muur.

Wij zaten in de auto omgeven door de kletterende regen, maar Ann zag de paraplu over straat wegtollen. Toen ze haar portier opende om hem terug te halen hoorde ze Andy. Tegelij-

kertijd zagen we allemaal de witte proletenkar op een parkeerplek staan met de portieren wijdopen. Toen we bij Andy kwamen, hield hij zijn armen over zijn gezicht geslagen. Een vrouw
krijste de naam Gary en stond aan de arm van Andy's belager
te rukken. Gary was kaal en zijn hals zat onder de tatoeages van
spinnenwebben. De regen spatte van zijn schedel en zijn door-
weekte nylon jack zat tegen zijn hijgende borstkas geplakt. Hij
spuugde naar Andy, wat veruit het ergste van het hele gedoe
was. Andy kwam in beweging. Ik kromp ineen. Hij haalde zijn
hand van zijn voorhoofd en bekeek de spikkels gruis en bloed
op zijn handpalm. Gary keek langzaam om zich heen naar de
rest – zijn blik bleef rusten op Tonia die op Andy was afgerend
en nu zijn gezicht vasthield – en hij zei iets wat ik niet verstond.
Haar adem stokte. Een stem die ik nog nooit had gehoord
ontplofte in mijn oren, een rauwe, scherpe stem die obsceniteten
ten schreeuwde. Ann. Met een vacuüm gezogen gezicht naar de
onbekenden gericht en witte vlekken op haar lippen stond ze
te gillen. Gary's vrouw klemde zich aan hem vast, met op haar
gezicht geplakte blonde rattenstaarten in de regen, ze schreeuwde naar Ann, en ergens ver weg zei Andy: 'Het gaat godverdomme maar over een parkeerplaats, klootzak, ben je gestoord
of zo?' Tonia had de politie aan de telefoon – ze stond naar Gary
te zwaaien met het mobieltje alsof ze ermee kon toveren – maar
het was duidelijk dat Gary inderdaad een gestoorde klootzak
was en dat het geen zin had de sterke arm van de wet erbij te
halen. De blonde griet kwam dichterbij en stak haar magere
smoeltje vlak voor Anns gezicht. 'Ze is in verwachting,' zei ik
op het punt om in te grijpen, maar de blonde griet hapte naar
adem alsof ze op het punt stond te gaan kotsen. Ann had haar
een harde stoot tegen haar borstkas verkocht. De vrouw
haalde met een in een klauw getrokken hand naar Ann uit. Ik
kreeg haar pols te pakken op het moment dat zij Anns haar
vastgreep en Anns hoofd en mijn arm mee omlaag naar de
grond trok.

Ann had haar gestompt. Tegen haar borst. Er lag een scherp

luchtje over de alcohol uitwasemende huid en de weeë parfum-geur van de vrouw. Haar hand zat muurvast rond een bos van Anns haar. Andy en Gary zeiden heel hard en heel langzaam dingen tegen elkaar. Ik peuterde aan de paars verkleurde ijskoude vingers. Ik kreeg kokhalsneigingen van de hagedisachtige aanra-king en de gescheurde velletjes rond haar nagels. In een zacht uitgesproken Australische litanie schold Ann de vrouw de huid vol – krijg de tering kutwijf smerig stuk vreten stinkhoer – en ik dacht de hele tijd: we moeten van dat wijf zien af te komen zonder nog meer Gary, nog meer nylon-joggingpakkenpijn over ons af te roepen. We zouden een mes tussen onze ribben krijgen. Ons kind zou worden neergestoken, geschopt, ver-wond.

Ann draaide haar hals en beet hard in de pols van de vrouw. 'Godverdomme,' en de blonde liet haar los, rende met haar onderarm vastgeklemd terug naar Gary. Nu hing het allemaal af van wat hij deed. De vrouw stapte aan de passagierskant in en schreeuwde van achter de voorruit naar Gary. Hij draaide zich om om naar haar te kijken en toen weer terug. Hij stond nog steeds tussen ons en de weg in, tussen ons en onze auto.

'Ik heb de politie gebeld,' zei Tonia. 'Ze zijn op weg hier-heen.'

Kom alsjeblieft niet nog eens achter ons aan, dacht ik. Heb alsjeblieft geen mes.

'Je bent een stomme klootzak,' zei Gary tegen Andy, en vervolgens tegen ons allemaal: 'Ik word strontmisselijk van ty-pes als jullie.' En onder het wegrijden stak hij zijn middelvinger naar ons op.

'Bloedde ze?' vroeg ik Ann. 'Heb je haar huid kapotgebe-ten?'

Ze draaide haar hoofd om en spuugde op de grond. Ik wendde me af. 'Volgens mij niet,' zei ze.

De gruwelijke stank hing er nog steeds.

Tonia zei: 'Ik zag dat hij op het punt stond die parkeerplek op te draaien.' Een zin die als een blok beton op de grond plofte.

'Ik ook,' zei Andy. 'Het spijt me.'

Ann trok me opzij. 'Ik wil niet naar de politie,' zei ze.

Ik evenmin, maar het zag ernaar uit dat we dat even moesten doorstaan. 'Waarom niet?'

Ze barstte in tranen uit en keek omlaag. 'Ik heb in mijn broek geplast,' zei ze.

Volgens de agenten kon ik Ann niet naar huis brengen voordat we op het bureau een verklaring hadden afgelegd. Andy wilde rijden maar zijn hand trilde zo erg dat hij het sleuteltje niet in het contact kon krijgen. Ann zat achterin op haar windjack, met haar hoofd in haar handen. 'Het valt allemaal best mee,' zei Tonia. Ik concentreerde me op het volgen van de politiewagen naar het plaatselijke ziekenhuisje, waar Andy meteen aan de beurt was. Ann zocht een wc op en maakte zich zo goed mogelijk schoon. We gingen in een beige gang op kantoorstoelen zitten wachten. De agenten keken ongemakkelijk, zoals ze dat altijd doen buiten het politiebureau, alsof ze de uniformen die ze aanhadden van hun grote broers hadden gejat en elk moment verwachtten dat ze zouden worden betrapt.

Het verslag over de aanval was nogal basaal. Andy, met een witte rechthoekige pleister op zijn geschaafde voorhoofd, liet weten dat Gary een spijkerbroek had aangehad.

'Ik weet bijna zeker dat het een trainingsbroek was,' zei ik. Even viel er een ongemakkelijke stilte, waarin Andy naar zijn verbonden hand keek.

'Ja,' zei Ann, 'een lichtblauw trainingspak.'

We konden het maar niet eens worden over de details. Volgens Tonia had de vriendin bruin haar, terwijl het overduidelijk blond was geweest maar alleen donker geworden van de regen. Hadden ze in een Citroën AX gezeten? Nee, het was een Ford geweest, misschien een Laser. Het was een witte auto geweest, een driedeurs. Of niet. Misschien een vijfdeurs. Tonia had het nummer genoteerd; in elk geval één ding stond vast. Ze waren bereid Andy te laten gaan als hij beloofde dat hij naar het bureau zou komen als ze hem nodig hadden om de man te identificeren. Terwijl zijn collega nog even de formulieren doornam zei de oudere van de twee agenten dat dat hoogst onwaarschijnlijk was.

We kregen van een verpleegkundige te horen dat we naar huis konden. 'En jij dan?' vroeg ik Ann. 'We moeten jou ook laten nakijken.'

'Neem me niet kwalijk,' zei de verpleegkundige, 'is er nog een patiënt?'

'Nee hoor,' zei Ann, 'het gaat best.' En tegen mij: 'Kom mee, ik wil hier weg.'

In de zolderkamer ging ik op de rand van het bed zitten terwijl Ann fris gedoucht en omgekleed haar tanden poetste bij het wastafeltje.

'Weet je zeker dat je dat mens d'r huid niet kapot hebt gebeten,' vroeg ik, 'want anders ... weet je wel.'

'Nee.' Ann lachte zacht. 'Er is heel wat voor nodig om iemands huid open te bijten.'

Ik aarzelde. 'Je zag eruit alsof je daar alles van wist.'

'Het spijt me. Ik ging over de rooie.'

'Je hebt me de stuipen op het lijf gejaagd.'

'Mezelf ook.' Met een pas verworven gewoontegebaar streek ze langs de zijkanten van haar buik. 'Het zal wel van de zwangerschap komen.'

'Ja.'

Toen ze klaar was bij de wastafel kwam ze naast me zitten en ze pakte mijn hand. 'Gaat het wel?'

'En met jou?'

Andy zat als een beeldhouwwerk in de leunstoel en Tonia op de sofa aan de overkant van de kamer. Zodra wij binnenkwamen zwaaide ze haar benen ervan af en trok Ann naast zich. Ik schonk voor iedereen een glas wijn in.

'Heb ik dat in gang gezet,' vroeg Andy, 'door wat ik deed?'

'Nee,' zei Ann. 'Dat soort geweld is nooit gerechtvaardigd. Zo moet je niet over hem denken.'

'Hoe niet?'

'Als iemand die net als jij is. Iemand die redelijk zou kunnen zijn.'

'Ik voel me niet erg redelijk.'

'Je hoorde hoe hij mij noemde,' zei Tonia.

'Hoe noemde hij je dan?' Ik had het gemist.

Niemand wilde het zeggen.

'Laat ook maar zitten,' zei ik.

Na verloop van tijd was de kamer donker. Ann stond op om de gele lamp aan te doen. Ik maakte pasta klaar. Toen we de schalen in de keuken aan het schoon schrapen waren fluisterde ik tegen Ann: 'Zou je het erg vinden om vanavond naar Londen terug te gaan?'

'Ik wil niets liever. Maar de anderen dan?'

'Laten we eens horen wat Andy wil.' Er was een soort sterke stroming die me van die plek vandaan wilde trekken en het kostte de grootste moeite om die te weerstaan. Net als Ann in het ziekenhuis wilde ik er alleen maar weg.

De anderen hadden de stoffige oude tv van achter de sofa opgedoken en zaten nu naar een nieuwe comedy te kijken. Wij stortten ons er ook in; niemand had het nog over het tv-verbod dat ook een van onze vakantieregels was. Op het groenige schermpje zeiden mensen de vreslijkste dingen over elkaar. Ann greep mijn arm vast en lachte net zo lang tot er alleen nog een kort, hoog gejammer uit haar kwam en de tranen over haar wangen rolden. In de reclameblokken kwamen er langzaamaan weer een normaal gesprek en een vriendelijke toon binnen gesijpeld. 'O god, Andy toch,' zei Tonia, 'arme schat van me.' Ze gleed van de sofa en ging tegen zijn knieën aan geleund op de grond zitten. Daarna konden we veilig vertrekken.

Het grootste deel van de thuisreis lag Ann te slapen, aan alle kanten omgeven door haar vreemd gevormde kussens. Ik wist dat we rechtstreeks naar de afdeling spoedeisende hulp in Homerton moesten om haar bloed te laten testen, en misschien een tetanusprik, als zwangere vrouwen al een tetanusprik mochten krijgen. Ik had de vrouw in de gaten gehouden, en

Gary, maar niet Ann – misschien had ze haar mond afgeveegd, misschien hadden er wel rode strepen in haar speeksel gezeten. Waarom waren we al niet bij een arts geweest? Waar kon ze op getest worden? Hallo, mijn vrouw heeft iemand gebeten, kunt u haar misschien op hondsdolheid testen? Ann had in haar broek gepiest en iemand gebéten, ze had haar tanden ontbloot, haar mond op dat walgelijke mens gezet en gebeten. Dat, en het gemak waarmee ze haar de huid had volgescholden, die stem die uit haar was gekomen alsof die daar altijd op de loer had gelegen. Mijn rug deed pijn van het autorijden, er zat schuurpapier achter mijn ogen. De enige cd die we in de auto hadden was *Blood on the Tracks*, die me zwaar de strot uit kwam, maar die ik toch op de herhaalstand liet staan. *'If you see her, say hello …'* Ik passeerde de eerste bordjes waarop stond aangegeven hoever het nog te gaan was naar Londen. Rode achterlichten schenen wazig door de regen. We reden onder de hoge lantaarns langs de snelweg terwijl de wielen over de weg klikten om met de gestage voortgang van een metronoom de afstand te markeren. Dylan zong. We hadden hem zien optreden in de Brixton Academy, voordat Ann zwanger was, een eeuwigheid geleden. We stonden helemaal achterin, samen met Andy en Tonia, en we probeerden het niet erg te vinden dat we de teksten niet verstonden. Volgens mij vond Ann het ook echt niet erg, ze was er voor de sfeer, om in zijn aanwezigheid te zijn. Maar bij Dylan ging het om de teksten, en zonder dat voelde ik me belazerd, met mijn vermoeide benen en het slechte bier in een tent vol kerels met leren vesten die eruitzagen of ze zo uit de gevangenis kwamen. Met een schok werd ik wakker terwijl ik over de strepen tussen de banen zwierde … de echo van een claxon nagalmend in de nacht. Vliegensvlug trok ik de auto weer recht. Toeterend zoefde aan mijn linkerkant een dikke wagen voorbij. Ann schoot wakker.

'Wat is er aan de hand?'

'Neem me niet kwalijk.'

'Jezus, Tom.'

'Sorry, sorry, ik kon even het beeld niet scherp krijgen.'

'Was je in slaap gevallen?'

De adrenaline spoot door me heen. Lichten flikkerden en brandden, flikkerden en brandden, je kon hier niet van de snelweg af, en ik had ons bijna te pletter gereden. Het was een wonder dat de auto nog steeds onbeschadigd voortreed, dat we niet honderd meter terug in een verwrongen massa rook en vlees zaten. Half en half geloofde ik ook dat dat wel zo was. Je kon hier onmogelijk langzamer gaan rijden of stoppen, terwijl ik niets liever wilde dan de auto langs de weg desnoods in een greppel parkeren, dat gruwelijke, trillende ding uitschakelen, mijn veiligheidsriem afdoen en de ijzige nacht in lopen. Maar in plaats van die vrijheid te hebben zaten we gevangen in de auto, en het enige wat ons van de dood scheidde was die breekbare cirkel tussen het stuur en mijn vermogen om het onder controle te houden. Er zat niets anders op dan door te gaan, te vertrouwen op mijn flinterdunne vermogen om ons op het rechte pad te houden, niet tegen de vangrail te schieten, niet op te geven.

'Daar is een parkeerhaven. Ga nou maar aan de kant.'

Ik zwenkte de parkeerplaats op. Mijn handen trilden. Ann boog over de stoelleuning, haalde onze jassen en een reisdeken naar voren, en legde die over ons heen. 'Even vijf minuten pitten,' zei ze. 'Meer heb je niet nodig.' Het viel niet mee om me een beetje comfortabel te installeren, maar het was een genot om niet te rijden. Ann dook weg achter het geopende portier aan haar kant om even snel en beschaamd in het donker op het grind te plassen. Misschien dat ik er normaal niet mee had gezeten. De geur van haar urine besmette de avondlucht. 'Doe gauw de deur dicht,' zei ik, 'het is stervenskoud.' Ik had geen idee wanneer ik er weer zin in zou hebben om Ann te kussen. Dan zou ze toch eerst haar mond moeten uitspoelen. Ik sloot me voor dat alles af en liet me meevoeren door de willekeurige beelden van de slaap. We grepen elkaars handen en lieten met gesloten ogen onze hoofden tegen elkaar rusten. Het was alsof we in een vliegtuig zaten op een intercontinentale vlucht.

R.O.M.V. 05.07

Een aluminium deurlijst voelt scherp tegen haar
bovenarm als ze ertegenaan leunt, en tegen haar
rug de lichte druk van een scharnierende
hordeur. Deze hut lijkt op die van haar maar de
persoon die voor haar staat is niet Tom, maar
een jonge vrouw wier gladde lichaam Ann heeft
bekeken toen ze teer in haar bikini over het
strand liep. Het meisje houdt een sarong tegen
haar naakte lichaam geklemd. Ze is kwaad. 'U
bent in de verkeerde kamer.'

'Het spijt me.' Ann snuift en veegt haar neus
af met een opwaartse beweging van haar hand.
Ze is al een paar minuten aan het huilen. 'Ik ga
weer.'

Dit is al de tweede bure die ze heeft
geprobeerd. In de vorige zaten de ouders van het
meisje. Op het pad tussen de twee hutten prikten
schelpen in haar blote voeten.

'Wie is daar?' Vincent Desjardin komt met een
handdoek rond zijn glibberige, haarloze lichaam
de slaapkamer uit. Hij kijkt kwaad naar Ann. 'Jij
zit in de volgende bure aan de rechterkant.'

'Dank je.'

In haar badkamer gooit ze water in haar open
mond en spuugt het weer uit, ze spuugt het uit
in de wastafel. Haar aderen zijn ontdaan van
alle bloed, haar lichaam trilt. Wanneer ze
beweegt regent er zand van haar af.

De boekenplanken in de flat in Camden. Tom
is niet thuis. Ann staat bewegingloos. De stem
van een man. Onzinwoorden. Ze is bang dat zij
degene is geweest die ze heeft uitgesproken.
Grist haar sleutels van de haak en rent de steile
trap af, haar hakken glippen weg over het tapijt,

naar buiten, de warme, van uitlaatgassen vervulde straat op, vuildeeltjes die haar huid bedekken, troost ontleend aan onbekende gezichten.

Ze drukt de machine omlaag over de mal van een gezicht.

Ze ligt in Fiji onder het muskietennet en tegelijkertijd op het dunne aluminium bed in de mouldroom. H. legt de repen gips op haar bovenarm, haar kanker. 'Dit voelt een beetje koud aan.' Dat zei iemand anders.

Misschien heeft Ann dit gedroomd. Of ik. Toen ik op de parkeerhaven wakker werd was het één uur 's nachts, en Ann lag met haar mond open zacht te snurken. Ik draaide de aanzienlijk legere snelweg op en reed ons terug naar Londen terwijl zij doorsliep. Ze zweefde langzaam het pad op met haar ogen nog bijna gesloten, terwijl ik eindelijk de sleutel omdraaide in onze voordeur met zijn prachtige blutsen en bladderende verf en smerige deurklopper. Ik had haast de wolvenkop gekust. We schopten de nieuwe rekeningen opzij, sjouwden onze weekendtassen naar de slaapkamer, zetten de radiators hoger en schoven tussen onze gezegende lakens. Ann zakte al gauw weer in slaap. Ik stapte het bed uit om de berichten op het antwoordapparaat af te luisteren. Niets van Rosemary. Dan was ze zeker de stad uit, dacht ik.

De baby was inmiddels erg actief. Ann vond het heerlijk om hem in haar te voelen duwen, een voetje dat over de voorkant van haar buik rolde, de dromerige snelheid waarmee hij rondtolde. Als ze de bult vasthield rezen en daalden kleine, trage uitbarstingen onder de oppervlakte tegen haar handen aan, alsof de baby haar aanraking voelde en in die richting trapte. Haar huid brandde van het rekken totdat ze de speciale olie begon te gebruiken die Kate haar had gegeven en die vetvlekken op de lakens achterliet. Hij was niet geparfumeerd; het volkomen ontbreken van een geur gaf de substantie iets grijs. 's Ochtends en 's avonds wreef ze zich ermee in na haar baden die allengs langer gingen duren. Wat had haar eigen moeder gevoeld, vroeg ze zich hardop af, toen die, zo veel jonger dan zij nu, van háár in verwachting was? Het bad was de plek waar ze huilde. Ze probeerde me de angst te beschrijven die ze voelde omdat ze dit blindelings moest doen. Tranen spatten in het badwater, de wereld verdronk, ik spoelde haar haren uit met de beker en zei dat alles in orde zou komen. Ze had het over verzwolgen worden – niet omdat ze zichzelf kwijtraakte maar door de alles verzwelgende golf liefde die nu al over haar heen sloeg, terwijl de baby nog maar een ontluikend idee was. Ze werd gewaarschuwd in boeken en door de doemdenkende receptioniste op haar werk, dat er van alles kon gebeuren, en dat ze bij de dag moest leven. Maar Ann wist dat dit kind volmaakt zou worden, dat hij gaaf, volmaakt en levend zou arriveren. Stoom deinde door de badkamer en vergleed tegen de muren tot een laagje vocht. Er werd gewaarschuwd tegen al te warme baden, maar Ann kon de verleiding niet weerstaan. Ze hield van de tintelingen die het water haar bezorgde, het gevoel dat de drukkende warmte haar gaf alsof ze omhelsd werd. Ze klauterde eruit naar de handdoek die ik voor haar ontvouwde, en daarna omhelsde ik haar.

Kate was twee keer thuis bevallen. Ik vond dat een godvergeten stom plan en tot mijn opluchting vond Ann dat ook. 'Ik zit toch al de hele tijd in een ziekenhuis,' zei ze, 'die paar dagen extra kunnen er nog wel bij.'

De zaterdag na Cornwall gingen we op pad naar de babyafdeling van een gigantisch warenhuis ten westen van ons om ons een weg te banen door de verwarrende massa draagmanden en buggy's. Voor het eerst raakte Ann, die tot dan toe zo welgemoed had geleken ondanks al onze financiële perikelen, pas echt in paniek. Zo zag de werkelijkheid eruit: de verkoopster die in blauw polyester gestoken volledig door ons heen keek terwijl ze de minuten tot haar middagpauze aan het aftellen was, de stellen aanzienlijk jongere ouders die combiwandelwagens en ladderkinderstoelen bestelden, de stapels lakens in vijf verschillende maten, de adembenemende prijzen die je voor deze geheel nieuwe, pastelkleurige wereld moest betalen en de stellige overtuigdheid van die wereld van zijn eigen onmisbaarheid. Ann pakte me bij mijn elleboog. 'De baby kan wel in een schoenendoos slapen, of we gebruiken een lade uit de commode, en hij kan best, ik zeg maar wat, aangepaste sokken aan of zoiets, en ik ga toch borstvoeding geven dus wie heeft er hier flessen nodig, en waarom zouden we vijftig pond neertellen voor een sterilisator?' En op de vierde verdieping boven een afgeladen, groezelige Oxford Street met allemaal peervormige meisjes en winkelzombies met een vissenbek bekeken we autozitjes die van pistachegroen tot zwartgrijs verkrijgbaar waren, gemiddeld zo'n honderdvijftig pond kostten en niet langer meegingen dan tot de baby negen maanden was. 'Lagen we vroeger niet allemaal gewoon op de achterbank te hotsen? Of in een mandje dat je ergens tussen kon vastklemmen?' Ze lachte maar het kon haar wanhoop niet helemaal verhullen.

'Je bent verplicht om een autozitje te hebben, anders mag je niet uit het ziekenhuis weg.' De verkoopster had de donkere wallen onder haar ogen van een zuivelallergie en een lage bloeddruk. Het was allemaal onze schuld. 'U kunt natuurlijk ook dit drie-in-één reissysteem bekijken. Daar hoort het autozitje voor de baby bij.' Ze maakte een gebaar naar een apparaat dat voor hetzelfde geld bij de NASA was ontworpen.

'Ach, dat ziet er leuk uit. Hoeveel kost het?'

'Vijfhonderddertig pond. De speciaal hiervoor ontworpen stof kost maar negenenzestig.'

'Maar ik heb niet genoeg aan de stof. Dan voldoe ik niet aan de veiligheidseisen.'

Een lege blik. Je bent niet grappig. Ik heb trek in mijn boterham. 'Nee, mevrouw. Dan moet u het hele geval kopen.'

'Juist, daar moet ik dan nog even over nadenken.'

Allemaal tijdverspilling. 'Als ik u was zou ik alles een tijd van tevoren bestellen.'

'Dank u wel.'

'Weet je wat?' zei ik net voordat de vrouw buiten gehoorsafstand was. 'Volgens mij hebben we helemaal niet zo'n vreselijk hip ding nodig.'

Ann haalde diep adem. Maar dit was wel het beste autozitje voor onze baby. En niet zomaar een autozitje maar een heel reissysteem! We deden ons kind tekort als we dat ding niet kochten. En hetzelfde gold voor de orthopedische matras voor in de wieg en de dekentjes van een wolmengsel met kasjmier. Die opmerkingen waren maar half spottend bedoeld. Andere mensen hadden dat soort dingen. Waarom wij dan niet?

'Moet je horen,' zei ik terwijl ik mijn portefeuille uit de zak van mijn spijkerbroek trok en er een creditcard uit tevoorschijn haalde. 'Weet je wat? Ik ga dat ding gewoon kopen.' Met het reissysteem in mijn armen liep ik naar de rij voor de kassa, ik gooide de helft van de spullen die we hadden verzameld op de toonbank en liet een deel ervan langs mijn benen naar beneden glijden. De vrouw voor me keek omlaag naar haar enkels waar de doos met flessen inbreuk maakte op haar persoonlijke ruimte. Ik keek haar strak aan: 'Wat?'

Ann kwam bij me staan. 'We kunnen ons dit niet veroorloven, Tom.' Een stel aanstaande ouders met kindersnoetjes dat bij de stelling met stoffen babyboekjes stond, keek onze kant op. Ik negeerde iedereen. Daar waren creditcards nu precies voor bedoeld. Ann siste: 'Zet die spullen nou maar gewoon terug. We gaan hier later nog weleens heen.'

'Rustig aan, Ann.'

'Schei uit met je rustig aan!' Ze pakte een stapel kasjmieren dekentjes op. Ik rukte ze uit haar handen en smeet ze weer voor de caissière neer. Een ervan gleed over de rand haar blauwe polyester schoot op. Zonder een blik op ons te werpen legde ze hem op de toonbank terug. Ann probeerde me het autozitje te ontfutselen. Ik klampte me vast aan het handvat. De vrouw voor ons maakte nadrukkelijk dat ze bij ons uit de buurt kwam. We trokken het ding heen en weer, heen en weer, geef hier, geef hier, en uiteindelijk zag ik kans hem uit haar hand te rukken. 'Au!' Ann wreef over haar pols.

'Ik. Koop. Dit. Spul,' zei ik.

Met rode vlekken op haar wangen liep ze snel weg zonder me nog een blik waardig te keuren. *Piep, piep, piep* deden onze nieuwe babyspulletjes langs het rode barcodelichtje en ze verdwenen in reusachtige, ritselende plastic tassen. Ik popelde om het autozitje weg te grissen, terug te rennen naar de hoek waar ze lagen opgestapeld en het te vervangen door een goedkopere versie, maar tandenknarsend hield ik voet bij stuk. *Piep*.

'Wilt u pinnen of betaalt u met creditcard?' vroeg de caissière glimlachend.

Ann nam de telefoon mee het bad in en voerde een lang gesprek met Kate. Ik lag in bed naar de televisie te kijken en wanneer het geluid tussen twee programma's even gedempt werd hoorde ik die eindeloos voortkabbelende lus die af en toe in hulpeloos gelach uitmondde. De volgende dag kwamen we geen van beiden terug op de warenhuistassen die nog steeds onaangeroerd in de voorkamer lagen waar ik ze had neergesmeten, en Ann slaagde er heel aardig in om net te doen of die spullen noch ik bestonden. Die middag kwam Kate langs met Titus Groan, Ruby Tuesday en een auto vol babyspullen. Ik hielp haar met uitladen, en we moesten allebei erg ons best doen om niet op de bevroren grond uit te glijden. Het had die nacht geijzeld en de lucht was donker; het leek wel nooit voorjaar te worden. De vloer van onze gang verdween onder een geruite weekendtas vol babykleertjes, nog eentje met beddengoed, een autozitje en de driewielige buggy waar het zitje in vast te klikken was, en een sterilisator die er verdacht nieuw uitzag.

'Ach, lieve hemel.' Ann wist niet hoe ze Kate moest bedanken. 'Ik weet gewoon niet wat ik moet zeggen.'

'Jullie doen ons een plezier. We krijgen toch nooit meer een kind en het is heel fijn om deze spullen aan een ander te kunnen doorgeven. Dankzij jullie hebben we er weer een gangkast bij.'

Ze legde het er allemaal wel een beetje al te dik bovenop, dacht ik, maar wie was ik om kritiek uit te oefenen op de manier waarop dat reusachtig genereuze gebaar werd gemaakt? Ik voegde me bij het vertoon van grote dankbaarheid.

'Toe,' zei Ann, 'blijf nou even een kop thee drinken.'

'Dat zou ik best willen, maar Titus heeft over twintig minuten een les bij Lea Valley.'

'Bij de manege? Dat wordt een kouwelijke bedoening!'

'Ze werken vandaag in de stallen.'

Titus keek chagrijnig. Het was eigenlijk best een leuke knaap.

'Gewoon wat plastic bordjes, dat soort dingen.' Kate zette de laatste dozen op de grond in de keuken. In de hoek stonden nog meer uitpuilende boodschappentassen met gloednieuwe spullen. Ze nam ze op maar zei niets.

'Juist,' verklaarde ik na hun vertrek. 'Het is zover, neem ik aan.'

Ik had het voortdurend vermeden om de voormalige logeerkamer uit te ruimen die de kinderkamer moest worden, waarvoor hij eerst grondig geboend en van een nieuwe verflaag voorzien moest worden, voordat baby A arriveerde. We stonden allebei op de gang, gevangen in onze gedeelde weerzin om ons aan de zware schoonmaakklus te zetten.

'Je moet die andere spullen terugbrengen.'

'Hoe bedoel je?'

'Naar de winkel. We hebben ze niet meer nodig.'

'Godsamme.' Weer een vrije dag verspild aan die zielloze wereld!

'We kunnen het niet betalen! Je moet die creditcard van je niet leegplunderen. Het is niet eens echt geld.'

De woede die al sinds de vorige dag aan het sudderen was geweest en die ik de hele nacht door had gekoesterd, kwam duister achter mijn ogen opgeweld. 'Die toon die je tegen me aanslaat komt me zwaar de strot uit. Ik ben geen kind.'

'Ach, lazer toch op.' Die minachting was nieuw. Dat kwetste me.

'Jij denkt maar dat je altijd gelijk hebt. Je bent kil.'

'Wat afschuwelijk om zoiets te zeggen.'

Daar liet ik het verder bij. Kil kreng. Ze probeerde de tassen naar de auto te helpen dragen, maar dat wilde ik niet. Het gaat mis en ineens besef je dat je volkomen alleen staat. Degene met wie je in huis woont is een vreemdeling. Je ziet de korsten rond hun ogen en deinst terug voor hun smerige adem.

Onderweg ging ik langs bij een winkel in Bethnal Green om de verf voor de kinderkamer te kopen, en ik deed net of ik genoeg af wist van kwasten, rollers, en glans of halfglans of hoe het ook allemaal mag heten … Na avonden lang kleurkaarten bestuderen hadden we gekozen voor gebroken wit. Ann was van plan om zelf de gordijnen te maken, in zo'n typische verscheurdheid tussen de aanvechting een of andere volstrekt obscure handbedrukte stof uit Japan te scoren, ongeacht wat het kostte, en het besluit om ineens midden in de nacht op de keukentafel een paar meter van een vrolijk katoentje in elkaar te knutselen. En al die keuzes gingen gepaard met waardeoordelen. Nooit was er eens iets waardevrij.

Bij het warenhuis wilden ze me uiteraard geen geld teruggeven. De hele escapade leverde me een tegoed- en een parkeerbon op. Het was me een pervers genoegen om tijdens de woordenwisseling met de lullige functionaris van de afdeling klantenservice mijn geduld te bewaren. De boete van vijftig pond die me onder de ruitenwissers opwachtte vormde een bittere bevestiging van de aanslag die deze stad op het leven van zijn burgers pleegde. In mijn geniepige bekrompenheid school een lachwekkende, beschamende trots. Op de terugweg reed ik via Marylebone om mezelf nog eens goed in te peperen welke wereld ik miste, de tapasbars en boekwinkels en de Scandinavische inrichtingszaken waar je behang koopt bij een blonde meid van tweeënhalve meter in plaats van bij een kalende, met as bestoven trol uit East End.

Terwijl ik stond te wachten tot een jonge moeder de straat was overgestoken, verslapte de greep om mijn hart een beetje. Ik zou Ann mee hierheen nemen en onze warenhuisdollars inwisselen voor een glas wijn van acht pond en een stel schreeuwend dure wondermiddeltjes van de afdeling schoonheidsproducten ... Ineens werd mijn blik gevangen door een vertrouwde gedaante met een groene jas aan – was dat Rosemary die daar een restaurant uit kwam? Ik zocht de achteruitkijkspiegel af, verdraaide mijn hoofd om langs de fourwheeldrive achter me te kunnen kijken. Liep ze daar met Hállie?

De suv toeterde. Ik stak over mijn schouder mijn middelvinger naar hem op en begon langzaam verder te rijden. Hij kleefde aan mijn bumper. Ik liet mijn snelheid tot die van een kruipende worm dalen. De suv claxonneerde onafgebroken. De overkant van de straat was vrij en hij trok in al zijn zwarte reusachtigheid op om me zo dicht te passeren dat het maar een haar scheelde of hij schraapte langs mijn hele zijkant. 'Rukker!' schreeuwde het blondje achter het stuur. Ik reed een laad- en losplek op en probeerde het beven onder controle te krijgen, en mijn sluimerende grauwe angst te verjagen. Rosemary was de stad niet uit. Rosemary had niet meer gebeld. Je kon maar op één manier tussen die regels lezen. Ik had geen idee wat me te doen stond. Het vooruitzicht dat het vampierscenario wel wat zou opleveren vervloog als een flard krantenpapier in de wind. Ik had het gevoel dat ik moest overgeven, tot het tot me doordrong dat ik die dag nog niets had gegeten. Een in zilver met zwart jasje gestoken parkeerwacht, die volkomen schuilging achter het uniform en zijn donkere bril, tikte vinnig op de voorruit. Doorrijden.

Een sterke tocht blies door de gang en sloeg de voordeur met een klap dicht. Ik schrok.

'Hallo?' riep ik. 'Ann?'

De gang was leeg. Alles wat Kate hier had achtergelaten was verdwenen behalve de buggy, die leeg aan de voet van de trap stond met de punt van zijn driehoek als een pijl naar de openstaande deur van de woonkamer gericht. Ik volgde zijn aanwijzing maar daar was niets van alle babyspullen te bekennen, en van mijn vrouw evenmin.

'Ann!'

Ik stampte de trap op. Mijn werkkamer was leeg en de badkamer ook. Boven was de deur van de kinderkamer open. Kates dozen stonden opgepropt in de deuropening. Aan de andere kant van de overloop op de bovenste verdieping stond de deur van onze slaapkamer wagenwijd open. Het huis was een levend wezen met ogen en oren, openingen voor zijn ademhaling. Hijgend bleef ik boven aan de trap staan. Ze was zeker de deur uit. Die voortsudderende ruzie tussen ons, die ik in de stortvloed van spullen kopen en verkeerswangedrag volledig was vergeten, kwam weer boven. Godver. Nou ja, ik ging wel aan de slag. Ik ging de kinderkamer leegruimen, hem schoonmaken en schilderen, en dan zou ik van mijn morele bergtop omlaagkijken om te zien of Ann, die intussen daarbeneden als een miertje rondholde, eindelijk bereid was om het met me bij te leggen. Zonder een scenario waar ik me op kon werpen had ik behoefte aan een bezigheid, een fysieke inspanning.

Van helemaal beneden klonk een kletterend geluid alsof een lade vol bestek op de grond viel. 'Ann?'

Ineens stond ik in de keuken, mijn hand gloeide omdat ik hem op de snelle afdaling langs de leuning had laten glijden, en ik keek naar de open achterdeur. Een kapotgevallen fruitschaal en de scherven van een wijnglas lagen op de tegels. Een koude, frisse wind blies om me heen. Een plotselinge windvlaag had ze waarschijnlijk omgestoten. Ik stapte over de scherven heen om de achterdeur te sluiten toen ik Ann in de hoek van onze tuin zag staan, met haar lange rode haren los op haar rug. Ik liep langzaam op haar af en er doemde een gruwelijk beeld voor me op: haar hoofd was aan beide kanten bedekt met een dikke laag haar, Ann die rondom geen gezicht had, geen voorkant, alleen de achterkant van haar hoofd, haar achterhoofd. Ze tilde een hand op en wees naar de schutting. Ik ging naast haar staan en zag haar doodsbleke wang.

'Hij was daar.'

Ik wist ogenblikkelijk wie ze bedoelde. Capuchon. Spinachtig lichaam. Ik sleurde een keukenstoel de tuin in, stootte onderweg onhandig tegen de deurpost, vloekte, en ging erop staan om zo ver mogelijk over de schutting heen te kijken. Natuurlijk was er in de steeg niets te bekennen, maar de stoel was te laag om helemaal tot op de grond achter de schutting te kijken. Hij kon daar best nog gehurkt zitten. Uit de achterom naast het huis, die vol stond met verfblikken en Anns fiets, die ze sinds haar zwangerschap niet meer had gebruikt, haalde ik de ladder. Nog meer zinloos gesjor aan spullen, een stuk zeildoek, een fietspedaal die langs mijn been schuurde terwijl ik over die hele klererotzooi heen boog om de ladder te bereiken en omhoog te hijsen en mijn rug elk moment dreigde te verkrampen. Ann legde haar handen op haar oren tegen het geluid van de over de tegels schrapende ladder die ik naar de schutting sleepte. Onvast beklom ik de wankele sporten en met een stoot adrenaline hees ik me dubbelgevouwen alsof ik mijn tenen wilde aanraken op de vlakke bovenste tree en greep de bovenrand van de golfplaten schutting vast. Mijn knieën dreigden het te begeven. Voor mij waren de gracieuze toeren van de gemiddelde inbreker uit Hackney niet weggelegd. Ann riep iets waarschuwends naar boven over de schutting die met creosoot of iets anders giftigs was behandeld waarvan ik volgens haar uitslag zou krijgen. Ik kreeg inderdaad uitslag, minieme branderige bultjes aan de binnenkant van mijn onderarmen. Ze deed er die avond bij Andy en Tonia in de badkamer E45-crème op. Later lagen we op de grond in hun woonkamer, Ann met haar hoofd op mijn schoot en mijn handen in haar zijdezachte haar. Onze vrienden gaven ons wijn en kamillethee en ze troostten ons, verzekerden ons dat we niet gek waren en dat ons kind heus niets zou mankeren.

Ik keek links en rechts de steeg door. Afgezien van de reusachtige gemeentevuilnisbakken was er niets te bekennen.

Ik had er genoeg van om hem 'de man' te noemen. Hij moest een naam hebben, Bob of Bill of Randy of zoiets. Ik stelde me sneeuw voor in Hackney, sneeuw die de menigten op Columbia Road bestoof, een zachte, onverwachte, niet echt overtuigende sneeuwbui vroeg in december. Zijn voeten hebben barstjes, maar hij voelt de kou niet meer. Hij zou een James kunnen zijn, Arthur, Dexter of Sam. Hij moet een naam hebben, maar misschien weet hij die zelf niet eens meer. Best mogelijk dat als iemand bij het opvanghuis aan de Embankment een deken zou ophouden – rond Kerstmis zijn er immers extra veel vrijwilligers omdat mensen zich omstreeks die tijd schuldig voelen – en die persoon zou zeggen: 'Kijk aan, Carl, ga hier maar eens lekker onder slapen,' hij zijn handen niet zou uitsteken en de deken niet tegen zich aan zou drukken om hem uit behoefte aan warmte toe te voegen aan de massa van zijn vastgekoekte kleren en zijn vastgekoekte haar. Hij weet niet wie Carl is. Wie is die Carl? Is hij een jongen die van spaghetti en sneeuwbalgevechten hield en elk jaar de kerstboom hielp versieren en toen zijn oudere broer eenmaal het huis uit was de piek op het hoogste punt mocht zetten? Is hij een jongeman die stemmen hoort in zijn slaapkamer, waarvan sommige hem angst aanjagen, en een enkele hem troost, en kan hij anderen niet vertellen wat ze tegen hem zeggen? Is hij die kerel die voor de torenflat staat te wachten tot zijn dealer thuiskomt, tot hij het spul krijgt waardoor alles weer rustig wordt en hij kan slapen? De man die al jaren niet meer echt goed heeft geslapen, zonder nachtmerries en visioenen in een bed heeft geslapen, zijn baard heeft afgeschoren en zijn haar heeft geknipt? Die kerel die omgeven door een vochtige stank op een ziekenhuisbed zit, en een verpleegkundige die op hem afkomt en haar best moet doen om niet te kokhalzen terwijl ze zich erop voorbereidt om zijn schoenen van zijn voeten te knippen om iets aan zijn teennagels te doen? Wie is Carl en waar is zijn vader? En zijn moeder? De broer die veel eerder het huis uit ging dan hij en die nu bij een reisbureau in Leeds werkt? 'Een broer, ik heb een broer gehad, maar we hebben geen contact meer,' zegt hij tegen de vrouw met wie hij uit is, in het goede Italiaanse restaurant, met voor zich een kluwen spaghetti waar hij zich niet echt toe kan zetten. 'Hij had ze niet allemaal op een rijtje en heeft zich helemaal teruggetrokken.' 'Wat naar voor je,' zegt de vrouw, en ze denkt: als ik met hem trouw, zou ik zijn broer opsporen en ze weer samenbrengen, en ze denkt ook: waarom heeft hij zijn broer zomaar laten gaan, hoe kan iemand gewoon uit zijn familie verdwijnen, dan was er geen liefde, of niet genoeg, of niet het juiste soort.

De jongen die de politie bij ons langs stuurde, agent Cordwell, was twaalf. Kasbedienden, reisbureau-employés, agenten – allemaal broekies tegenwoordig. Met zijn blonde wimpers en bleke ogen zat hij als een salamander in een blauw uniform aan onze keukentafel onze thee te drinken ('twee klontjes graag' – het kostte een eeuwigheid om de suiker te vinden, er hadden vijf oude vrouwtjes in elkaar kunnen worden geslagen en drie auto's kunnen worden gestolen in de tijd dat ik in Anns compleet nieuw ingerichte voorraadkast aan het rommelen en kletteren was) en aantekeningen te maken. Terwijl we het hele verhaal over de man afwerkten vanaf Anns allereerste waarnemingen, via het steeds sterker wordende vermoeden dat ze werd gevolgd, tot en met het moment dat we aan onszelf begonnen te twijfelen, leek het vooral nogal vreemd dat we nooit eerder contact hadden opgenomen met de politie. Dit is een grote stad, legden we uit, in een poging de man van de wereld in hem aan te spreken, als hij die er al op nahield; als we de politie hadden gebeld was dat wel een beetje overdreven geweest. Cordwell leek de zaak uitermate serieus op te vatten. Hij onderhield ons over problemen met begeleid-wonengevallen, schizofrenen en crackverslaafden, en drukte ons op het hart dat we de man nooit mochten benaderen.

'Wat voor werk doet u?' vroeg hij terloops. Verbeeldde ik het me maar of viel hij echt even stil toen ik vertelde dat ik schrijver was? Een fantast, dacht hij, een bewoner van de schemerwereld die verhalen bedenkt voor de levenden?

'O,' zei hij, 'kan ik iets van u gelezen hebben? Tom ... Stone ... Sorry, ik geloof niet dat ik uw naam ken.' Hij was duidelijk teleurgesteld dat hij geen klacht zat te verwerken over iemand die Terry Pratchett stalkte.

'Ik schrijf filmscenario's.' Daar werd hij een stuk opgewekter van.

'U kunt zeker geen afspraakje met Keira Knightley voor me regelen?'

'Nee.'

Hij bloosde. 'En u,' zei hij tegen Ann, wier beschrijving van de man hij woord voor woord had genoteerd, 'wat doet u voor werk?'

'Ik werk in het St.-Bartholomew. Op de afdeling bestralingen.'

'Aha. Heel treurig, kanker.' Hij wekte de indruk dat hij nog maar pas moedig genoeg was geworden om die woorden uit te spreken. Kanker. Begeleid wonen. Crackverslaafde.

'Ja.' Ann zette langzaam haar voet op de mijne.

'En die man is u ook hierheen gevolgd, hè?'

Ann zweeg even. 'Ja.'

'Weet u zeker dat het dezelfde man is, mevrouw?'

'... Ja.'

Zijn pen hing even stil. Toen schreef hij het op: 'Niet zeker.'

Het was in mijn ogen overduidelijk dat Cordwell op weg naar het bureau het hele notitieblok in een afvalbak zou dumpen.

'Natuurlijk is het dezelfde man,' zei ik, 'je bent toch zeker niet blind? En je herkende hem elke keer duidelijk.'

De uitpuilende ogen kregen een onderzoekende blik. 'Weet u het echt heel zeker?'

'Nee. Ja.'

'En op dat moment was u ervan overtuigd dat die man u volgde?'

'Ja.'

'Kan er een speciale reden zijn waarom hij u volgt? Het is belangrijk om dat te weten omdat ze vaak een willekeurig slachtoffer kiezen. Maar kan het zijn dat hij op de een of andere manier iets met u te maken heeft?'

'Nee.'

'En u, meneer,' met zijn maanbleke blik op mij gericht, 'ik begrijp dat u hem vandaag niet hebt gezien. Maar kunt u bevestigen dat u diezelfde man eerder hebt gezien? Rond het huis, eerder dan vandaag? Had u hem niet aan de overkant in de speeltuin gezien? Zou u hem zo kunnen aanwijzen?'

Het soort beslissing dat ik op dat moment nam, kost niet meer dan een seconde. 'Jawel,' zei ik. Ann kneep in mijn hand. Natuurlijk zou ik voor haar liegen. 'Jawel, ik heb hem ook gezien.'

Ik liep met Cordwell mee naar de voordeur. 'Ik heb David Thewlis weleens ontmoet,' bood ik ter compensatie aan.

'Pardon?'

'Laat maar.'

'Je bent een schat,' zei Ann zodra de deur veilig gesloten was, met haar armen liefhebbend om mijn borstkas geslagen en haar buik tegen mijn rug geduwd. 'Mijn redder,' zei ze.

'Jezus, Ann. Ik wil je hier niet alleen achterlaten.'

'Waar ga je dan heen?'

'Ik bedoel in het algemeen.'

'We kopen wel goede sloten.' Ze haalde de telefoongids uit een kast tevoorschijn. 'Kijk aan. We laten meteen iemand komen.'

'Misschien moeten we verhuizen.'

'Néé.'

'Hij komt wel elke keer dichterbij. Hij is ergens op uit. Misschien wel op jou. En dat houdt echt niet op.' Ik legde mijn handen over de hare, zodat ze niet verder door de telefoongids van Hackney konden bladeren. 'Ik ben echt heel bang,' zei ik. 'Die man zal ons niet van ons land verdrijven.' Ze wurmde het telefoonboek uit mijn greep. 'Dat gebeurt gewoon niet.'

R.O.M.V. 06.07

Ze ligt in bed. Iemand klopt op de deur en roept haar naam. Ze kruipt nog verder in elkaar. Aan de overzijde van de hut draait achter het scherm de ronde deurknop heen en weer, en het geluid komt op Ann af als dat van een kurk die langzaam piepend uit een fles wordt getrokken. Ze draait de nieuwe trouwring rond haar vinger.

'Ann!' Het is Tom.

Ze staat naakt tegen de raamlijst geleund. De hemel is wit. Op een zeker moment heeft de ochtend zich voltrokken. Een straffe wind beukt tegen de palmbomen rechts van haar. Ze doet haar ogen dicht en grijpt de muur vast.

'Ann!'

Ze gaat op weg naar de deur om hem te openen.

'Kom je bij mij maar opfrissen, jongen. Ze beginnen aan het ontbijt. We moeten aan de slag.'

Ann loopt de badkamer van haar afgesloten hut in en sluit de badkamerdeur af.

Tom scheert zich in Hallies badkamer. Dit zou een huwelijksmoment moeten zijn. Hij voelt zich wankel, ontmand, in het ongewisse of Ann hem heeft buitengesloten of doodgewoon stomdronken is. Misschien heeft hij haar in het nauw gedreven en wil zij ontsnappen. Hij is er niet in geslaagd om bij haar in de buurt te komen, net zomin als hij erin is geslaagd om bij het echte leven hier in de buurt te komen, van de mensen die winnen en verliezen, de militairen, de leiders die zo vaak worden afgezet. Volgens sommige mensen is het corruptie, volgens andere staan de zaken er nu eenmaal zo voor. Hij heeft niets opgestoken van mensen met een huis, met beslissingen die moeten worden genomen, die wereld is voor hem gesloten gebleven, de wereld van de opperhoofden, de arbeiders, de werkelozen, de genezers, de zieken, de geesten, de landeigenaren en buitenlanders en de mensen die geen eigen grond mogen hebben. En daar zit hij dan in het wereldje van de vakantieoorden, die nieuwe wereld die er oud wil uitzien met de houten balken in de bar, de rieten daken en de traditionele tapadoeken aan de wand. Een tijdloos decor en moderne gemakken, voor mensen die in elke kamer een internetaansluiting willen hebben, en watervliegtuigen naar Nadi en Suva, en vissen op volle zee per motorboot. Jij kiest de vissen die je wilt vangen en het personeel van het vakantieoord weet ze tevoorschijn te toveren, en ze juichen terwijl ze een foto van je maken naast de onwaarschijnlijke marlijn, makreel of haai. Zo iemand is hij ook geweest, verstopt tegen de zon onder een honkbalpet met het logo van het hotel, en heel even ervan overtuigd dat hij een held is, stompzinnig grijnzend voor de camera ...

Al heeft hij een groot deel van de tijd over zijn laptop gebogen gezeten, hij heeft toch ook kans gezien bruin te worden; de huid die dankzij zijn scheermes aan het licht komt is bleker dan de rest van zijn gezicht. Buiten klepperen de palmbladeren.

Toen ik Ann leerde kennen, wist ze allerlei manieren om geld te besparen waar ik nooit op was gekomen: overlevingstechnieken uit een totaal andere wereld. Gebeld werd er altijd alleen vanaf haar werk; er zat een pin in de elektriciteitsmeter geramd waardoor die minder snel kon tellen; vrienden die bij een restaurant werkten kwamen langs met kliekjes, de citroentaart die een beroemd musicus niet meer had opgekund, een dood gekookt bodempje minestrone. Ze aten vorstelijk, deze arme kunstenaars, van de restjes die anderen overlieten, en op dinsdag- en donderdagavonden bezatten ze zich aan het gratis bier dat een galerie schonk bij de besloten bezichtiging van die en die. Waar Useless Bill, met het onuitwisbare stigma van de klaploper op zijn voorhoofd, niet alleen jouw laatste druppel wijn en je laatste sigaret opzoog, maar ook elk restje energie dat je in je had. Ann, met haar pakje shag waar ze zo zuinig mogelijk mee omsprong en de gebakken-aardappeldinertjes die ze opgewekt organiseerde hoorde Ann absoluut niet in die categorie thuis. Het kwam zuiver door die Australische stoerheid van haar dat ze zo praktisch was ingesteld en er zo goed in was om een kamer te verwarmen. Toen we naar het huis aan Daley Street verhuisden was zij degene die tapijt losrukte, muren schuurde, verfbladders van de trapleuning schraapte. En nu we op het punt stonden ouders te worden en godsgruwelijk blut waren, was zij degene die op het idee kwam om een kofferbakverkoop – zij noemde het een garageverkoop, al hadden we geen garage – te houden.

Tonia kwam ons helpen de spullen uit te zoeken; ze had zelf ook een doos met prullen bij zich om te verpatsen, vanuit dezelfde gedachte als gezonde sportploegen die hun hoofd kaalscheren als een van de leden kanker heeft. Er was iets met haar aan de hand. Ze had een zonnebril op en ik betrapte haar en Ann voortdurend op betraande onderonsjes terwijl het de bedoeling was dat de zaak op poten werd gezet. Uiteindelijk schilderden ze bordjes van uitgevouwen kartonnen dozen die ze aan beide uiteinden van de straat aan de lantaarnpalen ophingen. Langs het pad naar de voordeur stonden geleende schragentafels, de enige voorwerpen die niet te koop waren en misschien ook de enige die de moeite van het kopen waard waren. Ik had gehoopt dat er een soort tweedehandsboekenlangs-de-South-Bank-effect zou ontstaan, maar met ons verzamelde zootje oude rommel leek de voortuin eerder op het illegale uiteinde van de markt aan Brick Lane. Oude cd's (geen platen; ik kon het niet over mijn hart verkrijgen die te verkopen), dozen *2000 AD*-strips (ik werd binnenkort vader, hield ik mezelf streng voor, terwijl ik een bedroefde snik onderdrukte), Anns oude kunsttijdschriften, een paar oude speakers die het niet meer deden, slap bespannen tennisrackets, gereedschap dat ik van Bridget had geërfd maar waarvan ik geen idee had hoe ik het moest gebruiken, een vrijwel in onbruik geraakte videospeler en een tweede televisietje dat van Ann was geweest voordat we onze krachten hadden gebundeld. We keken er allebei van op hoeveel dubbele spullen we nog hadden uit ons leven voordat de ander bestond. Dit was het aangewezen moment om dat tweede broodrooster, extra bestek, elektrische deken en tweepersoonsbed te lozen. We konden geen mensen meer te logeren hebben, maar dat was alleen maar een voordeel.

De spanning die het met zich meebracht om de spullen die je niet meer wilde aan de buurt te tonen werd maar een heel klein beetje verlicht door het gebrek aan achting dat ik voor de meeste inwoners had. Zouden chique klootzakken die hun rekeningen niet konden betalen zich zo voelen als ze moesten toelaten dat de National Trust een themapark van hun familieoptrekjes maakte? Dat was misschien een beetje overdreven. Inderdaad, schetterde de garageverkoop in het rond, we zijn hartstikke blut, ook al geven we per week meer uit aan olijfolie dan jullie aan uienringen. Zou een van onze buren zich ooit aan deze vernedering hebben onderworpen? Ann had papieren bekertjes thee in de aanbieding, en zelfgemaakte muffins (van speltmeel; een oeroude graansoort, liet Ann me weten, in elk geval lag het al een hele tijd bij ons in de keuken). Toen ik terugkwam van saffies kopen, na de eerste verkoop (mijn Brian Ferry-box: vijf pond), had zich al een aardig stel kakelende moeders en kinderen verzameld. Ik verwachtte half en half dat de man ook zou komen opdagen, maar zo brutaal zou hij vast niet zijn. En waarom zou je centen betalen voor de spullen van een ander als je ze gratis kunt jatten?

Een vrouw met hijab gaf de leunstoel van mijn oudtante een onderzoekende tik met haar voet. Veel islamitische vrouwen dragen zelfs in het kille Londense voorjaar sandalen. Waarom bedekten ze hun hele lichaam maar lieten ze hun voeten onbeschermd tegen het weer? Ik had geen idee hoe ik het moest aanpakken om daar antwoord op te krijgen.

'Hij kan schommelen.' Ik gaf de leunstoel een zetje om het te demonstreren. 'Nou ja, hij kan zich laten schommelen.'

'Hoeveel kost hij?'

'O jee ... hangt er niet ergens een prijsje aan? Ann,' riep ik. 'Hoeveel is de stoel van tante Pat?'

'Twintig pond,' zei ze.

'Twintig? Fors prijsje,' zei ik zachtjes tegen de vrouw, vrienden onder elkaar, waar of niet? 'Vijftien.'

'Komt u hem bezorgen?'

'Dat weet ik niet zo.'

'Laat dan maar zitten.' Ze keerde zich af.

'Kan uw ... hebt u geen ... kan iemand komen helpen?'

Ze knikte en haalde een briefje van twintig uit haar portemonnee. 'Ik stuur mijn zoon wel.'

'Met bezorging gaat de prijs weer naar twintig.'

'Goed hoor,' zei ze glimlachend. 'Plak er wel even een sticker op.'

Helemaal in galeriestijl had Ann een doosje met rode punten die ze op de verkochte voorwerpen plakte die mensen niet meteen meenamen. De christen van naast ons maakte de voorspelbare grapjes over moderne kunst en dat ze Charles Saatchi langs moesten sturen want die zou de hele boel opkopen en het voor een miljoen in de Tate ophangen. Tonia lachte bleekjes.

We haalden net geen vierhonderdvijftig pond op, waarvan er zo'n tachtig voor Tonia waren. Dat werd dineren bij Nobu. Het was wel meer dan we hadden verwacht, maar elk sprankje uitgelatenheid flikkerde even op en doofde dan uit. En wat nu? fluisterde een stemmetje. Dus dan red je het tot het eind van de maand. Maar daarna dan, als je geen klus hebt? Ga je dan spullen verkopen die je liever zelf houdt? Rosemary had nog steeds niet gebeld. Simon Wright zat in LA en liet zijn voeten pedicuren. Ik had alles gedaan wat ik maar kon bedenken, ik was door het stof gegaan bij elk contact dat ik had, allemaal om werk te krijgen. Dat is niet helemaal waar. Elk contact behalve Hallie.

De zoon van de vrouw van de leunstoel heette Hisham. Hij verscheen de volgende dag, toen Ann naar haar werk was. We stonden in de woonkamer naar de uit de kluiten gewassen oranje stoel te kijken. Hij was ongeveer van mijn postuur en had een messcherp randje baard dat zijn kin omsloot. Ik was hem nog nooit tegengekomen. Het geval woog zeker honderd kilo. Ik kon alleen maar dankbaar zijn dat tante Pat er zelf niet meer op zat. Al die jaren dat ze er in al haar omvang op had gezeten hadden een diepe kuil achtergelaten die erg handig bleek te zijn voor het ondersteboven in evenwicht houden van de stoel op onze schouders. Bij het omhooghijsen zakte ik even door mijn knieën van de inspanning. Hisham vloekte. Ik bood mijn verontschuldigingen aan. We moesten even stoppen en achteruit schuifelen zodat ik de voordeur kon sluiten. Zodra ik dat had gedaan drong het tot me door dat mijn sleutels nog binnen lagen. Wat een stomme idioot. Ik hield het voor me.

We kropen op schildpadsnelheid min of meer in een rechte lijn vooruit, geamuseerd bekeken door twee Aziatische tiener-meisjes die op de schommels zaten. Een van hen riep iets naar ons. Ik voelde even een huivering, ineens maakte ik deel uit van de buurt. Terwijl we voor de vlekkerige betonnen toegang tot de lift van de gemeenteflat stonden te wachten, wankelden we onder het gewicht van het oranje monster. De lucht die hier hing was koud, alsof hij afkomstig was van een plek waar vrijwel nooit de zon kwam, en het rook er schurend scherp naar een ontsmettingsmiddel. Onder een min of meer nieuwe laag verf op de drie wanden van de lift waren nog half en half obsceniteiten zichtbaar. Van onder het ondraaglijke gewicht van de stoel – aan één kant stond mijn hals in brand, ik was hem onherstelbare schade aan het toebrengen – keek ik naar Hishams vage weerspiegeling in de met een metaalfinish afgewerkte deuren. Hij keek naar voren, de ogen losjes alsof hij nergens naar keek. Voor hem was dit geen antropologische expeditie naar een andere wereld aan de overkant van de straat. Buiten de lift maakten we schuifelend een onwillig rondje omdat we geen van beiden als eerste en achterwaarts naar binnen wilden.

Hishams moeder had nog steeds haar hoofddoek om. De leunstoel paste heel aardig in hun woonkamer, die zo even snel een indruk achterliet van geposeerde foto's van het gezin, ingesleten geurtjes van fenegriek en gemalen koriander, en het schelle licht door de ramen met hun aluminium kozijnen in de tegenoverliggende wand. Nadat we de stoel hadden neergepoot had ik het gevoel dat mijn hoofd en schouders omhoog zouden zweven naar het plafond, weg van de rest van mijn lichaam. Deze flat keek vanaf de overkant op de speeltuin uit. Er kwam een sterke aanvechting in me op; ik had er grote behoefte aan om mijn huis vanaf deze kant te bekijken. We zaten zes verdiepingen hoog. Zonder rekening te houden met hun privacy stak ik de kamer van de leunstoeldame over. Ons pad naar de voordeur ging grotendeels schuil achter de kale plataan, maar daar had je het huis, dat er precies zo uitzag als de andere in de straat. Erachter gingen de schuine daken van identieke huizen nog een huizenblok lang door; onzichtbaar daarachter was het kanaal, en daar weer achter Hackney Marsh. Ik vroeg me af hoe lang mevrouw Leunstoel en haar gezin hier al woonden maar vond het onbeleefd om ernaar te informeren, omdat die vraag al te makkelijk leek te impliceren dat ze eigenlijk ergens anders thuishoorden.

'Ziet u weleens die eigenaardige man?' vroeg ik.

'Wie?' vroeg mevrouw Leunstoel. Hisham was verdwenen. Ik vroeg me af hoeveel slaapkamers er in deze flat waren.

'Die geestelijk gestoorde man, die dakloze.'

Ze schudde haar hoofd. 'Dit is geen goede buurt. Moet je die rommel beneden nou zien. En de gemeente doet niets. Er zou een opzichter in het park moeten zijn.'

'Ja.' Haar voeten gingen schuil onder haar lange jurk.

'Wilt u een snoepje?' Sommige waren groen, andere rood-bruin. Ik pakte een wit balletje en stopte het in mijn mond. Het smaakte melkachtig. Ik knikte en maakte 'hmm, lekker'-geluiden.

'Hoe gaat het met uw vrouw?'

'Heel goed, dank u, heel goed.'

'Komt de baby al gauw?'

'Ja.' Kende die vrouw Ann?

'Gaat u verhuizen als de baby er is?'

'Nee hoor, we hebben geen verhuisplannen.'

Ze hield de schotel met snoepjes weer voor me op.

'Nee, dank u. Ik ga maar weer eens. We zijn hier eigenlijk naartoe verhuisd *vanwege* de baby. Meer ruimte.' Misschien woonden er wel veertien familieleden van haar in deze flat.

Op straat voor ons huis schoot me weer te binnen dat ik de sleutel was vergeten. Geen portefeuille, geen mobiel. Ik stond voor mijn deur en kon er niet in.

Het was een lange wandeling naar Anns werk.

Ze stond me bij de ingang naar de afdeling radiotherapie op te wachten. 'Sukkel.'

'Ik weet het. Heb je tijd om te lunchen?'

'Ik denk het niet. Ik moet het nieuwe meisje wegwijs ma-ken.' Ineens wist ik het weer – Anns laatste werkweek was net ingegaan. De baby zou over een week of drie komen. Niet in paniek raken. De ruime, rechthoekige wachtkamer leek op een rare manier op een kerkzaal, of een zaal in een rusthuis na de lunch maar voordat de demonstratie stijldansen begint. Het zat er vol hoofdzakelijk grijsharige mensen met grauwe gezichten, alleen of met zijn tweeën. Ik zag het contrast tussen Anns overduidelijke zwangerschap, haar verdubbelde levendigheid, en deze rangen der ongezonden. Ze zei dat ze nooit een groep voor haar werden maar allemaal verschillende mensen bleven, met ieder hun eigen symptomen, eigen gevoelens, volmaakt persoonlijke verhalen. Het is niet altijd een terminaal verhaal. Wanneer mensen voor de eerste keer de mouldroom binnenkomen, waar ze afhankelijk van de signalen die zij afgeven al of niet met ze praat terwijl ze het oppervlak van hun lichaam registreert, zijn ze nog maar voor een miniem deel de ziekte. En later, wanneer ze een verdieping hoger alleen is om die lichamen in perspex na te maken, wordt ze nog steeds getroffen door de uiterst persoonlijke, menselijke aard van de ledematen, de rompen, de hoofden. Binnenkort zal de technologie haar taak aanzienlijk verlichten. Er wordt aan plannen gewerkt voor gazen vormen voor vier gezichtsvormen: drie versies van een volwassen hoofd plus één voor een kind; die zouden kneedbaar genoeg zijn om ze aan iedere patiënt aan te passen, om zo het unieke te vormen uit wat gelijk is.

'Kan ik geld lenen om thuis te komen?'

Ze gaf me een tientje. 'En niet meteen helemaal opmaken, hè?'

Waar ik die centen eigenlijk het liefst aan had uitgegeven was een broodje paté van Club Gascon, of een lunch bij de Carluccio daar vlak om de hoek. Het enige wat thuis nog in de koelkast stond waren die zwangerschapskruidenbrouwseltjes van Ann. Misschien waren de snoepjes van mevrouw Leunstoel niet goed gevallen. Misschien had ik er gewoon genoeg van om geld van mijn vrouw te lenen.

Andy en ik waren de avond daarvoor, na de kofferbakverkoop weer in Victoria Park geweest. Ik had er behoefte aan om de plek waar ik beroofd was weer op te zoeken, maar ik wilde niet alleen zijn. Hij bood aan om mijn hand vast te houden, en zo de kans te vergroten dat we werden aangevallen. Toen we op de toegangshekken af liepen voelde ik mijn ingewanden verkrampen. Hoe was het toch mogelijk dat die jongens me nog steeds zo veel angst konden aanjagen? Je zou toch zeggen dat ze het ergste hadden gedaan wat ze konden doen. Maar dat was waarschijnlijk precies het probleem – wat er die avond was gebeurd was niet het ergste, en dat besefte ik. Ik liep harder dan normaal om de adrenaline eruit te slaan. Andy piepte als een pasgeboren vogeltje in zijn poging me bij te houden. Ik had geen uithoudingsvermogen en moest al na een kwartier opgeven.

'Hoe staat het op het werkfront?' had hij gevraagd terwijl we de rest van het circuit al wandelend uitliepen, met de handen op de heupen in afwachting van het moment dat de steken in de zij wegtrokken.

Voor zijn plezier lachte ik even. 'Gekkenwerk. Mensen gaan eraan onderdoor. Ik weet niet waar ik mee bezig ben.'

'Je moet weer eens wat doen als die vorige film van je.' Het afgrijselijk simpele, naïeve, romantische gemeenteflatverhaaltje. 'Een en al hart, Tom, echt prachtig.'

'En een flop.'

'Maar het had een hart. Het had een hart.'

Dit in tegenstelling tot wat ik sindsdien had gedaan, bedoelde hij maar. Ik kon niet tegen Andy zeggen waar ik aan moest denken. Ik kon het al nauwelijks tegen mezelf zeggen. Later die avond wilde Ann vrijen en ik kon het niet opbrengen. Rome nog eens dunnetjes overgedaan.

Op weg Smithfield uit begon ik weer hard te lopen, bij het ziekenhuis vandaan, bij Ann vandaan. Op straat krioelde het van de mensen met lunchpauze, twee lange rijen voor de pinautomaat bij Barclays, mensen die op elkaars tenen stonden in de deuropening van broodjeszaken. Nieuw groen ritselde aan de bomen. Ik joeg mijn benen op, mijn voeten deden pijn in de rottige loopschoenen, de zon beukte op mijn toegeknepen hoofd. De stoep was oneffen en onverbiddelijk. New Oxford Street, Tottenham Court Road, Soho Square, bierdrinkers die wanhopig en garnaalroze met ontbloot bovenlijf op het gras lagen al zouden ze onmiddellijk bevriezen zodra er wolken verschenen. Carlisle Street over, op een haar na gemist door een taxi, een fietskoerier die uit het niets opdook, Dean Street, Wardour Street, voortrennend als een paard met oogkleppen op uit angst dat ik iemand zou zien die ik kende, uit angst voor de gedachte aan de plek waarheen ik op weg was. Voor Rosemary's kantoor hield ik stil.

Cheryl 'met de tieten omhoog' deed net of ze niet zag dat ik zweette als een moordenaar terwijl ik tegen haar bureau geleund op adem stond te komen. Er zinderde een tropisch microklimaat tussen mijn kleren en mijn huid. Koraalvissen zwommen langs mijn benen omlaag en donkere wolken pakten samen onder mijn overhemd.

'Waar is Rosemary?' hijgde ik. 'Kan ik haar spreken?'

'Ze is in vergadering.'

'Dan wacht ik wel.'

'Buiten de deur.'

'Wanneer verwacht je haar terug?'

'Maak nou maar een afspraak, Tom. Dit is geen goed idee.' Ze had gelijk. Ze trok haar sproetige neusje op. 'Ben je hierheen geránd?'

'Ik weet het, ik weet het. Het is alleen … Jezus, Cheryl.'

'Praat nou maar met je agent.'

'Heb jij die nieuwe versie van het vampierscenario gelezen? Wat vond je ervan?'

'Heel grappig.'

Ik zwol op van trots. 'Wil je dat tegen Rose zeggen?'

'Het is zo totaal niet haar ding.'

Ik stak mijn energie in de verkeerde zaken. Andy had gezegd dat hij wel wat geld uit het budget bijeen kon schrapen om mij een praatje over het filmbedrijf te laten houden voor de hogere klassen. Hoe moest ik dat aanpakken zonder te zitten liegen of ze aan het huilen te maken? Ik raak altijd volkomen verlamd van verveling als ik over mijn werk moet praten. Er valt niets te vertellen en mensen snappen nooit hoe het allemaal in zijn werk gaat. En de ergsten komen ook nog eens met ideetjes aanzetten. Zodra iemand begint met: 'Ik heb een fantastisch verhaal voor je, niet te geloven. Moet je echt eens voor een film gebruiken', dan weet ik al dat ik zo'n type nooit meer uit vrije wil zal zien.

Cheryl nam me op. Haar telefoon ging. Terwijl zij aan de lijn was, bleven we oogcontact houden. Een. Twee. Drie. Haar blik ging omlaag langs mijn hele lichaam. Ik was hier omdat mijn vrouw een kind kreeg. Ik kon hier niet zijn omdat mijn vrouw een kind kreeg. Cheryl bladerde door Rosemary's agenda terwijl ze babbelde met degene die ze aan de telefoon had die kennelijk geen haast had. Ik ging op de smetteloos witte bank zitten en staarde naar de bladzijden van een tijdschrift zonder iets op te nemen.

De wanden van de school waren groen. Iemand die ik niet kon zien zei: 'Boten en wier.' Bier en noten. Mijn broer. Ik heb geen broer. Christine. Wie is dat? De boot begint te schommelen als je je voet erin zet.

'Tom.'

Ik hoorde zelf ook het gesnuif dat uit mijn holten klonk toen ik wakker schrok. 'Wat?' Het duurde een aardig aantal seconden voordat ik besefte waar ik was. Het kleine jongetje in me wilde naar zijn moeder.

'Rosemary heeft vijf minuten.'

'Is ze hier?'

'Ja.'

Cheryl kon ternauwernood een gniffel onderdrukken. Rosemary moest langs me zijn gelopen en dan had ze me zien zitten, met opengezakte mond en mijn handen op mijn kruis.

'Ga maar naar binnen.'

Ze beefde altijd, Rosemary, op die typische manier van de gescheiden voormalige drinker, maar zenuwachtig was ze nooit. Ik had haar maar één keer van streek gezien, toen ze een lofrede op iemand moest afsteken en nog langzamer sprak dan normaal, terwijl er traag een rode striem over haar hals omhoogkroop. Haar huid zat licht onder de ouderdomsvlekken en de gesprongen haarvaatjes uit haar voormalige bestaan als drankorgel. Ze stak een sigaret op. 'Tom.'

'Sorry dat ik zo kom binnenvallen.'

Dat wuifde ze weg. 'Geeft helemaal niet. Het spijt me dat ik nog niet ben teruggekomen op je scenario.'

O god, ze ging beleefd doen. Dan was de situatie ernstiger dan ik had gedacht.

'Ik besef dat dat hele vampierengedoe je totaal niet ligt, Rosemary. Maar van oorsprong was het een liefdesverhaal.'

'Dat weet ik nog.'

'Misschien had ik daarbij moeten blijven, maar Alan was er zo van overtuigd ...' Je kon niets van haar gezicht aflezen. 'Heb je nog weleens wat van Alan gehoord? Hoe gaat het met hem?'

'Goed. Nergens spijt van.'

'Ik bedoel, ik keek nogal op toen hij besloot ... Is hun kind al geboren?'

'Nog niet. Is jouw vrouw ook niet zwanger?'

Ik knikte. 'Ja.'

Ze nam met zichtbaar genot nog een trekje van haar sigaret, een van de vele vrijheden die ze zich kon veroorloven als niet-zwangere vrouw. 'Wat is er eigenlijk gebeurd met dat scenario van je waar je voor John Halliburton aan bezig was?'

'O.' Dat was onverwacht. 'Dat in Fiji speelt?'

'Ja.'

'Dat is niets geworden. Het ging niet zo goed met mijn vrouw en dat kwam nogal slecht uit ... Maar goed, ik denk dat het sowieso ... Uiteindelijk verschilde onze visie erop nogal.' Dat was de reden die ik mensen vertelde toen we uit Fiji waren teruggekeerd. Nu haalde ik hem onder het stof vandaan om hem aan Rosemary ten beste te geven.

'Hoe kwam dat zo?'

'Nou ja, hij had een uitgesproken commercieel scenario op het oog gehad, niet dat daar iets mis mee is, maar hij stelde het zich voor als een verhaal over een soort actieheld ...'

'Dat moet je toch hebben geweten toen je ervoor tekende.'

'Niet helemaal in die simplistische termen.' Kon ik Hallie hier wel beledigen, al was het dan nog zo zwakjes? Was hij een vriend van haar of een rivaal? Was hij het geweest van wie ik een glimp had opgevangen, die keer in Marylebone? 'Niet dat ik er bezwaar tegen had dat het commercieel werd, het was alleen – voor mijn gevoel lag het ingewikkelder, die hele situatie.' Het klonk net zo slap als ik me voelde. De idiote gedachte flitste door me heen dat Hallie onder haar bureau verstopt zat en ik moest op mijn lip bijten om niet in lachen uit te barsten.

'Als scenarioschrijver is het van groot belang te weten wat voor dier je bent, Tom.'

'Wat voor dier?'

'Ja.'

'Ja natuurlijk.' Jezus, wilde ze nu heus dat ik hier ter plekke een dier noemde? Was er een juist antwoord op deze vraag? Zou het verkeerde antwoord – woelmuis – de zaak verpesten?

'Het heeft je kwaad gedaan, dat weet je. Bij veel mensen. Je hebt geluk gehad dat Alan er niet mee zat.'

Dat wist ik. Het was niet bepaald een episode waar ik graag aan terugdacht. Dat ik het zinkende schip had verlaten. Hem had gedwongen me te ontslaan. Met mijn huwelijk in de ene en mijn carrière in de andere hand. Ik wist toen al dat ik een offer bracht. Maar ik had niet voorzien hoe lang ik ervoor zou boeten.

'Zou je weer met iemand als Hallie willen samenwerken?'

'Iemand als ...'

'Met Hallie zelf.'

'Welja, dat zou prima zijn.' Het gaat zo makkelijk. Jawel meneer de agent, ik heb die man gezien. 'Welja, Rosemary, dat zou prima zijn.' We zaten hier gewoon te praten, hield ik mezelf voor. Ann zou het nooit hoeven weten. Wat zou er trouwens helemaal gebeuren als ze het wel wist? Ze zou hem nooit hoeven zien. Maar toch nam ik me voor om het voor haar verborgen te houden, zeker zolang het alleen nog maar een mogelijkheid was.

'Wel heel wat anders dan liefde te midden van de aso's.'

Alles was heel wat anders dan die ene prestatie. Plotseling schoot me te binnen dat ik eenvoudig niet over de juiste vaardigheden beschikte om te overleven, dat mijn versie van identiteit zo overhooplag met de werkelijkheid dat Ann en ik zouden blijven doormodderen en ons fortuin niet zou groeien maar alleen slinken totdat we in een gemeenteflat aan de rand van een of ander nieuwbouwstadje zouden wonen en het net zou zijn of ons vroegere leven een ander was overkomen. Of, wat veel waarschijnlijker was, totdat Ann me zou verlaten voor een ander die haar wel kon onderhouden en zou helpen het kind op te voeden. Wakker worden, Tom! Wakker worden! 'Ik snap niet waarom ik nog aarzel, Rosemary. Ik wil maar wat graag weer met Hallie samenwerken. Ik vind het geweldig dat hij dat in overweging wil nemen. Is hij in de stad?'

'Ja.'

We keken elkaar strak aan. Ik zei: 'Bedankt, Rose.'

'Ik zal zeggen dat hij je moet bellen. Ik wil je graag steunen, Tom. Ik heb grote bewondering voor je inzet.'

Het was het makkelijkst om dat maar te negeren, zowel uit gêne als omdat ik niet wist waar ze het over had. 'Als hij dan maar wel mijn mobiele nummer gebruikt. Er is iets mis met de telefoon thuis.' Namelijk dat Ann die zou kunnen opnemen. Ik schreef het nummer op en schoof het over haar bureau. 'Volgens mij heeft Cheryl het, maar voor alle zekerheid.'

'Goed.'

'Ik kan je niet vertellen hoe geweldig ik dit op prijs stel.'
'Niets te danken.' Ze klapte nog verder dicht, als zoiets al mogelijk was. Ik werd misselijk bij het gevoel dat ik haar had teleurgesteld, dat ik niet geslaagd was voor de test. Het was overduidelijk dat ze wilde dat ik vertrok en nauwelijks een behoorlijk afscheid kon verdragen. Ik maakte dat ik wegkwam.

Bij de afscheidsborrel voor Anns zwangerschapsverlof die vrijdag ving ik een glimp op van wat vrouwen allemaal van elkaar te verduren hebben, die bodemloze bron van vrouwenweetjes over bevallen. 'Sommige vrouwen ervaren een bevalling als een inval, een schending, een soort verkrachting,' zei Alison, de sproetige receptioniste uit Nieuw-Zeeland, op een zachte gromtoon die ze voor ernstige mededelingen bewaarde. Alison had geen kinderen. Ann en Julie, een van de röntgenlaboranten, hadden een weddenschap afgesloten op hoe lang het zou duren voordat ze eindelijk uit de kast kwam. Alison woonde samen met haar beste vriendin, ook uit Nieuw-Zeeland, die een vriendje had aan wie Alison een grote hekel had. Ann had haar eens huilend op de wc aangetroffen vanwege de ruzie die zij en haar flatgenote die ochtend hadden gehad. 'Ik heb een bloedhekel aan dit rotland!' snikte Alison tegen Anns hals. 'Ik wil naar huis!' 'Dat snap ik,' zei Ann. 'Ik had het ook moeilijk toen ik hier net was.' Alison had verbijsterd naar haar gekeken. 'Maar jij bent Engelse.' 'Nee, dat ben ik niet.' Ann legde het uit, en vanaf dat moment had ze Alisons vriendschappelijke avances moeten zien te ontwijken, alsof ze lid waren van dezelfde club. Het Genootschap voor vrijwillige ballingen. De worstenbroodjeseters, de lagerdrinkers, de afkrakers van het Rijk. Ze ontweek alle veelbetekenende blikken van de receptioniste, haar uitnodigingen voor feestjes van tegenvoeters onder elkaar, en ze had haar zo verschrikkelijk tegen zich in het harnas gejaagd dat ze voortaan werd overgeslagen bij een rondje cappuccino, als laatste haar telefonische boodschappen doorkreeg, en nu dus werd getrakteerd op Alisons gewelddadige theorieën op het gebied van bevallingen.

'Verkrachting,' zei Ann, terwijl ze van haar broodrolletje met ham opkeek, 'echt iets om je op te verheugen.' Ik snoof. Ze gaf me een por met haar elleboog. Een sociaal werkster die ik niet kende keek vanaf haar plekje op de keukenbank woest naar Alison. 'Ik vond het overweldigend toen ik beviel,' verkondigde ze. 'Je brengt een leven voort.' Ze boog zich naar Ann. 'Laat je niets wijsmaken door mensen die iets anders beweren. Jij hebt de macht. Het is orgastisch. Echt waar.'

'Bedoel je dat je echt …' vroeg Julie terwijl ze Anns blik probeerde op te vangen.

'Er is een man aanwezig,' hielp ik ze herinneren. Het waren er eigenlijk twee, maar ik wist niet zo zeker of verpleegkundige Boris wel meetelde. Het hoofd radiografie, op en top een man, was veel te belangrijk om mee te tellen.

'Overweldigend,' herhaalde de sociaal werkster met haar blik wazig en op oneindig.

Achteraf zei Ann dat ze het liefst haar vingers in haar oren had gestopt en *lalalala* had gezongen. Ze vond het vreselijk zoals haar lichaam openbaar bezit was geworden, en haar privé-aangelegenheden het mikpunt werden van al dat biologische gespeculeer. Ze kon er absoluut niet tegen om vrouwen van haar leeftijd hun kinderen in cafés de borst te zien geven. En daar was ze dan, na al die tijd dat ze de mogelijkheden van haar lichaam uit de weg was gegaan, op de oever van het late moederschap, als onderdeel van een trend die zich bij een hele generatie voordeed, een van kleurencodes voorzien grafiekje bij een artikel in een tijdschrift.

'Nou ja,' zei de sociaal werkster toen Alison naar de wc was vertrokken ('Neem me niet kwalijk, maar ik moet even van het toilet gebruikmaken.' Waarom was dat toch zo'n aanstootgevende zin?) 'Ze zeggen dat het soort bevalling dat je hebt erfelijk kan zijn. Mijn moeder had heerlijke bevallingen, en mijn drie zusters en ik net zo. In onze cultuur wordt die van moederskant doorgegeven kennis, die overerfde wijsheid toch wel zo erg onderschat. Als jij in een Afrikaans dorp zat, zouden alle grootmoeders tijdens en na de bevalling voor je zorgen, je inwrijven met oliën, je in verzachtende dierenvellen wikkelen en je de vrouwenkunst van de borstvoeding bijbrengen ...'

'Maar dan had je de vrouwenbesnijdenis al achter de rug,' fluisterde ik Ann in haar oor.

Ze gaf me een duw. 'Ga nog maar een glas wijn halen.'

'Dus,' ging de vrouw verder, 'weet je hoe jouw geboorte voor je moeder is geweest?'

'Geen idee. En ik kan het haar niet vragen, want ze is dood.'

Ik keek met een ruk op van de tafel met plastic bekers. Het was niets voor Ann om zo bot uit de hoek te komen. De sociaal werkster had haar geïrriteerd. Er was wat wijn overheen gegaan; ik depte hem op. Julie ving mijn blik op en vroeg wanneer ze op Anns verjaardagsfeestje de volgende dag verwacht werd, maar ik concentreerde me op het andere gesprek.

'Ach, neem me niet kwalijk.' De sociaal werkster, die stilletjes in paniek raakte. 'Wanneer is ze overleden?'

'Toen ik klein was. Ik heb haar nooit echt gekend.'

De sociaal werkster zag er doodongelukkig uit, alsof zij Anns moeder weleens vermoord kon hebben.

'Toch niet tijdens ...'

Het duurde even voordat Ann bedacht wat ze bedoelde. 'Nee, nee,' lachte ze, 'niet tijdens de bevalling.'

'Kom maar wanneer je wilt,' zei ik tegen Julie. 'Na achten.' Ik bracht Ann een bekertje wijn en keek met genoegen naar het gezicht van de sociaal werkster toen Ann de wijn in één slok achteroversloeg.

Boris vroeg wat ik aan het schrijven was.

'Niets,' zei ik omdat ik geen leugen kon bedenken. In de vier, vijf dagen die na mijn gesprek met Rosemary verstreken waren sloeg mijn polsslag op tilt en raakten de pezen in mijn handen verlamd zodra mijn mobiel overging. Hallie had nog niet gebeld. Het was van het grootste belang dat ik zijn telefoontje afwachtte. Ik zou het contact niet entameren, daar moesten te veel excuses bij te pas komen – en toch snakte ik ernaar dat hij zou bellen, snakte ik naar het moment dat de zorgen om het werkloos zijn ten einde waren.

'Verdovende middelen,' zei Julie, die twee kinderen had. Haar wangen waren roze van de wijn, ze was de controle over haar stemvolume kwijt en begon steeds luider te praten. 'Ruggenprik, pethidine, diamorfine, lachgas. Ruk de medicijnenkast maar open.'

'Die heb ik achter me gelaten,' zei Ann met een grimas. 'Ik ga gewoon de strijd met de pijn aan.'

'Ik benijd je wel dat je een tijdje uit deze bedoening weg kunt.' Julie sloeg een flapje van haar korstloze tonijnsandwich terug en snuffelde eraan voordat ze hem in haar mond stak en met volle mond verder praatte. 'Vorige week moest ik een ex-vriendje van me behandelen.'

'Dat zal wel even lastig zijn geweest,' lachte ik.

Ze knikte. 'Zo, kanker, dat heb je ervan als je mij in de steek laat.'

'Wat had hij? Of mag je dat niet zeggen?' Misschien was dat wel ongepast, net zoiets als aan een bajesklant vragen waarvoor hij zit.

'Hersentumor.' Ze barstte in lachen uit. 'Neem me niet kwalijk. Kijk nou niet zo naar me, Ann. Jij bent vast ook weleens een bekende tegengekomen.'

'Nee.'

'Afgezien van die man dan,' zei ik. Buiten ebde het licht weg.

'Welke man? Oeps!' Julies elleboog schoot van de rand van de tafel. 'Laten we uitgaan.'

'Nee, we moesten maar eens op huis aan.'

Iedereen omhelsde Ann, klopte op de babybult, duwde het cadeautje waar ze allemaal wat voor hadden ingelegd (wat zou het zijn? Een chique bodylotion?) in haar handen, en zeiden dat ze haar zouden missen.

'En goed voor haar zorgen, hoor.' Boris stak een vermanend vingertje naar me op.

Ik haalde Julie bij de deur in, terwijl de receptioniste om Anns hals hing. 'Ann heeft jou vast over die man verteld.'

'Nee. Of wel?' Door de alcohol heen zocht Julie haar geheugen af. 'Iemand die ze uit Australië kende?'

'Nee. Laat maat zitten.' Ik omhelsde haar. 'Tot morgen op het feestje.'

Bij onze thuiskomst van Barts werden we te midden van de gebruikelijke reclamepost – 'Hartelijk gefeliciteerd, u hebt een prijs gewonnen', gratis pennen van Oxfam en bedelbrieven van Greenpeace; Ann vond die achteloze houding tegenover papier van een stel milieuactivisten behoorlijk verontrustend – begroet door een brief van onze hypotheekverschaffer. Ik schoof hem naar de achterkant van de stapel en opende hem toen ik alleen was, midden in de keuken staand, toen Ann in bad was. We hadden drie betalingsherinneringen gemist. Ik staarde ongelovig naar het papier. Het was vrijdagavond. Bij de bank nam niemand op. Niemand kon iets zeggen om mijn bonkende hart tot rust te brengen. Boven gorgelde het water weg door de afvoer. Ik had de boel verkloot, op de een of andere manier de dingen niet goed aangepakt … Ik dacht wel dat we op het scherp van de snede bezig waren, maar dat we nu drie herinneringen gemist hadden, nee. In de brief werd ons een week gegeven om de zaak recht te zetten en anders zou de gedwongen verkoop in gang worden gezet. De woorden die in de doorwaakte nachten sinds Alan Tranter me de laan uit had gestuurd door mijn hoofd hadden gespookt lagen nu hier tastbaar in mijn handen, het was dus echt mogelijk om het huis kwijt te raken. Tenzij ik iets ondernam. Ik liep naar de kraan en klokte water naar binnen, maar de spanning in mijn slapen en kaken werd alleen nog maar strakker. Mijn maag kneep samen en ik kotste water in de gootsteen. Mijn ribben brandden in mijn zij. Ik bonkte op mijn borstkas. Als ik nu een hartaanval kreeg werd de hypotheek in elk geval betaald. Toen ik in de slaapkamer de televisie hoorde aangaan, haalde ik mijn mobiel uit mijn zak.

De laatste tralies werden de volgende ochtend voor de ramen aangebracht, op de dag dat Ann negenendertig werd. 'Hartelijk gefeliciteerd met je verjaardag,' zei ik bij wijze van grapje terwijl ik de blinddoek van haar ogen haalde om de nieuwe look van de keuken te onthullen, met een rood lint om een van de zwarte ijzeren staven gebonden. De werklui, twee sjofele, jonge opportunisten die waarschijnlijk alles in zich hadden om sleutels na te maken voor bevriende inbrekers en vervolgens volstrekt niet meer te achterhalen zouden zijn zodra je net beveiligde huis was leeggeroofd, stonden op hun cheque te wachten. We hadden nu tralies in elke kamer behalve onze slaapkamer, die aan de straatkant lag. Hoe bang we ook voor de man waren, we verwachtten niet dat hij een ladder zou halen – of liever gezegd een steiger in elkaar zou knutselen, want een ladder kwam niet hoog genoeg – en op het slaapkamerraam zou komen kloppen. Het besluit om die kamer met rust te laten is er één in een heel lange reeks al of niet ondernomen acties die ik mijn leven lang zal blijven betreuren.

'Lieve schat,' zei Ann, 'dat had je nou niet moeten doen.'

'En dit is ook voor jou.'

Het was lastig geweest om te bedenken wat ik voor Ann moest kopen. Omdat ik een idioot was, dacht ik dat het beter was om het grove geschut te bewaren voor een belangrijke gebeurtenis als haar veertigste verjaardag. We hebben haar veertigste verjaardag nooit gevierd. Ze hing haar cadeau – een antieke, fraai verzilverde spiegel – in de slaapkamer. Het viel me op dat ze naar de muur ernaast keek en niet in de spiegel, terwijl ze hem ophing.

'Wat ben je toch mooi,' zei ik.

'Het zal wel.'

Hoe ellendig ik het ook vond om die tralies aan te brengen, Ann doordrong me ervan dat we blij mochten zijn dat we zo veel ruimte in ons huis hadden. Tegen de tijd dat we verhuisden was de flat in Camden een cel geworden; de gedachte om daar een baby te krijgen was onverdraaglijk. Iedereen die we kenden had een obsessie voor ruimte, voor het gebrek eraan en hoe je meer ruimte zou kunnen krijgen. Andy en Tonia hadden in hun maisonnette aan Redcross Way te kampen met een benedenbuurman die de hele nacht housemuziek draaide en de tuin vergiftigde met zijn aftershave. Toen wij nog in onze twee-kamerflat in Camden zaten, hadden Andy en Tonia geen recht van zeuren. Zij waren huizenbezitters, terwijl wij als einddertigers nog steeds ten prooi waren aan de onzekerheden van een huurhuis en de vernederingen van een halfjaarlijkse inspectie van de flat door Afzetters & Oplichters BV, onze weerzinwekkende huiseigenaar van Theberton Street. Ooit waren we heimelijk nogal tevreden met onszelf geweest omdat we in Camden woonden, vlak bij Primrose Hill en het park, maar met evenveel grunge en street cred als de bands waar we graag naar luisterden. En toen werd Shoreditch hip, ineens was het een en al Hoxton wat de klok sloeg, Anns vrienden van de kunstacademie met hun Bethnal Green-geknauw verschenen in tijdschriften van het meedogenloos coole soort dat ik niet meer kocht maar bij de kapper doorbladerde. Ergens onderweg waren we het soort mensen geworden dat om straatmode lachte in plaats van hem te volgen. Evenmin hadden we er nog zin in om ergens te wonen waar 's ochtends anoniem braaksel op je stoep lag. En we hadden ruimte nodig. Jarenlang hadden we geen last gehad van de krappe, smerige behuizing, maar ineens, alsof er een betovering was verbroken, was dat het enige wat we nog zagen. Ann huilde als ze thuiskwam van haar werk. We lagen op bed en ze zei: 'Hou me vast, hou me alsjeblieft stevig vast.' Ze was bang dat ze nooit geld zou hebben, zich nooit iets zou kunnen permitteren, nooit verder zou komen. Ik drukte haar armen tegen haar ribbenkast om haar te helpen het beven weg te ademen en nam de acht stappen naar de ruimte ernaast om thee te zetten. De gedachte ging door me heen om eens te informeren naar mogelijkheden om les te geven, misschien bij de National Film and Television School waar ik had gestudeerd, al was ik bij lange na niet hun meest illustere student.

'We kunnen naar Australië verhuizen,' zei ik bij wijze van grapje, 'je zou met me kunnen trouwen en een heuse Aussie van me kunnen maken.'

'Nee,' kreunde ze met een zwak lachje vanuit de slaapkamer. 'Dan blijf ik nog liever mijn hele leven huren. Dat doen ze in Europa ook.' Ze kwam het zitgedeelte in gelopen en nam dezelfde houding aan op de bank, met haar knieën opgetrokken tegen haar borst. 'Waarom zitten we nu toch zo vast aan dat kopen? Waarom ik, in elk geval? Die onuitstaanbare artikelen in *The Standard*, en ik trap er elke keer weer in.'

Het was waar, ik begreep het niet en kon het niet aan haar uitleggen. Ze wilde ruimte, net zoals ze stevig wilde worden vastgehouden. Net als haar voorouders die naar dat reusachtige land waren gestuurd uit gebrek aan ruimte in hun eigen land en zodra ze daar waren aangekomen niet wisten hoe snel ze bij elkaar moesten kruipen aan de randen van dat land, zo dicht mogelijk bij de verafgelegen rest van de wereld, omdat dat uitgestrekte Australische binnenland onverdraaglijk warm en weids was. We snakken naar ruimte en we zijn er bang voor. Er is niets zo ontregelend als een stadje op zondagochtend, met de geprangde kusgeluidjes van krekels in al die open achtertuinen, de stilte boven de omringende velden. En dit huis aan Daley Street, dat we bij een gedwongen verkoop hadden gekocht (wat me nog steeds niet lekker zat), wat was daarvan het grootste pluspunt, afgezien van de prachtige beschutting die de steeds verder reikende plataan bood? Hier zaten we vlak bij Hackney Marsh, bij de open vlakten van sportvelden en de lucht die zich steeds weidser en hoger uitstrekte naarmate je langer in de bus zat. Geef me land, heel veel land, maar zet er wel een verdomde groot hek omheen met een toegangscode en een irisscanner. Ann en ik hadden in onze toekomstige slaapkamer met de makelaar tussen ons in door het raam naar de sjofele speeltuin aan de overkant staan kijken, en naar de torenflat die erachter oprees.

'Leuk uitzicht,' zei ik.

'Het rare met torens is ...' de makelaar draaide zich van het raam af, 'dat je ze na een poosje gewoon niet meer ziet. Dan verdwijnen ze.'

Na de onthulling van de tralies voor de ramen nam Tonia Ann onder haar hoede. Ze hadden een verwendagje gepland, met manicures en massages en Joost mag weten wat nog meer. Ze kwam 's ochtends in Andy's gedeukte oude Saab naar ons toe en nam Ann mee naar Stoke Newington. Ik was nog steeds verbijsterd dat het opluxen zo erg om zich heen had gegrepen dat je tot vlak achter Stokey Church Street in een geurige ruimte hete olie op je gedruppeld kon krijgen, terwijl die straat in feite altijd behoorlijk ordinair was geweest. Ik had Ann eens opgehaald bij dat zogenaamde dagkuuroord, het was er een en al taupe wat de klok sloeg en het rook er naar van die kaarsen die je aan vijgen of vanille moeten doen denken maar die in feite alleen maar een kunstmatige geur verspreiden. Ze vervullen de lucht van een glibberige substantie, een miljoen minieme deeltjes die de atmosfeer verdichten tot alles met een dun laagje overdekt zou raken, als ze maar genoeg van die kaarsen konden branden, en iedereen binnen hun bereik bij wijze van spreken in een schepsel van Madame Tussauds zou veranderen. Toen de vrouw met haar witte jas de van ontspanning verdoofde Ann de receptie binnenloodste waar ik zat te wachten, had het er veel van dat ze een lobectomie had ondergaan. Dat is wat we tegenwoordig onder plezier verstaan: mensen betalen om zich als arts te verkleden en ons vervolgens te behandelen alsof we de gruwelijkste bezoekingen hebben overleefd en nu in de watten moeten worden gelegd. Je moet vooral meer tijd voor jezelf vrijmaken.

Ann had het verdiend. Ze wist zo goed hoe je met de angstigen, de zieken en de zwakken over hun lichaam moest praten en over wat er nu met ze ging gebeuren. Teder en snel legde ze haar repen mousseline neer en smeerde ze het koude gips over de lichamen van kinderen, van vrouwen die op het punt stonden hun vruchtbaarheid kwijt te raken, over de kreukelige, gevlekte huid van oude dames die elk moment konden overlijden. 'Dit voelt een beetje koud aan,' zei ze dan, en: 'Nu voelt het een beetje strak, maar dat duurt maar heel even.' Is het je weleens opgevallen dat mensen het over 'mensen' hebben, 'mensen doen dit, mensen doen dat', zonder zich blijkbaar te realiseren dat die mensen ook een persoon zijn? (Ik doe het nu zelf ook!) Ann deed dat nooit. Mensen waren voor haar nooit die rare schepsels daar, met hun vier ledematen. In elk geval haar patiënten niet.

Terwijl Ann en Tonia hun nagels lieten vijlen en lakken ging ik naar Borough Market. We zouden chorizo met rucola eten, zachte broodjes, een enorme schotel langoustines met mayonaise, radijsjes en diverse soorten kaas en *habas fritas*, met als toetje een sinaasappel-amandeltaart. Voor mijn gevoel kon de baby in zo'n vergevorderd stadium van de zwangerschap moeilijk een hersenbeschadiging oplopen van een niet geheel vers schaaldiertje; ze was tenslotte al zo ongeveer van hem bevallen. Ik zou onderweg even bij Andy langsgaan, zodat ik een soort alibi had. Ik moest nog voor een andere boodschap naar de markt, iets waar Ann niets van afwist.

Andy had zijn ochtendjas nog aan en zijn bril op, en zijn haar piekte naar alle kanten. Stapels nakijkwerk lagen op de keukentafel uitgespreid. Ik hield van hun flat. Een muurschildering met Tonia's expressionistische vogels vloog langs alle wanden, felgekleurde lappen lagen over hun gammele meubels gedrapeerd en Andy was goed in de verzorging van kamerplanten. (Tuinieren: 'hart'; interieurtijdschriften: 'geen hart'.) Andy zette koffie in zijn percolator en we namen onze koppen mee naar hun balkonnetje met groenvoorziening, met in de ene hoek Tonia's fiets gepropt en uitzicht op de aanpalende gebouwen, en beneden een openbare parkeerplaats. Als je op een stoel ging staan en je nek verdraaide kon je tussen twee bakstenen huizenblokken door een gat zien dat de lucht boven de rivier was. Andy vertelde dat hij niet naar het feestje kwam.

'Waarom niet?'

Hij kreunde en trommelde op zijn knieën. 'Ik denk dat ik mijn biezen pak.'

'Wat bedoel je?'

'Zeg nog maar niets tegen Ann. Tonia wil het haar pas na haar verjaardag vertellen.'

'Andy.' Ik voelde me misselijk worden. 'Wat bedoel je?'

Hij krabde met twee handen zijn voorhoofd. 'Ik heb iets met iemand anders.'

'Dat meen je niet.'

Het was al een paar maanden gaande. Een docente in opleiding. En jong, natuurlijk was ze jong. Ze heette Karma. Karma? Dan vroeg je er ook om. Hoe had ik dat nou kunnen missen? Ik kon het gewoon niet geloven en dat zei ik ook. Tonia ging een paar weken bij familie in Castries logeren, vertelde hij. In die tijd zou hij elders onderdak zoeken. Hij schommelde met zijn blote voeten tussen de spijlen van het balkon. 'Het komt me de strot uit om me hier rot over te voelen,' zei hij. 'Karma is fantastisch.' Ik bedoel maar. Dat zei hij letterlijk. Dit gebeurde echt. De geur van de koffie, de zon op mijn benen, de weemoedige singer/songwritermuziek van de woning ernaast maakten het allemaal echt.

'Jezus, Andy.'

'Ik heb al die tijd mijn best gedaan om net te doen alsof dit niet gebeurde, dat ik niet zo'n kerel ben.' Hij glimlachte naar de man die beneden zijn auto aan het wassen was, maakte een groetend gebaar. 'Alles goed?'

De man knikte omhoog. 'Mooi weer, vandaag.'

'Inderdaad,' riep Andy terug. 'Inderdaad.' Hij keek me recht in het gezicht. 'Ik ben wel zo'n kerel.'

Nadat we daar een tijdje zwijgend hadden gezeten ging Andy's mobiel in de slaapkamer over en hij nam het gesprek aan. Ik spoelde de koffiekopjes in de gootsteen uit. Voelde ik me gekwetst omdat hij me niet in vertrouwen had genomen? Het was zo erg voor Tonia. Iets in me zei dat Andy's nieuwe vriendin, die meid met die idiote naam, binnen de kortste keren zwanger zou worden. Deels had ik bewondering voor zijn genadeloosheid. Zijn eerlijkheid. Maar zelfs toen het veranderde landschap van onze vriendschap zich voor me ontrolde bleef het nieuws aan de oppervlakte van mijn begripsvermogen, niet te verwerken. Ik klopte op de deurpost van de slaapkamer, zwaaide ten afscheid naar hem en maakte een wiebelend 'ik bel je nog wel'-gebaar voordat ik mezelf uitliet.

Ik was laat genoeg op de markt om de ergste gezinsmenigte te vermijden, wat inhield dat ik de confrontatie moest aangaan met de toeristen. De rossige Zweden en lompe Australiërs en Amerikanen in hun gestreken katoenen broeken, en stinkende Spaanse jongeren met ongewassen haar die de nacht op de markt van Camden hadden doorgebracht, de gretige Canadezen en de veel te keurig geklede Italianen, kortom, iedereen behalve degenen die te arm waren om Londen te bezoeken en de Fransen die geen behoefte hadden aan onze zielige Britse poging om eten serieus te nemen, die daar alleen maar waren als kooplui en die tussen mij en de etenswaren die ik moest kopen in stonden. Het was complete waanzin, weer zo'n typisch oververhitte Londense versie van het een of ander, en in dit geval bedoeld om door te gaan voor een boerenmarkt op het platteland, zoals vreselijke types als mijn ouders voor ogen stond, die hele zomers spendeerden op zoek naar het beste gevogelte in Gordes. Je hebt in Coustellet een fantastische *fromagerie*, ben je daar al eens geweest? Moet je deze olijfolie eens proeven, die wordt verbouwd door een mannetje met wie we bevriend zijn geraakt in de buurt van ons huis in Lucca. Proef je de zonneschijn er niet aan af? Het barst van de mannetjes in de wereld van mijn moeder, ze zijn zo handig en geweldig slim. Soms hebben ze zelfs een naam: Mark, Geoff, Pat. Binnenkort slaat zo'n mannetje zijn handjes nog eens om mijn moeders hals om haar te wurgen. Ik dwaal af.

Hallie – die afspraak met Hallie was wat ik voor Ann geheim had gehouden – was niet in de pub toen ik aankwam. Ik vond een tafel die niet al te erg in een hoek was weggestopt en ging zitten wachten, met mijn hoofd beurtelings bij Andy en Tonia, wat ik tegen Hallie ging zeggen, de etenswaren die in de auto lagen uit te slaan, en mijn slechte aanpak van deze dag. Ik had het eten het laatst moeten kopen, maar ik had me zorgen gemaakt dat het uitverkocht zou raken en door dat eten eerst te kopen betoonde ik mijn loyaliteit jegens Ann, ik zat zelfs nu aan haar te denken, zelfs nu, bij deze afspraak waar zij niets van wist en die ze nooit zou goedkeuren, dacht ik nog aan haar, ik deed het voor haar. Het ijs rond de langoustines zou aan de oppervlakte smelten en misschien zelfs een beetje de plastic zak uit lopen. De kaas, die toch al groen was uitgeslagen, zou bederven. Misschien moest ik terug naar de visstal, vragen of ze de schaaldieren nog even terug wilden nemen. Maar dan zou Hallie misschien binnenkomen en aanstoot nemen aan mijn afwezigheid, en dan zou ik de zaak verkloten. Er was maar één ding waar ik vastbesloten over was. Als hij me een klus aanbood zou ik die met beide handen aannemen. Desondanks roffelden mijn voeten manisch op de vloer onder het ronde tafeltje, alsof ze wisten dat ik ervandoor wilde.

Hij was nog net zo reusachtig als vroeger, dat wil zeggen, groter dan de meeste mensen, met een enorme turkooizen sjaal om zich heen gewikkeld, zijn roodblonde haar boven het rode Australische gezicht in de ruimte rondspiedend op zoek naar een prooi. Moest ik 'Hallie' zeggen of afwachten tot hij me zag?

'Daar hebben we die verdomde Tom Stone.' Het was tenminste niet 'die klootzak Tom'. 'Wat heb ik jou een tijd niet gezien.'

Ik haalde de drankjes. Zulk vertoon van mannelijkheid is een must. Ik wist dat ik ballen had, ik had Ann tenslotte zwanger gemaakt, maar ik was vastbesloten om het niet over haar te hebben. Als ik haar niet noemde, bestond ze niet. Als ze niet bestond kon ik haar niet bedriegen. Als ik haar niet bedroog was het niet walgelijk om Hallies geld aan te nemen.

Ik zette het bier voor hem neer. Hij stond op en omhelsde me. Ik had niet verwacht dat ik omhelsd zou worden. Het was niet helemaal vriendelijk bedoeld. Het hielp me eraan herinneren, alsof ik dat nodig had, dat hij reusachtig was.

'Ik wil mijn excuses aanbieden voor wat er in Fiji is gebeurd, Hallie.'

In zijn keel voltrok zich een soort gesmoord walrussengeluid. Ogen gluurden over de vlakten van zijn wangen. In afwachting van meer.

'Ik begrijp best dat je me wel moest ontslaan. Het was buitengewoon onprofessioneel om het project … zomaar in de steek te laten. Ik was in paniek. Het spijt me oprecht dat ik je tijd heb verspild.'

Zo veel excuses had ik misschien nog nooit van mijn leven iemand aangeboden.

'Het is al goed,' zei hij. 'Die verdomde onafhankelijke filmmakers ook altijd.'

'Ha ha, ja.' Even stilte. Hoe nu verder? 'Sinds wanneer ben je terug in Londen?'

'Een maand of zes. Ik vlieg natuurlijk voortdurend over de grote plas op en neer. Kwam in LA nog een maat van je tegen.'

'Echt waar?' Had ik dan een vriend in LA?

'Een kerel van de tv. Heeft het een of ander geschreven.'

'Ach ja.' Had ik tegen Simon iets gezegd over dat gedoe in Fiji? Er zat me iets dwars.

'En weet je wie ik nog meer ben tegengekomen. Het is verdomme niet te geloven, maar toen ik net terug was, liep ik bijna je vrouw tegen het lijf.'

'Hè?' Nee, dat kon niet kloppen.

'Jawel, je vrouw. Je bent toch zeker getrouwd? In Fiji?'

Het onbehagen stak zijn klauwen naar me uit. 'Waar heb je Ann gezien?' Het kon haar niet geweest zijn. Dan had ze het gezegd.

Hij dacht even na. 'Ergens ... O ja, in het ziekenhuis.' De aannemelijkheid daarvan bracht me van mijn stuk ... Verbijsterd zat ik dit te verwerken terwijl hij met een vinger naar zijn grote cornedbeef-gezicht zei: 'Plekken huidkanker, ik heb ze eruit laten snijden.'

Nu zag ik de kleine plekjes lichtergekleurd, rauwer roze ter grootte van een vingernagel aan de zijkant van zijn neus en bij zijn haargrens. Arme Hallie. Ik stelde me hem als jongen voor, spelend in een verpieterde tuin. 'Ann heeft helemaal niet verteld dat ze je heeft gezien.'

'Nou ja, misschien is dat ook niet zo. Het was van een afstand.' Hij lachte scheef en nam een flinke slok bier. Wat een geluk dat zij hem niet had gezien bij Barts. Hij nam me op alsof hij erover nadacht of hij al of niet iets zou zeggen. 'Dus alles gaat goed?'

'Ja hoor, absoluut. Nou ja, weet je,' – hoe moest ik dit weer rechtbreien, er bestond gewoon geen elegante manier – 'je hebt waarschijnlijk wel van Rose gehoord dat ik op zoek ben naar werk.'

Hij ontspande zich, keerde terug in de ruimte. We waren nu weer mannen onder elkaar, niet langer verdwaald in een emotioneel achterland. 'Wat heb je voor me?'

Dat had ik ook niet verwacht. 'Aha, juist.' Weifelend nam ik het vampierenverkooppraatje door, en de andere door iedereen in de stad verworpen ideeën. Hallie raakte zijn bier niet aan. Het enige wat aan hem bewoog was zijn buik, de trage ademhaling van een schepsel dat zuinig met energie heeft leren omspringen. Naar binnen. Naar buiten. Ik zou verdrinken.

'Het zit zo, Hallie. Rosemary heeft gezegd dat jij misschien iets had. Dat je misschien een schrijver nodig had.' Ik bedoel, waarom zou ik hier anders zitten? Ik solliciteerde niet naar een baantje als schoonmaker van zijn zwembad. Nog niet.

'Waarachtig?' Hij grinnikte. Ik kreeg het wilde idee dat ik onderdeel was van een practical joke en gevangenzat in een poets die Hallie en Rose elkaar over en weer bakten. 'Ja, ik heb een project onder handen dat herschreven moet worden. Jij bent niet de aangewezen schrijver, maar …'

'Geef me een kans.' Dat klonk altijd een beetje onecht.

Hij nam weer een slok bier. Zoog zijn korte bovenlip naar binnen. 'Neuhh. Ik ben verknipt, maar nou ook weer niet zo verknipt. Rose vertelde dat je aan een fantastisch nieuw project bezig bent. Waar je een liefhebber voor zoekt.' Het laatste restje bier verdween door zijn keel. 'Dus laat maar zitten.'

'Nee, ik meen het echt. Wat het ook is. Geef me een kans.' Later, toen ik mijn handen waste in de smerige wasbak van de pub en intussen mijn gezicht in de spiegel probeerde te vermijden, zag ik de halvemaanvormige indrukken van mijn nagels in de vlezige aanzet van mijn duimen. Het is gelul zoals mensen in de film na een gewichtige beslissing naar hun spiegelbeeld staren – *wie ben ik nu?* Je weet verdomde goed wie je bent, daarom kun je jezelf ook niet aankijken, makker.

'Ik ben op zoek naar iemand die de personages en de dialogen voor dat Fiji-verhaal kan bewerken.'

'Hoe heet het nu?' Soepel, geschokt, alles om tijd te winnen.

'*Blood Resort.*'

Ik sproeide nog net geen bier over tafel. Dat moest een grapje zijn.

'Eerlijk gezegd is de mode nogal veranderd. Mensen maken zich wijs dat ze ook nog een snufje politiek bij hun geweersalvo's willen hebben, een beetje van die moedige, hoogstaande shit. Niet mijn sterke kant.' Het hele, bombastische project was door een Amerikaans schrijversduo goed omgewerkt tot een spannend ritje op het puntje van je stoel. Waar ik al bang voor was. Nu wilde hij er iemand bij halen om de boel 'te moderniseren, een beetje trendy te maken, er wat menselijke toetsen aan toe te voegen'. Menselijke toetsen! In deze van avatars en middelbareschoolporno vergeven wereld. Je had nog meer kans om liefde tegen te komen in een striptent dan een sprankje menselijkheid in iets waar Hallie zijn pootafdrukken op had achtergelaten. Maar onder mijn minachting was ik vooral bang. Bang dat Ann erachter zou komen en weer ziek zou worden. De vernedering van die eerste dagen dat we getrouwd waren brandde nog na. Als ik voor Hallie werkte zou dat verraad zijn aan mijn vertrouwen in haar, mijn blinde loyaliteit, een versie van wat het inhield om getrouwd te zijn die me nu niet goed uitkwam. Sommige mensen vonden dat een kwestie van volwassen worden. Andy zou vinden dat je zo je hart verspeelde. Maar Andy sliep inmiddels met een vrouw die Karma heette.

'Moet je horen, maat, als we dit ... Ik wil best met jou werken, maar bespaar me dat gelazerstraal met je vrouw – ik wil dat jij je werk doet en dat we dit karwei klaren. Kun je me dat garanderen?'

Hij wilde weer met me werken. Echt waar. Een reddingsboei. Hoe het verder met dat probleem van Ann met Hallie zat kon ik altijd later nog uitzoeken. Later, later, later. 'Ik doe het,' zei ik. En ik viel door het konijnenhol omlaag.

Ik reed door de City terug naar huis, en passeerde onderweg weer eens een stel smerissen dat een onfortuinlijke zwarte knaap aan het ondervragen was die in hun ogen in een te dure wagen reed. Van opluchting dat ik een klus had, of zelfs maar het vooruitzicht van een klus, ging ik te hard rijden, en er lagen thuis al meer dan genoeg onbetaalde verkeersovertredingen. Ik hoopte uit de grond van mijn hart dat Tonia kans had gezien haar mond te houden over de breuk met Andy. Misschien zou alles toch nog goed aflopen. We zouden het huis niet kwijtraken! Ik had een tweede kans gekregen bij Hallie, ik kon opnieuw beginnen en de weg terugvinden naar dat carrièrepad waar ik sinds Fiji vanaf was gestruikeld. Er welde een vreugdekreet op uit mijn borst. Dat zeldzame moment dat ik bevrijd was van mijn zelfhaat bracht me bijna aan het huilen van geluk. Maar er was iets wat knaagde, een stekeltje in mijn geluk. Misschien was het Tonia.

Ze kwamen allemaal naar het feestje: de voormalige geliefden – nou ja, Useless Bill, die waarschijnlijk vanaf de andere kant van de stad de kurken uit de flessen had horen ploppen – en de suffe collega's en vriendinnen. Onze vroegere buren uit Camden met hun eigen drugs, en, wat nog beledigender was, hun eigen cd's. De Nieuw-Zeelandse babywalvis van Barts met haar blozende lesbovriendin die woedend naar onze mooie spullen staarde. Anns oude kameraden uit haar tijd op Slade die met hun gemaakt platte accent een eind weg 'weet je wel'-den, en allemaal hun best deden om een plekje in *Private Eye* te veroveren, Tonia die reusachtig haar best deed bij Alan Tranter, die van de midlifecrisis en zijn hevig zwangere vrouw (wat vond ik dat lief van haar; ik liep overmand door emoties naar haar toe en had bijna iets over de scheiding gezegd, maar nee, niet vanavond); Ann die nog enormer was, en nagloeiend van de verwendag ronddeinde met een benevelde blik, al was ze natuurlijk niet high van iets echts. Cheryl 'met de tieten omhoog' probeerde ongeveer een uur voordat anderen zover waren mensen aan het dansen te krijgen. Het was moeilijk om je ogen van haar af te houden zoals ze daar met gesloten ogen stond te springen op Patti Smith, terwijl de huid boven haar heupbeenderen telkens even tevoorschijn flitste als ze haar magere armen omhoogstak.

De keuken rook scherp en knoflookachtig, de chorizo lag op een met aluminiumfolie bekleed ovenplatcau te spetteren, maar in de woonkamer stegen allerlei geuren op om zich vervolgens te vermengen, vanille en watermeloen, de modegeuren van de dag, met daaronder een snelle, dierlijke scheut duistere patchoeli. O god, dat was Kate. Het spul dat ze op had was zo sterk dat het een soort talisman werd, een atmosferisch krachtveld om de duivelse toverkunsten op een afstand te houden. Tonia deinsde terug toen Kate dichterbij kwam en draaide haar hoofd een stukje opzij om aan de geur te ontkomen. Kate bood namens Simon zijn verontschuldigingen aan, en deed net of hij migraine had vanwege de 'red eye' die hij die ochtend had genomen. Ze zei echt 'red eye'. Simon was besmettelijk.

Ann stond tegen de muur geleund en praatte met een oude vriend van Slade die intussen laatdunkend onze cd's doornam. Haar eigen werk, de figuurtjes van klei en was, hielden de wacht op de schoorsteenmantel en de boekenplanken. Ze zag het geworstel van haar kunstenaarsvrienden, hun gecompromitteerde leven, op hun eenenveertigste nog steeds samen met anderen in een flat, nog steeds met het boemeltje uit Whitechapel terwijl ze langzaam veranderden van jonge strebers met een gevoel voor ironie in verbitterde vaste klanten, net als al die anderen. Relaties die verkalkt raakten, tegen de overgang aan hangende vrouwen die zonder een cent te makken nog een kind kregen, gekissebis over weer iemand die een door de British Council toegekend snoepreisje in de schoot was gevallen en die het volstrekt niet verdiende. Het was het allemaal niet waard, en dat wist Ann. Er waren andere dingen waar ze zich mee bezig kon houden. Op haar werk hielp ze mensen. En die zelfexpressie en dat werk, dat was mooi voor in het weekend. Als Ann niet bij Barts werkte en ik geen broodschrijver was, hadden we dit huis niet, de baby niet, en was die nieuwe smeedijzeren barrière tussen ons en de man er niet.

Er was een taart die Tonia had geregeld, en haar gezicht glom toen ze hem door een verduisterde kamer bij een stralende Ann afleverde. Ik moest aan de zwevende, brandende papiertjes met wensen denken op het nieuwjaarsfeest van Kate, en ik keek de kamer door op zoek naar haar. Ze stond in de deuropening van de keuken tussen haar zwarte haar door naar me te kijken. 'Lang zal Ann leven' zongen we met zijn allen toonloos. Wat was dat toch in Kates ogen, die melkachtige blik, het gevoel dat ze opriep van iemand die zit vastgepind te midden van een vloedstroom, een punt van onbeweeglijkheid waar de lucht als een rivier langs voortjaagt. Ik maakte mijn blik van haar los.

'Toespraak, toespraak.'

'Goed dan.' De lichten gingen weer aan. Ann straalde, ze was euforisch en had zelf wel naar het plafond kunnen zweven als een menselijke bal van vuur. Ze zei een paar allerliefste dingen over haar vrienden, over mij – eerlijk gezegd was het allemaal nogal overtrokken. De toon die ze aansloeg deed me aan iets denken. Tippi Hedren in *Marnie*. We waren een paar avonden daarvoor naar de nieuw uitgebrachte versie wezen kijken. En nu stond ze, zo te zien onbewust, de geruststellende cadans te gebruiken van een oude Hollywoodster, een stem die handschoenen tot aan haar pols en zijden kousen droeg: 'Ik had echt nooit gedacht dat mijn leven er zo zou gaan uitzien.'

'Bravo!' Tonia redde de situatie. We brachten een toast uit op Ann en ik werd naar het midden van de kamer geduwd, waar ik haar arm vastpakte.

'Wat zeg je na zoiets? Nou ja, ik moet zeggen dat ik enigszins verbijsterd en diep onder de indruk ben omdat Ann zo'n positief ingesteld mens is. Ze had in Australië op stranden kunnen liggen zonnen en affaires kunnen hebben met goddelijke surfers, maar ze kiest ervoor om op een kankerafdeling te werken en in de East End te wonen, getrouwd met een semibejaarde sukkel, zonder steun van haar familie, en met een hypotheek van heb ik jou daar – maar als dat nou haar grote droom is, wil ik haar best van dienst zijn.' Ik kuste haar op de wang. 'Kan iemand de muziek misschien iets harder zetten? Volgens mij wil Cheryl dansen.'

'Een ogenblikje.' Dat was Kate. 'Voordat je dat doet, wil ik nog even iets zeggen.'

Dat was een verrassing. Haar haren glommen als glanzende veertjes in het lamplicht. Wat droeg ze eigenlijk, afgezien van die overweldigende hoeveelheid hippie-olie? Een nachtblauwe jurk die vlak langs haar lichaam tot op de grond viel zonder concessie aan de modieuze, achteloze plooien en strakke heupbroeken die de andere vrouwen aan hadden.

'Ik ken Ann nog niet zo lang, misschien wel het kortst van

jullie allemaal. Maar in de tijd die ik met haar heb doorgebracht, ben ik diep getroffen door ...' Ze zweeg even. Ze wist best welk woord ze ging gebruiken maar moest uit alle macht de aanvechting onderdrukken om op de loop te gaan en zich te verstoppen. 'Diep getroffen door haar dapperheid.' Het was een merkwaardige woordkeus, maar alles aan Kate leek nu eenmaal vreemd. We werkten ons al mompelend door de volgende toast; de timing klopte niet meer, iedereen had er genoeg van.

Ann stevende op Kate af en nam haar in een flinke omhelzing. Tonia en ik stonden nog even naast elkaar wat te drinken, allebei lichtelijk overboden door Kates gebaar. Ik kneep even in Tonia's hand. 'Gaat het, T? Ik vind het ellendig.'

'Hoeft niet.' Ze grijnsde me al te opgewekt toe en stapte vervolgens kordaat weg.

Ann gleed langs de muur op de grond om haar schoenen uit te trekken. Ik ging naast haar zitten en deed mijn ogen dicht, met mijn hoofd achterovergekanteld tegen de muur en mijn hand over de hare. Van alle fijne dingen die er op dat feest gebeurden was dit wel het fijnst. Cheryl danste als een New Yorkse verkeersagent aan de speed. Ik dook de keuken in voor strategische opruimwerkzaamheden. De leden van de kunstknikkersbende maakten dat ze wegkwamen. En in de eerste ruimte die ik die hele avond voor mezelf had, terwijl het feestje onverminderd voort denderde, gaf ik me over aan het trotse, machtige gevoel dat het me gelukt was ons leven van de rand van de ondergang vandaan te sleuren. Achter mijn rug was iedereen die ooit belangrijk voor ons was geweest aan het praten, dansen, drinken, aanstellen en kibbelen. De gedachte kwam in me op dat het net de bruiloft was die we niet hadden gevierd. Useless Bill kwam naar me toe. 'Uhh, je vrouw denkt dat de baby komt, man.'

Kate bleef om verder op te ruimen en zuipschuiten als Cheryl te helpen een taxi te vinden. Ann verbeet zich op de achterbank van Tonia's Saab, met een hand aan de kleine beugel boven het portier rukkend en de andere om mijn schouder geklemd. Uit de kracht waarmee haar vingers zich in mijn schouder groeven leidde ik af dat de weeën behoorlijk pijnlijk waren. In de greep van alle opwinding was er eenvoudig geen tijd om me te bedenken dat dit eigenlijk pas over twee weken had moeten gebeuren, we hadden geen tas met babyspullen en geen plan klaarliggen. Maar het gebeurde nu eenmaal wel op dit moment, de baby had het voor het zeggen, en Ann en ik stormden als een stel gekken door een tunnel op weg naar het ouderschap, op weg naar een ander leven.

Ann hield zich kranig. Ze kneep in mijn knokkels tot ze kraakten terwijl ze persend op het ziekenhuisbed geknield zat. De weeën waren een onzichtbare gekte, een kracht die bezit van haar had genomen. Er was geen sprake van tijd, geen sprake van andere mensen, ook al had de Ierse verloskundige ons een studente medicijnen op ons dak gestuurd die naar goedkope parfum stonk. Ann steeg daarboven uit. Ze perste en perste en perste en perste ... Ik wilde medicijnen, hulp voor haar halen, maar net toen ik dacht dat ze misschien echt gek zou worden – zoals haar hoofd losjes aan haar hals heen en weer rolde en haar ogen uitpuilden – kwam hij er bij de volgende wee uitgegleden. Hij was volmaakt, met zijn langgerekte ogen tot aan de rand van zijn walnootbruine gezichtje, zijn prachtige ademende lichaampje, zijn woest kloppende hart onder zijn ruitvormige ribbenkast. Triomfantelijk zakte Ann ineen op het met bloed besmeurde bed en hield hem tegen haar borst, dat piepkleine blote knaapje dat niet eens echt nieuw was, dat al zo lang bij ons was maar nu eindelijk in levenden lijve was verschenen, eindelijk aangekomen op de wereld waar hij thuishoorde. Arlo Stone. Ann snikte van vreugde en opluchting. Zonder onze ogen af te kunnen houden van Arlo's ronde, rode hoofdje verslonden we de lucht om ons heen: wij hadden leven voortgebracht.

Hij raakte niets van zijn aantrekkingskracht kwijt, naarmate de dagen na zijn geboorte verstreken. We konden onze ogen niet afhouden van de plek in de kamer waar hij zich bevond, hij trok alles naar zich toe zoals de televisie alle conversatie naar zich toe zuigt. Ann noch ik kon als een geboren ouder worden beschreven. Het losse hoofdje joeg me maar een klein beetje minder angst aan dan de fontanel. Ik kwam er met mijn lompe vingers voortdurend te dichtbij, ik probeerde hem als een al te ambitieuze serveerster wat beter in de bocht van mijn arm te installeren – hij wurmde zich weg, zijn kopje knikte achterover, *aaaaiii* – Ann schoot toe om hem in veiligheid te brengen, trok hem dicht tegen zich aan en wierp mij blikken vol haat toe, om een paar seconden later uit te roepen dat ik haar moest komen helpen hem te verschonen. Telkens als hij iets uitspuugde werd hij verschoond, de kleertjes werden in nog geen halfuur gewassen, gestreken, gevouwen en aangetrokken en weer uitgetrokken en gewassen, wat alleen ophield wanneer Ann sliep en dat was niet vaak. Het huis rook vochtig naar organisch waspoeder en wasemende wol, de theepot stond voortdurend ingeschakeld met het bittere grondsop van frambozenblaadjesthee, we zaten aan tafel alsof we een klap met een voorhamer hadden gehad de diepvriesmaaltijden te eten die mijn moeder had bereid, waarbij we om de beurt aten terwijl de ander met de baby rondliep in een zinloze poging een eind te maken aan de meeuwenkreten die hij slaakte. Afgezien van de kreten van honger en de kreten vanwege een vieze luier had het er veel van dat het allemaal niets uitmaakte wat we deden. Arlo begon en hield op al naar het hem uitkwam, hij was niet in slaap te krijgen of wakker te houden. Een boek dat Ann van een collega had gekregen dat net erg in de mode was, over het belang van vaste tijdsschema's en patronen voor pasgeboren baby's, belandde op het vuur. De lente was kil en doorspekt met teleurstellende dagen, maar eind april stond Londen in volle prentbriefkaartenbloei, de bloesem schuimde door parkhekken, blaadjes stapelden zich op in portieken en hoeken, precies als de sneeuw van een paar weken daarvoor. Het huis stond vol bloemen en kaarsen. Vroeger staken mensen in de kerk een kaarsje voor je op. Nu stuurden ze je er een in een doosje en mocht je het allemaal zelf doen.

Die slimme Arlo zag kans onze onwetendheid te overleven. Hem in bad doen was een heel vreemd ritueel, waar ik van tevoren huizenhoog tegen opzag maar op het moment zelf altijd van genoot. Het leek zo'n toer om het allemaal voor te bereiden, het badje laten vollopen met water van precies de goede temperatuur, de lagen kleren van zijn weinig coöperatieve armpjes en beentjes afpellen, wegvegen wat er in zijn luier zat en hem vervolgens voorzichtig in het water vasthouden zodat hij niet van mijn onderarm zou afrollen en kopje-onder gaan. Maar daarna – zodra hij erin lag en naar me omhoogstaarde, al schoppend met zijn kikkerpootjes en naar het wateroppervlak grijpend alsof hij dat moest kunnen vastpakken, en zijn mond over zijn tandvlees weg krulde tot die breed grijnzende halvemaan – hadden we daar wel uren kunnen blijven. Alleen koelde het water dan af en ik wilde er geen warm water bij laten lopen terwijl hij erin zat uit vrees dat hij zich dan zou branden.

Het tekort aan slaap leek op Ann een soort amfetamine-effect te hebben. Ze bakte, maakte schoon en ging voortdurend met de baby uit wandelen. Zelfs toen hij inmiddels van tien tot zes doorsliep, sliep zij nog maar vier, vijf uur per nacht. Ze zinderde van de energie. Ik maakte gebruik van het feit dat zij volledig in het huiselijke bestaan opging door een afspraak te maken met mijn agent, het contract met Hallie erdoor te drukken en de bank om een week uitstel te smeken om de hypotheekbetalingen te regelen. Stilzwijgend waren we overeengekomen dat we het niet zouden hebben over het geld dat we uitgaven. Dat we Arlo hadden gekregen had ons alleen in emotioneel opzicht rijk gemaakt, maar het bezorgde ons ook het gevoel dat we barstten van de centen. Hij ging, per taxi, met ons mee voor een super de luxe lunch bij Randall & Aubin, waar ze hun neus ophaalden alsof hij een bedorven oester was maar hun mond hielden zolang hij stil bleef. De afschrikwekkende onbetaalbaarheid van de babyafdeling van het warenhuis aan Oxford Street smolt als sneeuw voor de zon. Oxford Street? De fletse massaproducten die daar vandaan kwamen waren niet goed genoeg voor ons knaapje. We wilden Franse luiertassen en zeldzame Nepalese slofjes geweven door tweehonderd jaar oude boerenvrouwtjes, en handgemaakt houten speelgoed uit Brazilië. 'Weet je wat, laten we een bibliotheek voor hem aanleggen, de complete Beatrix Potter in de gebonden editie, de hele *Narnia*-reeks, en o, moet je zien Tom, een eerste editie van *Swallows and Amazones* voor maar 400 pond! Natuurlijk zal hij er nooit aan mogen komen, maar moet je dat groen van het omslag zien, is dat niet schitterend? Zou dat niet prachtig in zijn kamer passen?' We leidden het leven van mensen die we niet waren.

Ik droeg mijn vermoeidheid met trots. Eindelijk had ik het recht verworven om een grauwe ongeschoren papa te zijn die zijn ochtendlijke caffè latte kwam halen met zijn buideldierlijke baby in de draagdoek, om het vrouwtje even een paar minuten rust te gunnen. Moet je die viriliteit van me zien! Ik was vaak genoeg jaloers geweest op die kerels bij de plaatselijke coffee-shop, die met hun zak met amandelcroissants in één moeite door een staande ovatie incasseerden. Nu was ik aan de beurt om in de glorie te delen en die liefde te ervaren. En het was makkelijk genoeg om van Arlo te houden, dat was geen probleem.

Voor de deur bij de Costcutter zie je vaak smakeloze in plastic verpakte bloemen die aan lantaarnpalen zijn vastgebonden ter nagedachtenis aan een liefhebbende moeder met begeleidend kleurenfotokopietje of een rusteloze hangjongere die in de baan van iemands door de crack voortgestuwde stanleymes had gestaan. Die aan smerige folie ontspruitende anjers zijn een nieuwe vorm van straatdecoratie, een weeë uiting van post-Diana verdriet. Die dag hing er een aan de telegraafpaal, een blauw fluwelen teddybeer die er met klittenband aan opgehangen was. De pailletten rond zijn ogen fonkelden in de zon en hij was donker op de plekken waar hij nat was geworden in de regen van afgelopen nacht. Zoiets pathetisch had je van je leven nog niet aanschouwd. Je moest vermijden om het berichtje te lezen of zelfs maar te bekijken dat de familie over hun dierbare overledene had opgesteld, tot elke prijs vermijden om uit te maken wie van de twee personen met hun glimmende gezichten op de foto, een moeder en een klein kind, het slachtoffer was. De beer kon het lievelingsbeest van een peuter zijn dat daar was achtergelaten door een diepbedroefde moeder; maar voor hetzelfde geld was het achtergelaten door de familie om een in de hemel verkerende moeder te helpen herinneren aan de allerliefste, klamme handjes die hier op aarde nog steeds naar haar omhoog werden gestoken.

En ja hoor, er was nog één *Observer* over, niet omdat ze de winkel uit vlogen, maar omdat de man van de Costcutter nauwelijks de moeite nam om ze te bestellen. Op de andere kranten straalden de gebruikelijke tieten en stemmingmakerij je tegemoet. Er was zo veel geld te verdienen met het aan de man brengen van haat. De vrouw die de oude stoel van mijn tante had gekocht, stond voor me in de rij. Ze maakte geluidjes tegen de baby die er behoorlijk schattig uitzag zoals hij met zijn witte hoedje op in de draagdoek verborgen lag.

'Hij lijkt sprekend op u,' zei ze. 'Kijk nou hoe nors hij kijkt.' Ze trok net zo'n gezicht naar hem terug. 'Grrr.' Arlo gaf geen krimp. 'Hoe gaat het met uw vrouw?'

'Heel goed, dank u. Ze vaart er wel bij.'

'Fijn.' Ze keerde zich om om haar brood en melk af te rekenen. Ik kreeg geld terug van mijn biljet van vijf pond voor de krant. We liepen samen naar buiten en op huis aan. Moest ik gelijke tred met haar houden, vroeg ik me af, of zou ze alleen willen zijn? Was het onbeleefd om niet te praten?

'Hoe gaat het met uw zoon?' bedacht ik uiteindelijk te vragen.

'Heel goed, dank u. Hard aan het studeren.'

'Aha, dus hij …'

'Hij studeert filosofie aan de London Metropolitan.'

'Geweldig. Ik las dat dat aan een comeback bezig is. Filosofie.' Dat had ik opgepikt uit een zondageditie.

'Ja. Maar wat voor werk hij ermee kan gaan doen, geen idee.'

'Het lijkt me dat het voor iedereen lastig is om in die branche werk te vinden.' Daar reageerde ze niet op. Ik verschikte de draagband voor mijn borstkas. 'Maar ik ben wel een overtuigd aanhanger van vorming omwille van de vorming.'

'Hebt u weleens last gehad van die man?'

'O.' Bij de gedachte aan die man werd ik overspoeld door een gevoel van walging. 'Nee. Heb ik u over hem verteld? Hebt u hem gezien?'

'Nee, nooit, maar uw vrouw heeft hem beschreven. Het klinkt alsof hij aan een geestesziekte lijdt. Dat soort mensen wordt door hun familie in de steek gelaten. Dat is tragisch. En het brengt ons allemaal in gevaar, natuurlijk. Zeker zo met een baby moet u heel goed opletten. Het is niet veilig in Londen.'

Ik was blij dat ze doorpraatte, blij dat ik mijn zonnebril op had, blij dat ik me kon vastklemmen aan de draagband. Het was zo makkelijk geweest om niet aan die man, aan die indringer te denken.

Arlo was in de draagband in slaap gevallen, dus ik diepte hem eruit op en droeg hem rechtstreeks naar zijn kamer. Op de overloop van de bovenste verdieping blies een koele tocht; ik stopte een extra dekentje (een handgebreid krijgertje van Kate) over zijn gekromde ruggetje en ging in onze kamer de schuiframen omlaagtrekken. Beneden kwamen ijzige vingers ontsmettingsmiddel mijn neusholten in geramd. Ann zat met de felgele rubberhandschoenen aan op handen en knieën onder de tafel.

'Het is zo raar,' zei ze, 'zo-even liepen er allemaal mieren over de vloer, dus ik ging de spuitbus in de badkamer halen, en nu zijn ze ineens allemaal verdwenen.'

'Echt waar?'

'Ja.' Ze schoof achteruit onder de tafel vandaan en trok zichzelf hijgend overeind. 'Ja. Zomaar. Een hele zwerm mieren.' Ze duwde met de achterkant van haar hand een haarlok uit haar ogen. 'En je mobiel ging over, maar ik was er te laat bij.'

'Bedankt.' Ik keek de gemiste telefoontjes door. *Hallie.*

'Ann.' Als ze het had gezien, zou ze vast wel iets hebben gezegd.

'Wat?' Een opgewekt lachje.

Ik had het gevoel of alle bloed uit me was weggetrokken, zoals je je voelt als je te veel hebt gedronken en denkt dat je misselijk wordt. 'Niets.'

Dankzij het weer was het dierlijke leven in groten getale uitgerukt. Naarmate de nachten warmer werden lagen we vaker wakker van de door de vuilnisbakken snuffelende vossen en de vechtende straatkatten. Vlak nadat Arlo één maand oud was geworden, zat ik eens in mijn werkkamer toen een gruwelijk sissend geluid de lucht doorsneed. Ik kwam Ann op de overloop tegen, haar ogen wijd opengesperd van angst.

'Hoorde je dat?'

'Dat waren vast katten.'

'Goeie hemel. Het klonk net of het een buidelrat was.'

'Echt waar?'

Ze rilde. 'Smerige dieren. We hebben er eens eentje in huis gehad. Een reusachtig beest.'

Dat soort gebeurtenissen uit haar vroege leven kwam maar zelden boven. 'Wat voor huis was het?'

'Uit de jaren zestig. Een *state house*. Zo heet dat daar. Mijn halfbroers zetten altijd vallen.'

Dus dat was nadat haar vader hertrouwd was.

'Laat maar zitten.' Ze rilde, verzonken in een herinnering. Ik moest denken aan de waanzinnige, uitpuilende blik die ik van natuurprogramma's kende, die sidderende roze neusjes, ze waren bijna doorschijnend, die bolle ogen, kaal en donker en glanzend. Jongens en ongedierte. We bleven daar op de overloop staan, de ingehouden adem van het luisteren hing in de lucht tussen ons in. De plataan voor het raam kraakte als de touwen van een zeilboot op een stormachtige nacht en het huis schudde licht terwijl een vrachtwagen door de straat denderde. Verder geen geluid. Haar wang was heel zacht toen ik hem kuste.

Er zijn twee typen rouwenden, voor zover mijn beperkte ervaring met die grote indringer reikt. Sommigen willen elk medisch detail van het sterven begrijpen, waarschijnlijk uit een onderbewust verlangen om de klok terug te draaien en het overlijden alsnog te voorkomen. Anderen lijken gelatener; die zeggen bijvoorbeeld: 'Hij is er niet meer, daar kan ik niets aan veranderen.' Ik heb mijn moeder van het ene in het andere type zien veranderen toen haar vader in een hospitium lag. Waar zitten de uitzaaiingen, waar denkt u dat het nu naar overslaat, wat gebeurt er als zijn hersenen worden aangetast, is hij zo geel vanwege zijn lever, waarom zijn zijn voeten zo opgezet, wat kunt u dóén? Al haar dringende, goede-dochtervragen verkruimelden langzaam in het zicht van de harde feiten. Hij lag in een hospitium. De zorg was alleen palliatief. Dat was het enige wat ze nog konden doen. En dus werd de enige relevante vraag die nog restte in de lage, gemoduleerde stem van mijn moeder: 'Heeft hij pijn?' Ze moest huilen van frustratie – ik zag hoe ze met schokkende rug bij de potplanten op de binnenplaats stond – maar toen hij na lange dagen en nachten en het angstaanjagende begin van de wartaal het leven had losgelaten, stelde ze geen prijs meer op de kleine lettertjes van wat er was gebeurd. Als een klein meisje klauterde ze op zijn gesteven witte bed en omarmde zijn lichaam zonder nog bang te zijn dat ze hem pijn zou doen. Hij was oud, oeroud in mijn ogen, begin zeventig terwijl ik zeventien was en veel meer bezig met hoe ik een slimme indruk kon maken en iemand in bed kon krijgen (het was aan mij om iemand over te halen, ik was degene die de ander nodig had; zo lag het nu eenmaal) dan met wat dan ook. Totdat mijn vader belde met de ingehouden stem die bij dat soort gesprekken hoort en zei dat ik nu naar opa toe moest, want het zou niet lang meer duren. In mijn vroege jeugd waren we dikke maatjes geweest, zoals hij dat zou hebben geformuleerd. Met alle ongemakkelijkheid van een jongen die zich voor het eerst bewust wordt van de realiteit van de dood dacht ik in de trein naar Barnes terug aan de middagen die ik had doorgebracht in de hitte achter het glas van de serre bij mijn grootouders. De vlekkerig blauwe knikkers die als kleine wereldjes omlaagtolden over de door opa in elkaar geknutselde hindernisbaan, een schuin aflopende houten rechthoek voorzien van spijkers. Een schaal met beboterde rozijnenscones, de asbak met het galjoen dat in geblutst email langs de randen opbolde. Ik probeerde me een specifieker tafereel te binnen te brengen, misschien iets wat mijn grootvader had gezegd, een toevallig pareltje van wijsheid, terwijl de trein stilstond omdat er een probleem op de rails moest worden opgelost. Achter het smerige, bekraste raam aan mijn rechterkant lagen omgeploegde velden. Mijn laatste sigaret zat tussen mijn vingers, klaar om opgestoken te worden zodra we weer gingen rijden. Maar de gedachten aan mijn grootvader werden doorkruist door de gedachte: dit is het dan, dit is mijn eerste ontmoeting. Mijn eerste begrafenis. Al drie jaar was ik hevig geobsedeerd door de bewering van Julia Flyte in *Terugkeer naar Brideshead* dat Charles geen complete man is en dat hij dat ook nooit zal worden. Die belemmerde ontwikkeling van Charles, of eigenlijk eerder Julia's opvatting daarover, had me hevig verontrust. Wat me ook verontrustte, maar misschien niet zo erg als eigenlijk had gemoeten, was dat mijn grootvader nog niet eens dood was en ik mezelf nu al voorstelde in een nieuw pak, met de houding van een man, een echte man, zoals ik daar voor de verzamelde begrafenisbezoekers stond en uit Korintiërs voorlas. Ik had overduidelijk nog niet alle kinderlijkheden achter me gelaten (en dat heb ik misschien nu, ruim twintig jaar later, nog steeds niet). Ik hield me goed tijdens de lezing, ik vermande me toen mijn stem oversloeg bij 'oog in oog'. Het was niet het gezicht van mijn grootvader dat op dat moment in me opwelde, maar het gevoel dat zijn aanwezigheid me was ontrukt, de naakte belediging van zijn dood, en toen mijn tranen eindelijk kwamen, toen we zijn kist de kerk uit droegen, waren het zowel de heet prikkende tranen van angst en woede als de hijgende snikken van wie van liefde is verstoken.

Wat is het toch comfortabel en wat ben je bevoorrecht als je op de grens van de volwassenheid geconfronteerd wordt met de keurige dood van een bejaard familielid (als je even die gele kleur, de hersenvliesontsteking en de gruwelijke stank uit je hoofd zet). Ann was vier toen haar moeder aan maagkanker overleed, en de enige goede kant eraan was volgens haar dat ze zich het meeste niet meer kon herinneren. Er was een gat in haar geheugen, om Billy Bragg te parafraseren, waar geen gat hoorde te zijn.

De in bloei staande bomen strooiden hun goede gaven over de straten uit met neerdwarrelende bloesemblaadjes en geuren tegen blauwe luchten die aan het geschilderde achterdoek in een fotostudio deden denken. Mijn agent en Hallie waren het eens geworden over het Fiji-project, en de agent was zo aardig geweest om me een voorschot te geven terwijl het contract werd uitgeknobbeld, zodat wij uit de goot werden gered. Tonia stond op het punt naar St. Lucia te vliegen om niet thuis te hoeven zijn als Andy verhuisde. Misschien dat ze daar een tijdje zou blijven, zei ze. Haar werk in de gevangenis was niet iets wat je lang kon volhouden. Bij elk bezoek kreeg ze nieuwe treurige verhalen te horen, vrouwen die zichzelf dingen aandeden waarvan de haren je te berge rezen, levens die volkomen verwrongen raakten door mishandeling, gerechtelijke onrechtvaardigheden, vrouwen die voortdurend hun eigen spullen in brand staken, het sadisme van het gevangenisstelsel, de korte momenten van vrijheid – om iets te kunnen zeggen, om gehoord te worden –

wolkjes frisse lucht die in een mijnschacht verwaaiden. Toen Tonia de dag voor haar vertrek afscheid kwam nemen, wiegde ze Arlo in haar armen en ze veegde de tranenvloed van haar wangen terwijl hij naar iets onzichtbaars voorbij haar gezicht staarde.

We spraken met Andy af bij de Tate, voor Arlo's eerste blootstelling aan moderne kunst. Ik was op en top de ontzettend te gekke papa met draagdoek alsof we over de markt in Nairobi liepen. Eigenlijk had Ann met een mand met fruit op haar hoofd moeten lopen. Op weg over de Millennium Bridge praatten Ann en ik met elkaar – zoals je dat doet met een eerste kind, over als hij ouder is, wanneer zal hij kunnen kruipen, lopen, praten, gaan stappen? – dat Arlo onder onze handen ouder zou worden, zwaaiend over de peuken bij de rivier, vanaf mijn schouders neerkijkend op de menigten, terwijl Ann, zwanger van de tweede, de espressobar eerder bereikte dan wij en zich een weg zou banen tot vooraan in de rij voor de koffie. Ze was ongelooflijk, zoals ze het al over nog een kind had terwijl onze eerste nog maar zes weken was. Ik ben enig kind en zelfs toen ik klein was, was ik al op mijn hoede voor andere kinderen. Die onderonsjes van ze, en die bezopen greep op de realiteit van ze. Ik raakte volledig in paniek als ik op tuinfeestjes van mijn moeders vrienden was overgeleverd aan een bende schreeuwende, joviale jongens en meisjes. Die mensen wisten niet wat ze deden. Ik zocht mijn toevlucht bij volwassen gesprekken en leerde al vroeg dat ik me nergens mee moest bemoeien, of ik ging in een verlaten werkkamer andermans heimelijke pleziertjes zitten lezen. Ik ontdekte dat er op elke privéboekenplank hier en daar vieze boekjes stonden, of Anaïs Nin of *The Joy of Sex*. Je haalde ze er zo tussenuit; het waren de boeken met de kromgetrokken, versleten ruggen. Naarmate ik ouder werd, werd mijn ademhaling hoe langer hoe oppervlakkiger onder het lezen van deze boeken, totdat het te onnatuurlijk, te onbeleefd werd om me op die manier aan alles te onttrekken en de sociale druk me dwong om mee te doen aan

British Bulldogs of Cluedo en ik steeds sneller ging lezen en de bladzijden met dikke, vochtige vingers verfrommelde, omdat ik niet in staat was aan mijn vingers te likken en dan het blaadje netjes om te slaan, omdat mijn moeder het zo deed en ik kon geen gedachten aan mijn moeder toelaten in deze hypnotiserende wereld; geheel in de ban, terwijl de tijd vertraagde, en met een droge keel, leerde ik alles wat ik maar kon over wat vrouwen in bed wilden.

Aan een tafeltje bij de ramen, met uitzicht op de St. Paul liet Andy zich ontvallen dat hij hoofd van de Engelse afdeling van zijn school was geworden, een triomf die hij me niet had willen vertellen toen ik nog een werkeloze zielenpoot was, alweer een voorbeeld van het feit dat het heelal schofterig gedrag beloont. Ik deed net of ik geïnteresseerd was in wat voor nieuwe tentoonstelling er ook was, maar het enige wat ik wilde was een beetje rondlopen met mijn vrouw en zoon. Ann deed echt haar best met Andy; je zou niet zeggen dat ze een week lang huilbuien had gehad over de scheiding. Na een halfuur haperende conversatie in de coffeeshop stond hij plotseling op, waarbij hij een kartonnen koffiekopje omstootte met nog een paar druppels erin. Ann, die tegenwoordig niet meer in staat leek om het huis te verlaten zonder een weeshuisvoorraad aan eerstehulpspullen en ander babygedoe, rommelde in haar ouderschapstas naar papieren zakdoeken, dus ik zag eerder dan zij dat een jonge vrouw onze richting op kwam gelopen en dat Andy optrok om haar de pas af te snijden. Dat moest Karma zijn. Ze begroetten elkaar met een kus op de mond. Het viel niet mee om dat niet als een belediging op te vatten, om niet het gevoel te hebben dat het als een uitdaging was bedoeld. Ik gaf Ann een por met mijn elleboog; ze keek op en volgde hem met haar ogen terwijl hij de vrouw onze richting op loodste. Ik weet dat haar hetzelfde opviel als mij: Karma leek op Tonia, alleen was ze jonger. Anns blik verhardde en in een paar seconden leek zij evenveel ouder te worden als Karma jonger was, en ze leek die glimlachende vijandigheid over zich te krijgen die je vaker aantreft bij vrouwen van middelbare leeftijd. Karma maakte een hoop drukte om de baby. We hadden daar niet moeten zijn.

Ann ging inmiddels naar een moedergroep, waar ze eens had meegemaakt dat een vrouw het kind van een ander de borst gaf terwijl de moeder zelf in de keuken thee zette.

'En niemand die iets zei! Die zijn allemaal getikt,' zei ze giechelend, 'en dik, niet dat daar iets mis mee is, maar wel als je leggings draagt. Als ik nog één zo'n reusachtige dooraderde borst uit een omslagjurk moet zien puilen … als ik nog één keer een gesprek over reflux moet voeren …'

Mij persoonlijk stond dat idee wel aan van enorme, wereld-overheersende tieten die uit hun jurk gebarsten kwamen, maar dat hield ik voor me. Toen zij op een keer naar een sessie was (binnenkort was het onze beurt om er een bij ons thuis te organiseren, had ze al gewaarschuwd) belde ik Hallie met onze vaste telefoon. Ik kan me niet herinneren wat ik hem te vragen had; alleen dat het vreemd was om weer in die wereld van het Fiji-script terug te zijn, al was het dankzij de afstand van die paar jaar makkelijker om de echte levens van de mensen die we daar hadden ontmoet te vergeten. Ergens tijdens het gesprek hoorde ik de voordeur dichtgaan. Ze werd nog helemaal niet thuis verwacht.

'Ogenblik, Hallie.' Ik riep: 'Ben jij daar, Ann?'

Geen antwoord.

'Neem me niet kwalijk, Hallie,' zei ik, 'heb je twee seconden geduld?'

'Maak je geen zorgen,' antwoordde hij. 'Is alles in orde?'

De lucht op de lijn veranderde plotseling, alsof hij van beneden af de telefoonhoorn in suisde. 'Ik ben aan de telefoon, Ann,' riep ik. Op de trap klonken voetstappen, die op de overloop tot stilstand kwamen. Ik wilde de deur van mijn werkkamer niet opendoen om de betovering niet te verbreken.

'Bel me maar terug, jongen,' zei Hallie, en hij hing op.

'Ann?' Ik praatte in de hoorn. 'Ben je daar, Ann?'

Er was niets, alleen een ademhaling. Daarop had ik nog net de tijd om aan de andere kant van mijn telefoonoor, bij de trap, een luid gestommel en een klap waar te nemen. Ik rende mijn werkkamer uit.

Ze lag beneden me in de hoek van de overloop. Met de telefoon nog in haar hand. Haar hals lag in een rare knik en haar hele lichaam was opgevouwen als een origamiwerkje. 'Gaat het wel?' Ik slipte omlaag en kon me nog net tegen de muur in veiligheid brengen zodat ik niet boven op haar viel. 'Goeie god, is alles in orde?'

Langzaam, met een van pijn vertrokken gezicht, strekte ze zich weer uit. Ik beklopte haar armen en lichaam, en pakte haar kin vast. Ze verkeerde in een shocktoestand. 'Ann, Ann.' Waar moest je ook alweer op letten bij een hersenschudding? Ze legde haar handen op haar hoofd. Haar knieën en handpalmen waren geschaafd. We hoorden de baby aan de voet van de trap huilen.

'Ligt hij in de kinderwagen?'

Ze probeerde te knikken en kromp ineen. 'Ja.' Er zat bloed op haar voortanden.

'Je hebt een snee in je lip.'

Ze haalde haar tong achter haar bovenlip langs en klopte met een vinger op haar tandvlees. 'Volgens mij niet. Mijn tandvlees is naar de filistijnen, dat komt door de borstvoeding.' Een lachje. 'Niemand vertelt erbij dat je een baby krijgt en dan pas instort.'

'Wat is er in godsnaam gebeurd? Kun je wel staan?' Ik hielp haar overeind. Ze greep de trapleuning vast. 'Blijf hier.'

Ik nam Arlo mee de keuken in en hield hem op mijn arm terwijl ik zoete thee zette. Dat trucje om dingen met één hand te doen hadden Ann en ik onlangs onder de knie gekregen. Ann kwam binnengestrompeld en ging zitten. 'God, wat was dat raar,' zei ze.

'Weet je zeker dat je niets verstuikt hebt?'

'Welnee, ik ben gewoon een beetje over de rooie, meer niet.'

Ze nam kleine slokjes van haar thee. Arlo jengelde. 'Nee, schatje, mama moet even bijkomen.' Hij begon weer te huilen. 'Alsjeblieft, Tom, wil jij je even met hem bezighouden?'

'Sst, sst.' Ik liet hem op mijn knie paardjerijden. Meestal vond ze het vreselijk als ze me dat zag doen en haalde ze twijfelachtige cijfers aan over de hoeveelheid tijd die mannen besteedden aan het opjutten van kinderen, en vrouwen aan het kalmeren van die kinderen. 'Boe,' zei ik tegen hem terwijl ik het rare gezicht trok waar ik altijd succes mee had. 'Boe.' Toe nou, Arlo, dacht ik, dit is mijn hele repertoire. Hou nou alsjeblieft op. Ik hield hem tegen me aan en wiegde hem een beetje heen en weer. Het gesnik ebde weg en maakte plaats voor een warm gezoem van tevredenheid in mijn borstkas.

Later stopte ik het dekbed om Ann heen in en ik trok de gordijnen dicht zodat onze slaapkamer in een zacht grijs gehuld werd. 'Ontspan maar lekker,' zei ik. 'Jij moest maar eens wat slaap inhalen.' Ik wilde weglopen maar ze hield mijn pols vast.

'Wie was dat aan de telefoon?'

'Wanneer?' Rekken.

'Toen ik thuiskwam. Ik wilde Tonia bellen, maar jij was aan de telefoon en toen hoorde ik iemand anders.'

'Gewoon iets over werk, een vent die een scenario voor een korte film wil. Waarom zat je me af te luisteren?'

'Ik was je niet aan het afluisteren, ik wilde gewoon bellen en toen ...'

'Waarom hing je dan niet meteen op?'

'Waar werk je aan? Als je ergens mee bezig bent, wat is dat dan?'

'Ik werk aan tien dingen. Ik mik het allemaal tegen de muur in de hoop dat er iets blijft plakken zodat ik de creditcards kan betalen!'

'Schreeuw niet zo tegen me.'

'Neem me niet kwalijk.'

Ze keerde zich van me af. Het drong tot me door dat ze beefde.

'Je hebt een binnenoorontsteking. Ik zal een afspraak bij de dokter maken.'

'Nee, nee, ik wil geen antibiotica gebruiken zolang ik borstvoeding geef.'

Ik kon de euvele moed niet opbrengen om voor te stellen Arlo flesvoeding te geven. Ann had zich bij de geschifte en aanzwellende massa moedermelkpropagandisten gevoegd, en ze geloofde dat Arlo kromme beentjes, een bochel en een voorkeur voor het martelen van jonge hondjes zou ontwikkelen als er tot minstens zijn achtste iets anders over zijn lippen zou komen dan haar eigen melk. 'Oké,' zei ik. Daar in die kamer met het zonlicht buitengesloten moest ik terugdenken aan de laatste keer dat ik ziek was. 'Als ik Kate nu eens bel?' Als we ons binnenkort nu eens aan die enge kwestie van de eerste postbevallingsseks zouden wagen, dacht ik, terwijl zij naar de muur lag te staren, met het witte ton sur ton gestreepte dekbed dat op haar borsten rees en daalde.

De volgende ochtend was stralend. Beneden danste het licht door de ramen – die zo streperig en dof waren dat het wel leek of ze met een reusachtige spons waren bewerkt – en het wierp een zilveren glans in de lege keuken waar alles precies zo was achtergelaten als het was geweest op het moment dat Ann viel. Welkom aan boord van de *Mary Celeste*. Kate kwam opdagen in een werveling van zelf geplukte bloemen en babyspeeltjes. Nadat ze me met een kus had begroet pakte ze mijn pols vast en vroeg: 'Ben jij hier de hele dag?'

'Vast wel,' zei ik. 'Als Ann ziek is.' Ann was op, maar wel in haar nachtpon. Ik had die middag met Hallie in de stad afgesproken.

'Misschien moet ik je spreken,' zei Kate.

Ik haalde mijn schouders op. 'Prima.' Mij best, getikt mens, zei ik in mijn hoofd. Arlo en ik lazen samen in de keuken de krant terwijl de vrouwen in conclaaf gingen. Ann had geen koorts maar had wel volgehouden dat ze er te zweterig en rusteloos van werd als ik bij haar in bed sliep, dus zij had Arlo bij haar in bed genomen en ik had een chagrijnige nacht doorgebracht op het vouwbed beneden. Die jonge-ouderstoestanden begonnen ons in zijn greep te krijgen. We waren een stel idioten geweest dat we al zo snel na Arlo's geboorte aan het ronddwalen waren gegaan. Daarom wasten mensen in bleekblauwe trainingspakken wekenlang hun haar niet en leefden ze op bezorgpizza's. Want uiteindelijk krijgt die je te pakken, dacht ik, de uitputting. Dat nieuwe leven zuigt meer huishoudenergie op dan waar het recht op heeft, het ontneemt vrouwen hun calcium en mannen hun vooruitzichten en betaalt dat allemaal terug in hartverwarmend gekir waarvoor je met alle liefde je knappe smoeltje zou opgeven.

Kate had haar eigen groene thee meegenomen, en een of ander kalmerend goedje voor Ann. Ze blies de stoom weg en keek over het kopje naar mij met de blik van iemand die zorgvuldig haar woorden kiest. 'Ann weet niet zo zeker of jij er wel aan wilt.'

'Waaraan?' Ik trok Arlo de keukenvloer op en begon hem te verschonen. De vijandigheid van het gebaar was absoluut opzettelijk. Sinds wanneer was dat mens een soort bemiddelaarster in mijn huwelijk geworden? Ik wierp een kwade blik op Ann. 'Waaraan?' Ze zat voor Kate het tijdstip en de datum op een bezoekersparkeerkaart in te krassen.

Kate zei: 'Ze wil dat ik, samen met jullie, een duivelsuitdrijving op dit huis uitvoer.'

'Een wát?' Spookhuis Hackney.

Ann ging naar buiten om de kaart achter Kates voorruit te steken.

'Sinds die man hier heeft proberen in te breken hebben we het gevoel dat hier kwade vibraties hangen die nog niet echt zijn verdwenen. Het is een eenvoudig ritueel, niks geen katholieke tovenarij.'

'Doodgewone Schotse communetovenarij.'

'Ja, MacTavish-hocus pocus.'

'Dus jij verandert me in een schaap en dan ga je me neuken.'

Kate staarde me aan en barstte toen in lachen uit. 'Ik kan mijn oren niet geloven. Dat zijn trouwens mensen uit Wales die dat doen.'

'Wat vind je ervan, Tom?' riep Ann op de terugweg door de gang naar ons toe.

'Moet je horen. Laten we zeggen dat ik het goedvind. Want wat maakt het uit, als ik er toch niet in geloof, hè? Wanneer willen jullie het doen?'

'Het kan nu meteen.'

'En wat doen we met Arlo?'

Kate dacht even na. 'Hebben jullie een draagdoek?'

Daarna ging ze naar de voorkamer om haar hagedisoog en kikvorslong te regelen, zodat Ann en ik de keuken voor onszelf hadden. Onze relatie had iets komisch, denk ik. Vanbinnen waren we twee mensen die tegen elkaar aan het schreeuwen waren; maar aan de buitenkant leken we gewoon een stel potsenmakers die met rare pruiken op gekke gezichten trokken. Kate had in haar heksenkistje een pamflet waarin iets over de procedure werd uitgelegd. Volgens het op goedkoop, bleekroze papier gedrukte schuinschrift stonden we in een 'woning die onderdak biedt aan schadelijke geesten die ziekte veroorzaken'. 'Geloof je hier echt in?' vroeg ik Ann. 'Toe nou.' Op de aanrecht rangschikte ik de flesjes met homeopathische flauwekul die ze innam – Grevillea Buxifolia en Thysanotus Tuberosus, en nog iets wat ik vergeten ben – naast haar bosjes laurierbladeren, de kegeltjes sandelhoutwierook die inmiddels naar elke vensterbank in het huis waren voortgewoekerd, en een kruimelig brok wierookhars uit onze slaapkamer. Bewijsstuk A.

'Wat doe je nou?' vroeg Ann.

'Je had gezegd dat die spullen voor zwangerschap en borstvoeding waren, En niet,' ik las van het pamflet, 'om kwade invloeden uit te drijven … schade aan de aura te herstellen … Wat moet dit godverdomme voorstellen, Ann?'

Ze griste het blaadje uit mijn hand en schoof alle spullen op de aanrecht op een hoop. Kates voetstappen kraakten op de verdieping boven ons. We zaten voor mijn gevoel een eeuwigheid op de keukenvloer. Zij zat tegen de zijkant van het gootsteenkastje geleund, met haar benen gestrekt voor zich uit als de benen van een pop, en haar witte papieren-bloemenhanden op haar schoot. Het pamflet lag op het linoleum naast ons.

'Wat zijn die kwade invloeden dan?' vroeg ik. 'Wie is dat – ik?'

'Tom.' Ze lachte. 'Jij kan het ook nooit laten om jezelf in het middelpunt te plaatsen.'

Ik weet niet hoe dat met Ann zat, maar in die traag verstrijkende minuten was ik er nader aan toe om me een leven zonder haar voor te stellen dan ik ooit was geweest. In die warme keuken zaten we op het linoleum en ik stelde me de volgende stappen voor. Het aan onze vrienden vertellen. En aan mijn ouders. Het huis verkopen, het geld verdelen. Iets kleiners zoeken voor Ann en de baby. Een flat in de buurt voor mij. Onderhandelen over bezoeken. Het gaandeweg slinken van de intimiteit. De dingen die we niet over elkaar wisten die zich vermeerderden als kanker. Het leven zoals ik dat nooit zou willen leiden.

'Misschien zijn wij het wel,' zei ze. 'Toe nou.'

Ze was zo tenger. Met mijn arm om haar heen voelde ik de ribben door haar T-shirt. In zijn hangmatje voor mijn borst lag Arlo op zijn vuistje te zuigen.

'Oké,' zei ik. Alles sloeg om. We konden zingen, klokjes laten rinkelen, die duivelsuitdrijving houden, en onszelf samen van de ondergang redden of samen compleet geschift worden. Ze hield mijn vingers in een houdgreep, en als een stel dieren duwden we onze voorhoofden tegen elkaar.

'Ik hou van je,' zei ze.

'Godzijdank,' zei ik.

Kate wilde weten hoeveel we af wisten van de geschiedenis van het huis. Wat dat betreft was ik volslagen blanco, afgezien van de arme sloebers die hadden moeten verhuizen omdat de bank tot openbare veiling van hun huis was overgegaan en wij ons er met de wanhoop van onervaren kopers als een stel aasgieren op hadden gestort.

'Nou ja,' zei Ann, 'ik heb in het stadsarchief gekeken …'

'Waarachtig?' vroeg ik met een passief-agressieve stem die de agressief-agressieve gevoelens moest verhullen die ik eigenlijk had. 'Wanneer?'

'Toen ik in verwachting was.' Ze liet zich niet in de hoek drijven. 'Ik had een paar dagen vrijgenomen van mijn werk.'

Een geleiachtige stilte zwol als een enorme kwal tussen ons op, vulde de kamer en verdreef de liefde naar de randen.

'Heb je iets gevonden wat te maken kan hebben met de verschijnselen die je hier hebt waargenomen?'

'Ho even.' Ik keek naar de hoeken van het plafond. 'Is dit … Hangen daar soms camera's? Word me hier een loer gedraaid?'

Ann negeerde me. 'Natuurlijk zijn er hier mensen doodgegaan, het is tenslotte een huis uit de tijd van Victoria, maar de dingen … die hier zijn gebeurd … hadden geen menselijke vorm.'

'De insekten, de lucht.' Het klonk alsof Kate een boodschappenlijstje aan het opdreunen was.

'Ann,' zei ik voorzichtig, want verbondenheid is mooi, maar daarom moet je nog wel alle opties onderzoeken, 'denk je niet dat die … uh … zwermen insekten misschien wel zoiets als een LSD-flashback zijn geweest?'

Ze keek me strak aan. 'Ik zeg ook niet dat het allemaal mijn schuld niet is.'

'En ik zeg niet dat dat wel zo is.'

'Veel mensen die bij me komen hebben met verdovende middelen geëxperimenteerd,' zei Kate sussend.

'Vast wel,' mompelde ik.

'De geesten kunnen op die manier het vat verzwakken, of een bezoeker neemt de kans waar om zich te hechten aan een bewustzijn dat al veranderd is.'

Ik snakte naar drank. Het was elf uur 's ochtends.

Kate zette zich aan de duivelsuitdrijving. Het is onwaarschijnlijk gênant om me te herinneren hoe ik achter Ann en haar aan door het huis banjerde en intussen probeerde wit licht uit mijn handen te schieten alsof het verfpistolen waren. Op de overloop van de bovenste verdieping vormden we onbedoeld een knelpunt waar we allemaal rood van aanliepen en kribbig van werden. Arlo begon te protesteren en Ann maakte nog een rondje met hem in de draagband. Later probeerde ik haar aan het lachen te krijgen door zo'n typische politieserietoer uit te halen en de slaapkamer binnen te springen met mijn rug tegen de muur gedrukt, maar ze gaf geen krimp. Vervolgens moesten we naar buiten terwijl Kate in elke kamer wierook ontstak. Het was een frisse dag, de hemel was strakblauw boven het zwarte oppervlak van de speelplaats. Een doorzichtige rode plastic tas joeg over de grond, roze opgloeiend, vol lucht als een lantaarn van dun gedroogde huid. Onze godvrezende buurman kuierde voorbij, een vrouw met wie we op knikvoet verkeerden duwde haar peuter voort in een van die driewielige buggy's die net als ons krijgertje van Kate eruitzagen alsof ze de kruiwagen van Darth Vader waren.

'Wat een stralende dag,' zei ze.

'Nou en of,' antwoordde Ann. Ik duwde het hek open en stak de weg over om vrij te kunnen ademhalen, zo'n druk voelde ik op mijn borst. Ik had aan het werk moeten zijn, maar wij waren buitengesloten terwijl binnen een vrouw die zachte speeltjes op de hoedenplank van haar auto had liggen in de woonkamer aan een duivelsuitdrijving bezig was. Oké, die zachte speeltjes waren niet van haar, maar toch. Er werd een hand tegen de achterkant van mijn nek gelegd.

'Gaat het wel?' Ann verstrengelde haar vingers met de mijne.

'Ja.' Ik lachte naar haar. 'Laten we door het raam enge gezichten naar Kate trekken.'

De voordeur ging open. Kate zag er een beetje roze en warm uit, alsof ze even snel de boel had gestofzuigd. 'Kom binnen,' zei ze. 'Welkom, Tom, Ann en Arlo Stone, in jullie huis. Verdwijn, geesten.'

De peperachtige geur van de bosjes kruiden die in het huis hing was niet onaangenaam. 'Het is een beetje alsof je een stoofschotel bent,' zei ik, 'maar het is aangenamer dan die schimmelstank.'

'Hebben jullie er een loodgieter bij gehaald?' vroeg Kate.

'Die kon niets vinden.'

'Een schimmelgeur is een veelvoorkomende manifestatie.'

'In Hackney wel, ja,' zei ik. 'Dankzij de riolering in de East End.' Manifestátie. Mocht je waarachtig zo praten tegenwoordig?

Kate rommelde vruchteloos maar vasthoudend in haar enorme schoudertas tot er ineens een beeld voor me opdoemde dat ze door die tas werd verzwolgen, daarom vroeg ik haar maar of ze hulp nodig had.

'Hebben jullie misschien laurierblaadjes, al zijn het maar gedroogde, je weet wel, voor bij stoofvlees?'

Ik liet haar het bosje zien dat we buiten bij de achterdeur hadden staan om bij het koken te gebruiken.

'Ik vraag je vergiffenis, lauriergeest, omdat ik je pluk zodat je kunt helpen dit huis te zuiveren,' zei ze, voordat ze met onze keukenschaar een paar blaadjes afknipte. Ik trof Ann in de gang aan en vertelde haar dat geen mens het zou geloven als ik Kate in een scenario stopte.

'Ach, ik weet niet, ze hebben er blijkbaar geen moeite mee om in vampiers te geloven, of dat er studenten bestaan die nog steeds maagd zijn.'

'Hoe lang duurt dit nog?'

'We moeten erin geloven. Anders heeft het geen zin.'

'Oké.' Ik boog voorover om haar haren te kussen, terwijl mijn hand om de heuvel van de slapende baby gleed. Wat geweldig dat hij nu op de wereld was. Met haar mond naar mijn mond opgeheven wreef ze met haar wang langs de mijne, en het kan een fantasieherinnering zijn, maar ik heb het gevoel dat we op dat ene moment dichter bij elkaar waren dan we ooit waren geweest.

'Klaar is Kees,' zei Kate stralend. Ann kwam met een kreun overeind en ging naar boven om Arlo in bed te stoppen. Ik schonk drie flinke glazen rode wijn in en gaf er een aan Kate.

'Daar krijg je dorst van,' zei ik. 'Blijf je voor de lunch?'

'Mag ik je wat vragen?' Haar stem klonk zacht.

'Ja?'

Ze stond in de deuropening van de achterdeur geleund. Ik rook de curry die bij de buren werd klaargemaakt. Kate zuchtte even. Ze zag er ziek uit.

'Gaat het wel?'

'Volgens Simon werk je weer met die man samen. John Halliburton.'

Gotver. *Klik, klik, klik* schoven de puzzelstukjes op hun plaats. Hallie die Simon was tegengekomen. Simon die met Kate praatte. De volgende stap zou zijn dat Kate het aan Ann vertelde. Ik had geen andere keuze dan eerlijk zijn. 'Ann weet dat eerlijk gezegd niet. Zij en Hallie konden niet met elkaar overweg. Je weet dat hij me bij dat project in Fiji heeft ontslagen.' Ze knikte. 'Het ging niet zo goed met Ann. We waren net getrouwd.' Onder het praten was ik naar haar toe gelopen, naar de deurpost ertegenover zodat ik zo zacht mogelijk kon praten, en gehaast. Omdat ik dat vuurtje nu moest doven. 'Je moet niets tegen haar zeggen. We zijn totaal blut geweest. Bijna waren we dit huis kwijt geraakt. Ik wil het haar pas in een later stadium vertellen.' In de stilte die volgde kon ik nauwelijks ademhalen uit angst dat Ann beneden zou komen.

'Nee.' Snel, zodat ik er niet zeker van was wat ik hoorde. 'Het gaat om wat hij over haar zegt.'

'Hoe bedoel je?'

Kate schudde haar hoofd, haar ogen werden rood van de tranen. 'Hij zegt afgrijselijke dingen over haar. Tegen Simon. Gisteravond op een of ander klotefeestje in Santa Monica.' Ze

vloekte nooit. Haar stem klonk geforceerd, dringend. Gisteravond? Dus Hallie zat nog steeds in LA?

'Wat bijvoorbeeld?'

'Het is gewoon niet waar. Maar je moet zeggen dat hij daarmee moet ophouden. Je moet niet met hem samenwerken. Het
is een zuiplap en een machtswellusteling, zegt Simon, en ...'

Ann stond in de keuken. 'Wauw.' Ze stoof op Kate af en
kuste haar op beide wangen. 'Ik heb geen idee wat je hebt gedaan, maar dit huis voelt fantastisch aan.' Ze wendde haar
stralende gezicht naar mij. 'Waar of niet? Voel jij ook niet hoe
alles tintelend schoon is?' zei ze met haar vingers tinkelend als
sterren tegen de hemel.

'Ja.' Ik gaf haar een glas wijn aan, al hing ze vanwege de
borstvoeding een beetje de alcoholpurist uit. Eten was brand-
stof voor haar geworden, iets wat ze naar binnen propte zonder
acht te slaan op de smaak, alleen geïnteresseerd in de hoeveelheid voedingsstoffen die ze ermee aan de jongen zou doorgeven. 'Proost.'

Toen Kate was vertrokken, hield Ann vol dat ze zich nu best
zou redden alleen thuis, en dat ik wel op pad kon 'om te doen
wat je moet doen'. Ze kuste me op mijn mond. 'Dank je wel
voor vandaag.'

'Graag gedaan.'

Hallies Engelse gsm stond op voicemail. Op weg naar zijn
kantoor in Soho stegen er voortdurend gasbellen in mijn keel
omhoog. Wat had hij over Ann gezegd? Wat moest ik tegen
hem zeggen? Het was die middag bloedheet en ik voelde me
een beetje doezelig van de wijn. De achterkant van mijn overhemd bleef tegen de rugleuning plakken. In een verkeersop-
stopping wilde ik telefonisch de *congestion charge* betalen, maar
ik kwam tot de ontdekking dat ik mijn mobiel had thuisgela-
ten. Met ballpoint schreef ik op mijn hand een geheugensteun-
tje om te betalen zodra ik weer thuis was: 'c.c.' Ik probeerde er
een bliksemschicht van te maken, net als het litteken van Ann.
En intussen maalde in mijn ingewanden rond wat Kate had

gezegd. Ik parkeerde op Soho Square en bleef even in de auto zitten proberen om één ding in mijn hoofd vast te houden in plaats van die hele vloedgolf. Mensen zaten op het verschroeide gras in de zon wat te drinken. Een jonge vrouw met hoog opgetast haar stak voor me langs de weg over, hand in hand met haar vriendin. De gebouwen van Soho zinderden van de hitte, als witte kastelen achter een ondoordringbare glinstering.

Hallies kantoor was gevestigd in een gerenoveerd Georgian gebouw, boven een geheel en al in spiegels en chroom uitgevoerde mediaclub aan Shaftesbury Avenue. Ik liep de vier trappen op langs golven conversatie en gelach die uit de ruimten van de club klonken. Klopte op de deur van Hallies receptie en duwde hem open. Stelde me voor de derde keer aan zijn receptioniste voor; ze wist nooit mijn naam maar toen ik tegen haar zei: 'Tom Stone. Ik heb om vier uur een afspraak met Hallie,' zei ze: 'O, we hebben je proberen te pakken te krijgen. Hallie zit vast in Los Angeles. En vandaar moet hij meteen door naar Sydney, dus hij is pas weer in Londen terug ...' ze bladerde door een grote, zwarte bureau-agenda, 'aan het eind van de volgende week. En dan heeft hij ...' ging ze door, op zoek naar een alternatieve datum voor onze afspraak.

Ik onderbrak haar: 'Heb je een boodschap achtergelaten?'

'Nee, er nam iemand op. Je vrouw? Ze zei dat je al weg was.'

'Juist. Bedankt. Heb je een nummer waar ik Hallie in Sydney kan bereiken?'

Ze noteerde het. Ik stak het in de zak van mijn spijkerbroek. Datgene wat me had dwarsgezeten sinds de dag dat Arlo geboren was, werd ineens duidelijk, als een luchtbel die naar de oppervlakte opstijgt. Ongeveer een halfjaar daarvoor had Hallie Ann bij het ziekenhuis gezien. Ik was heel verbaasd dat mijn stem uit mijn lichaam gezweefd kwam zoals hij altijd klonk. 'Mag ik je vragen iets voor me op te zoeken?'

Ze had de bureau-agenda van het jaar daarvoor nog bij de hand. Hij lag op de agenda van dit jaar, met alle rijen en kolommen volgeschreven en van kleurcodes voorzien met dat heel belangrijke bestaan van Hallie.

'Het zit namelijk zo, ik had halverwege vorig jaar oktober een afspraak met Hallie, en ik moet die datum precies weten voor mijn accountant, maar ik ben mijn agenda kwijt. Na ons gesprek had hij een afspraak bij het Barts' – ik zwaaide een beetje vaag met mijn vinger over mijn gezicht om zijn plekken huidkanker aan te duiden, en ze knikte. 'Staat dat in de agenda?'

Ze zocht oktober op. Bladzijden die per uur waren ingedeeld, per vergadering, telefoontje, lunches, filmvertoningen, allemaal in een andere kleur geschreven. Mijn handen waren vochtig. Er stond vast niets in.

'Ik kan je niet vinden ...'

'Echt niet?'

'Maar hier staat wel de afspraak in het ziekenhuis.'

16 oktober om twee uur. *Ik ging vroeg van mijn werk ... vanwege ... Vanwege die kerel die me volgt.*

'Hij had die ochtend wel een andere afspraak.' Ze sloeg de agenda dicht en keek me strak aan.

'Wij hadden een lunchafspraak,' zei ik. 'Bedankt. Hartelijk bedankt.'

Ik kan me niet meer herinneren dat ik de trap ben afgelopen. 16 oktober, de dag dat de metrotrein ontspoorde. En die kop in de *Evening Standard*: EEN NACHTMERRIE BIJ DAGLICHT. *Vanwege ... Vanwege die kerel die me volgt.* Wat hoorde er in die pauze thuis? Hallie. Hallie hoorde daar. Kate vroeg of ze de man kende en Ann zei: 'Nee. Maar ik herken hem wel.' 'Zwart of blank?' vroeg Simon, en op dat moment had ze haar beslissing genomen. Op dat moment had ze hem bedacht.

Over Old Compton Street wandelde iedereen midden op straat, zwalkend van vrijdagavonduitgelatenheid. De pittige geur van worstjes kwam van I Camisa aangewaaid. In het portiek van Valerie stonden Amerikaanse toeristen met elkaar te overleggen: 'Is dit nou die tent?' Verderop aan Frith, voorbij de

Bar Italia, zat een zwaanachtige vrouw aan een tafeltje buiten, serveersters met zwarte schorten voor namen bestellingen op, groepen jongemannen met bijpassende baarden en kapsels. Ik vroeg me af of Ann wist wat ze had gedaan. Of ze zelfs maar besefte dat ze de man zelf had bedacht.

Ik was terug bij mijn auto. Plotseling drong het tot me door, ik rende naar een vuilnisbak en gaf erin over. De zoveelste gestoorde kerel op Soho Square. *Er nam iemand op. Je vrouw?*

R.O.M.V. 06.07

De huwelijksnacht wordt verlicht door petroleumtoortsen. Op de vijver drijven kaarsen te midden van gardenia's; kegels citronellawierook branden om insecten te verjagen. Mannen met ontbloot bovenlijf en bladeren rond hun bovenarmen vermaken de bruiloftsgasten: door het vuur lopen, dansen, trommelen. Nachtinsecten vliegen de vlammen van de toortsen in, *tsst*, en vallen op de grond. Ann ligt in haar trouwhemdjurk op een tapadoek met het jasje van Vincent Desjardin om haar schouders geslagen. Hallie duikt naast haar op met de schaal kava.

'Dat trouwt maar op mijn kosten!'

Hij werpt een zijdelingse blik op haar.

'Kom je uit Australië?'

Ze moet weg. Hiervandaan. Haar benen zijn van rubber. Door een groep mensen heen ziet ze hoe twee mannen Tom helpen over hete kolen te lopen. Ze wil naar hem toe maar ze is aan de grond genageld door de verdovende uitwerking van de drank. In haar hoofd een gedempt bulderen als van de zee.

'Wat heeft jou naar Londen gedreven?' vraagt hij.

'Ik moet weg.'

'Gaat het wel?'

Ze krabbelt op. De zwaartekracht wordt versterkt. Ze duwt zichzelf langzaam omhoog, uit de buurt van zijn hijgende borstkas, zijn vlezige gezicht. Bij het overeind komen valt het jasje van haar af. Hij houdt een uiteinde ervan in zijn vuist. De andere hand ligt tegen haar kuit. Er welt een kreun in haar op. Laat me los. Zegt ze het hardop? Laat me los. Er voltrekt zich iets anders. Het kleine vrouwtje van klei dat ze in zich draagt, het leven dat ze heeft onderdrukt, draait zich om, strekt zich uit en wordt gapend wakker. Hij lacht. Zijn stem komt er hoog, opgewonden uit.

'Ik ken je. Ann ... Ann dinges ... Ik heb je broer gekend. Jij was zo'n verdomde ... en nou zit je hier met die verdomde Tom Stone. Hoe is het godsmogelijk.' Met een grommende duw omhoog staat hij naast haar, met zijn dikke vingers om haar arm. Hij streelt haar litteken en fluit lang en zacht. 'Klungelig gedaan.'

Anns arm gloeit onder zijn aanraking, gloeit van het willen ontsnappen. Tranen schrijnen in haar ogen. Ze moet bij die man vandaan. Het dichtgeklapte deel van haar geest maakt geluid, een zacht schrapend geluid, ze weet niet waarom. Het is beter als ze dat niet weet.

'Alsjeblieft,' zegt ze, 'niet aan Tom vertellen,' zonder dat ze weet wat ze bedoelt.

Ergens boven hen kijkt de maan toe. Tom springt al schreeuwend rond bij de rozige kolen. Aan weerskanten van hem bulderen mannen van het lachen.

'Ach, krijg ook de tering.' Hallie haalt zijn

hand van haar arm. 'Je bent oud geworden, weet je dat?' Die walrus van een man hurkt voor haar voeten op de grond en ze weet nog steeds niet waar hij het over heeft.

Ik kwam te laat thuis. Anns haar was al verdwenen. Aan de achterkant van haar schedel zaten pieken, gruwelijk en blauwachtig in de schemer, haar ogen waren enorm.

'Wat heb je met je haar gedaan?' Ik wilde over de drempel stappen maar ze hield me tegen. 'Ann. Ann. Wat heb je gedaan?'

'Ssst.'

'Hè?'

Ze stak een hand op, met de handpalm naar mij toe. 'Er is iemand in huis. Boven. Ik denk dat het die man is.'

Ik drong langs haar heen de gang in. 'Waar is Arlo?'

'Die slaapt.'

De deur sloeg achter me dicht. Geschrokken babykreten kwamen in golven door het plafond boven ons. Ik rende de trap op en halverwege de bovenste verdieping zag ik al dat ze een stoel onder de kruk van de kinderkamer had gezet. Er zou niets met Arlo aan de hand zijn. Ik moest Ann beschermen. Ze was vlak achter me. Ik draaide me om en schrok van haar waanzinnige gezicht. Haar lichaam was jong, mager in haar spijkerbroek en T-shirt. 'Waar is hij?' zei ik. 'Waar is die man?' Mijn handen beefden. Ik deed de badkamerdeur open en deinsde terug voor een voorwerp in de hoek – een dier, dacht ik, een wilde kat – maar het waren Anns haren. Waar was de schaar? Ik moest op zoek naar de telefoon. De schaar en de telefoon. Door de op een kier staande deur naar mijn werkkamer zag ik nog net de witte gloed van het computerscherm. Overal lag papier. Mijn schaduw viel voor me uit de kamer in. Het scenario, het Fiji-scenario waaraan ik aan het sleutelen was, lag in flarden op mijn bureau en de grond. Schuin afgescheurde stukken, grote volgetypte driehoeken wit met rafelige randen. De computer was geopend op een document dat 'laatste versie' heette, met explosies van letters erop, alsof iemand in het wilde weg of met zijn vuisten op de toetsen had zitten rammen: 'B;lfds;1,,v,1,.cfcvf.x..x.['. Ann stond in mijn hals te hijgen. Ik kon er niet tegen. Het was koud boven. Ergens stonden de ramen open. Ik moest Kate bellen. Een dokter. Kate. 'Mèhhh,' blèrde Arlo van achter zijn slaapkamerdeur, 'mèhhh, mèhhh, mèhhh.' Een paar straten verderop zwol een sirene aan en ebde weg. Ann ademde. Ik wilde dat ze me niet zo bleef aanstaren. De rode parachute van de angst opende zich in mijn borst. De zwakke, verlamde polsen en benen uit een akelige droom. De wolvenkop, de tralies, die seksloze mannetjes van klei die Ann maakte, allemaal dingen die ons moesten beschermen. In Anns verjaardagsspiegel zag ik alleen haar hoofd achter me, ontdaan van het haar, het voorhoofd te kort, afgeknot. Haar ogen waren verdwenen. Weg. Ik pakte haar magere pols. Boven ons hoofd werden Arlo's kreten luider, ze volgden korter op elkaar. De 'waar is iedereen?'-kreet en de 'waarom ben ik alleen'-kreet.

'Kom mee.'

Ze liep achter me aan naar beneden. Ik trok kussens weg en deed laden open op zoek naar de telefoon. Onze trapspijlen, de trap en onze muren zagen er onbekend uit. Het poppenhuis uit een droom. Samengeraapte delen van huizen die je hebt gekend. Zie maar dat je je weg vindt. Mijn geest kolkte traag en stom. Bij de keukendeur klikte ik in een reflex het lichtknopje aan. Knipperde een fractie van een seconde met mijn ogen tegen spookachtige silhouetten, groene rechthoeken ter grootte van een man – een bij de tafel, een bij de gootsteen, nog een voor de deur – aan de rand van mijn gezichtsveld. Daar een glas op de aanrecht, daar de vuilnisbak in de hoek, de tafel en stoelen en de ruimte onder de tafel en stoelen. Een metaalachtige smaak verspreidde zich in mijn mond.

'Waar is de telefoon?' Ik draaide me om en ging voor haar staan. Dwong mezelf haar aan te kijken. Ze was alle gevoel voor ruimte kwijt, stond vlak bij me, met haar lippen even van elkaar. Die zin van Rosemary kronkelde door mijn hoofd: Wat voor dier je bent. Zeg het nou. Zeg het nou gewoon. 'Wie is die man?'

Die lege blik van haar.

'Wie is die man?' Ik schreeuwde. 'Er is geen man.'

Niets.

'We gaan de dokter bellen. Er is hier geen man.' Het was een reusachtige opluchting om dat te zeggen. Waarom had ik er niet eerder een dokter bij gehaald? Ik weigerde nog langer de verantwoordelijkheid op me te nemen. Ik pakte een van haar kleifiguurtjes, voelde het gewicht in mijn hand. Zette het terug op de tafel. Ze haalde snel adem. 'Waar is de telefoon, Ann? Heb je met Hallie gesproken? Is hij de man?'

Ze deed haar mond open. 'Arbel andel egin lud.'

Ik gaf haar een klap. Ze slaakte een kreet. Van boven in het huis kwam net zo'n schelle schreeuw terug. Arlo. Ann schokte, draaide zich om. Haar adem haperde. Er welde een kreun uit haar op. Arlo schreeuwde door. In dat aangezwollen moment werd ik doorkliefd door een mes. Stel dat ze al die tijd de waarheid had verteld? Stel dat die man er echt was? Opgesloten bij Arlo. De man was er echt. Plotseling kwamen Arlo's kreten tot bedaren, de stilte viel op mijn hoofd als koud water ik zag zijn bleke gezichtje de smerige handen van de man en

met twee treden tegelijk vloog ik de trap op, ik sleurde Ann struikelend achter me aan, tot ik haar ergens halverwege kwijtraakte –

rukte de stoel onder de kruk vandaan haalde diep en rustig adem terwijl ik de deur opendeed.

'Blijf daar.'   Ann   die langzaam, mechanisch de trap op liep. 'Daar blijven.'

Arlo lag op zijn rug in de wieg zwakjes te huilen. De kamer ademde geruisloos in een trage draaiende kring om me heen. Geen mannelijke vorm die als bij toverslag uit de muur achter de poster met het alfabet opdoemde, geen ineengehurkte figuur in de beschaduwde hoek naast de wieg. Achter de deur, niets.

Hij   Hij slaat me niet op mijn hoofd   hij is niet gek.
Tot wat voor gedachten was ik in staat? 'Ann!'   Ik   haatte
haar.   'ER IS HIER NIEMAND.'

Ik pakte Arlo op en greep in het witte, klonterige braaksel
langs de zijkant van zijn hoofd dat het laken nat maakte. Zijn
zachte, kastanjebruine haar was er plakkerig van. Ik moest haar
nu halen en mee naar beneden nemen naar de badkamer waar
ik Arlo schoon zou vegen, ik zou Arlo, die nu in mijn armen
lag te jengelen, verschonen, dan op zoek naar de telefoon en de
dokter bellen – het waren allemaal halve gedachten, plannen
die zich onder de huid van mijn geest vormden terwijl mijn
lichaam door de ruimte op weg was naar de plek waar ik Ann
had achtergelaten.

Tussen Arlo's kamer en de onze kondigde zich iets in mijn
blikveld aan. Iets wat niet klopte aan de ruimte maar wat ik
aanvankelijk niet kon thuisbrengen. De geur van violieren in
de vaas op onze slaapkamer, uitlaatgassen en rubber, de warme
avondlucht die van de straat beneden naar de overloop omhoog-
golfde. Met de vochtige, stinkende Arlo tegen mijn schouder
gedrukt nam ik een paar stappen de slaapkamer in. De gordijnen bolden op   'Nee'

Arlo had nog nooit een flesje gehad. Tegen de tijd dat zijn honger het meest dringend was geworden, waren alle winkels bij ons in de buurt gesloten. Uitgeput van de chaos had hij vrijwel de hele middag liggen slapen, en toen hij wakker werd hield hij niet meer op met zijn oorverdovende kreten. De politieagente wilde het huis niet uit. Ik was het huis niet uit geweest. Ik had ze Ann zonder mij, zonder Arlo laten weghalen. Andy sprak op luide toon tegen de agente. Hij verontschuldigde zich en reed naar de Boots bij Liverpool Street Station en haalde zich een wielklem op de hals terwijl hij flesvoeding aan het kopen was. Hij kwam in een taxi terug met de flessen, voor zover ik me herinner net zo'n onhandige sterilisator als we al van Kate hadden gekregen, en luiers in alle maten. Hij had duidelijk zitten huilen, maar ik keek door de verkeerde kant van een vergrootglas naar hem, dus ik kon niets zeggen. Het arme kleintje was zo wanhopig aan het krijsen dat hij aanvankelijk niet kon drinken. Eerst hadden we het flesje te warm, toen te koud gemaakt, vervolgens waren we bang dat er bacteriën in zouden komen als we het weer opwarmden en dat hij ziek zou worden, en de gedachte sneed door mijn hoofd: als er iets met Arlo gebeurt ...

Kate kwam binnen toen de baby bijna het flesje op had. Hij lag blozend en slaperig in mijn armen. Ze keek naar ons en liep meteen de kamer weer uit en ik hoorde de geluiden van iemand die een snik probeert te onderdrukken. De agente die de buurtdinges of hoe noem je zo iemand was liep achter haar aan de gang op. Het was eigenlijk echt een aardig mens, al wist ze nog minder van baby's dan ik. Ik neem aan dat ik om iemand anders had kunnen vragen. Maar ik moest aan Ann denken die tandenknarsend de bevalling had doorstaan ook al had die studente medicijnen dat maagomdraaiende parfum op gehad, en haar niet had gevraagd om te vertrekken omdat ze dacht dat het meisje nu eenmaal dingen moest leren. Zij zou de politieagente hebben laten blijven en ik dus ook.

Er volgden procedures. Het identificeren. De overdracht aan de patholoog-anatoom. Een dag daarna de lijkschouwing.

In het boekje dat de sociaal werker had achtergelaten stond: 'Als u niet meer over de lijkschouwing wilt weten, moet u deze paragraaf overslaan.' Een man met springerig grijs haar en hevige roos liet me in de bekende kleurloze bewoordingen weten dat ze niet meer bij bewustzijn was gekomen. Opmerkelijk waar je al niet dankbaar voor kunt zijn.

Ik verafschuw 'De dood is niets'. Ik zou met alle liefde Henry Scott-Holland vermoorden als hij niet al dood was. 'Ik ben alleen naar de kamer hiernaast geglipt' – alsof je even een kopje thee gaat drinken. Terwijl je nooit meer terugkomt. 'Wat we voor elkaar waren zijn we nog steeds.' Behalve hier. Behalve samen. 'Wat is de dood anders dan een verwaarloosbaar ongeluk?' Ongelukken kun je voorkomen. Ik had dit kunnen voorkomen. Het was vakantietijd. We stelden de begrafenis uit tot Tonia uit Castries kon terugvliegen.

Nog een hele tijd bleven Anns spullen in het badkamerkastje liggen. Haar klonterige mascara, haar vrijwel reukloze zwangerschapsbodylotion, de citruszeep die onder de douche zo overdadig schuimt. 'Zestien pond kostte dat ding,' vertelde ze me half geschokt, half geamuseerd na een dag winkelen, 'zestien pond voor een stuk zeep! Ik heb hem per ongeluk gekocht, de verkoopster was zo'n schatje en moet je zien hoe mooi ze hem heeft ingepakt, en er stond zo'n Notting Hill-type achter me en ik kon het niet over mijn hart verkrijgen om te zeggen: "Uh nee, ik dacht dat er zés pond stond, ik heb me vergist." Maar zelfs zes pond ... God, waar zat ik met mijn hoofd?' Geen woord over de andere uitgaven, waar ik pas achter kwam toen het bankafschrift arriveerde. De zeep was nog een koopje in vergelijking met de andere spullen die moesten worden afbetaald. Drie paar gymschoenen omdat haar voeten tijdens de zwangerschap dikker waren geworden en niet meer slonken. Twee paar hoge hakken van Costume National, om dezelfde reden. Haarverf. Haarspray, haarlotion, iets wat serum heette, en allemaal organisch vanwege de borstvoeding. Nieuwe zwangerschapsbeha's omdat het stel dat ze vlak voor Arlo's geboorte had gekocht te klein bleken te zijn. Bovenstukjes die handig waren als je zo discreet mogelijk je kind de borst wilde geven. Rokken en broeken die rond haar sinds kort zo magere taille pasten. Speciale crème tegen striae, zuurstofdinges voor haar ogen, voetlotion met pepermunt, en dan die zeep. Aan de zeep was ze begonnen. De rest, zelfs de schoenen, bracht ze uit pure wroeging in zwarte vuilniszakken naar de kringloopwinkel in Highbury Corner. Ik weet nog dat ik van achter ons slaapkamerraam stond te kijken hoe ze de auto inlaadde, geen idee waarmee. Oude rotzooi, had ik aangenomen, onder de indruk van haar sterke armen en haar energie. Toen ze er niet meer was, verschenen de spullen op de afrekening van de creditcard.

Je spaart een hoop tijd als je niet onder de douche gaat. Het is lastig precies in getallen uit te drukken maar er zijn heel veel kleine dagelijkse bezigheden die eenvoudig uren verslinden. Je zou denken dat een alleenstaande kerel, zoals ik na Anns dood, alle tijd had. De baby bij grootmoeder, vrouw weg. Maar het tegendeel is waar. Er was nooit genoeg tijd. Geen minuut die ik niet aan mijn bureau doorbracht bezorgde me het gevoel dat ik hem goed had besteed. Niet alleen omdat Ann me elke dag opwachtte op die computer, die ik nooit uitzette, die zoet sliep als ik sliep en dan weer wakker schoot, met Ann in zijn geheugen, zodra ik de toetsen aanraakte, 's ochtends als ik niet in bed kon blijven liggen, 's nachts als ik maar wakker bleef. Ik werd verteerd door de angst om te sterven, de angst om te weten, zoals Ann moet hebben geweten dat ze de jongen niet meer zou zien. Haar nek was gebroken. Ik wilde niet meer over de lijkschouwing weten. Ik bleef maar denken dat ik niet mocht sterven. Die angst was dag en nacht bij me. Arlo, die kleine Arlo met zijn bos rossig haar, mocht niet nog eenzamer worden dan hij al was.

Kate kwam om sommige van de krijgertjes op te halen waar Arlo al uit was gegroeid; een andere vriendin van haar was in verwachting. Het was herfst, vier maanden na de begrafenis. Arlo was bij mijn ouders, en ik was spullen aan het inpakken om daar ook een tijdje heen te gaan. Met zijn tweeën alleen in Londen was niet echt een succes. 'Ik zit in Islington,' zei ze via haar gsm, 'hoeveel tijd kost het om bij jou te komen?' Misschien kwam ze bij de kapper vandaan, in elk geval straalde ze iets versgepersts uit. Ze had sinds de begrafenis beslist het grijs uit haar haren geverfd, ze droeg haar spijkerrok met de gespannen energie van een vrouw die wel drinkt maar niet eet.

Ze had een stoofschotel in een tupperwaredoos bij zich. 'Ik zet hem even in het vriesvak.'

'Dank je wel.'

In het vriesvak was geen plaats. Hij was afgeladen met soepen en lasagna's, dingen die mensen voor me hadden gemaakt. Ik was dankbaar. Ik at nog steeds afhaalmaaltijden. Arlo kreeg net zijn eerste vaste voedsel, maar ik kon moeilijk een lepeltje pompoenpuree meepikken. Ik had de ergste uitwassen van het vrijgezellenbestaan weggewerkt, de pizzadozen en de beschimmelde koffiekopjes, en ik had in de woonkamer wat vredige muziek opgezet. Ze zei dat ze thee wilde, maar zodra ze mijn glas wijn zag, veranderde ze van gedachten. 'Ik moet nog rijden,' zei ze, maar toen: 'ach, het kan me ook geen flikker schelen.' We zaten op de keukenvloer. Het gaat allemaal makkelijker, ter hoogte van de grond. We dronken een fles leeg, en intussen vertelde ze me over haar kinderen, waar ze mee bezig waren, het nieuwe schooljaar, en dat Titus een of andere beurs had gewonnen, en natuurlijk hadden ze studiebegeleiders, ze werden onder hoge druk klaargestoomd, ze hadden helemaal geen jeugd. 'Ik weet het gewoon nooit,' zei ze, 'ik heb geen houvast meer. Ik weet nooit of ik het goed doe.' Op de bodem van mijn wijnglas had zich een kringetje van neerslag gevormd. Het was fijn om eens iemand anders te horen praten. 'Ik zie voortdurend overal vogels. Dat was iets wat Ann zei, ze zei dat er op de voetbrug over het spoor verderop een vogel zit, een grote bruine vogel. Ze dacht dat die haar in de gaten hield. Vogels zien alles, hè? Ze kijken op ons neer en zien alles, dat heb ik tegen haar gezegd. En niet alleen tegen haar.' Kate keek naar me, met haar mondhoeken omlaaggetrokken, en ze legde haar hand over haar ogen. 'Ze zei dat het eerder vogels waren die in haar hoofd rondvlogen.' Een paar minuten moest ze huilen. Ik hield haar enkel vast totdat ze een paar keer beverig ademhaalde en ophield. 'Hoe gaat het met Arlo?'

'Ik ga naar Wiltshire. Naar mijn ouders.'

'Ga je daar wonen?'

'Nee. Morgen.' Een idee van mijn moeder; ze maakte zich zorgen om mij, een vage druk die ik voortdurend in de verte uit het zuidwesten voelde opbollen. 'Hoe gaat het met Simon?'

Ze begon te lachen en ging daar op een lichtelijk ontregelde manier net iets te lang mee door.

'Ik moet de draagmand even halen.' Die stond op de gang. Ik zag ertegen op om hem te pakken.

Ik werd overspoeld door alles wat er die dag was gebeurd toen Kate de spullen was komen brengen – de dag dat Ann dacht dat de man had ingebroken – alsof ik weer op de overloop was, samen met Ann, en niet hier op de grond in de keuken, dronken. Ann inwit, bang. Ik zei tegen Kate: 'Ik denk dat Hallie het niet allemaal heeft verzonnen. Over Ann.'

Ze knikte. 'Ik ook niet.' Haar stem rafelig. 'Ik geef mezelf de schuld, Tom. Ik geef mezélf de schuld van wat er is gebeurd.' De lucht om haar hoofd dreigde uit zijn naden te springen.

'Dat hebben we allemaal gedaan.' De stilte strekte zich uit. Ze stond op. Liep naar de deur. Niet de omweg, die ze had kunnen nemen, langs de andere kant van de tafel. Langs mij. Ik strekte mijn handen uit naar haar benen. Ze deinsden terug en verstijfden toen ik ze aanraakte, uit gladde bruine huid gebeeldhouwd als meubilair. Mijn vingers gleden langs haar kuiten en drukten zich in het weke kuiltje aan de achterkant van haar knieën. Ze ademde uit, een zacht geluid. Ik onderdrukte de aanvechting om mijn mond tegen haar huid te leggen.

'Ann had me verteld wat jij graag doet,' zei ze. Waar had ze het over? Het duurde even voordat ik het begreep. Een zwarte moedervlek boven op haar knie smeekte erom te worden weggeveegd.

'Nee.' Ik tilde mijn hoofd op. Het was zo zwaar als zo'n bal waar je bij de fysiotherapeut mee traint. 'Wat zij graag deed.'

Kate keek met een onverstoorbare blik naar me omlaag. 'O.'

Ik hoorde haar door de gang lopen. Het geluid van de deur die gesloten werd. De motor van haar auto toen ze startte. De buurt was bij me in de ruimte, rommel op het asfalt, plekken kauwgom, smerige plassen. Schommels die aan hun roestige kettingen knerpten, het aangevreten rubber van de zittingen dat in de droge lucht naar hete autoband stonk. Kate die zich vastgespte, terwijl achter het kippengaas rond het basketbalveld iemand naar haar keek terwijl hij keer, op keer, op keer een bal op de grond liet stuiteren. 'Wees voorzichtig,' wilde ik tegen haar zeggen. Toen in de straat de stilte was gevallen, deed ik de voordeur dubbel op slot.

Onder de heldere luchten van Wiltshire had ik de tijd aan mezelf terwijl Stella Arlo meenam op wandeltochtjes in zijn buggy, om hem te laten zien wat het echte leven was (geen kind dat in Londen opgroeide had een echte jeugd, beweerde ze) en om deze en gene plaatselijke éminence grise te ontmoeten. Toen ik eens met ze meeging, passeerden we een dronken vent die in een greppel onder een gardeniastruik lag, en toen ik mijn pas inhield om te zien of hij nog leefde, siste mijn moeder tussen opeengeklemde kaken: 'Doorlopen.' Aangezien ik alles wat maar in de verte op werk leek een halt had toegeroepen, surfde ik in de uren die ik tot mijn beschikking had in mijn vaders pas geverfde werkkamer op internet. Ze hadden geen breedband, dus alle zoekopdrachten voltrokken zich tergend langzaam.

Maar ik had geen haast. 'Ann Wells' leverde bijna drie miljoen vindplaatsen op. Schoolreünies, familiebijeenkomsten, ik bekeek er zo veel als ik maar kon. Daar zat ze niet tussen.

Wanneer iedereen sliep bleef ik nog tot laat televisie kijken. Ik huilde bij een documentaire over Australië. Hun premier was een grijze man die weigerde te zeggen dat het hem speet. Schuld en vleesvliegen. Tijdens het reclameblok dwaalden mijn gedachten af naar een reisje naar Toscane met Ann, Tonia en Andy. Ann die door dit ommuurde stadje of over die piazza zweefde, haar geprononceerde heupen en knieën als die van een renpaard, haar hele lichaam ontvankelijk, met een soort postorgastische waas over haar ongerichte ogen. Daarna moest ik denken aan de eenzame vrouwen aan de rand van het stadje, misschien op vijf minuten rijden van het centrum, in de buurt van een parkeerplaats of een bos, Marokkaanse vrouwen die daar eenzaam stonden met hun draagbare stereo, in afwachting van iemand die ze zou oppikken.

'En dan te bedenken,' zei Tonia, 'dat ik de Sint-Pieter niet in mocht omdat mijn zomerjurk tot boven mijn knieën reikte.'

'Zo zie je maar,' zei Andy, en hij herhaalde nog maar eens twee van zijn lievelingsuitspraken, 'hoe groter de façade, hoe groter de achterkant. Geen hart, dat katholicisme.'

Op een betonnen muur langs een straat in een buitenwijk die Botany heette, liet het Australische televisieprogramma de uitgebrande gevolgen van rassenrellen zien, een betonnen muur vol graffiti, en een SS-teken in de stijl van de nazi's. De letters waren tot grijs vervaagd. Ze leken op Anns litteken, alleen waren het er twee. De vandaal was blijkbaar vanaf het andere eind van de steeg bij zijn werk gestoord. De staart van de tweede S liep in een bocht naar links weg en was met een vervagend streepje met de staart van de S ervoor verbonden.

Ze ligt in Fiji op bed. Het dringende geluid klinkt van een deurknop waaraan wordt gedraaid. Er is een meisje in de kamer. Het meisje zit op bed en luistert naar de geluiden aan de andere kant van de deur. Haar lichaam is verstijfd. Ze moet plassen. Veertien jaar oud. Haar gezicht opgezet van ongevormdheid, pukkelig, rood. De lachende, lijzige stemmen van haar broers voor de deur, de vrienden van haar broers. Ze haalt een nagel langs de snee op haar been. Het is raar, maar zo-even was ze nog dronken en gleed ze de trap af naar de overloop waardoor iedereen de gaten in haar maillot kon zien, en nu voelt ze zich niet dronken meer. Die jongen is er, degene die zij Horse noemen en die zij leuk vindt. Hij vroeg of ze wist wat pijpen was. Iedereen moest lachen. Hij haalde haar over om het hun te demonstreren met de fles. Ze weet niet hoe hij echt heet, alleen hoe ze hem noemen, en die naam herhaalt ze voor zichzelf, in haar hoofd, zich bewust van haar jeukende, vergiftigde huid. Ze peutert aan de velletjes rond haar nagels. Misschien vindt de jongen haar wel leuk.

Ann kruipt van het bed af naar de badkamer en geeft over in de wc-pot. Als er niets meer valt over te geven, moet ze kokhalzen. Ze pakt het nagelschaartje en haalt hem over een oud litteken op haar been. Ze ademt. Haar hoofd wordt helder. Haar lichaam weet wat het weet en blijft op zijn plaats en haar geest stijgt op als brandend papier de wereld in zonder geheugen. Ze wordt uiteengetrokken.

Desjardin doet de deur van het slot met de loper. Hij stapt opzij om Tom in de hut toe te laten. Tom bedankt hem en trekt de deur achter zich dicht, hoort het geknerp van voetstappen als de Fransman wegloopt. De kamer is warm en duister. Hij zegt: 'Ann?'

Ze ligt in bed, weggemoffeld onder de lakens. Ze krimpt ineen bij zijn aanraking.

'Je bent kokendheet.' Hij loopt de kamer door naar het aircoapparaat aan de andere kant. Wanneer het aanklikt en begint te zoemen duikt ze nog verder onder de lakens. 'Koud.' Haar stem klinkt schor.

'Ben je ziek? We zijn nog maar net getrouwd! Je hoeft nu toch nog niet al ziek te worden?'

Ze zegt niets.

Dan kalmer, vriendelijk. 'Wat is er dan? Laten we even bij de verpleegkundige langsgaan. Je wist toch dat ik zou moeten werken zodra Hallie verscheen?' Hij staat weer bij het bed, streelt haar been. Dat blijft stijf onder zijn aanraking.

'Ik wil weg.' Haar adem ruikt ziekelijk, metaalachtig. Hij doet het bedlampje aan en ziet korstjes rond haar mond, koortsblaasjes die in de nacht zijn komen opzetten.

'Kom mee naar de verpleegkundige.'

'We moeten weg. We moeten vertrekken.'

'Doe niet zo gek. We zitten hier nog wel een paar dagen. Ik moet werken. Kom nou, ze hebben vast wel een of ander middel tegen griep.' Ze is slap als hij aan haar arm trekt. Haar hoofd tolt om. 'Ann!' Hij laat haar pols weer op het bed vallen en loopt weg, geschrokken van de hitte die in zijn borstkas oprijst.

Wanneer hij terug is, heeft hij de verpleegster bij zich, een Fijische van middelbare leeftijd die haar hand op Anns voorhoofd legt en zegt: 'O ja, o ja.' Ze geeft Tom een fles met antibiotica in poedervorm en vertelt hem hoe hij die moet klaarmaken. Hij bedankt haar en als ze vertrokken is brengt hij de poeder naar de badkamer. Ann komt niet van het bed. Ze wordt steeds warmer. De antibiotica helpen niet. Wanneer Tom zegt dat hij Hallie gaat halen om te zien wat er aan de hand is zegt ze herhaalde malen 'nee'. Desjardin komt langs. 'Iedereen is bezorgd,' zegt hij. Ann slaapt. Tom probeert weer te werken in Hallies bure maar hij kan zich niet concentreren. Hij moet Ann mee naar huis nemen. Niet naar Suva, dat als volgende halte op het programma staat, een verblijf van drie dagen met Hallie. Naar Londen. Hallie doet geen poging om meelevend te zijn. Hij heeft de pest in en dat laat hij Tom merken. Zo'n echtgenote is alleen maar tijdverspilling. Dat leidt maar af.

Twee dagen na de bruiloft stapt Tom onder de douche vandaan en hij schrikt. Ann staat naakt in de badkamer, een dunne rode streep loopt over een lange dij omlaag. De schaar ligt op het glazen planchet.

'Heb je die snee zelf gemaakt?' Hij steekt zijn hand ernaar uit. Raakt hem zacht aan. 'Ann.'

'Alsjeblíeft. Ik wil weg.'

Hij rilt van een druppel angst. Om haar? Om de dingen waarvoor hij zich heeft ingespannen om ze voor elkaar te krijgen? Kan hij dit opbrengen? Hij omhelst haar, vol achterdocht om het opwindende gevoel dat in hem opwelt, de gedachte dat hij alles zou kunnen achterlaten om te bewijzen hoeveel hij van haar houdt. Hij ademt uit, strijkt met zijn handen over haar haren.

Ze praten niet in het vliegtuig. Ooit, denkt Tom, zal hij waarschijnlijk lachen om het idee dat hij met zijn vriendin naar Fiji ging om een bioscoophit te schrijven en getrouwd, ontslagen en platzak terugkeerde. Hij had tegen Hallie gezegd dat hij eerder naar huis ging met Ann, en zoals verwacht had Hallie hem ontslagen. Voor een deel vond Tom dat redelijk. Een kerel die zijn vrouw niet onder controle heeft. En een deel van hem had medelijden met iedere arme donder die Ann niet had om onder controle te houden. Ze zit naast hem te slapen in een wolk van lorazepam.

Het meisje zit op bed en maakt zich zorgen dat ze in haar broek zal plassen. Haar broers en hun vrienden staan voor de deur te lachen. Degene die ze leuk vindt heeft tegen haar gezegd dat ze daar moet wachten. Hij komt zo. Ze bevoelt de zijkant van haar wang, een pijnlijke plek die daar zit, en ze wacht.

De deurknop draait, hij draait en het klinkt alsof een kurk langzaam uit een fles wordt getrokken.

Het was zwaar om met Arlo naar Daley Street terug te keren. Ik had het weken uitgesteld, terwijl ik niet veel meer deed dan uren bij mijn ouders in de serre met hem op de grond liggen en ballen door zijn gezichtsveld laten rollen terwijl hij giechelde en gilletjes slaakte en de bordkartonnen wereld gaandeweg weer van leven doortrokken raakte. Hij veranderde zo snel, werd steeds meer zichzelf, met net zulke pientere, donkere ogen als die van Ann, en met net als zij die gewoonte om zijn blik op halverwege de verte in te stellen, in gesprek met dingen die wij niet zagen. Zodra hij 's nachts huilde, nam ik hem bij me in bed, met een kussen aan één kant om te voorkomen dat hij over de rand zou glippen. Als hij 's nachts niet huilde, maakte ik hem wakker en nam hem toch bij me in bed.

Ik dronk niet meer. Ik belde mijn agent en zei dat ik was gestopt met het project van Hallie en dat ik ander werk nodig had. Misschien verbindende teksten schrijven voor een programma over wilde dieren, dat was zo'n beetje wat ik aankon. Hallie was weg, niemand wist waarheen. Er ging een gerucht over kanker, en een ander dat hij gevraagd zou zijn als hoofd van een van de grootste televisiezenders van Australië.

Arlo zat te trappelen op een tweedehands babygymtoestel dat mijn moeder bij de speelgoedbibliotheek van de parochie had weten los te peuteren ondanks het feit dat we geen lid waren. Vogels zwenkten over de tuin. Ik keek door het glas van de serre naar mijn vader. Hij was met zijn voet aan het heen en weer schudden om te proberen iets van de punt van zijn schoen af te krijgen. En ja, waar hij was, was Stella niet ver uit de buurt, daar verscheen ze al in haar lange blauwe peignoir, en ze zei in pantomime iets tegen hem, waarschijnlijk over zijn korte, dikke beentjes. 'Kleine mannen moeten nooit op tafel gaan zitten,' had ze de avond tevoren gezegd toen ik dat deed, in afwachting van het moment dat Arlo's flesje genoeg was afgekoeld. 'Je voeten halen de grond niet.' Wat ze ook had gezegd was: 'Je kunt hier niet eeuwig blijven, Tom. Je zult toch eens naar Londen terug moeten.'

'Nou, eigenlijk hebben pa en ik vanmiddag in het dorp een huis te koop zien staan.'

Op de wandeling terug, nadat we Arlo de eenden hadden laten zien, waren we blijven stilstaan om een lage, roze bepleisterde cottage naast de drogist te bekijken, die binnen mooier was dan je uit de voorkant zou afleiden, met een vlak gazon aan de achterkant en uitzicht vanuit de slaapkamerramen op dat gazon en verder weg de rivier. Pa bleef beneden met de lastig te verplaatsen buggy en de makelaarsdame met haar enorme haardos, terwijl ik in de ouderslaapkamer even door het raam naar de lucht stond te kijken. Geen van beiden zeiden we er iets over op weg naar huis. Ik moest lachen om Stella's gezichtsuitdrukking toen ik het haar vertelde.

'Maak je niet ongerust. Ik kom heus niet hier wonen.'

'Je weet ook wel dat we dat heel leuk zouden vinden, maar ik vraag me af of je hier gelukkig zou zijn, je bent eigenlijk zo'n stadsmens.'

'Mama.'

Toen was ze zachter gestemd. Ik besefte dat ik haar vaker zo moest noemen. 'We gaan terug naar Londen. Ik heb alleen maar even met de gedachte gespeeld.'

Mijn vader had inmiddels zijn schoen uitgetrokken en stond ermee te schudden met zijn in sok gestoken voet elegant opgetrokken. Arme pa, er was iets smerigs van het vogelbadje aan zijn vingers gekomen. Hij bleef proberen zijn hand in korte rukjes weg te gooien, maar de wanhopige semafoor wilde niet werken. Vervolgens boog hij zo gracieus als een ballerina voorover met het been zonder schoen in de lucht gestoken, en hij veegde zijn hand af aan het bedauwde gras. Overeind komen, dat was het probleem, halverwege was er even een wiekend gewankel, maar hij hervond zijn evenwicht en toen hij weer rechtop stond keek hij om zich heen en glimlachte naar de tuin. Hij kon die glimlach maar niet van zijn gezicht krijgen.

Arlo en ik arriveerden in het donker op Daley Street. Het was een eenzame plek, met dat grote bord TE KOOP voor de deur. Andy had dat allemaal opgevangen, en het was tijd dat ik de zaak overnam. De wolvenkop zag er somber uit, een aandenken voor de zegevierende vijand aan een slag die het huis had verloren. Terwijl we de gang in stapten en het licht aan deden onderhield ik een eenzijdig gesprek met Arlo, dankbaar voor zijn kloppende hartslag in mijn armen. Er lag stof op de tafel en de schoorsteenmantel, op de banken in de keuken. Hier en daar lagen kleine blaadjes die onder de achterdeur door moesten zijn binnen gewaaid. Die deur hield ik op slot, ondanks een oud fruitluchtje dat zoet en onaangenaam in de lucht hing. Buiten krabbelden en jankten katten. Ik had het huis moeten verhuren voordat ik vertrok. Het was niet voor het eerst dat ik aan Anns vader, de ongrijpbare mijnheer Wells moest denken, die ik niet had proberen op te sporen. Op een dag zal Arlo hem willen leren kennen. Maar ik kan nog wachten.

We keken naar de televisie tot hij tegen mijn borst in slaap viel. Ik liet de tv de hele nacht zachtjes aan staan, terwijl ik wakker op de bank lag, beseffend dat Arlo's lichte ademhaling de pomp was die mijn ademhaling gaande hield, dat zijn kleine lichaam als een beschermende zeester over me heen lag. Boven ons verhief de tweede verdieping van het huis zich hol en zwart tot in de wilde, duistere hemel. Ik keek naar de gesloten deur van de woonkamer.

R.O.M.V. 07.07
Het meisje zit op het bed te wachten. Ze vindt de jongen leuk, ze vindt het niet erg om te wachten. Ze wacht. Ze wacht. Veertien jaar is ze. Ze zit op de rand van het bed en wacht. Pulkt aan een oud wondje. Scheert haar hoofd kaal. De deurknop piept als hij omdraait.

Ze zit op het bed en ziet zichzelf door de deur de kamer in stormen. Het blanco meisje met haar bespikkelde hoofd en de onuitgesproken woorden achter haar gezicht is in de stemming om iemand pijn te doen.

B; lfds; l,,v, l. cfcvf.x..x.[

Ik nam Arlo mee naar Borough Market om Tonia op te zoeken. Aan een hoekje van een grote, gemeenschappelijke tafel in de koffietent liet ze Arlo op haar knie paardjerijden, met haar blik aan zijn gezicht gekluisterd en een papieren zakdoekje tegen haar mond gepropt. Kerstmis naderde, er hing een kilte in de lucht die alle randen, vormen en kleuren aanscherpte. Ik had Andy die ochtend gesproken; een van zijn studievrienden had een particuliere toneelschool: er was een nieuwe parttimebaan voor een leraar scenarioschrijven waarvan hij vond dat ik erop moest solliciteren. Het was nog te vroeg om bij Arlo vandaan te zijn, al was ik hem dankbaar dat hij aan me had gedacht. Het ging allemaal niet zo geweldig met Karma, zei hij. 'Verspil er verdomme dan verder geen tijd aan,' zei ik.

Tonia hield Arlo tegen haar wang en was zachtjes, geheimzinnig met hem aan het praten, en hij lachte.

'Jij zou een kind moeten nemen,' zei ik.

Ze deed of ze het niet hoorde. Ik moest aan Bridget denken. Daar zat een pijnlijke plek, een gevoelige tand van schuldbewustzijn of affectie. Misschien moest ik haar mijn verontschuldigingen aanbieden. Verderop aan de tafel schold een klein meisje haar moeder uit en ze duwde haar warme chocolademelk om. 'Jij bent een afschuwelijk kind,' zei de vrouw naast hen, wier broek en tas onder de bruine melk zaten. Tonia gaf een stapel papieren servetjes aan hen door, maar de moeder was verlamd van gêne en het kleine meisje was nog steeds aan het schreeuwen.

Mensen in de rij voor de kassa stonden te staren en degene die de bestellingen aannam verstarde midden in het gebaar om iemand zijn wisselgeld aan te reiken en keek ook toe. Een golf van gemis van Ann bulderde door mijn lichaam omhoog. Zij had dit geweldig gevonden, ze zou hebben gelachen en medelijden hebben gehad met de moeder en tegelijkertijd afschuw hebben gevoeld. Haar schuine blik naast me. De afwezigheid van die blik was bijna even schrijnend als de tastbaarheid ervan. Haar elleboog, slinks tegen mijn ribben. Die Ann.

'Neem me niet kwalijk,' zei ik tegen Tonia, en ik stak mijn handen naar de baby uit. 'Sorry, maar ik moet ervandoor.'

'Gaat het wel?' Iedereen was opgestaan om ruimte te maken, ze waren nog steeds bezig de gemorste stroom op te deppen terwijl ik me erlangs wrong.

Vanwege de Olympische Spelen verkocht ik Daley Road voor een belachelijk bedrag waarna we een tijdje in een huurhuis bij Tonia en de rivier in de buurt woonden. Ergens rond die tijd trok Andy weer bij haar in. Ongeveer een jaar na Anns dood (een jaar dat zich afgezien van Arlo ontrolde als onopvallend linoleum onder mijn voeten terwijl ik voorovergebogen stond voor de diepvrieskasten in de supermarkt) kocht ik dit huis in Muswell Hill; mijn ouders sprongen bij. Goede scholen. Ik liep Kate tegen het lijf voor het vegetarische café en ze vertelde me haar nieuws met luide stem, zoals mensen doen die er genoeg van hebben om zacht te praten. Ik verwachtte voortdurend dat ze ineens weer aan de kinderen zou denken en zich zou inhouden, maar dat gebeurde niet, en zij keken verveeld en gemaakt stoer alsof ze het allemaal al vaker hadden gehoord. Simon zat meestal in de States. Hij wilde met iemand daar trouwen. Kate en hij waren nooit getrouwd, dus het ging allemaal heel snel. Vroeger had hij het huwelijk altijd een burgerlijke samenzwering gevonden. En nu wilde hij ineens dat zijn kinderen de ring op een kussentje zouden aandragen terwijl hij op een strand trouwbeloften uitwisselde met een script development-meisje op blote voeten dat Tamara heette. Hij vertelde het Kate op een avond dat zij in het bad lag. Druipend stond ze op en ze gooide een elektrische tandenborstel naar zijn hoofd.

'Waar of niet, schatje?' zei ze tegen Ruby. 'Zó tegen papa's hoofd.'

'Mam.' Titus trok aan haar arm. 'Kom nou mee.'

'Zo hier tegenaan.' Ze wierp me een manische glimlach toe en zei: 'Daar komt onze bus! Bel me!' Ze trok haar rok op en zette het met de kinderen op een rennen tussen het winkelpubliek in Noord-Londen door alsof ze tussen de bomen in een bos door sprong.

Nu komt ze af en toe langs met de kinderen. Dat vindt Arlo altijd leuk. Ik mag Titus en Ruby ook graag – ze hebben het zwaar met die getikte moeder van ze en die narcistische vader die eens in de paar weken langskomt met de huidskleur van een korfbal en de nieuwste PlayStation. Vorige week waren ze net op bezoek toen Tonia langskwam, nog maar voor de tweede keer sinds Arlo en ik hier zijn komen wonen. Ze belde toen ze voor het huis stond. Ik deed de deur open toen zij haar fiets op slot stond te doen.

'Je ziet er goed uit.' Ik gaf haar een kus op haar wang. 'Heel goed.'

In de keuken schopte ze haar schoenen uit, en we kletsten wat over de opknapbeurt aan de kanalen, de prijzen bij Fresh & Wild, de nieuwe bar aan de overkant van de straat. Kate zette thee, en ik zag dat Tonia even inhield en opmerkte hoe vertrouwd ze in mijn keuken was. Ze liet haar ogen dalen tot de mijne. Ik haalde mijn schouders op. Het stelt niets voor, maar ik kon het niet laten te glimlachen.

'We zijn pas geleden naar die film geweest,' zei ze. 'Van die knaap die jij kent. Joe Baxter.'

'Ja. Ik heb gehoord dat die draait.'

'Niet geweldig.'

Ze zei maar wat, maar ik vond het heel lief van haar. 'Hoe gaat het met Andy?'

Tonia knikte. 'Prima. Heel goed, eigenlijk. Op zijn werk heeft hij het allemaal beter onder controle.' Hij was inmiddels conrector.

'Ik zou hem graag weer eens zien.'

'Ja.' Ze plukte aan haar haren. 'Hij mist je.'

'En jullie tweeën?'

'Best goed wel. Het is altijd ... Goeie god.'

'Papa?' Arlo stond in de deuropening, met trillende lippen. 'Dat ding uit het Aquarium is kapot.' Zijn blik ging van mij naar Tonia, er kwamen kuiltjes in zijn kin, en ik zag dat hij delibereerde of hij wel of niet zou gaan huilen. Hij huilde de laatste tijd graag, wat normaal was voor jongens van vijf, had iemand me verteld. Niet dat ik me daarom minder zorgen maakte.

'Hallo, Arlo,' zei Tonia. 'Weet je nog wie ik ben?'

Hij klemde zich aan mijn benen vast. De randen van Tonia's ogen waren rood geworden. Ik was vergeten hoe erg hij op Ann lijkt.

'We geven aanstaande zondag een partijtje,' zei ik tegen haar. 'Wie is er dan jarig?' Arlo zei iets gesmoords tegen mijn been en hield vijf poppenvingertjes omhoog zodat wij die konden tellen.

'Daarna gaan we naar Australië,' zei hij.

Tonia keek me aan, met haar hand tegen haar mond gedrukt. 'Echt waar?'

Kate deed de deuren naar het overwoekerde tuintje open. 'Titus, Rubes, we moeten er weer eens vandoor.'

'Alleen voor een bezoek.'

Langzaam liep Arlo naar Tonia's stoel. Op een pas van haar vandaan bleef hij staan. De gong die Ruby op school had gemaakt begon een lieflijk muziekje te maken toen er een briesje vanuit de tuin naar binnen kwam. Kate verzamelde de spullen van haar kinderen die overal verspreid lagen, en ik liep de trap op naar mijn werkkamer om een foto te halen die ik aan Tonia wilde geven. Anns hoofd is er nog steeds, ik heb hem alleen op de bovenste boekenplank gezet, waar hij nu stof staat te verzamelen. Ik zal het ermee moeten doen, bij ontstentenis van trofeeën en prijzen. Ik probeer niet meer te bedenken hóé ik me Ann moet herinneren. Ik heb de kans gehad om daarachter te komen en die heb ik over het hoofd gezien, en ik mag dan niet die indruk maken, toch weet ik maar al te goed wat dat over mij zegt. Als ik nu een goede dag heb, lijkt het voldoende om me haar eenvoudig te herinneren.

De zee rond Sydney is van een zware, rijke kleur blauw, met hier en daar een roestig vrachtschip dat laag op zijn oppervlak ligt, als een gigantische kano. Zelfs vanuit de lucht voel je je nietig bij de klippen die ooit misselijkmakend hoog boven de schepen vol veroordeelden moeten hebben uitgetorend. In de verte zijn de torens van de stad, en dichterbij een enorme, lelijke raffinaderij, reusachtige vaten die op het land hurken, uit pijpen lekkende vlammen. Arlo en ik strompelden halfdood van de lange vlucht het vliegtuig uit. Het was een genot om papierdun als geesten, sjofel van de vlekken vliegtuigvoedsel en volkomen anoniem op deze onbekende plek te arriveren. De vogels buiten, Australische parkieten, klonken als kwebbelende Italiaanse kinderen die de dageraad welkom heetten. De gombomen waren net zo imposant als de parasoldennen in Rome, maar groter, het zijn bomen die in de zomer soms in brand vliegen. Door de glazen wand zagen we welige rode en gele bloemen, rododendrons, sproeiers die regenbuien van licht spoten.

Ik zette Arlo boven op de koffers op ons karretje en reed hem lachend door de verblindend witte aankomsthal tot hij het feloranje beeldmerk van het autoverhuurbedrijf in het oog kreeg. We stonden te wachten achter een jong stel dat maar niet kon beslissen of ze al of niet de hogere dagprijs voor de verzekering wilden betalen. Het was ochtend, en vanaf een koffiebar aan de overzijde van het gangpad kwam door de lucht de aanlokkelijke zwartleren-handschoenengeur van espresso aangezweefd. Tegen de muur achter de man van de autoverhuur tikte een grote ronde klok met een rode secondewijzer. 'Papa?' zei Arlo vragend en het drong tot me door dat het stel op huwelijksreis weg was en dat de jongeman met zijn alle kanten op gegelde zwarte haar stond te wachten tot ik iets zou zeggen. Er moest actie worden ondernomen. Paspoort, creditcard, rijbewijs, naam. Arlo hing ineens om mijn hals geklemd, met zijn vingers heet tegen de achterkant van mijn T-shirt. Ik maakte ze los en liet hem op de grond zakken. De autoverhuurman stond nog steeds te wachten. Woordloos schudde ik mijn hoofd, niet in staat om door het overweldigende gevoel dat er iets ontbrak heen zijn verbijsterde blik los te laten of de juiste woorden te vinden. Ik had verwacht dat Ann ons van het vliegtuig zou afhalen.

Woord van dank

Enige jaren geleden had ik het geluk de gulle en goed van pas komende steun van het Royal Literary Fund te krijgen. In 2006 ontving ik de Buddle Findlay Sargeson-beurs, waardoor ik in staat was deze roman te voltooien.

Daarnaast gaat mijn dank uit naar Suzy Lucas, Becky Shaw, Peter Florence, Brita McVeigh, Karl Maughan, Leanne Pirie, mijn literair agent Georgia Garrett en mijn redacteuren Mary Morris en Gillian Stern, voor hun onwankelbare en schrandere steun; Geoff Logan wil ik bedanken voor het verschaffen van inzicht in de gang van zaken in een mouldroom op de afdeling oncologie; en Juliet Dowling en Stephen Cleary bedank ik voor het toegankelijk maken van de wereld van het scenarioschrijven (al hebben Tom en ik er op dat terrein niets van terechtgebracht). Ten slotte wil ik nog eens speciaal mijn uitgever bedanken, Alexandra Pringle.